LENA FALKENHAGEN

Die letzte Hanseatin

Roman

WILHELM HEYNE VERLAG
MÜNCHEN

FSC
www.fsc.org
MIX
Papier aus verantwortungsvollen Quellen
FSC® C014496

Verlagsgruppe Random House FSC-DEU-0100
Das für dieses Buch verwendete
FSC®-zertifizierte Papier *Holmen Book Cream*
liefert Holmen Paper, Hallstavik, Schweden.

Originalausgabe 02/2013

Printed in Germany 2013
Karten London und Lübeck: © Daniel Jödemann
Umschlaggestaltung: © Nele Schütz Design, München
unter Verwendung von Shutterstock
Satz: Leingärtner, Nabburg
Druck und Bindung: GGP Media GmbH, Pößneck
ISBN: 978-3-453-47102-3

www.heyne.de

Gewidmet all meinen Freunden, die versuchen,
die Menschen mit Worten zu bewegen.
Hört nicht auf damit.

Mit Dank an Volker Weinzheimer.

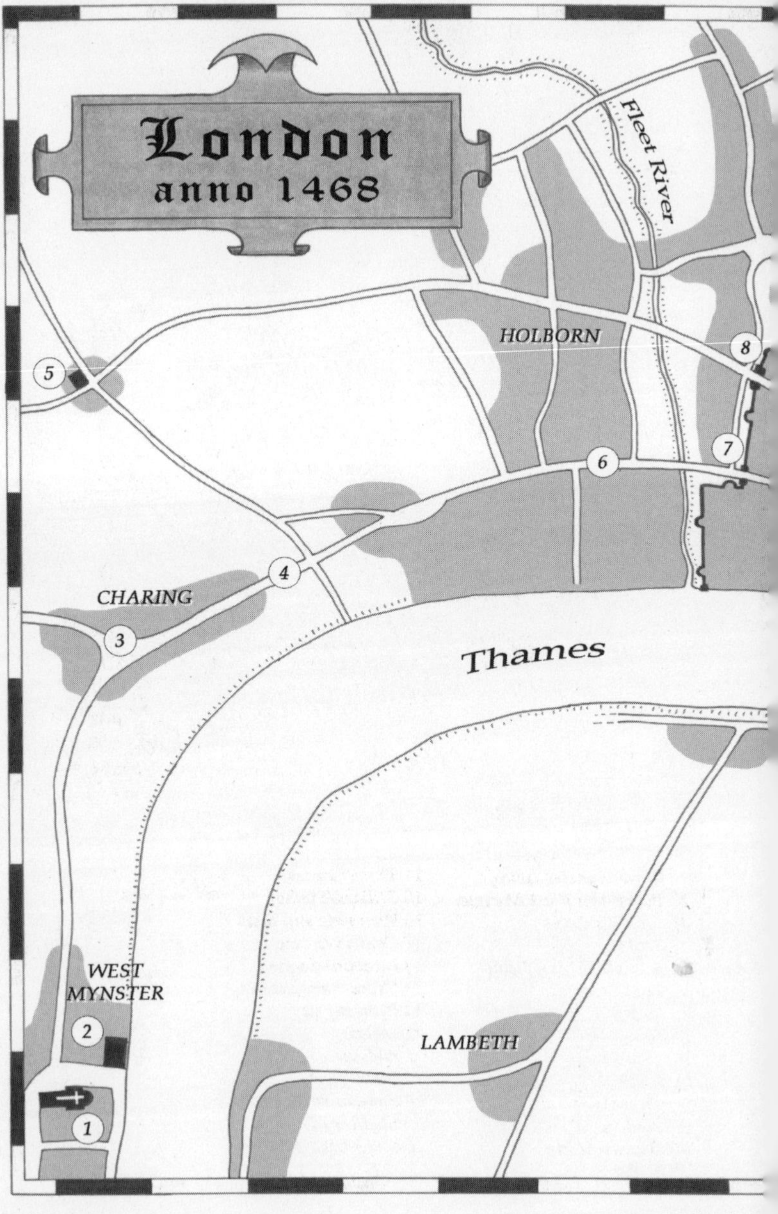
London
anno 1468
Fleet River
HOLBORN
CHARING
Thames
WEST
MYNSTER
LAMBETH
1
2
3
4
5
6
7
8

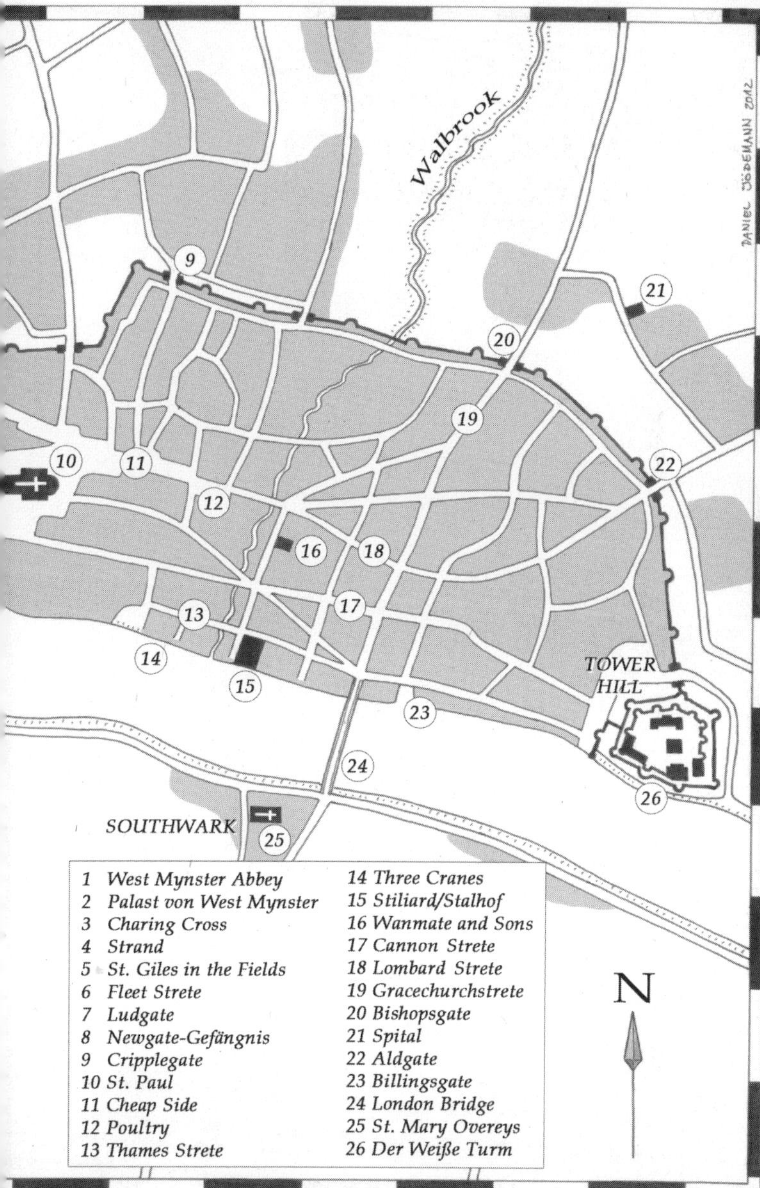
Walbrook
DANIEL JÖDEMANN 2012
TOWER HILL
SOUTHWARK
N
1 West Mynster Abbey
2 Palast von West Mynster
3 Charing Cross
4 Strand
5 St. Giles in the Fields
6 Fleet Strete
7 Ludgate
8 Newgate-Gefängnis
9 Cripplegate
10 St. Paul
11 Cheap Side
12 Poultry
13 Thames Strete
14 Three Cranes
15 Stiliard/Stalhof
16 Wanmate and Sons
17 Cannon Strete
18 Lombard Strete
19 Gracechurchstrete
20 Bishopsgate
21 Spital
22 Aldgate
23 Billingsgate
24 London Bridge
25 St. Mary Overeys
26 Der Weiße Turm

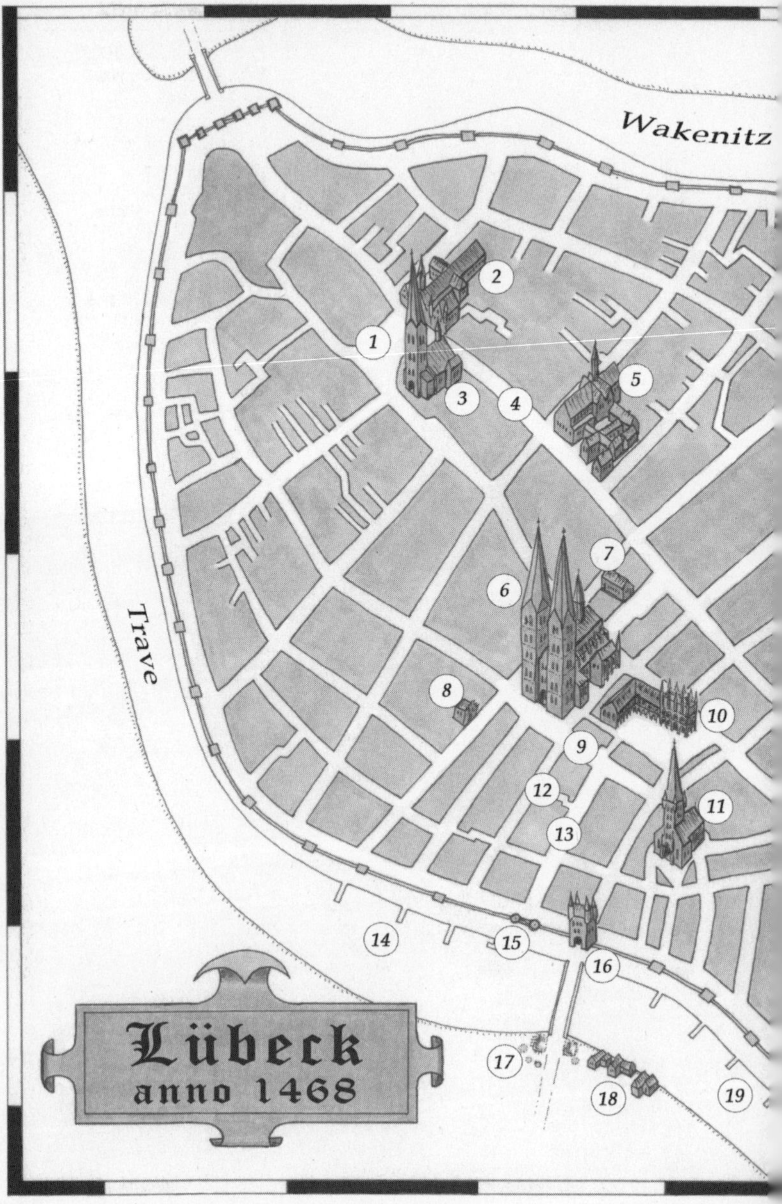

Wakenitz
Trave
1
2
3
4
5
6
7
8
9
10
11
12
13
14
15
16
17
18
19
Lübeck
anno 1468

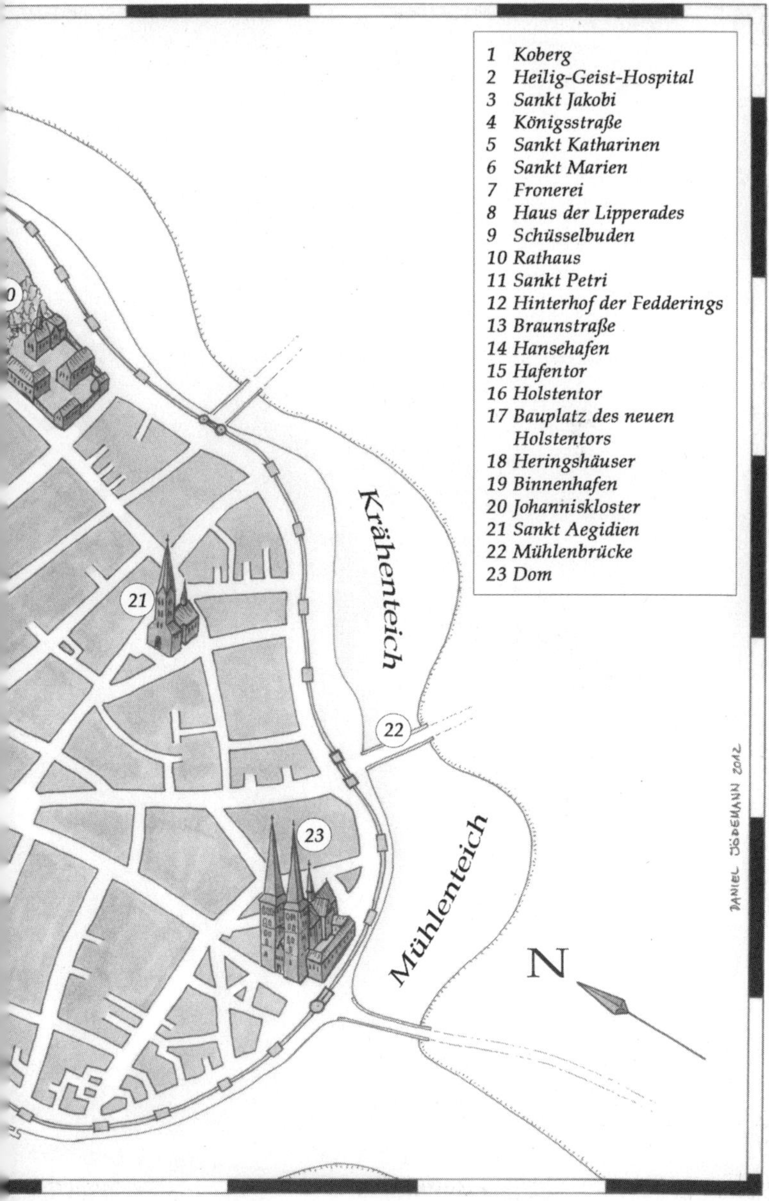
1 Koberg
2 Heilig-Geist-Hospital
3 Sankt Jakobi
4 Königsstraße
5 Sankt Katharinen
6 Sankt Marien
7 Fronerei
8 Haus der Lipperades
9 Schüsselbuden
10 Rathaus
11 Sankt Petri
12 Hinterhof der Fedderings
13 Braunstraße
14 Hansehafen
15 Hafentor
16 Holstentor
17 Bauplatz des neuen Holstentors
18 Heringshäuser
19 Binnenhafen
20 Johanniskloster
21 Sankt Aegidien
22 Mühlenbrücke
23 Dom
Krähenteich
Mühlenteich
21
22
23
N
DANIEL JÖDEMANN 2012

Prolog

Lübeck, am frühen Nachmittag des Quirinstages 1468 (4. Juni)

Elise raffte entsetzt ihre Röcke. Sie wollte die Stube des Kaufmannshauses verlassen und über die Wendeltreppe hinauf in die oberen Geschosse, in ihre Kammer. Dorthin würde nicht einmal Johann Northoff ihr folgen.

Doch der Mann hielt sie am Oberarm fest, bevor sie an ihm vorbeihuschen konnte. In seinen Blick war eine Dreistigkeit getreten, die sie erschauern ließ. »Euer Kleid ist noch immer beschmutzt, Herrin«, sagte er ruhig.

Elise brachte nur mühsam eine Antwort hervor. »Was erlaubt Ihr Euch, Northoff? Bitte nehmt Eure Finger von meinem Arm«, flüsterte sie erstickt.

Der Sekretär kam ihrer Bitte nicht nach. Stattdessen erwiderte er so leise, dass sie die Worte kaum vernehmen konnte: »Euer Schwiegervater Hinrich Lipperade ist tot und kann Euch nicht mehr beschützen. Ihr solltet Euch gut mit mir stellen. Immerhin hat mich Euer Vormund Klüver zum Vertreter bestellt. Ich habe Freunde in hohen Ämtern, die weitaus mehr Einfluss in Lübeck besitzen als Anton Klüver aus Köln.« Das Kinn mit dem struppigen Bart zitterte leicht. »In diesem Haus werden sich ab sofort einige wesentliche Dinge ändern, das könnt Ihr mir glauben. Sonst sorge ich dafür, dass man Euch wegen Unzucht aus dem Haus jagt und Ihr mit nichts als Eurem Hemd in der Gosse landet. Euren nichtsnutzigen kleinen Sohn hingegen werde ich behalten. Jemand muss ja sein Vormund sein, wenn der alte Klüver mal unter die Räder kommt.«

Die junge Witwe versuchte, sich aus seinem Griff zu winden. »Lasst mich los, sonst rufe ich die Knechte zu Hilfe«, forderte sie mit vor Angst und Wut bebender Stimme. Stand Gertraut noch am Herd? Hörte sie mit? Gab es nach all der Zeit endlich eine Zeugin für Northoffs Doppelzüngigkeit? Die Leute mussten doch sehen, dass hinter seiner allzu freundlichen Fassade ein Ungeheuer lauerte!

»Sehr gerne, *Herrin*. Doch glaubt mir, das war keine leere Drohung. Ich weiß, dass Ihr des Nachts wie eine Hure durch die düsteren Gassen der Stadt kreucht und Euch die Belustigungen sucht, die Euch seit dem Tod Eures Gemahls versagt geblieben sind. Sagt mir, Elise – hat es Euch in der letzten Nacht gefallen?«

Sie starrte ihn mit einer Mischung aus Entsetzen und Abscheu an. Wie hatte er von ihrem nächtlichen Gang erfahren? Er konnte doch von der Szene am heutigen Morgen kaum darauf geschlossen haben, wo sie gewesen war? Sie erinnerte sich an das Verhalten ihrer Zofe, aus dem das schlechte Gewissen gesprochen hatte. Das Mädchen musste sie verraten haben. Wütend fragte Elise sich, wie viel Gold oder Juwelen ihre Treue wohl wert gewesen war.

»Ah, jetzt erkennt Ihr, wie eng gesponnen meine Netze bereits sind, nicht wahr?« Northoffs Stimme troff vor Hohn. »Das Urselken ist ein diensteifriges kleines Ding.« Der Druck seiner Hand auf ihrem Oberarm verstärkte sich.

»Mein Schwiegervater ist nicht tot. Und wenn er aus London zurückkehrt, dann wird er Euch für Eure Worte bezahlen lassen.« Elise wich zurück und versuchte endgültig, Northoffs Griff abzuschütteln, doch er packte im Gegenteil auch ihren zweiten Oberarm und erwischte einen blauen Fleck, den sie in der letzten Nacht beim Klettern davongetragen hatte. Die Stelle schmerzte unter Northoffs Druck.

»Jetzt hör mir zu, Weib«, knurrte der Sekretär und zog sie ganz nahe zu sich heran, sodass Gertraut ihn sicher nicht mehr hören konnte. »Dein Gemahl ist schon lange unter der Erde. Das Einzige, was dich in diesem Haus gehalten hat, war die Tatsache, dass du ihm einen Sohn geboren hast, einen Enkel für den alten Lipperade. Doch der Alte ist nun auch tot. Was immer ihn dahingerafft hat, es ist mir herzlich egal. Tot ist tot. Das kannst du nicht leugnen – sonst wäre seine verdammte Bibel nicht direkt an den Hanserat gegangen. Natürlich wirst du versuchen, das zu verschleiern. Ein paar Wochen lang magst du vielleicht die Bürgermeister davon überzeugen, dass du die Geschäfte führen kannst. Aber nicht mit mir, verstehst du? Ich werde ab heute das Kontor alleine führen. Nebenbei werde ich peinlichst genau dein Haushaltsbuch prüfen. Eine einzige Ausgabe, der ich nicht zugestimmt habe, und du wirst es bereuen. Gleichzeitig werde ich dem Rat vermelden, dass Hinrich Lipperade in London unter einen Fuhrkarren geraten und seinen Wunden erlegen ist. Und dann werde ich das Verlöbnis mit seiner Schwiegertochter ankündigen, damit die Geschäfte ohne Aufsehen weitergehen und der Fortbestand des Kontors gesichert ist. Und im Oktober bist du wieder eine verheiratete Frau. Hast du das verstanden?«

Elise konnte nichts erwidern. Entweder sie stimmte zu, oder er tat ihrem Sohn Hendrik etwas an – da gab es keinen Zweifel. Und sie brauchte Northoff leider, denn sie war nie allein für die Finanzen verantwortlich gewesen. Der Schmerz im Arm und die bedrohliche Nähe des Mannes machten ihr das Atmen schwer. »Gertraut«, flüsterte sie kraftlos.

»Ich habe gefragt, ob du das verstanden hast, Weib!«

»Gertraut!« Doch ihre Stimme war so schwach, dass die Magd sie nicht zu hören schien. Schwarze Flecken tanzten vor den Augen der jungen Witwe, und sie verlor den Boden unter den Füßen, sodass sie vollständig in Northoffs Griff hing.

Eigentlich sollte sie Lärm schlagen, Northoff kratzen, beißen, wenn es nottat. Doch Elise konnte nur an Hendrik denken und daran, dass der Schwiegervater der Einzige war, der ihn – und sie – vor diesem Mann schützte. »Hinrich Lipperade ist nicht tot«, flüsterte sie noch.

Kapitel 1

Island, im Hochsommer des Jahres 1467

Ein Geräusch schreckte Steven Wanmate aus dem Schlaf. Er ließ seine Träume nur widerwillig fahren, waren sie doch von so angenehmer Natur gewesen, dass sie seinem Beichtvater in London die Schamesröte ins Gesicht treiben würden, wenn er sie bekannte. Der junge Mann hätte schwören können, den köstlichen Duft des Haars seiner Geliebten Anne noch im Raum wittern, die zarte Haut ihres Halses unter seinen rauen Händen spüren zu können. Er seufzte enttäuscht in die Stille, als er anerkannte, dass seine unerfüllte Leidenschaft auch diese Nacht nur ein Traum gewesen war, denn Anne war nicht hier bei ihm im unwirtlichen Island, sie war zu Hause in London, und sie waren noch nicht verheiratet. Er krallte seine Hände in die Decke, denn eine neuerliche Welle der Leidenschaft entflammte ihn und fügte ihm beinahe körperliche Schmerzen zu. Er liebte diese Frau wahrhaftig, mit Leib und Seele, und er konnte das Glück, dass sie nach seiner Heimkehr mit ihm vor den Altar Gottes treten würde, immer noch nicht ganz begreifen.

Ein Knacken der Glut im Kamin rettete den Kauffahrer aus Lynn davor, sich in Gedanken an sein zukünftiges Weib vor dem Herrn zu versündigen. Er war allein in der niedrigen Kammer, die er mit seinem Freund Raymond Oxbow teilte. Das Feuer strahlte eine trügerische Ruhe aus, der Geruch des Rauches vermittelte dem jungen Mann ein wohliges Heimatgefühl. Im Licht der Kohlen konnte er nur einen kleinen

Kreis der Dielen vor dem Kamin deutlich ausmachen, der Rest der getäfelten Kammer mit der Balkendecke lag im Dämmerlicht. Trotz des Sommers pfiff kalter Wind durch die Ritzen in den Wänden und den geschlossenen Fensterläden und trug den beständigen Geruch nach Fisch herein.

Vor ein paar Stunden war in dem kleinen Ort am äußersten Südwestzipfel von Island noch alles ruhig gewesen. Steven hatte seine englischen Tuche schnell in kleinen Gebinden verkauft und unterdessen den Schiffsknechten ein paar Stunden Landgang gegönnt. Er hatte sie aber bald wieder an Bord schicken müssen, weil es beinahe zu einer Prügelei in einer der örtlichen Schenken gekommen war. Er war eingeschritten und hatte Matt Hunter, einem der widerspenstigsten und aufsässigsten Männer, die je mit ihm gefahren waren, eine saftige Prügelstrafe verordnet. Das war die einzige Sprache, die an Bord verstanden wurde; wenn man seine Autorität verlor, dann konnte einen das Schiff, Ladung und sogar das Leben kosten.

Als er erneut ein Geräusch hörte, überkam ihn eine dunkle Ahnung. Hatte es sich um einen fernen Schrei gehandelt? Er sprang vom Lager auf und griff seine Gewänder. Trotz der Eile schnürte er sein grünes Wams mit dem hochgeschlossenen Kragen und dem Pelzbesatz zu, warf sich noch eine dicke Kaufmannsrobe über, bevor er in die Stiefel schlüpfte. Ein Rumpeln erklang von draußen, und Steven eilte die Treppe hinab und aus der Tür auf die Straße.

Hier stand schon Jimmy, der Schiffsjunge. »Was geht da vor, Jimmy?«, fragte Steven den rotznasigen Burschen, dessen Gesicht von Pickeln übersät war.

»Weiß nicht, Sir. Sieht aus, als ginge da was ab. Soll'n wir nachschauen?«

Steven zögerte. Er hatte ein übles Gefühl bei der Sache,

denn sie erinnerte ihn an das aufsässige Verhalten von Hunter nur wenige Stunden zuvor. Er spürte das warme Gewicht der Münze auf seiner Brust. Einst war sie Gegenstand eines Kräftemessens zwischen ihm und seinem jüngeren Bruder gewesen – Herman hatte das goldglänzende Stück im Kanal entdeckt, sie waren beide losgeklettert. Wie so oft war Steven zum Leidwesen seines jüngeren Bruders schneller gewesen und hatte sie behalten. »Nie kannst du verlieren!«, hatte Herman schmollend gesagt.

Jetzt fühlte sich die Münze so warm an, als wolle sie ihn warnen. Er tastete durch den Stoff seiner Gewänder nach dem Kleinod, das ihm an einem Lederband um den Hals hing. Er zog es hervor und ließ die Finger über das beinahe glatt geriebene Profil eines Römers mit gekränztem Haupt gleiten. Nein, er konnte nicht verlieren – besonders nicht seinen Ruf und seine Handelsbeziehungen. Daran hing nicht nur sein eigenes Wohl, sondern auch das der ganzen Familie.

»Ich schaue nach, Jimmy. Du bleibst besser hier. Wenn die Männer sich auf eine Schlägerei eingelassen haben, dann endet das oft blutig.« Damit ließ er den Jungen stehen.

Draußen war es beinahe herbstlich kühl. Der Schlamm bremste die Schritte des Kauffahrers, er musste achtgeben, wohin er trat. Er hielt an der Schenke inne, in der es am Abend beinahe zum Eklat gekommen war. Hier war alles dunkel und still, doch aus anderen Häusern vernahm er Poltern und Schreie – Kampfgeräusche. Er lief auf eines davon zu, doch da hörte er den spitzen Schrei einer Frau von einem Gebäude, das ein Stück den Hang hinauf lag. Er kannte den Ort von früheren Besuchen – es handelte sich um den Sitz des dänischen Gouverneurs.

Steven lief den verwaisten Pfad halb hinauf, dann hielt er inne. Seine Anwesenheit auf Island durfte dem Gouverneur und anderen offiziellen Stellen nicht bekannt werden. Ein Vertrag zwischen König Edward IV. von England und König Christian I. von Dänemark untersagte englischen Kaufleuten, Island anzufahren. Grund dafür war eine über zehn Jahre anhaltende Feindschaft der englischen Krone mit dem König von Dänemark, die jüngst beigelegt worden war. Das Verbot hatte das Kontor seines Vaters Jonathan Wanmate hart getroffen, hatten sie doch alles auf den Islandhandel gesetzt. Hierher bestanden die besten Kontakte der Familie, und die Konkurrenz durch dänische, niederländische und hansische Kauffahrer war in allen anderen Häfen immer größer geworden. Das verdarb die Preise so weit, dass man manchmal ganze Tuchladungen unter Wert losschlagen musste, um den Bauch des Schiffes wieder mit Waren füllen zu können, die im Heimathafen gute Preise erzielen würden, namentlich Fisch und Tran.

Steven und sein Freund Raymond hatten den Vater in einer hitzigen Debatte davon überzeugt, weiterhin nach Island zu fahren und das Verbot König Edwards zu missachten. Alles andere hätte für die Wanmates den finanziellen Ruin bedeutet. Ausnahmegenehmigungen für den Handel gab es zwar, waren jedoch so teuer, dass sie sich nur für die wirklich großen Kontore lohnten. Nein, Steven weigerte sich, ein schlechtes Gewissen zu haben. Doch das Verbot war der Grund, aus dem er bislang einen großen Bogen um das Haus des Gouverneurs gemacht hatte. Er durfte hier um Himmels willen nicht erkannt werden. Was sollte er tun?

Ein unterdrückter Schrei aus dem Gouverneurssitz beendete Stevens Überlegungen jäh. Er trat vorsichtig durch die aufgebrochenen Tore der Hofeinfahrt und lauschte. Aus den Fenstern drang erst ein Poltern, dann das Klirren von Metall auf Metall, schließlich ein Schrei. Steven fühlte, wie sein Herz schneller schlug. Er huschte in den nur spärlich vom Mond erleuchteten Innenhof, um sich einen Überblick zu verschaffen, und achtete sorgsam darauf, sich stets im Schatten der Gebäude zu halten. Der Hof war auf allen vier Seiten von Fachwerkhäusern umgeben, die im unteren Stockwerk aus Bruchstein gemauert waren, und Steven drehte sich zur Orientierung ein paarmal um sich selbst. Früher war er hier ganz offiziell vorstellig geworden, und er versuchte, sich zu erinnern, wie es bei Tageslicht ausgesehen hatte. Neben den ebenerdigen Türen führten auf zwei Seiten Treppen auf einen umlaufenden Balkon in den ersten Stock; diese Galerie verband das Wohnhaus oberhalb der Durchfahrt mit dem rechts gelegenen Gesindetrakt. Ein Stall zur Linken sowie ein repräsentatives Gebäude geradeaus vervollständigten das geschlossene Rechteck. Auf dem Balkon vor dem Gesindehaus bewegten sich zwei dunkle Schemen. Seine Augen brauchten eine Weile, um sich an die Dunkelheit zu gewöhnen, doch schließlich erkannte er, dass zwei Männer einen dritten verprügelten, der ein helles Gewand trug – vielleicht ein Unterhemd.

Steven stieß einen leisen Fluch aus und wollte schon loslaufen, da hörte er die Schreie einer Frau und machte im Mondschatten unter einer der Treppen zwei zuckende Gestalten aus. Er kniff die Augen zusammen und spähte genauer hin – kein Zweifel, jemand machte sich über eine Frau her, der hellen Schürze nach eine Magd. »Dich werd ich Mores lehren, Schurke«, grollte Steven und griff an den Gürtel – doch sein Messer hatte er in der Schlafkammer gelassen. Er sah sich nach etwas um, das sich als Waffe eignen würde. In seiner Hilflosigkeit hakte er den Holzeimer vom Seil am Brunnen ab.

Ein Jammern und Schreien aus dem oberen Stockwerk ließ ihn innehalten. Seine Vorsprache bei dem hiesigen dänischen Gouverneur lag schon einige Jahre zurück, doch er erinnerte sich vage an den Aufbau des Gebäudes. Waren das dort oben die Kammern des Herrn? Er würde sich hier nicht mehr zurechtfinden, doch irgendwo dort oben hatte er damals in der Schreibkammer Gustavsons gesessen.

Steven sah sich hektisch um – er musste sich entscheiden. Die Schläger oben, die bedrängte Frau unten, der Gouverneur – das waren drei Probleme, um die er sich nicht gleichzeitig kümmern konnte. Doch er fackelte nicht lange – und zur Hölle mit der Vorsicht. Ihm stand noch der Traum von seiner geliebten Anne vor Augen, und eine Wut ergriff ihn, die er so noch nicht gekannt hatte. Wenn ein Kerl, egal wer, ihr solches antun würde … Ohne weiter nachzudenken, stürmte er auf die Nische unter der Treppe zu und schwang den Eimer über den Kopf. Mit voller Wucht ließ er ihn auf den Rücken des Mannes niedergehen, der sich dort über die Frau hermachte.

Der Eimer zersplitterte nicht, wie Steven erwartet hatte, sondern schlug mit dumpfem Geräusch auf der Schulter des Mannes auf. Ein hässliches Knacken verriet ihm, dass die Knochen nicht so solide gebaut waren wie das Gefäß. Der Kerl schrie auf und wandte sich um. Jetzt erst konnte man die Gesichtszüge ausmachen.

Steven hielt verblüfft inne. Im Licht der Mondstrahlen, die zwischen zwei Treppenstufen hindurchfielen, erkannte er das hässliche Gesicht von Wills, einem seiner eigenen Seeleute, der schon bei der Herfahrt durch seine Aufsässigkeit aufgefallen und unter denjenigen gewesen war, die in der Schänke für Ärger gesorgt hatten.

Sobald der junge Kauffahrer seine Überraschung verwunden hatte, herrschte er den anderen an: »Wills, Mann! Bist du des Wahnsinns? Lass die Frau in Ruhe und zieh sofort ab, dann erwäge ich vielleicht, dich nicht an den Galgen zu bringen, sondern nur …«, einzusperren, hatte er sagen wollen, doch so weit kam Steven nicht, denn er musste der Faust des Bootsknechts ausweichen. Der schrie selbst auf, weil ihn offenbar die Bewegung schmerzte, doch das hinderte ihn nicht daran, gleich einen zweiten Schlag zu versuchen. Steven blieb keine Wahl. Er sprang zurück, holte mit dem Eimer noch einmal Schwung und ließ ihn auf die Seite von Wills' Kopf sausen. Der Mann fiel um wie ein angestochener Sack Mehl.

Steven Wanmate blieb keuchend stehen. Sicher, er hatte die eine oder andere Schlägerei in einer Kneipe hinter sich, doch er hatte noch nie erlebt, dass ihm einer seiner eigenen Männer in so direktem Ungehorsam ans Leben wollte. Das, gepaart mit der Erkenntnis, dass seine eigene Schiffsbesatzung hier auf Island gerade den Aufstand probte, ließ seine Hände zittern. Was war bloß in die Männer gefahren?

Als Steven sich von dem Schrecken erholt und davon überzeugt hatte, dass Wills so schnell nicht wieder aufstehen würde, trat er mit einem weiten Schritt über den Mann hinweg zu der Magd. Ihre Kleidung war zerrissen, und selbst in der Dunkelheit unter der Treppe sah er, dass ihr Gesicht blutverschmiert war. Aus einer Wunde an der Schläfe lief ein feines dunkles Rinnsal. Die Frau schreckte wie besinnungslos vor ihm zurück und verkroch sich neben der alten Kiste, auf der sie eben gelegen hatte. Um sie nicht weiter zu ängstigen, hielt Steven inne.

Noch hatte sie ihn nicht von Angesicht zu Angesicht gesehen. Er war der Sohn des Reeders, er war verantwortlich für alles, was auf der Kauffahrt passierte. Es war nicht auszudenken, was geschähe, wenn der dänische König eingeschaltet würde oder gar in letzter Konsequenz Edward IV. von England! Er und sein Vater würden in den Tower geworfen, ihre Güter konfisziert und die Schiffe beschlagnahmt, um den dänischen König zu beschwichtigen. Was sollte dann aus Herman werden, dem Herumstreicher? Steven liebte den jüngeren Bruder über alles, doch er drückte sich zu oft vor den familiären Pflichten. Und Anne, Stevens Verlobte? Sie würde bei den Damen von London in Spott und Schande untergehen.

Der Kauffahrer aus Lynn erblasste und bekreuzigte sich stumm, als er sich bei der Überlegung ertappte, dass die Frau eine Zeugin war, die ihn und seine Männer an den Galgen bringen konnte. Wenn niemand wusste, wer in den Hof eingedrungen war, konnte auch niemand mit den Fingern auf die Engländer und damit auf Steven Wanmate zeigen.

Kaum war ihm das durch den Kopf geschossen, widerte er sich selbst an. Nein, niemals, er konnte unmöglich eine Frau, die bereits so hatte leiden müssen, dafür bezahlen lassen, dass er seine Männer nicht unter Kontrolle hatte! Aufgewühlt sah er sich um. Menschen rannten johlend über den Innenhof, einer warf eine Fackel in eines der Fenster. Steven erkannte auch in ihnen Mitglieder seiner Besatzung. Erst hatte der Kauffahrer die Hoffnung, dass die Fackel verlöschen würde, denn das Licht nahm ab. Dann loderten Flammen schnell höher.

Die Frau neben ihm wimmerte leise vor Angst. Steven beherrschte die Sprache der Dänen in Grundzügen. Er passte den Moment ab, in dem zwei Bootsknechte in eines der Häuser liefen und der Hof leer war. »Lauf hinaus und versteck dich!«, zischte er der Magd zu und machte den Weg frei. Doch sie rührte sich nicht. Sie starrte ihn an, sah zu dem Bewusstlosen, dann wagte sie einen Schritt auf ihn zu. »Du auch Engländer?«, fragte sie gebrochen in seiner Sprache.

Steven nickte bloß. Sie hatte offenbar bereits erkannt, aus welchem Land die Angreifer stammten.

»Du hilfst?«

Der junge Kaufmann blickte auf Wills hinab, der stöhnend auf dem Kopfsteinpflaster lag. »Ja.«

»Hilf dem Herrn, bitte! Männer sind da hoch!« Die Magd deutete auf eine Tür, die von der Galerie ins Haupthaus abging. »Ja?«

Steven sah hinauf. An der Treppe gegenüber standen noch immer die beiden Schläger, deren Gesichter er in der Nacht nicht erkennen konnte. Das Opfer, dem sie eben so zugesetzt hatten, rührte sich nicht mehr. Wieder zögerte er, doch sein Gewissen ließ ihm keine Ruhe. Er musste wissen, ob der Gouverneur hatte entkommen können. »Ich helfe deinem Herrn«, erwiderte er leise. »Warte hier, bis ich weg bin. Dann geh und bring dich in Sicherheit.«

Geduckt hastete er die zweite Treppe hinauf, unter der er gestanden hatte. Oben angelangt, umrundete er den Hof auf dem langen Weg über die Galerie. Er zwang sich, langsam zu gehen, um keine Aufmerksamkeit auf sich zu lenken. Er hatte bereits zwei Seiten des Hofes hinter sich gelassen, als die beiden Männer ihm ein paar Schritte entgegenkamen. Er blieb im Schatten einer Nische stehen und hielt den Atem an. Als ein Geräusch vom Hof kam, wandten sich die beiden um. Einer rutschte dabei auf der Treppe aus und polterte die Stufen hinab.

Steven atmete auf und ließ noch ein wenig Zeit verstreichen. Er wollte sich der Tür vor sich zuwenden, da vernahm er hinter sich ein Rascheln. Wieder presste er sich in die Nische und wagte kaum, sich umzudrehen. Es dauerte eine Weile, bis er Jimmy erkannte. »Was machst du denn hier?«, zischte er ihm zu. »Das ist gefährlich!«

»Nicht gefährlicher für mich als für Euch!«, erwiderte der Junge wispernd. Sein Gesicht lag fast vollständig im Schatten des Galeriedachs, nur die Augen leuchteten hell; doch seine Stimme überschlug sich vor Aufregung.

Steven wusste, dass der Junge recht hatte. Es war gut möglich, dass einer seiner Leute ihn im Trunk oder in der Dunkelheit für einen Dänen hielt und angriff. Oder dass ein Knecht den Hof seines Herrn gegen ihn verteidigte. Aber das würde er dem vorwitzigen Jungen nicht auf die Nase binden. »Mach, dass du wegkommst!«

»Ich will bei Euch bleiben!«, gab Jimmy verstockt zurück. »Ich kann helfen!« Dabei schlug er bekräftigend mit der Faust in die offene Hand.

Steven unterdrückte einen ärgerlichen Fluch. Er musste den Burschen loswerden, und zwar schnell – und das auf eine Weise, die seine Ehre nicht kränken würde. Aus einem Impuls heraus streifte Steven sich das Lederband mit der Münze über den Kopf und reichte es ihm. »Ich brauche dich da draußen, Jimmy, jemanden, dem ich vertrauen kann. Jemanden, von dem ich weiß, dass er sich durchschlägt, egal, was passiert. Du musst dir alles genau merken, für den Fall, dass mir etwas zustoßen sollte. Wenn du bis morgen früh nichts von mir hörst, musst du dich nach London durchschlagen. Du erzählst meinem Bruder Herman alles, was du hier gesehen und gehört hast und gibst ihm diese Münze, ja? Schwörst du's, bei Gott?«

Der Bursche nahm die Münze und schwieg. Schließlich hörte Steven zu seiner Erleichterung den gemurmelten Eid.

»Sehr gut. Und wenn mir nichts geschieht, dann gibst du sie mir wieder, und wir kehren gemeinsam nach London zurück. Aber jetzt geh!«

Immer noch zögernd drehte Jimmy sich um und verschwand in der Dunkelheit.

Halbwegs beruhigt schlich Steven weiter und betete, dass der Junge sich an den Eid halten würde. Er öffnete die Tür, die ihm die Magd gewiesen hatte, und schob sich in den dunklen Raum dahinter. Er machte Schemen von Truhen und einem Stehpult aus – vermutlich ein Schreibgemach, der warmen Luft nach mit Kachelofen. Durch eine weitere, leicht offen stehende Tür, die tiefer in das Gebäude führte, hörte er laute Geräusche – vermutlich jene, die er bereits von draußen gehört hatte. Er vernahm dumpfe Schläge, einen Schrei, ein Wimmern.

Schnell blickte Steven sich wieder nach einer Waffe um, denn den sperrigen Eimer hatte er draußen gelassen. Er griff sich einen Briefbeschwerer aus durchsichtigem Stein, vermutlich Kristall. Die Oberfläche war geschmeidig geschliffen, und der Stein passte gut in seine Hand. Der Kauffahrer fasste sich, schob die Tür ganz auf und trat in die Kammer.

Zweifellos handelte es sich um die Schlafkammer des Gouverneurs. Ein kleines Feuer im Kamin beleuchtete eine zerwühlte Schlafstatt, zwei große Kleidertruhen, einen kleinen Tisch mit Waschschüssel darauf, die Steven nur mit den Blicken streifte. Sein Hauptaugenmerk galt drei Männern, zwei seiner Seeleute sowie dem Gouverneur selbst.

Steven blieb, wie vom Blitz getroffen, auf der Stelle stehen. Der Gouverneur lag, das Gesicht zu einer unkenntlichen blutigen Masse geschwollen, im Nachthemd auf dem Boden und krümmte sich; dabei gelang es ihm nur bedingt, gleichzeitig Kopf und Bauch zu schützen. Über ihm stand Matt Hunter, ein Riese mit Glatze und zotteligem Bart, und ließ einen Knüppel auf den Kopf des Dänen niedersausen, und das offenbar nicht zum ersten Mal. Ein weiterer Seemann der »Carmilla«, Dickins, stand neben ihm und trat nach dem Bauch des am Boden Liegenden.

Steven handelte, ohne nachzudenken. »Männer!«, herrschte er sie an. »Was tut ihr da? Lasst sofort ab!« Die beiden blickten auf und erkannten ihn. Doch statt innezuhalten, verzog sich Hunters Gesicht zu einem breiten, gemeinen Grinsen. Dann schlug er noch einmal auf den Gouverneur.

Auf der anderen Seite wurde eine Tür aufgerissen. »Steven!«, keuchte Raymond Oxbow und eilte an seine Seite. Er schob ihn am Arm zurück in die Schreibkammer und schloss die Tür hinter sich.

»Oxbow, was geht hier vor? Die Männer sind ja wie vom Teufel besessen! Warum sind sie nicht auf dem Schiff?«

»Ich … ich weiß es nicht, Steven. Du hast ganz recht – es ist, als wäre der Leibhaftige über sie gekommen. Die Leute hatten sich in der Schänke ja mit dem Gesinde des Gouverneurs gestritten, und jetzt haben sie offenbar beschlossen …«

»Wie es passiert ist, können wir später klären, Raymond«, schnitt Steven ihm das Wort ab. »Wir müssen erst einmal dafür sorgen, dass dem Gouverneur selbst nicht noch mehr geschieht!«

»Wir können uns nicht mehr dazwischenstellen, der Schaden ist getan!«, erwiderte Raymond. Seine Zunge fuhr nervös über die trockenen Lippen. »Sollten wir nicht einfach abwarten, bis sich ihre Gemüter beruhigt haben? Bei allem, was geschehen ist, ist es vielleicht besser, wenn der Gouverneur das nicht überlebt …«

Wütend schüttelte Steven den Kopf, peinlich berührt, dass er selbst vor Kurzem denselben Gedanken gehegt hatte. »Es ist schlimm genug, was bislang passiert ist. Wir müssen einschreiten!«

Raymond zögerte kurz, dann aber klopfte er ihm zustimmend auf die Schulter. »Was also schlägst du vor?«

»Du schnappst dir Dickins, ich nehme mir Hunter vor. Ich glaube, mit Worten ist bei denen nichts mehr zu wollen, aber wir können es probieren. Zur Not schlagen wir zu.« Steven war sich im Klaren darüber, dass die beiden Schiffsknechte ihnen an körperlicher Masse und Erfahrung im Kampf um ein Vielfaches überlegen waren. Doch versuchen mussten sie es.

Erleichtert stellte er fest, dass Raymond sein kurzes Schwert und einen Dolch im Gürtel trug. »Du bist bewaffnet? Sehr gut! Kannst du etwas entbehren?«

Raymond zog zögerlich die längere der beiden Klingen, als sei er sich noch nicht sicher, dass dies der richtige Weg sei. Schließlich reichte er sie ihm und behielt selbst nur den scharfen Dolch in der Hand, den Steven ihm vor ein paar Wochen zum Namenstag geschenkt hatte – das Monogramm RO war in den Knauf geprägt. »Natürlich, Steve, ich bin an deiner Seite.«

Der junge Kauffahrer ergriff das Schwert und warf ihm einen dankbaren Blick zu. Damit hatten sich ihre Chancen verdoppelt. »Dann also los, Oxbow.« Aus den Augenwinkeln heraus sah er einen Schatten an der Tür, der einen weißen Fleck auf der Brust hatte – vermutlich die Magd. Warum hielt sich niemand an das, was er befahl? Er seufzte und beschloss, dass er getan hatte, was er konnte. Jetzt war sie selbst für ihr Handeln verantwortlich.

Mit dem Schwert in der Hand ging Steven in die Kammer. Natürlich durften sie Hunter und Dickins nicht unterschätzen, doch mit einem ordentlichen Schwerthieb mochte man einem Mann die Knochen brechen, bevor er nah genug heran war, um einem die Faust ins Gesicht zu schlagen. Der junge Kauffahrer näherte sich von der Seite, sodass er Raymond hinter sich genug Raum ließ, um Dickins anzugreifen, holte mit dem Schwert aus und rief gleichzeitig: »Hunter!«

Die Warnung hatte gereicht. Hunter sprang behände rückwärts und brachte sich aus der Reichweite der Klinge. Steven schlug zu, streifte jedoch nur Dickins' rechte Seite. Der taumelte, warf sich zurück und schrie vor Schmerz. »Verdammt! Was soll der Mist?«, fluchte er.

»Lasst den Gouverneur in Ruhe!«, befahl Steven keuchend,

doch weiter kam er nicht, denn Hunter schlug mit der Keule nach ihm. Er wollte mit der Klinge nicht parieren, das würde ihm den Arm brechen. Stattdessen wich er aus, ließ den größeren und schwereren Mann aus dem Gleichgewicht kommen und holte seinerseits aus.

Sein Hieb ging kraftlos ins Leere, als er ein Brennen unterhalb des rechten Schulterblattes spürte. Hunter lachte ihm dreckig ins Gesicht und schlug ihm mit der Keule das Schwert aus der Hand, das plötzlich so schwer geworden war, dass Steven es ohnehin nicht mehr festhalten konnte. Es fiel mit einem Klirren zu Boden. Das Brennen in seinem Inneren ging in ein dumpfes Pochen über, das so bestimmend wurde, dass Steven beinahe das Bewusstsein verlor. Er holte Luft und erreichte bloß, dass sich der Schmerz in seinem ganzen Brustkorb ausbreitete. Eine Klinge!, schoss es ihm durch den Kopf. Jemand musste ihm eine Klinge in den Rücken gestoßen haben. Er griff mit der Rechten danach und bekam einen Knauf zu packen, dann glitt seine Hand an dem Blut ab, das daran klebte.

Einen Herzschlag später fand Steven sich auf dem Boden wieder – er hatte nicht bemerkt, wie er gestürzt war. Vor ihm lag der Gouverneur mit geschwollenem Gesicht und gebrochenen Fingern. Steven sah, wie der Däne versuchte, sich langsam über den Boden zu schieben. Hunter lachte wieder und hob den Knüppel, dann ließ er das Holz auf den Kopf des Gouverneurs niedersausen. Die leeren Augen sagten mehr als tausend Worte. Steven fluchte stumm, denn er erkannte einen toten Mann, wenn er einen sah.

Als Matt Hunter mit dem Knüppel auf ihn zukam, wollte der Kauffahrer schreien, wollte den Freund Raymond um Hilfe anflehen, wollte wegrobben – doch jede Bewegung kostete ihn Kraft, die er nicht mehr besaß, und er bekam kein Wort heraus.

Vor seinem inneren Auge entstand das Bild Annes, wie er sie zuletzt gesehen hatte. Anne, wie sie in ihrem Bett lag, als er sie ein letztes Mal geküsst hatte, bevor er nach Island aufgebrochen war. Die weichen, erwartungsvollen Lippen, das Lächeln in ihren Augen, ihre kühlen Finger auf seiner stoppeligen Wange, als sie ihn losließ. Steven hoffte, dass es ihr gut ging. Und er betete zu Gott dem Allmächtigen, dass sich sein Bruder Herman an das Versprechen hielte, das er ihm abgenommen hatte, bevor er an Bord der »Carmilla« gegangen war.

Sein Blick fiel auf seine Handinnenfläche, in der sein eigenes Blut klebte. In dem bräunlichen Rot zeichneten sich geschwungene Linien ab, die sich zu einer vertrauten Form zusammensetzten. Steven rollten Tränen über die Wangen, als er zwei verschmierte Buchstaben erkannte, die sich auf seine Haut gedruckt hatten. Es waren ein R und ein O.

Als er mit Mühe den Kopf wandte, um über die Schulter zu schauen, stand dort Raymond Oxbow – der Mann, den er für seinen besten Freund gehalten hatte und der ihn nun keines Blickes würdigte.

»Also los, Hunter, Dickins«, sagte er stattdessen und griff nach einer brennenden Öllaterne, »zünden wir endlich das Haus an.«

Jimmy wartete lange auf Steven Wanmate, den Besitzer der »Carmilla«, auf der er als Schiffsjunge diente. Er hielt seinem Schwur gemäß draußen vor dem Anwesen des Gouverneurs die Faust fest um die alte Münze geschlossen. Und obwohl das schlechte Gewissen an ihm nagte, dass er nicht dort drinnen war und dem Herrn half, war er doch auch froh. Die Angst in seinen Eingeweiden war kalt und hart, als hätte er einen Schneeball verschluckt.

Als er die Flammen im Haus des Gouverneurs auflodern

sah, wagte er sich aus seinem Versteck in einem Gebüsch nicht mehr heraus. Das Herz klopfte ihm bis zum Halse. Mr. Wanmate hatte doch gesagt, er käme zurück und sie würden zusammen nach London fahren. Und doch hatte er Jimmy für den Fall ausgewählt, dass das Schlimmste eintrat. Dann würde der Schiffsjunge allein heimkehren müssen, um seinen Auftrag auszuführen. Der Schneeball in seinem Bauch schien sich zu Eis zu verhärten, wenn er daran dachte, wie er das wohl schaffen sollte. Wer mochte von der »Carmilla« noch übrig sein? Aber nein – Mr. Wanmate würde sehr bald aus dem Gehöft treten, Jimmy finden und ihm sagen, dass alles gar nicht so schlimm war. Vermutlich war bloß die Küche abgebrannt.

Der Schiffsjunge wartete, bis der Morgen heranbrach. Die Flammen hatten inzwischen auf große Teile der Gebäude übergegriffen. Dörfler hatten lange und vergeblich versucht zu löschen und schließlich aufgegeben. Irgendwann löste sie ein heftiger Regenguss ab und ließ das Feuer ersterben.

Doch als die Sonne zum Zenit aufstieg und die Männer begannen, Leichen aus der noch nicht erkalteten Asche zu ziehen, da ahnte Jimmy, dass in diesem Hof niemand mehr am Leben war.

Über einige Leichen wurde zornig geschimpft und geschrien. Ein Toter wurde sogar an Seilen durch den Schlamm zum Marktplatz des Ortes gezogen, wo man ihn am Hals aufhängte und mit faulem Gemüse bewarf. Schließlich wurde er mit Seilen gevierteilt und, nachdem er herabgefallen war, im Pferdemist begraben. Es dauerte Stunden, bis die Menschenmenge von dem Leichnam abließ und Jimmy sich näher wagte.

Der Kopf, der unter dem Mist herausragte, war der von Steven Wanmate. Jimmy zog sich ein Knoten im Halse zusammen. Offenbar hatten sie den Kauffahrer für die Vorfälle der letzten Nacht verantwortlich gemacht. Dabei er hatte helfen wollen! Der Junge verstand die Welt nicht mehr, doch als man ihm misstrauische Blicke zuwarf, stahl er sich schnell davon, denn er wollte nicht ebenso enden – begraben in einem Dunghaufen. Stattdessen rannte er zum kleinen Hafen. Er musste zur »Carmilla«! Sicher waren nicht alle Seeleute von Bord gegangen, und das Schiff würde nach Lynn oder gar nach London zurückfahren.

Als er sah, dass der Anlegeplatz an dem kleinen, mit Kisten und Säcken beladenen Steg leer war, erfuhr Jimmy einen tiefen Schrecken. Tränen drohten, ihm die Sicht zu verwischen. Er biss die Zähne zusammen und klammerte die Faust so fest um die Münze, dass ihre Kanten ihm in die Handfläche schnitten. Wie sollte er nun nach London zurückkehren? Er hatte Steven Wanmate versprochen, das Schmuckstück zurückzubringen, aber wie sollte er das tun – ohne Geld, ohne Schiff, ohne Mannschaft?

Jimmy fühlte sich so allein auf der Welt wie nie zuvor in seinem Leben.

Kapitel 2

Im Sund vor Dänemark, am dreißigsten Mai 1468

Elise schreckte aus dem Schlaf hoch. Dämmerlicht umgab sie in der beengten Kammer, in der es nur ein winziges Fenster gab. Das an Wänden und Boden befestigte Bett, in dem sie lag, war zerwühlt, denn sie hatte kaum geschlafen. Sie hatte so lange auf die Geräusche gelauscht, die von draußen hereindrangen, dass sie nicht wusste, wie viel Zeit vergangen war. Morpheus' Arme mussten sie trotzdem irgendwann umfangen haben.

Frierend zog Elise die Decke bis unter das Kinn und schlang die Arme um den Leib. Die leichte Übelkeit, an die sie sich wohl niemals gewöhnen würde, wohnte noch immer in ihrem Innern. Sie horchte auf das Knarren und Ächzen des Holzes, das Pfeifen des Sturmes und die Stimmen der Männer und bemerkte, dass diese Hintergrundgeräusche der letzten Stunden zwar nicht vollständig verschwunden waren, sich aber doch deutlich beruhigt hatten. Offenbar war das Schlimmste überstanden.

Elise sah sich um. Die Kiste, in der sie auf der Reise ihre Kleider transportierte, war mit Stricken an Wand und Boden befestigt worden, und das war gut so. Die Kammer mit allen Möbelstücken und sie selbst schwankten auf und ab. *Kajüte*, korrigierte sie sich. Und das Bett, in dem sie lag, hieß nicht Bett, sondern *Koje*. Auch daran würde sie sich nie gewöhnen. Sie fuhr nicht zum ersten Mal zur See – beileibe nicht –, aber sie schätzte diese Erfahrung nicht.

Noch schlimmer als ihr selbst erging es ihrem Mädchen, Ursula. Ihr Stöhnen erklang nur manchmal, sie krampfte sich auf ihrem Lager auf dem Boden zusammen und rührte sich nicht. Das Mädchen wirkte in dem schummerigen Licht wie eine waidwunde Hindin. Beinahe bereute Elise, die junge Zofe mitgenommen zu haben, doch alleine reisen gehörte sich für eine junge Frau nicht – besonders nicht auf einem Schiff voller Seeleute. Auch wenn sie Kapitän Felbers bereits mehrfach ihr Leben anvertraut hatte.

Während sie auf die Geräusche um sich herum achtete, hörte die junge Witwe, wie der schwere Inhalt ihrer Truhe von einer Seite zur anderen rutschte. Dieses leise Schaben musste in der vergangenen Nacht vom Sturm und dem Klatschen der Wellen am Rumpf der Holk »Grote Maat« übertönt worden sein. Trotz Kälte und Übelkeit erhob Elise sich besorgt und kniete sich neben die Truhe. Sie löste die Seile so weit, dass sie den Deckel öffnen und ein Bündel herausnehmen konnte. Sie zog die geteerte Leinwand und den darunterliegenden weicheren Stoff zurück, um die Bibel zu untersuchen, die darin lag.

Der hölzerne Einband, der mit geschnitzten Ornamenten und dem Wappen der Familie Lipperade verziert war, sah trocken und unbeschädigt aus. Als sie den Verschluss löste, den Buchdeckel anhob und die erste Seite mit dem Schriftzug und dem Stammbaum der Lipperades aufschlug, sah sie weder Stoß- noch Wasserschäden. Sie atmete auf, auch wenn der kunstvoll gezeichnete Baum mit den Namensschildchen sie kaum beruhigte – im Gegenteil. Sie ließ einen Finger zärtlich über den Namen ihres verstorbenen Gemahls Wilhelm gleiten. Daneben hatte man sie eingetragen – Elise Lipperade, geborene Pritzwall – und ihren neun Jahre alten Sohn Hendrik. Neben Wilhelms zahlreichen Geschwistern, von denen die meisten bereits ein Sterbedatum trugen, fuhr der Finger hinauf zu den Eltern, der verstorbenen Johanna, geborene Herzte, und verharrte bei Hinrich Lipperade. Damit kehrte auch die Sorge um den Schwiegervater zurück.

Elise hatte den Vater ihres Gemahls nur selten gesehen, da er wie Wilhelm viel für den Hanserat, der seinen Sitz in Lübeck hatte, auf Reisen gewesen war. Doch bei den vereinzelten Gelegenheiten, der Hochzeit, Hendriks Taufe, die sie einander begegnet waren und unter demselben Dach gewohnt hatten, hatte sie den alten Mann tief ins Herz geschlossen. Ihren eigenen Vater hatte sie früh verloren, und Hinrich hatte sie von Anfang an behandelt wie sein eigen Fleisch und Blut. Ihn nun in Gefahr zu wissen bereitete ihr neben den Konsequenzen, die sein Tod für ihre Stellung im Hause Lipperade hätte, tiefe Sorge.

Ob sie den Sund vor Dänemark schon hinter sich gelassen und das offene Meer erreicht hatten? Die junge Frau schlug die Bibel sorgfältig in die Tücher ein, verstaute sie in der Truhe und sicherte diese wieder mit den Stricken. Dann band sie taumelnd ihre braune Lockenpracht mit einem Band im Nacken zusammen, zog ihr schlichtes Reisegewand mit dem kurzen Saum über das lange Hemd und warf sich einen Schal und einen dicken Wollumhang mit Kapuze über. Sie mochte nicht mehr still hier unten sitzen. Sie wollte an Deck gehen und sich bei Kapitän Felbers erkundigen, wie es um die »Grote Maat« und ihre Reise nach London bestellt war. »Herrin?«, murmelte ihr Mädchen gequält.

»Bleib liegen, Ursel«, befahl Elise. »Ich gehe nur kurz an Deck.«

Als sie die Tür aufmachte, nahm sie in der Kammer hinter sich aus den Augenwinkeln eine Bewegung wahr. Dort hing ein polierter Metallspiegel. Die vermeintliche Bewegung, die sie erschreckt hatte, war bloß ihr Spiegelbild gewesen. Beruhigt blickte sie auf ihr verzerrtes Abbild: das herzförmige Gesicht mit den großen Augen, unter denen im Augenblick tiefe Schatten lagen, weil sie seit Tagen nicht vernünftig schlafen konnte, gerahmt von einer Flut feuchter Locken.

Sie trat hinaus. In dem kurzen Flur, von dem vier Türen abgingen, wählte Elise die, die an Deck führte. Hinter den anderen drei lagen neben ihrer eigenen Kajüte die des Kapitäns und die große, in der die Mannschaft unterkam. Sie war froh, den beengten Gang hinter sich zu lassen.

Draußen empfing sie eine steife Brise. Elise stemmte sich dagegen und hielt sich am Seitenbalken der Öffnung fest, die unter dem Achterkastell der wellengebeutelten Holk hinaus aufs Deck führte. Unter ihrer Hand spürte sie das Holz in seinem Rahmen arbeiten. Wenn sie sich bewusst machte, dass allein diese von Menschenhand gebaute Konstruktion sie vor der zerstörerischen Macht der See schützte, verstärkte sich das Unwohlsein in ihrem Magen wieder, das sie einigermaßen unter Kontrolle geglaubt hatte. Immerhin schien sich der Sturm, der sie letzte Nacht wach gehalten hatte, deutlich gelegt zu haben. Und keine Unbilden der Welt konnten an ihrem Entschluss, nach London zu gelangen, etwas ändern.

Elise trat unter das Kastell und hielt sich an der Reling fest. Die frische Morgendämmerung tauchte die bewegte See in ein rötlich orangefarbenes Licht. Die Schönheit dieses Anblicks unter schnell dahineilenden Wolken ließ die junge Frau einen Augenblick lang innehalten. Dies war die zauberhafte Seite einer Seereise. Die bedrohliche hatte sie in der letzten Nacht zu spüren bekommen, als das Meer so zerklüftet gewesen war wie ein scheußliches Gebirge und jeder Brecher die Holk beinahe verschlungen hatte. Elise hatte einen Blick zur Tür hinaus geworfen, weil sie trotz des wütenden Sturms an

Deck ein Krachen gehört hatte. Der Wind hatte die Planken so stark mit Wasserschleiern überzogen, dass man nicht mehr hatte unterscheiden können, ob es sich um Regen oder Gischt gehandelt hatte. Nach dem Schrecken hatte sie sich schnell unter ihre Decken verkrochen und sich nicht wieder herausgewagt. Ihr Ehemann Wilhelm war auf See geblieben und nicht zurückgekehrt. Ihn musste ein ähnlicher Sturm das Leben gekostet haben. Der Gedanke ließ Elise zu ihrem Rosenkranz greifen und beten.

Nun raffte die junge Frau mit der freien Hand ihren schweren Wollumhang enger um den Hals und wandte den Blick vom Meer ab, um ihn über das Schiff schweifen zu lassen. Obwohl der Holk auf der schwergängigen See schwankte, schienen die Seemänner dem Wetter eine relative Ordnung entgegenzusetzen. Sie hasteten unter den Befehlen von Kapitän Felbers in dem spinnennetzartigen Gewirr aus Seilen und Kletterleitern hin und her, das um die Masten und Segel aufgespannt war, und jeder schien seine Aufgabe genau zu kennen und zu erfüllen. Elise war schon einige Male zur See gefahren, hatte den Tanz, den die Männer an Bord zu vollführen schienen, aber noch nicht vollständig durchschaut. Momentan schienen sie in den Wanten wieder einige der Segel zu setzen, die für den Sturm vollständig gerefft worden waren. Die Seeleute trieften vor Nässe.

Jetzt löste sich einer von ihnen aus einer Gruppe, die sich um den Vordermast versammelt hatte, und kam trotz des Schwankens sicher auf sie zugestapft. Es war Junggers, der Bootsmann der »Grote Maat«. »Frau Elise!«, rief er gegen den Wind. »Min Deern, Ihr solltet aber nich' hier draußen sein!«

Elise war dankbar, dass der liebe Alte sich so um sie sorgte. »Ich habe es unter Deck nicht mehr ausgehalten! Und ich wollte schauen, wie schlimm der Sturm dem Schiff zugesetzt hat«, rief sie zurück.

Der Seemann lachte. Als er vor ihr stand, musste er nicht mehr schreien. »Der Sturm hat uns ganz schön gebeutelt, das sach ich Euch! War schneller über uns als eine Dirne aus Nowgorod!«

»Junggers!«, entfuhr es Elise überrascht.

»Tschuldigung, min Deern, is' mir nur so rausgerutscht, nich'?« Er grinste sie so schelmisch an, dass der Kranz aus Lachfältchen sein Gesicht in ein Knittertuch verwandelte. Elise konnte ihm nicht wirklich böse sein, wie er trotz Nässe und Wind mit einem breiten Grinsen vor ihr stand, als befände er sich im trockenen Hafen.

»Haben wir schlimme Schäden erlitten, Junggers?«, lenkte sie auf das Thema zurück, das sie beschäftigte. »Wir werden doch weiter nach London fahren?«

Der Bootsmann zog eine Grimasse und hob die buschigen Brauen. »Die Stenge is' angebrochen, Herrin. Wenn ich ehrlich bin – ich würd' damit nich' bis London durchfahren.«

»Aber das geht nicht!«, protestierte sie. »Wir *müssen* nach London, das wisst Ihr doch!«

Junggers Gesicht schimmerte vor Nässe. Auf seinen Zügen las sie einen Widerhall ihrer eigenen Sorge. Der Bootsmann stand bereits zeit seines Lebens in Diensten erst Herrmanns, dann seines Sohnes Hinrich Lipperade. »Ich versteh schon, Frau Elise. Aber der Herr Lipperade hat auch nichts davon, wenn die Mutter seines Enkelsohns auf halber Strecke absäuft!«, sagte er trotzdem. »Wir können froh sein, wenn wir's zurück nach Lübeck schaffen.«

Elise überlegte fieberhaft. Ihr Blick fiel auf die Verlängerung des Mastes, der die gespannten Seile hielt. »Aber wenn's nur die Stenge ist, kann man die nicht auf einer der Inseln reparieren oder ersetzen lassen?«, fragte sie. Die dänische Küste war so zerfasert wie ein ausgefranster Teppich. Irgendwo musste sich doch ein Hafen finden!

»An der Stenge hängt ja die ganze Takelage, Herrin. Das dauert schon was länger, das sach' ich Euch. Aber unterm Strich muss das der Kapitän wissen. Felbers hat schon so manche schlimme Fahrt hinter sich, der wird wissen, was mit der alten Dame hier zu tun ist.«

Elise fröstelte. Sie mochte Junggers und seinen trockenen Humor. Zu seinen Männern war er hart, aber gerecht, ihr gegenüber allerdings mehr wie ein freundlicher Oheim. Sie kannte ihn, seit sie ins Hause Lipperade eingezogen war, und hatte viel von ihm gelernt, denn obwohl von einfachem Gemüt, war er intelligent und weitsichtig.

»Ich will doch bloß nich', dass Euch was passiert, Herrin. Wär ein Jammer. Und der alte Herr würde mir eine Tracht Prügel versetzen, die sich gewaschen hat.«

Elise biss sich auf die Unterlippe, um eine Erwiderung zurückzuhalten. Hinrich Lipperade würde vermutlich viel zu spät davon erfahren, wenn auch seine Schwiegertochter ein nasses Grab finden würde, da er im Stalhof, der Niederlassung der Hanse in London, nicht abkömmlich war. Der Schwiegervater besaß in der Hanse den Ruf eines der wichtigsten Diplomaten. Dieses Städtebündnis, das sich von Brügge und anderen flandrischen Städten über Köln und die westfälischen Gebiete mit Dortmund, Soest, Münster und vielen anderen sowie Braunschweig hinauf bis Lüneburg und zu den preußischen Städten wie Rostock, Danzig, Stralsund und Wismar erstreckte, diente der Erleichterung des Handels zur See wie zu Land und hatte sich über die letzten drei Jahrhunderte neben den Fürsten und Königen zu einer der bedeutendsten bürgerlichen Mächte entwickelt. Als Vertreter der Hanse hatte

Lipperade mit den Königen von Dänemark, Polen und auch mit Edward dem IV., dem König von England, verhandelt und Dutzende Städte zwischen Brügge und Kopenhagen im Dienste Lübecks bereist.

In der Hanse besaß die Stadt Lübeck die Führungsrolle – man nannte die Stadt auch die Königin der Hanse –, und so waren Lipperades Reisen von großer Bedeutung. Seit er nach Wilhelms Tod vor drei Jahren nach England gegangen war, hatte man ihn in Lübeck nicht mehr gesehen.

Elise wäre auch weiterhin in Lübeck geblieben, wäre nicht mit einem der letzten Schiffe aus London eine Sendung angekommen. Ihr Schwiegervater hatte dem Hanserat die Familienbibel der Lipperades geschickt. Kein Brief und keine Notiz hatte beigelegen, nur das kostbare holzgebundene Buch, eines der ersten, die aus einer Gutenbergschen Druckerpresse stammten. Der dritte Bürgermeister Bertold Wittik, der die Geschäfte in Abwesenheit des ersten Bürgermeisters Hinrich Castorp führte, hatte die Sendung an Elise weitergegeben und eine Notiz beigelegt, dass es wohl fälschlicherweise im Rathaus gelandet sei.

Es gab nur einen guten Grund, dass Hinrich Lipperade diese Bibel nach Lübeck sandte: Er fürchtete um sein Leben. Elise hatte ihre Enttäuschung darüber hinuntergeschluckt, dass der Schwiegervater sie so wenig als Mitglied der Familie ansah, dass er ihr die Bibel nicht direkt geschickt hatte, dann aber trotzdem ein Schiff rüsten lassen. Sie war in See gestochen, um in London selbst nach dem Rechten zu sehen, denn sie hätte die Ungewissheit, wie es um den alten Herrn bestellt war, nicht über Tage oder gar Wochen ertragen können. Johann Northoff hatte protestiert und versucht, ihr die Fahrt auszureden, doch sie hatte sich mithilfe Junggers und Felbers durchgesetzt.

Ihr Schwiegervater hatte Anton Klüver zum Vormund Hendriks berufen. Es kam zwar vor, dass Witwen die Geschäfte ihrer verstorbenen Ehemänner weiterführten, doch Wilhelm hatte selbst sein Erbe noch nicht vollständig angetreten, als er verstorben war. Einer Schwiegertochter die Geschäfte zu übertragen war unerhört, und Elise hätte auch gar nicht gewagt, diese Bürde anzunehmen. Sie hatte noch so viel zu lernen. Mit Anton Klüver hatte sie sich immer sehr gut verstanden. Da er aber oft in Köln weilte, hatte er den Lübecker Sekretär zu seinem Vertreter bestimmt, um die Geschäfte zu führen, an Elises statt vor Gerichten auszusagen und bei säumigen Faktoren ihres Schwiegervaters Schulden einzutreiben. Elise war mit Northoffs Benennung nicht glücklich gewesen, lieber hätte sie mit Klüver zusammengearbeitet. Doch sie akzeptierte, dass der alte Mann nicht mehr so reisefreudig war wie noch vor ein paar Jahren. Sie verfügte über ihre eigene Haushaltskasse und las die Bücher, die Northoff führte. Wenn auch widerwillig besprach er mit ihr wichtige Entscheidungen wie den Kauf eines Schiffes, Kontakte zu einem neuen Handelshaus oder die Eröffnung einer neuen Route. So hatte Elise ein gutes Gespür für das Geschäft entwickelt.

Die politische Lage zwischen England und der Hanse – und damit mit Lübeck – hatte sich in den letzten Wochen und Monaten verschlechtert und gab Anlass zur Sorge. Seit die englische Krone mit Dänemark einen Vertrag über die Fahrt durch den dänischen Sund geschlossen hatte, war die Zustimmung Lübecks für eine Durchfahrt in die Ostsee nicht mehr nötig. Die Situation entwickelte sich zum Nachteil der Kaufleute Lübecks und der Hansevertreter im Stalhof von London, weil englische Kauffahrer nicht nur selbst nach Bergen und Island fuhren, sondern tiefer in die Ostsee nach Riga,

Danzig und selbst bis Nowgorod. Die Konsequenzen für die Hansefahrer waren verdorbene Preise auf dem Markt und damit schrumpfende Profite. Der Gegenwind in London wurde stärker, und Hinrich Lipperade als Gesandter der Hanse war dort offenbar unabkömmlich.

Nach dem Blutbad, das englische Kaufleute auf Island im letzten Jahr angerichtet hatten – unter anderem war der Gouverneur Dänemarks dabei ums Leben gekommen –, hatte sich die Situation im Kanal und in der Sunddurchfahrt noch weiter verschärft. König Christian I. hatte für diese Tat Reparationsleistungen von Edward IV. von England gefordert – und der hatte sich natürlich geweigert. Nur Gott wusste, wie es zwischen den beiden mächtigen Ländern weitergehen würde.

Rufe schallten über das Deck. Junggers zog Elise am Arm zum Torbogen unter dem Kastell und stieß die Tür auf, die zurück ins Innere führte. »Was geschieht?«, fragte sie. »Was hat der Kapitän befohlen? Wird der Kurs geändert?«

»Bitte«, beschwor der Bootsmann sie eindringlich. »Geht rein, und haltet euch man gut fest. Und betet für 'ne sichere Ankunft, das können wir brauchen.« Dann hastete er zurück an Deck.

»Ankunft wo?«, rief Elise ihm hinterher. »Und warum können wir das brauchen?« Doch der Mann hörte sie schon nicht mehr.

Elise dachte nicht daran, unter Deck zu gehen. Sie beobachtete die Seeleute dabei, wie sie weitere Segel setzten. Die Leinwände blähten sich unter den Windböen und brachten das Holz des Holks zum Stöhnen. Schnell lehnte sich das Schiff so stark zur Seite, dass die junge Frau sich am Türrahmen festhalten musste. Sie sah zu der gebrochenen Stenge hinauf, von der Junggers gesprochen hatte. Sie neigte sich unter dem Druck der Segel bedenklich, war aber gut gesichert worden, sodass sie zumindest teilweise belastbar war.

»Welcher Kurs ist befohlen worden?«, fragte sie einen der vorbeihastenden Männer, doch der zuckte nur mit den Schultern und lief weiter.

Elise betrachtete das Treiben an Deck unruhig. Sie musste wissen, welchen Hafen sie ansteuerten. Wenn ihr das niemand sagen konnte oder wollte, musste sie es selbst herausfinden. Sie eilte den Gang entlang zur Ruderkammer und zog die Tür auf. »Was gibt's? Ah, Ihr seid's, Frau«, sagte Meisters, der an dem Kolderstock stand. Der Steuermann hatte Mühe, die große Ruderstange gegen Wind und Wetter zu halten, um den befohlenen Kurs einzulegen. Ein kleiner Tisch und zwei Bänke sowie zwei Truhen waren am Boden festgenagelt. Die kleinen Buglöcher hatte man sorgfältig mit Läden verschlossen, damit kein Wasser hereinschwappte; das einzige Licht stammte von einer hängenden Laterne, die in ihrer Halterung hin- und herpendelte.

»Wohin fahren wir?«, fragte sie Meisters, doch sie rechnete gar nicht mit einer Antwort, denn der Seemann kämpfte im wahrsten Sinne gegen die Gewalten der Natur.

Also wandte sie sich zum Kompass, der vor Meisters aufgebaut war. Auf einem Pult war das kostbare Instrument befestigt, mit dessen Hilfe an Bord der Kurs bestimmt wurde. Die junge Frau hatte vor ein paar Jahren von Wilhelm gelernt, wie sie die Zeichen und Symbole deuten musste. Als sich die Kompassnadel langsam, aber stetig von ihrer ursprünglichen Neigung nordwärts wegbewegte, wusste sie, dass der Kapitän den Kurs hatte wechseln lassen. Sie hielt den Atem an, ob sie nach Süden ausschlug – in diesem Fall ließ Felbers Kurs zurück nach Lübeck nehmen. Doch die Nadel wanderte weiter und pendelte sich schließlich grob nach Osten ein, gen dänisches Seenland.

Elise ließ sich auf eine der Kisten sinken. Die »Grote Maat« drehte nach Dänemark bei. Wollte der Kapitän dort Reparaturen durchführen lassen, um dann den alten Kurs aufzunehmen? Oder war das Schiff so angeschlagen, dass man überhaupt nicht weiterfahren konnte? Damit wäre die Reise nach London zunächst vorbei, und sie würde nicht erfahren, ob dem alten Herrn etwas zugestoßen war. Sie rechnete im Kopf nach, dass die Sendung der Bibel sicher mindestens zehn Tage gebraucht hatte, um sie zu erreichen, eher sogar mehr. Elise war so schnell wie möglich aufgebrochen, würde aber selbst bei zügiger Fahrt mindestens zwei Wochen benötigen, um den Stalhof in London zu erreichen. Vielleicht war es dann zu spät und dem Schwiegervater längst Schlimmes zugestoßen? Die Sorge fraß sich tief in ihre Eingeweide.

Mit Widerwillen erinnerte sie sich daran, dass der Sekretär Johann Northoff ihren Verdacht, dass Hinrich Lipperade etwas zugestoßen sein könnte, mit einem Lächeln abgetan hatte. »Junge Herrin, zerbrecht Euch man nicht das hübsche Köpfchen«, hatte er gesagt. »Ich kümmere mich schon darum, dass hier alles seinen Gang geht.« Doch Elise hatte den gierigen Blick in Northoffs Augen wohl gesehen, mit dem er plötzlich das Kontor und sie angesehen hatte. Zu diesem Zeitpunkt hatte sie zum ersten Mal befürchtet, dass der Mann sich das Geschäft unter den Nagel reißen und dies durch eine Ehe mit der Witwe des Erben legitimieren wollte. Ihr fuhr ein Schauer über den Rücken bei diesem Gedanken. Nein, auch aus diesem Grund durfte dem alten Herrn nichts zugestoßen sein.

Die junge Frau konnte nicht mehr stillhalten. Eilig verließ sie die Ruderkammer und trat auf die Stiege zum Deck. Eine

Bö blähte ihren Umhang und peitschte ihr das Haar ums Gesicht. Schnell zog sie den Stoff mit einer Hand glatt und hielt sich mit der anderen am Geländer der Treppe fest. »Eine Hand für den Mann, eine Hand für das Schiff«, murmelte sie vor sich hin – diese Regel hatte sie auf ihrer ersten Seefahrt von Junggers gelernt. Sie würde dem guten Alten nicht zumuten, ihrem Schwiegervater die Nachricht überbringen zu müssen, dass sie wie Wilhelm von der See verschlungen worden war. Falls Hinrich Lipperade überhaupt noch lebte.

Auf dem kleinen Achterkastell angekommen, gesellte sie sich zu dem Kapitän, der in der Nähe der Ankerwinde stand und in die Ferne starrte. Ein Donnern ließ sie zusammenzucken. Sie sah hinauf zu den schnell über den Himmel ziehenden hellen Wolken. Ja, der Seegang war noch stark, aber nicht mehr stürmisch. Und eigentlich sah es nicht danach aus, als gäbe es ein neuerliches Unwetter.

»Kapitän Felbers!«, rief sie gegen den Wind an, der ihr hier oben verstärkt an Umhang und Haaren zerrte. »Wir fahren nach Seenland? Lassen wir die Stenge reparieren und fahren dann weiter nach London?«

Der hagere große Mann mit dem zerfledderten Mantel ragte hoch auf dem Heck auf und warf ihr einen unruhigen Blick zu. Er wirkte wie ein Adler im Wind. »Wir werden sehen, Frau Lipperade. Erst einmal hinken wir zum Festland. Die geborstene Stenge ist gerade unsere kleinste Sorge. Wenn wir hier nicht schnell wegkommen, finden wir uns, eher als uns lieb ist, auf dem Grund des Meeres wieder.«

Elise suchte in den strengen Zügen nach einer Erklärung. »Warum das?«

Wieder erklang das Donnern, und Felbers deutete mit dem Kinn in die Richtung, von der sich die »Grote Maat« gerade abwandte. »Seht, dort! Seltsames Gewitter, meint Ihr nicht?«

Elise erkannte zwischen den bewegten Schaumkämmen zunächst gar nichts. Als es neuerlich donnerte, begriff sie, was Felbers ihr sagen wollte. Wo gab es einen Donner ohne Blitz? Sie heftete den Blick auf das aufgewühlte Meer und wartete. Schließlich wurde die »Grote Maat« auf eine hohe Welle getragen, sodass sie in die Ferne schauen konnte. Sie erkannte mehrere helle Blitze auf Wasserhöhe, dann drang das Rumpeln an ihr Ohr, das sie für ein Gewitter gehalten hatte. »Kanonen«, flüsterte sie ungläubig. »Das sind Kanonen!«

Felbers nickte mit grimmiger Miene. »Ich habe mindestens ein Dutzend Schiffe gezählt! Wir müssen hier weg. Wenn uns das gelingt und wir die Stenge zumindest notdürftig reparieren können, dann klemmen wir den Schwanz ein und kriechen zurück nach Lübeck, um zu erfahren, was zur Hölle hier eigentlich vorgeht.«

Elise hielt sich an der Reling fest und starrte hinaus. Wenn so viele Schiffe aufeinander feuerten, dann war das kein Freibeuter, der einen leichtsinnigen Kauffahrer plündern wollte. Zu fahren, ohne sich einem Konvoi anderer Schiffe anzuschließen, hatte für die »Grote Maat« ein Risiko bedeutet, das Felbers nur ungern eingegangen war. Elise hatte dem Kapitän die Dringlichkeit ihrer Reise klarmachen können, obwohl Northoff sich dagegen ausgesprochen hatte. Diese Kaperflotte im Sund bedeutete nun, dass die »Grote Maat« jeden Schutz suchen musste, den sie bekommen konnte.

In einer Mischung aus Neugier und Verzagtheit wanderte Elise entlang der Reling zum hintersten Punkt des Achterkastells. Unter sich hörte sie das Ruder in seiner Halterung knirschen. Von hier aus konnte sie das aufflackernde Licht, das von weiteren Kanonensalven sprach, im Auge behalten. Sonderlich weit war die Sicht nicht, schließlich aber trug die See den Holk auf einen Wellenkamm, der einen weiten Blick ermöglichte.

Das wolkenverhangene Tageslicht offenbarte eine bedrückende Szene. Ein gebeutelter alter Einmaster floh vor einem gewaltigen Kraweelschiff mit drei Masten. Elise hatte selbst im Lübecker Hansehafen noch nie ein so großes Schiff gesehen. Auf seinem Deck flammten Kanonen auf, und der Donner folgte auf dem Fuße. Im Hintergrund konnte man mehr Mündungsfeuer erahnen und auf weitere Schiffe schließen. Elise hielt den Atem an. Das war kein Scharmützel, sie wurde Zeugin einer ausgewachsenen Seeschlacht! Es schien den Mast des kleinen Schiffes erwischt zu haben, denn der kippte zur Seite. Es dauerte nicht lang, bis das Gewicht der Takelage den Rumpf nachzog. Das Meer beendete, was die Kanonen begonnen hatten. Das getroffene Boot kenterte langsam.

Die junge Lübeckerin wandte den Blick ab. Sie wollte nicht dabei zusehen, wie ein gutes Schiff mit seinen Seeleuten unterging. Wer auch immer die armen Teufel waren, diesen Tod hatte niemand verdient.

Ein knirschendes Geräusch über ihr rief ihre Aufmerksamkeit zurück. »Werden wir dem Kraweel schnell genug entkommen können? Ob sie uns auch angreifen?«

»Wenn sie uns fangen will, wird sie uns bekommen«, erwiderte Felbers mit zusammengepressten Lippen. »Wir sind nicht sehr schnell momentan. Und ob sie uns angreift? Das hängt davon ab, auf welcher Seite sie stehen. Ich habe die Flagge der Hansestadt Lübeck hissen lassen. Das kann in diesen Zeiten Gutes wie Schlechtes nach sich ziehen. In jedem Fall würde es Konsequenzen haben, wenn sie uns versenkt.«

»Falls es Überlebende gäbe, die davon berichten können«, murmelte Elise.

»Vielleicht solltet Ihr besser unter Deck gehen, Herrin. Hier draußen könnte es gefährlich werden.«

»Wenn sie uns angreifen, wird es da drinnen auch gefährlich.« Keine zehn Pferde würden sie jetzt dazu bewegen, in die beklemmende Kajüte zurückzukehren. Wieder einmal wurde ihr bewusst, wie fragil so ein Schiff auf hoher See war.

Der Kapitän warf ihr einen Blick zu, der sie der Kategorie störrisches Weib zuordnete, dann kümmerte er sich nicht weiter um sie.

Elise wickelte sich in ihren Umhang und beobachtete den Horizont, während die Seeleute um sie herum ihrem so ungeordnet wirkenden Handwerk nachgingen. Die Wellen glätteten sich zusehends. Allerdings war großer Schaden am Schiff entstanden und erschwerte das Vorankommen.

Doch je weiter sich die »Grote Maat« schleppte, desto deutlicher ließ sie die Dreimastkraweel hinter sich zurück. Da sie das kleinere und beschädigte Schiff ohne Zweifel hätte einholen können, war sie wohl nicht an dem Lübecker Händler interessiert. Elise atmete auf und sandte dem Herrgott ein dankbares Gebet.

Die nächsten Stunden ließen Elises Hoffnung schwinden. Kapitän Felbers und seinen Seeknechten gelang es zwar, auf das Seenland im Westen zuzusteuern. Stundenlang suchten sie in den Buchten nach einem bewohnten Ort, an dem sie anlegen konnten, kamen jedoch nur mühselig voran. Kurz bevor die Sonne im Westen unterging, erblickten sie Rauchfahnen, unter denen sich bald Dächer ausmachen ließen. Es war bereits finster, als sie endlich an dem kleinen Holzsteg anlegten, der aussah, als sei er seit Jahren nicht benutzt worden. Trotzdem gingen einige Männer in den Ort, um Holz zu holen und einen Zimmermann zu finden.

Elise wachte bis spät in die Nacht und hoffte auf einen schnellen Aufbruch. Sie kehrte in die Kammer zurück, in der

Ursel noch immer schweißgebadet auf dem Lager lag. Die Seekrankheit der Magd schien sich nur langsam zu beruhigen. Zwischendurch schaute Elise immer wieder an Deck und beobachtete die Arbeiter. Offenbar dauerten die Reparaturen länger, als die Seeleute erwartet hatten. Die junge Frau sog die frische Meeresluft ein. Jetzt schien kaum vorstellbar, dass sich das Meer noch vor wenigen Stunden in ein regelrechtes Ungeheuer verwandelt hatte. Schließlich fand sie sich damit ab, dass sie in diesem kleinen dänischen Ort wohl noch mindestens eine Nacht verbringen würden, und legte sich schlafen. Obwohl der aufregende Tag und die Seeluft sie müde gemacht hatten, konnte sie dennoch lange kein Auge zumachen.

Offenbar musste sie irgendwann eingenickt sein, denn als Elise erwachte, war das vertraute Wiegen ihrer Kammer – Kajüte – zurückgekehrt. Die Sonne drang durch das winzige Fenster, und die bleierne Müdigkeit der Nacht war mit einem Male verschwunden. Elise hob den Kopf und lauschte. In der Tat: Das Knarren der Seile, die Rufe der Männer, das Rauschen des Meeres – die »Grote Maat« befand sich auf hoher See.

Erfreut stand sie auf und kleidete sich alleine an, denn sie wollte Ursula nicht wecken. Doch der unruhige Schlaf der Zofe fand ein jähes Ende, als das Schiff unter einer Bö schwankte. Das Mädchen krümmte sich und stöhnte, sodass Elise Schlimmes fürchtete. Sie griff Ursula unter den Arm, um ihr beim Aufstehen behilflich zu sein, und zog sie aus der Kammer. »Besser, du zollst der Natur draußen Tribut«, murmelte sie. Die Zofe würgte gequält. Elise schleppte Ursula an Deck und drückte sie gegen die Reling, sodass der Schwall, in dem sie sich schließlich übergab, gerade so eben über Bord ging. Erleichtert klopfte Elise ihr auf den Rücken, damit sie sich ein wenig beruhigte. Ursula machte eine abwehrende

Bewegung. Offenbar war sie noch nicht fertig und wollte in Ruhe gelassen werden.

Also ging Elise zu ihrem Platz auf dem Achterkastell. Am Stand der Sonne erkannte sie, dass Fahrt gen Süden aufgenommen worden war. Die Morgenluft war klar und blies ihr eine frische Brise um die Nase.

Sie ließ den Blick erst gen Norden, gen Seenland, dann nach Nordosten schweifen, wo sich irgendwo außer Sicht der Sund öffnen musste. Mit der dänischen Halbinsel hatte man auf dem Weg nach England den größten Teil der Strecke hinter sich gelassen. Vor dem verhängnisvollen Sturm und der Begegnung mit der Kaperflotte hatte die »Grote Maat« diese erste Etappe der Reise beinahe abgeschlossen.

Wieder einmal stellte Elise mit Erstaunen fest, wie tief die Sorge um den Schwiegervater in ihr wühlte. Sie wollte sich einreden, dass sie ihn kaum kannte, da sie ihn nur einmal im Jahr zu sehen bekam. Und selbst wenn er in Lübeck geweilt hatte, hatten ihn die Geschäfte getrieben und nicht viel Zeit für die Familie gelassen. Doch in dem Augenblick, in dem sie zum ersten Mal die ledergebundene Bibel aus dem Segeltuch gepackt hatte, war all das bedeutungslos gewesen. Nur die Frage, ob es dem alten Herrn gut ging, hatte noch gezählt. Nun würde sich die Antwort noch einmal verzögern – vielleicht um Wochen, wenn sich nicht bald klären ließ, woher die Kaperflotte kam und auf welche Schiffe sie es abgesehen hatte. Elise seufzte und machte sich innerlich darauf gefasst, dass Northoff versuchen würde, sie von einer weiteren Reise nach London abzubringen. Und selbst dann würde sie auf einen Konvoi warten müssen.

Als sich ein Schemen auf der bewegten See abzeichnete, runzelte Elise die Stirn und kniff die Augen zusammen. Je näher der dunkle Fleck herangespült wurde, desto klarer wurde der jungen Frau, dass es sich um das Kastell eines Schiffes handelte. Der Größe nach hatte es wohl einmal zu einem Einmaster gehört. Es mochte von jenem Schiff stammen, das gestern unter dem Kanonenfeuer des Kraweelschiffes untergegangen war. Erst, als das Wrackteil so nahe war, dass man Einzelheiten erkennen konnte, sah Elise, dass darauf ein Mann lag.

»Da!«, rief sie, doch sie hatte keine Hand frei, um in die Richtung zu deuten. »Meister Junggers, seht doch nur!«

Der Bootsmann, der auf dem Deck stand und überwachte, wie die Seeleute eine Seilwinde anbrachten, folgte ihrem Blick. Es dauerte ein paar Herzschläge, bis er begriffen hatte, was sie ihm sagen wollte. »Mann über Bord!«, rief er dann. Schnell wurde ein Beiboot mit drei Männern zu Wasser gelassen und zu dem Wrackteil gerudert. Elise beobachtete gebannt, wie die Männer den Schiffbrüchigen vorsichtig von dem Kastell ins Boot zogen und mit ihm an die »Grote Maat« zurückkehrten. Mit einem Seil wurde er an Deck gehievt.

Als er endlich auf den Planken lag, konnte Elise einen Blick auf den Mann erhaschen, der trotz seines stoppeligen Bartes nur wenig älter als sie zu sein schien. Schulter und Hüfte waren blutverschmiert, zerbrechlich wie ein verwundetes Tier lag er in der Kälte. Auf seiner Brust schimmerte, von den Resten seines Hemdes nur ungenügend bedeckt, eine goldene Münze an einem Lederband.

»Was machen wir mit ihm?«, fragte Junggers und kratzte sich am Kopf. Er sah Elise Hilfe suchend an.

»Werfen wir ihn wieder rein«, murmelte Kant, der mit seinen vierzehn Jahren noch nicht oft zur See gefahren war. »So wie der aussieht. Der bringt bestimmt nur Unglück.«

Das schien weder dem Kapitän noch dem ersten Maat zu

gefallen. Beide sahen schließlich zu Elise herüber, als sei der Verwundete ihre Verantwortung.

»Bei der Liebe Gottes! Bringt ihn schon in meine Kammer«, rief sie schließlich. »Er braucht trockene Kleider und warme Decken.« Während einige Männer ihrem Wunsch Folge leisteten, entdeckte der Ausguck weitere Wrackteile. »Machen wir den Mast fertig. Und dann schauen wir, ob es noch mehr Unglücksraben da draußen gibt«, knurrte Junggers. »Und das flott. Die ›Grote Maat‹ ist alt, und ich möchte nicht so enden wie das Schiff dort draußen.«

Kant wurde angewiesen, den Verletzten in der Koje auszuziehen und in Decken zu hüllen, damit er wieder warm würde. Elise selbst wies die Kombüse an, Wasser abzukochen und die Steine in die Glut zu legen, an der sie des Nachts die Füße wärmte. Schließlich begab sie sich mit den in Tücher eingeschlagenen warmen Steinen in ihre winzige Kajüte, in der neben der Koje und einer festgezurrten Truhe kaum Platz war, sich zu bewegen.

Vorsichtig trat sie an das Lager und musterte den Fremden. Das braune Haar hing ihm nass und wirr ins Gesicht, der Bart schien erst einige Tage alt und mochte gar erst während der Seefahrt gewachsen sein, wo auch immer der Mann hergekommen war. Seine schlanken Züge wirkten angestrengt, sodass sie ein Fieber befürchtete. Er war gekleidet wie ein Seemann, doch die nassen Stoffe, die Kant zum Trocknen auf die Kiste gelegt hatte, waren von so guter Qualität, dass sie ihn trotzdem eher für einen Kaufmann oder etwas Ähnliches hielt. Wer mochte er sein? Warum hatte er sich auf dem Schiff befunden? Und warum war es beschossen worden?

Elise legte ihre Scheu ab, näherte sich dem Lager und schob dem Schiffbrüchigen die eingewickelten Steine an die Füße. Er kam nicht zu Bewusstsein, und so wagte sie, die Decken zurückzuschlagen und die Wunden an seinem Körper zu untersuchen. Obwohl er sie nicht zu bemerken schien, klopfte ihr das Herz bis zum Halse, als sie ihm mit dem heißen Lappen das Blut von der Haut wusch. Glücklicherweise handelte es sich bloß um oberflächliche Kratzer, die sie schnell gereinigt hatte, und einige Prellungen. Schlimmer schätzte sie seine Entkräftung und die Unterkühlung ein, die er im Meer erlitten hatte. Er musste gegen die hohen Wellen angekämpft haben wie ein Löwe; es schien wie ein kleines Wunder, dass er so lange überlebt hatte. Sie legte einen Salbenverband auf, wie sie es von ihrer Mutter gelernt hatte, und berührte ihn sacht an der Stirn. Unter ihren Fingern spürte sie eine ungesunde Hitze.

Elise sandte ein Gebet gen Himmel. Das Fieber hatte schon so manchen guten Mann bezwungen, und einer davon war ihr ältester Bruder Albers gewesen. Obwohl nur ihr Halbbruder von der ersten Frau ihres Vaters, hatte sie zu Albers doch immer eine ganz besondere Liebe gehegt, die der große Bruder erwidert hatte. Betrübt dachte sie daran, wie er sich einen Nagel in den Fuß getreten hatte. Die Entzündung und das Fieber hatten ihn nach und nach all seiner Kräfte beraubt und ihn schließlich bezwungen. Wenn das Fieber begonnen hatte, konnte man nicht mehr tun, als den Kranken warm zu halten und für ihn zu beten. Also legte die junge Frau dem Mann sorgsam noch eine Decke auf, kniete sich neben die Koje und empfahl ihn Gott an.

Die Nacht wurde lang. Ein, zwei Mal erwachte der Verletzte und murmelte zusammenhangslose Worte. Elise versuchte, ihm ein wenig Wasser einzuflößen, damit er besser gegen das Fieber ankämpfen konnte. Am frühen Morgen hatte sie endlich den Eindruck, dass er ruhiger schlief. Vielleicht kam er noch einmal glimpflich davon.

Elise erwachte, als Junggers ihr einen Kanten Brot und etwas zu trinken hereinreichte und ihr mitteilte, dass man schon einige Stunden Fahrt gen Lübeck hinter sich gebracht hatte. »Wie steht's um den Burschen?«

»Er ist sehr geschwächt. Aber ich glaube, das Fieber fällt.«

»Gut«, brummelte der Bootsmann. »Wär' gut, wenn er überlebt.«

Elise sah fragend auf. »Habt ihr sonst noch jemanden von seiner Besatzung auflesen können?«

Der Bootsmann wirkte im Licht der Talglampe alt und müde. »Nich' lebend.« Damit ließ er sie allein.

Elise mühte sich einige Stunden, dem jungen Mann, so gut es ging, gegen das Fieber zu helfen. Sie wusch ihm die Stirn, ließ die Steine wieder erwärmen und träufelte ihm Wasser auf die gesprungenen Lippen. Schließlich begann er, sich zu regen und schlug die Augen auf.

»Gott sei Dank«, stieß Elise erfreut aus.

Der Mann hatte sie entweder nicht gehört oder nicht verstanden. Er blinzelte ein paar Mal, dann formten seine Lippen ein Wort. »Wasser«, krächzte er in der Sprache der Engelländer.

Elise gab ihm zu trinken und wechselte ohne Mühe in die Sprache ihrer Mutter. »Ihr seid an Bord der ›Grote Maat‹ auf dem Weg nach Lübeck, Sir«, erklärte sie leise. »Nicht mehr lange, und wir können Euch ins Spital bringen, damit man Euch gute Pflege angedeihen kann.«

»Lübeck«, erwiderte er stirnrunzelnd. »Muss nach Lübeck.« Dann musterte er sie mit einem plötzlich klaren Blick.

Elise schlug die Augen nieder und wurde sich beschämt bewusst, dass sie einem fremden Mann an den bloßen Leib gegangen war, als sie sich um seine Verletzungen gekümmert hatte. »Wer seid Ihr?«, fragte sie, um ihre Unsicherheit zu überwinden. »Und warum wollt Ihr dorthin?«

»Herman Wanmate, Ma'am«, murmelte er und machte mit einer Hand eine schwache Geste, als wolle er eine Verbeugung andeuten. Sie hatte fast den Eindruck, ein kraftloses Lächeln über seine Züge huschen zu sehen, das sein Gesicht sogleich weniger grimmig erscheinen ließ. »Und Ihr?«

»Elouise«, erwiderte sie und verlieh ihrem eigenen Namen unwillkürlich denselben englischen Akzent, den ihre englische Mutter immer benutzt hatte. Sie hatte ihn lange nicht verwendet, denn in Lübeck hatten sie alle Elise genannt.

»Elouise«, flüsterte er müde. Seine Hand kroch unter der Decke auf seine Brust und verhedderte sich in den Decken. Elise half ihm, sie zu befreien, und beobachtete, wie er nach einer goldenen Münze tastete, die dort lag. Die Vorderseite zeigte ein mit Lorbeer gekränztes Haupt im Halbrelief, vielleicht ein römischer Kaiser aus alten Zeiten. Dann umschlossen die Finger das Kleinod so fest, dass die Knöchel weiß hervortraten.

Die Lippen des Mannes bewegten sich in einem leisen Gebet, doch zwischen den Brauen hatte sich eine steile Falte gebildet, als plage ihn eine Erinnerung. »Ich verdanke Euch mein Leben.«

»Aber gewiss nicht«, gab sie zurück. »Euer Leben lag die ganze Zeit in Gottes Hand.« Dann runzelte sie die Stirn. »Aber Mr. Wanmate, sprecht, wer hat Euch da draußen angegriffen? Handelte es sich um Piraten?«

»Danzig«, flüsterte er. »Kaperer. Haben alle Schiffe aufgebracht oder beschossen.«

»Alle Schiffe? Wie viele waren das denn?«, fragte Elise atemlos.

»Sieben. Holken und Karavellen. Die meisten mit Ziel

Stralsund. Beladen mit englischen Tuchen. Dann kamen die Danziger. Das Hauptschiff war gewaltig.«

Elise schwieg bedrückt. Konnte es wirklich sein, dass Danziger in diesen Gewässern auf Engländer schossen? Danzig gehörte doch zur Hanse, und was die Hanse betraf, das betraf auch Lübeck. Sie deckte Herman Wanmate wieder sorgfältig zu und verließ den Raum. Sie musste mit Bootsmann Junggers und Kapitän Felbers sprechen. Wenn das, was der Fremde sagte, stimmte, dann verhieß das nichts Gutes für die Zukunft.

Kapitel 3

Vor der lübischen Küste, am zweiten Juni 1468

Elise steckte die Nase in die Brise und atmete tief ein. Sie hatte die beiden vergangenen Tage fast ausschließlich in der Kajüte verbracht und sich inzwischen beinahe an die bedrängte Enge unter Deck gewöhnt. Trotzdem atmete sie befreit auf, als ihr der Wind die Gewänder um die schlanke Figur schmeichelte und ihre langen, rotbraunen Locken zauste, die sich von der salzigen Seeluft noch mehr ringelten als sonst.

Ihre Fürsorge hatte bewirkt, dass Herman Wanmate sich von seinem Schiffbruch gut erholte. Heute hatte er darauf bestanden, aus eigener Kraft an Deck zu kommen, und stand nun auf dem Vorderkastell. Elise musterte ihn aus der Entfernung. Er hatte mit dem Fieber gerungen und wirkte noch ausgemergelter als vor zwei Tagen. Der Stoppelbart hatte sich weiter ausgewachsen, und das Haar klebte nass von einer kurzen Wäsche mit Regenwasser am Kopf. All das verlieh ihm ein wildes Aussehen.

Doch Elise war während des Fiebers nicht von seiner Seite gewichen und hatte einen sanfteren Zug an ihm entdeckt. Von dem wenigen, das sie aus den unzusammenhängenden Sätzen hatte schließen können, vermutete sie, dass die Familie Wanmate im letzten Jahr einen schlimmen Verlust erlitten hatte, der Herman noch immer quälte. Sie hatte sich beinahe geschämt, Zeugin seiner Geheimnisse geworden zu sein, und hatte sich geschworen, dass sie kein Wort darüber verlieren würde, wenn er wieder bei Sinnen war. Wenn er ihr etwas anvertrauen wollte, sollte er das wachen Geistes tun.

»Frau Elise, darf ich gehen?« Ursulas Stimme klang so kläglich wie die ganze letzte Woche schon. Die blonden Haare hingen ihr strähnig ins Gesicht, sie sah blass aus und trug dunkle Schatten unter den Augen. Immerhin hatte sie die letzten Tage wieder stehen und gehen und sogar ein paar Bissen essen mögen, doch die Seekrankheit ließ sie nicht los.

»Natürlich, Ursel«, erwiderte Elise. Dann sagte sie, bevor das dürre junge Mädchen ganz verschwunden war: »Liebe Ursel, es tut mir so leid. Ich hätte nicht darauf bestanden, dich mitzunehmen, wenn ich gewusst hätte, dass es dir auf See so übel ergehen würde.«

Offenbar verstand die Angesprochene das als Tadel, denn sie brach in Tränen aus. »Es geht schon, Herrin. Ich wusste das ja auch nicht. Auf der Trave bin ich nie krank geworden.« Sie ließ sich kaum versichern, dass es sich nicht um einen Vorwurf, sondern eine Entschuldigung gehandelt hatte.

Elise nickte erleichtert. Ursel war gerade einmal vierzehn Jahre alt, wie sollte sie da wissen, ob sie seekrank wurde? »Leg dich hin, Ursel.« Damit wandte sie sich um, ging über das schwankende Deck und zog sich, die gerafften Röcke in der einen Hand, die andere am Geländer, die Stiege zum Vorderkastell hinauf. »Darf ich mich zu Euch gesellen, Mister Wanmate?«, fragte sie ihn in seiner Muttersprache und dankte im Stillen der seligen Mutter dafür, dass sie mit zwei Sprachen hatte aufwachsen dürfen.

»Wie es Euch gefällt, Frau Elouise«, erwiderte er und machte eine einladende Geste. Doch er schien sofort zu bereuen, dass er die Hand vom Holz der Reling genommen hatte; er schwankte kaum merklich und klammerte sich so fest, dass die Knöchel weiß hervortraten.

Die junge Frau stellte sich neben ihn, als hätte sie nichts bemerkt, und wandte den Blick zum westlichen Horizont, an dem sie bereits seit einer Weile die Küste begleitete. Wanmate wirkte ein wenig spröde, als hätten sie die letzten Tage nicht sehr eng miteinander verbracht. Sie hatte während der Pflege eine Vertrautheit zu ihm aufgebaut, die sie nun, da er wach war, an ihm vermisste. Eigentlich war das kein Wunder, denn er hatte diese Zeit größtenteils geschlafen. Trotzdem bedauerte sie es.

Er blickte aufs Meer, sein braunes Haar hing ihm fast bis auf die Schultern. Dann warf er ihr einen dankbaren Seitenblick zu. »Ihr habt Euch in den vergangenen Tagen mehr um mich gekümmert, als man von einer Fremden verlangen kann, Frau Elouise.«

»Jeder andere in meiner Situation hätte dasselbe getan.« Doch sie schlug vor Freude die Augen nieder. »Ihr seid aus London?«, fragte sie, um ihre Verlegenheit zu verbergen.

»Lynn«, erwiderte er. »Aber meine Familie hat ein Kontor in London. *Hatte*«, fügte er mit einem bitteren Unterton hinzu.

»Jetzt nicht mehr?«

»Nein. Seit letztem Jahr … sagen wir einfach, dass der Herrgott nicht mit Wohlgefallen auf uns geblickt hat.« Er senkte den Blick und betrachtete die Reling.

Elise hütete sich, weiter nachzufragen, obwohl die Sache ihr Interesse weckte. »Ihr wart nach Lübeck unterwegs, als die Kaperfahrer Euch überfallen haben? Seid Ihr des Handels wegen dorthin gefahren?«

»Nein, ich bin aus anderen Gründen dahin unterwegs. Es ist … eine Frage der Ehre.«

Elise warf ihm einen vielsagenden Blick zu, doch sie hakte nicht nach. Offenbar mochte Wanmate mit seiner Geschichte nicht so recht herausrücken, und das respektierte sie. »Lübeck ist englischen Schiffen momentan nicht gerade aufgeschlossen«, wandte sie stattdessen ein.

»Ja, im Augenblick sind weder die lübische Städtehanse noch Dänemark englischen Kauffahrern besonders freundlich gesonnen. Ich wollte bis Stralsund fahren und von dort über Land kommen. Aber dass uns vorher eine Danziger Kaperflotte angreifen würde …« Er schluckte schwer und beendete den Satz nicht. »Es ist kein guter Zeitpunkt für eine solche Fahrt. Doch manche Dinge lassen sich nicht aufschieben«, sagte er düster. »Oder man hat sie bereits zu lange aufgeschoben.«

Elise nickte, denn auch ihre Reise stand unter keinem guten Stern. »Und Ihr seid Euch sicher, dass die Kaperfahrer unter Danziger Banner gefahren sind?«

Der Engelländer warf ihr einen prüfenden Seitenblick zu, so als wolle er sichergehen, dass sie die Frage ernst meinte. »Wenn Ihr über ein halbes Dutzend Schiffe mit derselben Beflaggung mit spuckenden Kanonen auf Euch zukommen seht, vergesst Ihr den Anblick nicht so schnell, glaubt mir. Besonders, wenn sie von einem Giganten angeführt werden.«

»Oh, ich glaube Euch«, versicherte sie ihm schnell. »Die Anschuldigungen sind nur …«

»… ungeheuerlich?«

Sie nickte stumm.

»Eine Hansestadt hat eine englische Flotte aufbringen lassen. Daran lässt sich nichts deuteln«, erwiderte Herman mit einer Zornesfalte zwischen den Brauen. »Darüber wird Lübeck Rechenschaft ablegen müssen.«

Dem konnte die junge Frau nicht widersprechen. König Edward IV. hatte die Handelsprivilegien der Hansestädte im Stalhof zu London um ein Jahr verlängert. Soweit sie wusste, war dieses Jahr noch nicht vorbei, was bedeutete, dass die Hanse eigentlich noch friedliche Handelsbeziehungen mit England pflegte. Ein Angriff der Danziger auf englische Schiffe musste als Bruch dieses Abkommens betrachtet werden.

»Und was macht eine Landsfrau wie Ihr auf einem lübischen Schiff?«, fragte Herman seinerseits. Er wandte sich ihr halb zu, sorgsam darauf bedacht, die verletzte und verbundene Seite nicht gegen die Reling zu drücken.

Erfreut stellte Elise fest, dass Wanmate sie für eine Frau aus England hielt – offenbar hatte sie den Akzent ihrer Mutter so übernommen, dass er selbst Landsleute überzeugte. Immerhin war sie eine halbe Londonerin. »Ich war auf dem Weg nach London zu meinem Schwiegervater.«

Er zog erstaunt eine Augenbraue hoch, doch bevor er die offensichtliche Frage stellen konnte, fügte sie schnell hinzu: »Ich bin verwitwet.«

»Herzliches Beileid.«

Sie nickte dankbar. »Es ist schon drei Jahre her. Die Zeit heilt alle Wunden, sagt man.«

»Ihr seid allein unterwegs?«

»Nun, Ursula ist ja bei mir, und der Kapitän und der Erste Maat stehen seit Jahren in meines Vaters Diensten. Aber sie haben leider beidrehen lassen. Wir mussten das Schiff notdürftig reparieren, und Euer Unglück hat ihm verdeutlicht, wie unsicher der Sund zurzeit ist.«

»Das war sicher eine kluge Entscheidung. Wenn diese Sache bis an den Hof König Edwards dringt, erhält jedes englische Schiff einen Kaperbefehl für Schiffe, die unter einer Hanseflagge fahren. Und in London sind sie dann auch nicht mehr wohlgelitten.«

Elise kam bei seinen Worten ein Verdacht. Ob Ereignisse wie der Zusammenstoß der beiden Konvois im Sund der

Grund gewesen waren, dass Hinrich Lipperade seine Bibel nach Lübeck gesandt hatte? Aber konnte er denn schon vor vier Wochen davon gewusst haben, dass Danzig einen derartigen Übergriff auf englische Schiffe plante? Sicher nicht? Elise presste die Lippen aufeinander. Sie kannte auf diese Fragen keine Antworten. Die wusste nur der alte Herr, und den würde sie erst fragen können, wenn sie London erreicht hatte. Der Kaperüberfall hatte das jetzt allerdings beinahe unmöglich gemacht.

Da Elise nicht über das Thema sprechen wollte, deutete sie auf die goldschimmernde Münze, die aus Hermans Hemd gerutscht war, und fragte: »Was ist das für ein Kleinod, das Ihr bei Euch tragt? Ihr habt Euch im Fieber daran festgeklammert, als bedeute es Euer Leben. Bringt es Euch Glück?«

Er umschloss das Metall mit der Hand. »Die Münze? Glück? Nein, eher das Gegenteil, befürchte ich.« Sein Gesicht verfinsterte sich, und er schob den Anhänger unter den Stoff des geliehenen Hemdes. »Aber sie verbindet – nein, verband – mich mit meinem Bruder, daher trage ich sie. Er ist tot.« Er senkte wieder den Blick wie vorhin, als er von dem Unglück seiner Familie gesprochen hatte.

»Möge die heilige Maria sein Fürsprech sein«, murmelte Elise und bekreuzigte sich. Sie hatte schon wieder das falsche Thema angeschnitten. Bevor sie Herman Wanmate weitere Kümmernis brachte, würde sie lieber den Mund halten.

Er nickte bloß und starrte stumm auf die See hinaus. Die Nähe, die sie eben zu ihm gespürt hatte, schien sich in der salzigen Brise aufzulösen. Doch Elise hielt das Schweigen bald nicht mehr aus. Sie deutete nach Südosten, wo sich eine Flussmündung zeigte. »Wir sind bald in Lübeck, Mister Wanmate. Habt Ihr Freunde, Verwandte in der Stadt, bei denen Ihr Euch wiederherstellen könnt?«

Er schüttelte zögerlich den Kopf. Sie dachte kurz nach. »Es gibt ein gutes Spital, wo man sich um Euch kümmern kann. Dort könnt Ihr bestimmt unterkommen, bis es Euch wieder gut geht, damit Ihr … tun könnt, weshalb Ihr gekommen seid.« Damit raffte sie ihre Röcke und stieg vorsichtig wieder auf das Deck hinunter.

Unten blickte sie ihrer geliebten Heimatstadt Lübeck mit gemischten Gefühlen entgegen. Sie fürchtete sich vor der Begegnung mit Sekretär Northoff. Der würde ihr sicherlich zu verstehen geben, was er von den Schäden an der »Grote Maat« hielt. Und schließlich war das Schicksal ihres Schwiegervaters in London so ungeklärt wie bei ihrem Aufbruch.

Seit das Leuchtfeuer am Travemund ihnen den Weg auf den Fluss gewiesen hatte, stand Elise voll innerer Unruhe wieder auf dem Vorderkastell. Ursel, der es viel besserging, da sie das offene Meer hinter sich gelassen hatten, hielt sich hinter ihr. Erst hatte sich die Mannschaft vorsichtig mit dem Lot vorgearbeitet, um nicht auf Grund zu laufen, dann war die saftig grüne Landschaft am Fluss langsam an der »Grote Maat« vorbeigezogen. Die Schlutuper Mühle war einer der letzten Vorboten der Großstadt, bis die sieben Kirchtürme Lübecks in einem seltsamen Lichtspiel der Wolken in der Ferne warteten.

Elises Herz schlug schneller. Obwohl sie sich doch eigentlich nach London wünschte, konnte sie es nicht erwarten, dass das Schiff endlich sanft an den Kai des Hansehafens ihrer Heimatstadt prallte und sie ihren Sohn Hendrik in die Arme schließen konnte, den sie in Gertrauts Obhut zurückgelassen hatte.

Wenn man der jungen Frau die Augen und Ohren verbunden hätte, Lübeck hätte sie trotzdem von jedem anderen Hansehafen unterscheiden können, denn der einzigartige Geruch von Holz und Salz sowie Fisch- und Fleischabfällen, der hier in der Luft lag, gehörte zu Lübeck wie die Stufenfassaden der Backsteinhäuser, die die Stadtmauer säumten, wie die beiden stolzen Türme der Marienkirche, das Kreischen der Möwen auf Beutefang und das ferne Klappern der Mühlen beim Dom.

Herman Wanmate hatte die restliche Zeit in der Koje verbracht und ließ sich nun von Kant an Deck helfen. »Bring ihn ins Heiligen-Geist-Spital«, bat sie den Jungen in der Landessprache. »Das Kontor meines Vaters wird einen Spendenbeitrag leisten.«

»Geht in Ordnung, Frau Elise«, erwiderte der und wollte den Engelländer schon von Bord geleiten, doch der hielt noch einmal inne.

»Frau Elouise«, er verneigte sich, soweit sein Zustand das zuließ, »ich hoffe, wir sehen uns wieder.«

Elise musste über seine förmlichen Manieren lächeln. »Ich werde Euch im Spital besuchen, wenn ich darf.«

»Natürlich dürft Ihr. Farewell.«

Elise sah ihnen nach, wie sie langsam durch den Hafen an der Untertrave hinauf zur Stadtmauer gingen und schließlich das Tor zur Alfstraße passierten. Dann bereitete sie sich darauf vor, selbst das Schiff zu verlassen. Eine der ersten Stationen würde das Haus von Anton Klüver sein, jenem Kölner Kaufmann, der im Haus ihres Schwiegervaters ein und aus ging, wenn er in Lübeck weilte. Er würde ihr vielleicht einen Rat geben können, wie sie doch noch nach London gelangen konnte.

Bald trugen zwei Seeleute, von Ursula begleitet, ihr Gepäck von Bord auf den geschäftigen Anlegesteg. Elise hielt noch einmal inne und sah sich dorthin um, wo Wanmate vor

Kurzem noch gestanden hatte. Alle Geschäftigkeit der Welt konnte nicht davon ablenken, dass sie sich plötzlich schrecklich allein fühlte.

Dieses Gefühl änderte sich schlagartig, als die Träger die Tür des bemalten Backsteinhauses in der Mengstraße aufstießen und das Gepäck hineinstellten. Drei Knechte hatten in der Stube den Tisch und die Bänke beiseitegerückt und waren dabei, zwei bis drei Dutzend Säcke – vermutlich die Kornlieferung aus Braunschweig, erinnerte Elise sich dunkel – an Seilen auf den Speicher zu laden. Am Herd stand die alte Magd Gertraut und ließ vor Überraschung beinah den Kochlöffel im Topf versinken, als sie Elise sah. »Junge Herrin, Ihr seid wieder da! Ja, wie schön! Ja, wie kommt denn das?«

»Das ist eine lange Geschichte«, seufzte Elise. »Wir sind in einen Sturm geraten und eine der Stengen ist gebrochen.« Die Magd würde sich zu Tode erschrecken, wenn sie erführe, dass es beinahe zu einem Kaperkrieg gekommen wäre. Außerdem schwätzte Gertraut gerne und ausgiebig mit anderen Weibern und musste daher nicht alles wissen.

»Das ist gut! So gut!« Die dicke Frau mit dem grausträhnigen Haar eilte geschäftig auf Elise zu, schnappte sich eine der Taschen und trug sie zur Treppe. »So lange wart Ihr seit Jahren nicht fort. Und ich sitze hier allein mit den Dingen. Ursel, schnapp dir die Tasche dort, eilig!«

»Aber es waren doch nur ein paar Tage?«

Die Magd ließ den Beutel am Fuß der Stufen fallen und wandte sich eilig wieder dem Essen zu. »Sicher, sicher, aber es gibt Dinge, die kann ich einfach nicht regeln. Der Bursche aus dem Stall braucht Geld, weil die Pferde neu beschlagen werden müssen. Offenbar hat eines der Zugpferde die Huffäule, da will er sicherheitshalber alle Eisen austauschen lassen. Willst du wohl laufen, faules Ding?«

Die letzten Worte hatten Ursula gegolten. Die gehorchte dem Regiment der älteren Magd sofort, während die junge Witwe selbst nun auch die Knechte begrüßte und anwies, das Gepäck am Seil nach oben zu hieven. Dann wandte sie sich wieder an Gertraut. »Ich freue mich auch, dich zu sehen. Mit dem Pferdeknecht spreche ich später. Hältst du ein Auge darauf, dass meine Taschen bald nach oben gebracht werden?«

»Sicher, sicher, sobald das Essen gerichtet ist, junge Herrin, und ich das Leinen von den Wäscherinnen geholt habe!« Gertraut seufzte demonstrativ, dann hackte sie ein Büschel Kräuter und stellte es bereit, um es zum rechten Zeitpunkt in das Mahl zu geben. Der Redefluss war wie üblich nicht zu stoppen. »Ach, junge Herrin, ich bin so dankbar, dass ich mich nicht mehr alleine kümmern muss. Eine Woche wart Ihr weg, und schon tanzt mir der junge Herr Hendrik auf der Nase herum. Kommt und geht, wann er will, neckt mich, isst seine Mahlzeit nicht auf ... Und an der Wand im Frauenzimmer schlägt die Feuchtigkeit wieder durch, und ich weiß gar nicht, was ich tun soll, denn die Handwerker wollen ja Geld sehen, und ich geh doch so ungern an die Börse des Herren ...«

»Gertraut, nicht alles auf einmal«, bat Elise. Eigentlich beschäftigten sie momentan ganz andere Dinge, doch so wie sich die Magd benahm, war sie mit der Führung von Haushalt und Angestellten allein völlig überfordert. Die junge Frau wusste, wie viel Arbeit das war, denn sonst kümmerte sie sich neben der Erziehung Hendriks und dem Überwachen der Geschäftsbücher um all diese Dinge. Sie sandte dem Schwiegervater auch die Abrechnungen nach London, damit er über den Stand der Geschäfte informiert war.

»Ich will mich rasch umkleiden und ein bisschen ruhen,

dann muss ich Anton Klüver aufsuchen. So lange gewährst du mir bitte noch ein Päuschen, ja?«

»Sicherlich, junge Herrin, aber Ihr dürft das nicht vergessen. Es hat geregnet, und wenn die Mauer nicht gemacht wird, dann kriecht der Schimmel hinein, und dann Gnade uns Gott, wenn der Winter kommt.«

»Natürlich, Gertraut«, erwiderte Elise. »Ist Hendrik in der Lateinschule?« Das wurde ihr bestätigt. »Ursel? Ich brauche dich zum Umkleiden!« Hin- und hergerissen, ob sie Hendrik in der Schule überraschen sollte oder nicht, stieg sie müde die Wendeltreppe hoch auf den Speicherboden. Der Junge sollte seinen Unterricht beenden, beschloss sie, begrüßen konnte sie ihn immer noch später. Oben arbeiteten weitere Knechte, die die Säcke entgegennahmen. Doch anstatt sie sorgsam an den Wänden zu stapeln, warfen die Knechte die Waren auf einen Haufen nahe dem Loch, durch das die Säcke per Winde hochgezogen wurden. Elise runzelte die Stirn. »Albrecht, Cersten, stapelt die Säcke an den Wänden. Und sorgsam, bitte. Das Korn muss hier vielleicht den Winter überdauern, und wir wollen nicht ständig über Berge steigen müssen, wenn wir sie der Ratten halber umschichten müssen. Dort ist sogar schon ein Sack geplatzt!«

»Sicher doch, junge Herrin!«, sagten die Knechte brav und machten sich an die Arbeit. Wenn man ihnen nicht ständig auf die Finger schaute!

An der Kammer des Schwiegervaters hielt sie kurz inne. Trotz ihrer Müdigkeit schob sie die Tür auf und blickte hinein. Sie war nur kurz weg gewesen, doch irgendwie wirkte der Raum verwaister, als sie ihn in Erinnerung hatte. Das große Bett, das sich Hinrich früher mit seiner Frau geteilt hatte, wurde nur noch selten genutzt. Auf den Kleidertruhen hatte sich eine dicke Staubschicht gebildet – sie musste

Gertraut ermahnen, hier zu putzen. Bedauernd schloss sie die Tür. Früher, als das Haus mit Familie angefüllt gewesen war, hatte alles warm und gemütlich gewirkt. Umso kälter und leerer kam Elise das Haus jetzt vor. Betrübt stieg sie die Stufen zur nächsten Speicherebene empor, an der im Haupthaus die steile Dachschräge begann, die noch zwei Böden enthielt. »Ursel?«, rief sie hinunter.

»Ja, Herrin!« Ein Trampeln auf der Treppe zeugte davon, dass das Mädchen Gertrauts Krallen endlich entkommen war.

Im angebauten Wohnflügel unter dem Dach erwartete sie die Kammer, die sie früher mit Wilhelm geteilt hatte. Das Bett war schlichter als das der herrschaftlichen Kammer, die Kleiderkisten aber nicht weniger groß und ähnlich verziert. Der Schwiegervater hatte Elise nach dem Tod seiner Frau sämtliche Gewänder überlassen. Sie hatte sie umarbeiten lassen, da sie kleiner und ein wenig schlanker war.

In einer kleinen Voliere saß Caligula, ihr kleiner Fink, und begrüßte sie mit einem Tschilpen. Elise wollte sich schon auf das Bett fallen lassen, hielt jedoch inne. Dieser Raum barg so viele Erinnerungen. Wie Wilhelm sie auf den Armen zum ersten Mal niedergebettet hatte, als sie noch so jung gewesen war. Wie er sie mit seinen Händen zum ersten Mal berührt hatte. Wie er ihren von der Schwangerschaft geschwollenen Bauch liebkost und sein Ohr daran gelegt hatte, um zu horchen, ob sich das Kind darin bewegte. Hendriks Geburt. Und schließlich die zahllosen bangen Stunden, in denen sie sich hier zurückgezogen und gehofft hatte, dass Wilhelm mit seinem Schiff doch noch nach Hause zurückkehrte, obwohl alle anderen – sogar der Vater! – ihn schon aufgegeben hatten. Schließlich die verzweifelte Erkenntnis, dass sie ihn verloren hatte.

Sie hatte lange nicht mehr an all diese Dinge gedacht, stellte sie fest. Die Zeit heilte wirklich beinahe alle Wunden. Doch jetzt, in diesem Augenblick, vermisste sie Wilhelm so heftig wie kurz nach seinem Verschwinden. Als Ursel ihr die Gewänder ausgezogen hatte, ließ sie sich endlich auf das Bett fallen. Dort leisteten sich Körper und Wille einen zähen Ringkampf. Eigentlich konnte sie es gar nicht erwarten, Hendrik zu begrüßen und dann ihren Vormund Anton Klüver aufzusuchen. Sie musste eine neue Reise nach London planen und wusste nicht, wie sie es anstellen sollte. Doch jetzt konnte sie nicht mehr. Die unruhigen Nächte auf der »Grote Maat«, die Sorgen und die Wacht am Lager des Verletzten forderten ihren Tribut. Sie würde kurz die Augen schließen, bevor sie zum Kölner Hof aufbrach, um nach Klüver zu fragen. Und dann warteten auch die zahllosen Pflichten auf sie, die der Haushalt mit sich brachte. Es gab so viel zu tun, dass sie nicht wusste, wo ihr der Kopf stand.

Kapitel 4

Lübeck, am selben Tag

Elise drängte sich auf dem überfüllten Marktplatz ungeduldig durch die Menschen und Stände, dicht gefolgt von Ursula, die versuchte, mit ihr Schritt zu halten. Endlich am Rathaus angekommen, hallten ihre Schritte laut auf dem Pflaster unter den Arkaden wider, die die Kriegsstube im ersten Stock mit dem Haupthaus verbanden. In Buden, die in die steinernen Rundbögen eingefügt waren, boten die Goldschmiede ihre Arbeiten feil, und Leinenhändler priesen ihre Ware an. Doch heute hatten die Menschen kaum Augen für die Auslegwaren. Die Nachricht vom Überfall der Danziger auf englische Schiffe hatte sich durch Kapitän und Matrosen der »Grote Maat« offenbar schnell verbreitet, und jetzt wollte es jeder genau wissen – und weitererzählen.

Kaum zwei Stunden waren vergangen, seit Elise in das Haus in der Mengstraße zurückgekehrt war. Sie hatte nach einem Nickerchen ein frisches Kleid angezogen – ein für die Jahreszeit ein wenig warmes Samtgewand in einem satten Waldgrün, das weite Ärmel besaß, die beinahe auf dem Boden schleiften. Dann hatte sie sich auf den Weg gemacht. Die erste Anlaufstelle war der Kölner Hof gewesen, wo sie nach Anton Klüver gefragt hatte. Zu ihrer Beruhigung erfuhr sie, dass er in Lübeck weilte, doch man verwies sie ans Rathaus, wohin Klüver kurz zuvor von Bürgermeister Johann Westfal gerufen worden war. »Es hat etwas mit dem Überfall der Danziger auf den englischen Konvoi zu tun.«

Also hatte Elise ihre Schritte zunächst zum Koberg gelenkt. Ihr Herz sehnte sich nach ihrem Sohn Hendrik, der dort in der Lateinschule Lesen, Schreiben und Rechnen lernte. Doch sie hatte es nur bis zu den Rathausarkaden geschafft, als hinter ihr eine Stimme erscholl. »Frau Mutter!«

Der kleine Blondschopf flog ihr mit weit ausgebreiteten Armen um den Hals und drückte sie so fest, dass sie kaum Luft bekam. »Ich hab Euch vermisst!«

»Da bist du ja, mein Engel«, sagte Elise mit einem Lachen. »Lass ein wenig lockerer, ja?« Doch sie erwiderte die Umarmung ebenso innig. »Ich hab dich auch vermisst, mein Großer.«

Als er sich wieder von ihr löste, sah er mit sturmgrauen Augen zu ihr auf – den Augen seines Vaters, wie Elise sich schmerzlich erinnerte. Sein goldblondes Haar reichte ihm wie ein schimmernder Helm auf die Schultern. Bald würde er die ersten Zeichen des Erwachsenseins aufweisen. »Jetzt bleibt Ihr aber hier, Frau Mutter, ja?«

»Ich weiß noch nicht, Hendrik«, erwiderte sie ausweichend. »Vielleicht muss die Frau Mutter auch bald wieder weg. Nach dem Herrn Großvater schauen, du erinnerst dich?«

Erst runzelte er die Stirn, dann erhellte sich das Gesicht plötzlich. »Dann könnt Ihr ihn gleich herbringen. Ich würde ihn gerne wiedersehen.«

»Ich hoffe es, mein Spatz.« Sie drückte ihn noch einmal. »Komm, ich bringe dich nach Hause, ja? Dort hat Gertraut sicherlich einen leckeren Eintopf für dich!«

Bei der Heimkehr ließ Hendrik sich durch ein zünftiges Essen davon überzeugen, die Mutter wieder gehen zu lassen, und diese kehrte mit Ursel zum Rathaus zurück. Sie passierte die mit Salz schwarz gebrannte Backsteinmauer, zog die Tür des Hauptportals an den schweren Bronzebeschlägen auf und betrat die Vorhalle. Von hier führte eine breite Treppe hinauf in das Stockwerk mit dem Hansesaal. Ratsherren, Kaufleute und Schreiber verschiedenen Alters und Körperumfangs eilten durch die Vorhalle, aufgebracht und redselig. Von den Wortfetzen, die Elise auffangen konnte, schloss sie darauf, dass auch hier über den Überfall der Danziger geredet wurde.

An einem Tisch vor der Tür zum Audienzsaal saß ein blasser Sekretär mit tief liegenden Augen, Herr Plissen mit Namen, der bloß aufsah und nickte, als er sie erkannte. Sie war zwar nicht oft hier, gewöhnlich mit Schreiben ihres Vaters, aber man kannte sie. Von einem Flügel der Holztür hinter der Schulter des Mannes schielte eine geschnitzte Justizia ohne Augenbinde herab, auf dem anderen prangte die Göttin der Wahrheit und Weisheit, zu deren Füßen als Symbol der Ungewissheit des Lebens der Wilde Mann hauste.

»Wo ist der Bürgermeister?«

Der Sekretär schenkte ihr einen gereizten Blick, was aufgrund des Trubels im Rathaus nicht verwunderte. »Welcher?« Es gab vier Bürgermeister, die den Ratsleuten vorstanden. Sie nannte Johann Westfals Namen. Klüver verhandelte meist mit dem Oberhaupt einer der mächtigsten Lübecker Familien – sein Bruder Arnold war bis zum letzten Jahr Bischof von Lübeck gewesen.

»Da drinnen. Aber Vorsicht – da braut sich gerade ein Sturm zusammen.« Der Sekretär wies auf die Tür hinter sich, die in den Audienzsaal führte.

Elise zog erstaunt die Augenbrauen hoch. »Ein Sturm?«, fragte sie zaghaft.

»Oh ja. Habt Ihr die Nachrichten von Danzig noch nicht gehört?«

»Doch, habe ich. Beraten sich die Herren?«

»Erst einmal will man sich informieren, beraten kommt später.«

Elise zögerte. Wenn die Ratsherren sich zusammenfanden, hatte dort niemand etwas zu suchen, der nicht zu diesem erlesenen Kreis gehörte. Schon gar nicht eine Frau, deren Wort selten gehört und noch seltener als Zeugnis anerkannt wurde. »Ich warte vielleicht besser hier auf Herrn Klüver«, sagte sie dann. Sie hasste solche großen Versammlungen.

»Das dauert bestimmt noch Stunden. Geht nur hinein, Frau Lipperade.«

Zögerlich zog sie die Tür auf. Sie hatte den Raum nie von innen gesehen und kam sich vor, als beträte sie den Hochaltar einer Kirche. Nachdem der Sekretär sie mit einem Nicken ermutigt hatte, ging sie hinein, nicht ohne die junge Magd gebeten zu haben, innen an der Schwelle zu warten.

Eigentlich hatte Elise erwartet, dass im Audienzsaal andächtige Stille herrschte. Doch sie hatte sich getäuscht. Ein großer Tisch mit Platz für mehr als zwanzig Menschen füllte den Raum beinahe vollständig aus. Reich beschnitzte Stuhllehnen und Tischbeine sorgten für den nötigen Prunk, über den Stühlen prangten die mit Blattgold verzierten Wappen der einzelnen Hansestädte, über dem Kopf der Tafel hing groß der Lübecker Adler vor weiß-rotem Grund. Schnabel und Krallen stachen rot hervor – Elise musste mit einem Schauer an Blut denken, das davon heruntertropfte. Zum Haupt der Hanse würde es passen, dachte sie abfällig bei sich. Wie viele Seiten der Geschichte Lübecks waren in Blut geschrieben worden!

Der Raum war angefüllt mit Ratsmännern in prachtvoller, pelzbesetzter Tracht und mit würdigen Ketten, die ihr Amt kenntlich machten. Doch von Würde war nicht viel zu erkennen, denn alle sprachen durcheinander und drängten sich auf der freien Fläche, anstatt sich an die Tafel zu setzen. Einige Menschen hatten sich zu einem Kreis gruppiert. Nur mit Mühe konnte sie dort Johann Westfal und Anton Klüver ausmachen, die auf eine Person einsprachen, die Elise hinter all den Menschen nicht erkennen konnte. Wie sollte sie den Kaufmann aus Köln jetzt aus der Gruppe lösen, um mit ihm über ihre Fahrt nach England und den Überfall der Danziger im Sund vor Dänemark zu sprechen? Wenn sie vor großen Gruppen oder hohen Herrschaften sprechen sollte, hatte sie immer eine ganz trockene Kehle und einen Knoten in der Zunge – zumindest fühlte es sich so an.

Sie wollte sich gerade abwenden, um draußen zu warten, als ein Schluchzen die Männerstimmen übertönte und die Herrschaften zum Verstummen brachte. Elise konnte einige dänische Wortfetzen erkennen – und die Tatsache, dass es sich um eine Frauenstimme handelte. »Ich glaube, das bedeutete ›viele Männer‹ oder so etwas …«

»Oder so etwas? Klüver, wir müssen das schon genauer wissen!«, mischte sich der Bürgermeister ungeduldig ein.

»Es geht ihr schlecht, seht Ihr das nicht? Ich verstehe kein Wort. Ich glaube, wir sollten das verschieben.« Anton Klüver runzelte die Großvaterstirn und strich sich über den kurzen weißen Bart. Er schlug die beiden Seiten seiner blauen Schaube, eines pelzbesetzten Halbmantels, vor dem von Wohlstand zeugenden Bauch übereinander und schnaufte resigniert.

Die Gruppe redete wild auf ihn ein, wie er es anstellen müsste, dass das Weib den Mund aufmache, und dass man keine Zeit habe. Offenbar konnten die Ratsherren nicht abwarten, dass die Befragung ein Ergebnis zeitigte. Elise konnte die arme Frau, die das Zentrum der Aufmerksamkeit war, nun endlich sehen. Sie barg ihr Haupt in den Händen und wurde von Schluchzern geschüttelt.

Sie ertrug das Bild nicht länger. »Bitte, lasst sie doch in Ruhe!«, sprach sie. Doch anscheinend hörte niemand ihre Worte. »Herrschaften, bitte! Was hat sie denn getan?« Auch dieses Mal sprach sie nicht laut genug. Also verlegte sich Elise aufs Rufen. »Herr Klüver!«

Ein anderer Ratsherr wandte sich um. Heinrich von Hachede, einer der wenigen Doktoren der Juristerei unter den Ratsherren, war ein Konkurrent von Elises Schwiegervater. Vor ein paar Jahren hatte er Aufsehen erregt, weil er das halbe Dorf Duvensee mit großen Teilen des dazugehörigen Sees erstanden hatte. Er trug einen wohlgestutzten Vollbart, während ihm das Haar auf dem Haupt bereits knapp zu werden drohte und sich auf einen Kranz an den Seiten zurückgezogen hatte. Er neigte zur Völlerei, was man ihm deutlich ansah – er war sicher einer der schwersten Männer im Raum. Das Doppelkinn schwappte ihm ebenso auf die Brust wie der Bauch über den Hosenbund.

»Ihr seid doch …«, er runzelte die Stirn. »Die Lipperade-Witwe. Was macht Ihr denn hier?«

»Ich suche Anton Klüver«, begann sie, froh, endlich gehört zu werden. »Könnt Ihr ihm …«

»Ach, eigentlich ist es egal. Macht, dass Ihr rauskommt, Weib, sonst lass ich Euch befördern. Dies ist eine Ratsangelegenheit.« Damit drehte er sich wieder um und redete auf einen anderen ein.

Vor den Kopf gestoßen, verstummte Elise. Hatte Plissen überhaupt das Recht gehabt, sie hier einzulassen? Während sie erwog, draußen zu warten, bis die Besprechung vorbei war – sich dazu aber nicht durchringen konnte, weil die arme Frau in der Mitte der Traube aus Ratsherren so offensichtlich Trost brauchte –, sah Anton Klüver auf. »Frau Elise! Was macht Ihr denn hier?«

Erleichtert atmete sie auf. »Ich suche Euch, Oheim.« Sie nannte Klüver so, obwohl sie nicht miteinander verwandt waren. Doch da er seit Jahren für sie und Hendrik da war, hatte sich eine gewisse Vertrautheit zwischen ihnen eingestellt.

»Ich bin gerade sehr beschäftigt. Können wir das später erledigen?«

»Das sehe ich, Oheim«, erwiderte sie zögerlich. »Aber was hat diese Frau bloß getan, dass die Herrschaften sie so anfeinden? Hat sie gestohlen?«

»Gestohlen? Nein.« Klüver runzelte verblüfft die Stirn. »Wie kommt Ihr darauf? Sie ist Dänin und eine wichtige Zeugin. Ich befragte sie, um ein paar Fakten zu erfahren, aber sie mag nicht reden. Und ich weiß nicht, wie ich sie dazu bringen kann, mit dem Weinen aufzuhören. Es ist zum Verrücktwerden!«

Elise sah sich unter den aufgebracht gestikulierenden und durcheinanderredenden Männern um. »Ihr solltet sie vielleicht einen Augenblick allein lassen«, sagte sie dann. »Ich glaube nicht, dass sie sich sonderlich wohlfühlt.«

»Kommt nicht infrage! Wir wollen endlich wissen, was hier vorgeht«, mischte sich von Hachede wieder ein. »Was gebt Ihr Euch mit Frau Lipperade ab, Klüver, wir haben Wichtiges zu besprechen! Dieses Weib hat gesehen, was wirklich auf Island vorgefallen ist. Immerhin geht es um die Frage, warum England und Dänemark miteinander in Streit geraten sind.«

»Das ist mir klar«, erwiderte Klüver. »Aber ich glaube mehr und mehr, dass Frau Elise recht hat. So wie wir diese Frau bedrängen, muss sie ja denken, dass wir sie an den Galgen bringen wollen. Wir sollten ihr ein wenig Raum geben.«

»Bei den jüngsten Ereignissen dürfen wir nicht trödeln,

Klüver! England droht, mit Lübeck und der Hanse in Streit zu geraten«, raunzte Heinrich von Hachede unwirsch. »Stattdessen wollt Ihr die Frau umsorgen? Wie lange denn wohl – eine Stunde, einen Tag, eine Woche?«

Elise hütete sich, ihr eigenes Zeugnis vor all den Leuten abzulegen. Nein, sie wollte Anton Klüver allein sprechen.

»So lange es eben dauert«, sagte Klüver.

»Wie soll die Frau sich beruhigen, wenn sie so bedrängt wird?«, wandte Elise noch einmal ein.

»Das ist ja wohl ...«, schimpfte Hachede, doch Bürgermeister Westfal unterbrach ihn. »Das geht nicht, Frau Elise. Wir benötigen Zeugen, die die Worte dieser Frau wiedergeben können.« Auch er trug eine Schaube mit breitem Pelzkragen, auf Brust und Schultern prangte die goldene Amtskette. Seine Halbglatze wurde von einem Haarkranz umrahmt, die hellbraunen Strähnen und der Bart fielen ihm auf die Schultern und die Brust. Sein Gesicht schien in dauerhafter Übellaunigkeit erstarrt, und er schlug die große Samtmütze in seiner Rechten in einem steten Rhythmus gegen das Bein, als könne er sich nur schwer beherrschen, damit nicht auf jemanden einzuprügeln.

Elise sah sich unter den Männern um. Die Gesichter wirkten abweisend, gar feindselig. Jetzt erst fiel ihr auf, dass ein ganz bestimmtes Gesicht fehlte, das eines Mannes, der in diesen Haufen bestimmt ein wenig Ordnung gebracht hätte. Wo war Hinrich Castorp, der angesehenste unter den vier Bürgermeistern, Vorstand der meisten Hansetage in Lübeck und darüber hinaus einer der vernünftigsten Männer, die sie kannte? Wenn er nicht hier war, bedeutete das wohl, dass er gar nicht in der Stadt war. »Ich könnte ja bleiben«, schlug sie zaghaft vor.

»Papperlapapp, Weib!«, stieß der Bürgermeister aus. »Ihr

wisst, dass Euer Wort von den meisten Gerichten nicht anerkannt wird. Wir brauchen die Zeugnisse von Ratsherren, denn immerhin ist das, was die Frau zu sagen hat, von immenser Wichtigkeit.«

»Elise sollte bleiben«, meinte Klüver. »Vielleicht kann sie die Frau ein wenig beruhigen. Und wir sollten die Herrschaften hier bitten, vor die Tür zu treten. So kommen wir doch nicht weiter.«

Westfals Gesicht nach zu urteilen, wurde er noch übellauniger, doch rang er sich schließlich durch. »Also gut. Dann bleiben Ihr, von Hachede und ich natürlich, sowie die Frau Lipperade.«

»Damit haben wir auch zwei, die der dänischen Sprache mächtig sind«, sagte Elise. Sie hätte sich gewünscht, dass die Männer bis auf Klüver alle den Raum verließen, doch wenn es nur noch drei waren, ging es der Frau vielleicht schon besser.

»Ihr könnt Dänisch …?«, fragte Klüver erstaunt. Dann klatschte er sich mit der Hand an die Stirn. »Natürlich, ich erinnere mich. Das kommt uns doch gelegen! Westfal, guter Mann, was für ein Glück. Wir sollten Frau Elise hier an der Befragung teilhaben lassen. Vielleicht kann sie die Magd mit einer weiblichen Hand beruhigen und ihr mehr Worte entlocken, als ich es vermag. Und vielleicht beruhigen sich die Herrschaften draußen ein wenig, sodass wir hinterher zu der Danzig-Sache kommen können.« Er zwinkerte Elise zu, und sie schenkte ihm einen dankbaren Blick.

»Unmöglich!«, schnaubte von Hachede. »Dass sie überhaupt hier ist, widerspricht den Hansestatuten!«

Auch der Bürgermeister sah nicht überzeugt aus, doch er gab schließlich nach. »Na gut, Ihr dürft bleiben, Frau Elise. Und der Rest«, Westfal erhob die Stimme, sodass er das

Getöse der Männer übertönte, »allesamt raus! So führt das zu nichts! Ich geb Euch Bescheid, wenn's was zu wissen gibt.«

Die Männer, besonders die Kauf- und Ratsherren, waren nur schwer abzuwimmeln, doch Klüver redete begütigend auf sie ein, sodass sie sich immerhin in die Vorhalle zurückzogen. Als endlich Ruhe in den Saal einkehrte, atmete Elise auf – und wie musste es erst der armen Frau gehen? Sie musterte die Dänin genauer. Die trug einen schlichten braunen Rock, eine helles Hemd, darüber ein geschnürtes dunkles Mieder und ein Kopftuch. Um die Schultern war ein wärmender Schal gebunden. Sie barg den Kopf noch immer in den Händen und wiegte sich vornübergebeugt vor und zurück.

Elise stellte sich neben Anton Klüver. »Wer ist die Arme?«, fragte sie leise.

»Irgendeine Magd«, schnarrte Westfal sichtlich genervt, zog ein Tuch aus dem Ärmel und tupfte sich damit die Stirn ab. »Sie soll das Blutbad auf Island im letzten Jahr überlebt haben. Wir haben sie und einige Beweisstücke aus Island herbringen lassen, weil wir uns davon überzeugen wollten, dass man uns nicht die Hucke volllügt.«

Elise erinnerte sich noch gut an die Nachrichten aus dem letzten Jahr. Ein Haufen englischer Händler und deren Besatzung waren angeblich über eine kleine Stadt auf Island hergefallen. Und das, obwohl ein Vertrag zwischen König Edward IV. von England und König Christian I. von Dänemark englischen Kaufleuten verbot, Island anzufahren. Und nicht nur das – der dänische Gouverneur auf Island war dabei zu Tode gekommen. Natürlich hatte Christian I. von Dänemark Kompensation von Edward IV. gefordert, jedoch nicht erhalten. Die Engelländer behaupteten, sie hätten mit der Sache nicht das Geringste zu tun und hätten selbst Opfer zu beklagen.

»Warum sollte sie lügen?«, fragte Elise überrascht. »Und worüber denn?«

»Was weiß denn ich«, brummte Westfal und ließ wieder die Mütze ans Bein klatschen.

Klüver mischte sich ein, doch er sprach jetzt ruhiger, um die Frau nicht weiter zu verschrecken. »Die Magd kann angeblich bezeugen, dass es die Engländer waren, die den Gouverneur ermordet und das halbe Dorf in Brand gesetzt haben. Inger kann möglicherweise Licht in dieses Dunkel bringen.«

Elise zog erstaunt die Augenbrauen hoch. »Und warum genau ist die Zeugin nun hier in Lübeck gelandet?«

Klüver zuckte ratlos mit den Schultern. »Ich nehme an, es hat mit Geld zu tun. Das Ereignis im letzten Jahr muss endlich aufgeklärt werden, damit festgestellt werden kann, wie man die beiden Parteien wieder miteinander befriedet. Habt Ihr von dem Überfall der Danziger auf den englischen Konvoi gehört? Ich nehme an, das war ein Versuch, sich die Reparationsleistungen zu holen, die England bislang verweigert hat.«

»Ich habe davon gehört«, sagte die junge Witwe ausweichend und musterte die Magd mitleidig, die noch immer verängstigt auf ihrem Stuhl kauerte.

»Wollt Ihr helfen, sie zu befragen?«, fragte Klüver. Von Hachede knirschte mit den Zähnen, sagte aber nichts.

Diese Magd hatte Schlimmes erlebt und wurde hier nicht eben freundlich behandelt. Daher zögerte Elise. Sie wollte nicht dabei helfen, wie man sie weiter schreckte. Auf der anderen Seite konnte sie so vielleicht dafür sorgen, dass die Herren sie bald in Ruhe ließen. Also stimmte sie zu. »Aber schaut sie euch doch bloß an, Ihr Herren. Ich würde sagen, dass sie wahr spricht, so wie sie aussieht.« Sie zog einen Stuhl heran und setzte sich neben die Magd, sodass sie auf Augenhöhe miteinander reden konnten. »Mein Name ist Elise«, sagte sie dann auf Dänisch. »Ich bin die Schwiegertochter eines Kaufmanns aus Lübeck, der auch bis Dänemark und Island handelt. Ich wohne hier in der Stadt. Wo hat man dich untergebracht?« Elise erhielt keine Antwort, aber darum ging es nicht. Sie redete mit der Dänin wie mit einem kopfscheuen Pferd, das sich erst einmal an die Stimme gewöhnen sollte, bevor man ihm das Zaumzeug anlegen konnte. Sie plauderte ein wenig, erzählte von ihrem Zimmer und dem kleinen Finken Caligula, den sie zu Hause hielt. Als Bürgermeister Westfal seinen Weinkelch geräuschvoll auf dem Tisch abstellte, zuckte die Magd erst zusammen, dann schenkte sie dem Krug einen sehnsuchtsvollen Blick.

»Bist du durstig?«, fragte Elise sanft. Die Magd nickte zaghaft. »Hat man dir etwas zu essen gegeben?« Die Frau schüttelte den Kopf.

Elise wandte sich den Ratsherren zu. »Bitte, Ihr Herrschaften, lasst ihr doch etwas zu essen und zu trinken bringen.«

»Es ist eine verdammte Magd, kein königlicher Würdenträger«, grummelte von Hachede, doch Westfal ließ resigniert einen Knecht kommen und schickte nach dem Gewünschten. Wenig später stand ein Brett mit Käse, Brot und Schinken auf dem Tisch, es folgte ein Krug Wein. Die Magd griff kurzerhand nach dem schlanken Gefäß und nahm einen tiefen Zug daraus, ohne auf den Kelch zu warten. Dann machte sie sich über das Essen her.

Elise wandte sich ab, um der Frau ein wenig Raum zu lassen, bis diese den schlimmsten Hunger gestillt hatte. »Wie ist dein Name?«, fragte sie dann.

Die Magd hielt einen Kanten Brot mit beiden Händen an den Mund. »Inger.«

»Woher stammst du, Inger?«

»Aus Hannenfjord, Herrin.« Inger griff nach dem Schinken und biss ein Stück ab. Dann setzte sie mit vollem Mund hinzu: »Das ist auf Island, Herrin.«

»Und wem hast du gedient, Inger?«

»Ich hab im Haus des Gouverneurs gedient, beim Herrn Gustavson.«

Elise tauschte bedeutungsvolle Blicke mit Anton Klüver, der das Gesprochene für Bürgermeister Westfal übersetzte. Der stellte aufgeregt den Weinkelch beiseite, an dem er neuerlich genippt hatte, und mischte sich ein: »Frag sie, was sie …«

Doch Anton Klüver legte ihm die Hand vor die Brust, um ihn zu bremsen. »Bitte, Herr Westfal, haltet Euch ein wenig zurück. Mit ein bisschen Geduld werden wir alles erfahren.«

Dankbar wandte Elise sich wieder der Magd zu, die dem Wortwechsel mit großen Augen gelauscht hatte, doch es sah nicht so aus, als hätte sie etwas verstanden. »Weißt du, warum man dich hergebracht hat, Inger?«

Die Frau erschauerte und nickte. Elise befürchtete schon, sie würde sich wieder in Schweigen flüchten, doch der Wein schien ihr die Zunge ein wenig gelockert zu haben. »Wegen der Männer«, flüsterte sie.

»Genau, wegen der Ereignisse im letzten Sommer. Magst du mir erzählen, was die Männer getan haben?«, fragte die junge Witwe. Als sie den Ausdruck in den Augen der dänischen Magd sah, bereute sie die Formulierung sofort. Die zog den Schal enger um die Schultern und klappte vornüber zusammen. In dem kurzen Augenblick hatte Elise in ihrem Blick Angst, Abscheu, Selbsthass und eine entsetzliche Verletztheit zu einer Mischung vereint gesehen, die nur eines bedeuten konnte: Man hatte ihr Gewalt angetan.

»Was denn, was hat sie?«, fragte Klüver, dem das offenbar

nicht aufgefallen war. Elise beschloss, ihn im Dunkeln zu lassen. Dies war Ingers Geheimnis, nicht ihres. »Die Erinnerung schreckt sie offenbar sehr«, erklärte sie ausweichend.

Sie gab der Magd ein paar Augenblicke, um sich zu sammeln. »Du bist hier sicher«, versprach sie ihr dann. »Du musst nicht zurückgehen, und die Engländer wissen gar nicht, dass du hier bist. Du kannst auch in Lübeck bleiben, wenn du möchtest – eine Stelle werden wir für dich schon finden.« Sie meinte ihre Worte aufrichtig. Inger konnte kaum dorthin zurückkehren, wo man wusste, was ihr geschehen war. Dort galt sie sicher als befleckt und entehrt, obwohl sie doch am wenigsten für all das konnte. Sie würde Schwierigkeiten haben, eine neue Anstellung zu erhalten. Diese Tatsache machte Elise traurig und wütend. Aber hier in Lübeck wusste niemand davon, niemand außer Elise selbst – und die musste davon nicht erzählen, denn die Schrecklichkeiten waren ja nicht ausgesprochen worden.

Ingers Reaktion fiel so heftig aus, dass Elise beinahe zurückzuckte. Die Magd griff nach Elises Hand und küsste sie wild. »Ich … das musst du nicht«, bat die junge Witwe.

»Ihr seid eine gute Frau, Herrin!« Offenbar hatte Inger sie so verstanden, dass sie nun im Haushalt der Lipperades dienen würde. Elise zog die Augenbrauen hoch und öffnete den Mund, um zu widersprechen, schloss ihn jedoch wieder. Warum eigentlich nicht? Gertraut war alt und bequem und gab sich keine Mühe mehr damit, Hendrik zu erziehen. Ursel diente als Zofe und war für viele Hausarbeiten zu ungeschickt. Und von Inger würde Hendrik die dänische Sprache lernen – eine Fertigkeit, die einem jungen Mann, der es in Lübeck zu etwas bringen wollte, gut zu Gesicht stand. »Also gut«, sagte sie erfreut. »Du kannst in meinem Haus dienen. Aber du musst lernen, unsere Sprache zu sprechen.«

Inger nickte eifrig. »Das werde ich, *Herrin*!«, das letzte Wort sprach sie deutsch aus. Offenbar lernte sie schnell.

Elise ignorierte ein Gespräch zwischen Westfal und Klüver hinter ihrem Rücken, so gut es ging, denn Inger war ihr im Augenblick wichtiger. »Sehr gut. Trotzdem musst du mir noch davon berichten, was in der Nacht geschah, als der Hof von Gouverneur Gustavson überfallen wurde. Die wichtigen Sachen«, fügte sie hastig hinzu, als Inger erbleichte. »Zum Beispiel, wann das geschah und welche Sprache die Männer gesprochen haben. Oder ob du sie aus dem Hafen kanntest.«

Inger schluckte schwer und nickte dann. »Es war letztes Jahr im Sommer. Es war Nacht. Ich war noch nicht im Bett, weil so viel zu tun war – der Herr hatte Gäste für den nächsten Tag geladen, und wir mussten kochen. Und dann hörte ich vom Hof her Krach. Ich lief hinaus, um zu sehen, ob sich jemand verletzt hätte, aber ich war kaum an der Treppe vorbei …« Sie stockte. »Da waren Männer. Sie haben sich den alten Tjorge gegriffen und die Knechte im Stall. Und dann haben sie auf sie eingeprügelt und getreten und mit Fackeln geworfen und …«

Elise fragte nicht nach, was dann geschehen war. »Haben die Männer gesprochen?«

Ingers Stimme war so leise wie ein Windhauch. »Ja, sie haben sich Dinge zugerufen.«

»Hast du die Worte verstanden?«

»Es war kein Dänisch, es war Englisch. Sie riefen, der Gouverneur sei oben, und man müsse alles anzünden.«

»Du sprichst Englisch?«, fragte Elise und wechselte in diese Sprache. »Woher kannst du das?«

»Hannenfjord ist Hafenstadt«, radebrechte Inger auf Englisch. Ein bisschen Stolz blitzte dabei in ihren Augen auf. »Man lernt.«

Elise musste lächeln. Auch in Lübeck gab es viele, die wie sie selbst in fremden Sprachen bewandert waren. »Sehr gut. Versuche bitte, dich zu erinnern, ob du noch etwas hast verstehen können!«

Klüver strich sich über den weißen Bart und raunte Elise ins Ohr: »Sie ist eine einfache Magd, Elise. Meinst du, sie kann unterscheiden, ob das wirklich ein Engelländer oder ein Englisch sprechender Danziger, ein Rus oder Isländer gewesen ist?«

»Vielleicht nicht. Aber warum sollte sich jemand die Mühe machen, den Anschein zu erwecken, dass er ein Engelländer sei? Eine solche Intrige klingt mir ein wenig kompliziert.«

»Ihr lebt im Haushalt eines Hanseaten.« Klüver schmunzelte. »Ihr solltet wissen, dass Politiker und Geschäftsleute komplizierter denken als andere Menschen.«

»Möglich. Manchmal ist ein Schaf aber auch einfach nur ein Schaf.« Sie wandte sich wieder Inger zu. »Was haben die Männer gesagt?«

Inger senkte den Blick zu Boden. »Ich habe ein paar Namen gehört. Ein Steven war dabei. Und Hunter und Dickins. Und Oxbow.«

Elise runzelte die Stirn. Sie glaubte nicht, dass sich die Magd all diese Dinge einfach ausdachte. »Das klingt, als wären es wirklich die Engelländer gewesen.«

»Trotzdem. Jeder, der die Sprache der Engelländer spricht, hätte den Verdacht auf sie lenken können«, hakte Klüver ein.

Dem konnte Elise nicht widersprechen. Sie bat die Magd fortzufahren. »Man hatte von einem Schiff mit englischer Flagge gehört, das ein, zwei Tage zuvor im Hafen eingelaufen war. Das tun sie immer wieder, obwohl sie das nicht dürfen. Aber manche halten sich halt nicht daran.«

»Ist denn etwas geschehen, dass die Männer sich so benommen haben? Sind sie provoziert worden?«

Inger zuckte mit den Schultern. »Wisst Ihr, Herrin, es gab wohl Krach in der Schänke, warum, weiß ich nicht. Die Engländer haben sich auf Island noch nie sonderlich gut benommen.«

Jetzt nahm Elise Ingers Hand in ihre. »Wie bist du entkommen, Inger?«

Sie spürte den Schauer, der den Körper der Frau durchfuhr, mehr als dass sie ihn sah. »Da war ein Mann. Ein Engländer. Er konnte ein wenig Dänisch. Er … er hat den … den schrecklichen Mann niedergeschlagen. Er hat geholfen.« Dann verstummte Inger und rang mit den Tränen.

Elise drückte die Finger der Frau mitfühlend. Sie wollte schon etwas sagen, doch Inger setzte noch etwas hinzu. »Er trug eine alte goldene Münze an einem Lederband um den Hals.«

Überrascht starrte Elise sie an. Sie kannte einen Mann, der eine goldene Münze um den Hals trug: Herman Wanmate. War er letztes Jahr auf Island gewesen? Sie erinnerte sich an die düsteren Worte, die er über seine Münze gesagt hatte. Doch der Zufall schien zu groß, dass ausgerechnet er die Magd gerettet hatte – oder?

»Danke, Inger, das war sehr tapfer.« Doch die Magd hörte nicht mehr zu. Sie hatte das Gesicht im Schoß verborgen und schien nichts zu hören.

Elise ließ sie in Ruhe und wandte sich Klüver und Westfal zu. »Wenn es wirklich die Engelländer waren – was für einen Grund sollten sie haben, den Konflikt mit den Dänen herbeizuführen, und das so unprovoziert?«

»Gar keinen«, erwiderte Anton Klüver seufzend. »König Edward hat mit Ach und Krach einen Vertrag mit Christian von Dänemark ausgehandelt, der seinen Schiffen freie Durchfahrt durch den Sund gewährt. Er wäre dumm, das zu gefährden.

Nein, es scheint sich um ein paar tolle Kaufleute gehandelt zu haben, die ihre Mannschaft nicht beherrschen konnten.«

»Eine Durchfahrt durch den Sund in die Ostsee, die bis zu diesem Vertrag übrigens von Lübeck und der Hanse reguliert worden ist«, knurrte Westfal übellaunig.

Elise dachte darüber nach. »Das bedeutet doch, dass diejenigen, die einen Grund dafür hätten, Unruhe zwischen Dänemark und Engelland zu stiften, hier in Lübeck sitzen?«

Westfal schnaubte abfällig. »Was wollt Ihr damit sagen, Frau Elise? Dass der Hanserat das Blutbad in Island in Auftrag gegeben hat? Ihr seid ja irrsinnig! Es kann tausend Gründe und Interessen geben, Unruhe zwischen Engelland und Dänemark zu stiften.«

Elise verstummte. Sie sollte es besser wissen, solche Gedanken laut auszusprechen, besonders hier im Rathaus.

»Gute Arbeit, mein Kind«, lobte Klüver. »Warum seid Ihr eigentlich hergekommen?«

»Ich wollte Euch sprechen, Meister Klüver.«

»Dann machen wir das mal, nicht?« Klüver nickte Westfal zum Abschied zu und führte Elise am Ellenbogen beiseite. »Frau Elise, es wäre besser, Ihr sprächet zu niemandem über die Angelegenheiten, die die Magd offenbart hat. Wir wissen noch nicht, was alles hinter den Dingen steckt, und jeder, der davon weiß, mag sich in Gefahr begeben.«

»Ich werde sicher darüber schweigen, Herr Klüver. Schon um Ingers willen.«

»Ich sehe, wir verstehen uns.« Der Kölner rückte ihr einen Stuhl zurecht und setzte sich dann selbst daneben. »Womit kann ich Euch nun helfen, meine Liebe?«

Elise berichtete ihm in kurzen Sätzen von ihren Sorgen um den Schwiegervater – seinen alten Freund. Und schließlich bekannte sie zum Erstaunen ihres Vormundes, dass sie bei der folgenschweren Begegnung mit den englischen Schiffen im Sund dabei gewesen war. »Bei den Angreifern scheint es sich tatsächlich um Kaperer aus Danzig gehandelt zu haben«, schloss sie. »Ist das möglich?«

»In diesen Zeiten ist alles möglich«, seufzte Klüver. »Momentan ist so vieles im Wandel. Hansestädte missachten den Schluss des Hansetages und kämpfen für sich allein, die Sache in Island ist schrecklich, und in London scheinen wirklich merkwürdige Dinge vorzugehen ... War das Flaggschiff der Angreifer besonders groß?«

»Es war gewaltig, Oheim. Ein Kraweelschiff mit drei Masten. Selbst im Lübecker Hafen trifft man so etwas kaum an.«

»Es gibt nur ein Schiff von der Größe in der Ostsee«, murmelte Klüver bedrückt. »Die ›Peter von La Rochelle‹. Sie ist in der letzten Zeit öfter im Ostseeraum gesehen worden. Und damit müssen es wirklich die Danziger gewesen sein. Die ›Peter‹ war ursprünglich ein französisches Kraweel, das an den Stadtrat von Danzig überging. Der hat es repariert und ausgerüstet. Seit einer Weile gibt es Gerüchte, dass es als Kaperer die Ostsee unsicher macht. Aber so dreist, gleich eine ganze Flotte anzugreifen ...«

»Es war nicht alleine. Die englische Flotte umfasste sieben Schiffe, die entweder zerschossen oder aufgebracht worden sind«, ergänzte Elise. »Das schafft nur ein gut ausgerüsteter Konvoi.«

»Dann war es eine geplante Handlung«, murmelte Klüver kopfschüttelnd. »Schade, dass Ihr neben ein paar Seeleuten die einzige Zeugin seid. Euer Wort hält vor vielen Gerichten nicht stand.«

Elise zögerte. »Es gibt da vielleicht noch einen Engelländer ...«

Die Augenbrauen des Alten fuhren hoch. »Einen Überlebenden des Konvois?«

»Ja. Er ist im Heiligen-Geist-Spital untergebracht worden, weil er verletzt ist. Bitte liefert ihn nicht dieser Meute aus«, sie wies mit dem Kinn auf die Tür. »Das wird ihn im Augenblick sicher noch überfordern.«

»Ich werde es versuchen, Frau, aber ich kann für nichts garantieren. Das Zeugnis des Mannes entscheidet vielleicht über Krieg oder Frieden. Man wird ihn befragen müssen.« Er machte eine Pause und runzelte die gefurchte Stirn. Dabei sah er zu Inger hinüber. »Die arme Frau muss wirklich einiges erlebt haben. Verflucht sei dieser Wanmate.«

»Wanmate?«, fragte Elise erstaunt.

»Ja. Der Mann, der schuld an dem Blutbad in Island sein soll, hieß so. Ein recht verbreiteter Name in London. Wieso fragt Ihr?«

Elise versuchte, ihr Entsetzen zu verbergen. Auf dem Schiff hatte Herman von seinem Bruder gesprochen, der im letzten Jahr gestorben war ... War es tatsächlich möglich, dass die beiden verwandt waren? Das würde auch die Münze erklären, von der Inger gesprochen hatte und die Herman am Hals trug. Ob es sich um ein und dieselbe handelte? »Ich dachte, ich hätte den Namen schon einmal gehört«, sagte sie zögerlich. Sie wollte Herman nicht ans Messer liefern – nicht einmal bei Klüver, der niemandem etwas Böses wollte. Erst wollte sie selbst herausfinden, was dahintersteckte.

»Zurück zu dem englischen Zeugen, Elise. Ich wage zu bezweifeln, dass dem Mann viel Glauben geschenkt wird ... Aber je mehr ich darüber nachdenke, stelle ich fest, dass dieses Ereignis größere Wellen schlagen wird«, murmelte Klüver und strich sich über den Bart, um schließlich ein paar Wirbel zu zwirbeln. Diese Geste gehörte zu dem alten Mann, seit Elise ihn kannte, und sie hatte sie mit ihm liebgewonnen. »Was auch immer die Danziger Schiffe zu diesem Überfall bewogen hat – sie ziehen die ganze Hanse in einen Konflikt mit König Edward IV.«

Elise schüttelte den Kopf, denn sie mochte es nicht glauben. »Das hat man nun davon, dass man ein so weit gespanntes Bündnis eingeht. Nun wird auf allen Seiten gezerrt und gezogen.«

»Man kann aber auch in allen Bündnisstädten einen guten Profit erzielen«, korrigierte der Kölner sie. »Und von dem Handelsfrieden profitieren auch die Leute, die keine Kaufleute sind.«

Elise seufzte. Sie hatte diese Diskussion früher oft mit dem Schwiegervater geführt, der die Hanse und Lübecks Einmischung in die Politik so vieler Städte und Länder immer verteidigt hatte. Ihr selbst kam Lübeck manchmal vor wie ein Krake, der seine langen Tentakel in viele Angelegenheiten steckte, die ihn nichts angingen. Das wäre nicht so schlimm, wenn Lübeck sich dadurch nicht immer verwundbarer machte und gute Männer wie Hinrich Lipperade keine Zeit für ihre Söhne und Enkelsöhne mehr hatten. Doch jetzt wollte sie den alten Mann auf ihr eigentliches Anliegen ansprechen. »Meister Klüver, könnt Ihr mir helfen, nach London zu gelangen? Ich benötige zumindest ein gut bewaffnetes Schiff, besser einen Konvoi, der bald dorthin fährt. Ich muss sehen, ob es dem Schwiegervater gut ergeht. Und wenn nicht …« Sie wollte den Satz nicht vollenden, denn verlor sie die Unterstützung des Patriarchen, dann stand niemand mehr zwischen dem ehrgeizigen Northoff und ihr.

Der Kölner wog seinen Kopf nachdenklich hin und her. Die Sonne malte durch die Fenster des Saales ein Muster aus hellen und dunklen Flecken auf sein Gesicht. »Mit den Kaperern im Sund ist das schwierig. Das wird sich herumsprechen, und dann laufen keine Schiffe mehr einzeln aus oder legen gar in London an. Die Unwägbarkeiten sind zu groß. Ich kann mich umhören, Frau Elise, aber ich sehe nicht, dass ich da mehr ausrichten könnte als Ihr oder Northoff.«

Elises Hoffnung sank. Trotzdem nahm sie seine Hand und drückte sie dankbar. »Mehr kann man nicht erwarten, Meister Klüver.« Sie wandte ihre Gedanken den anstehenden Aufgaben zu. »Veranlasst Ihr, dass Inger ihre Habseligkeiten einsammelt und zu mir ins Haus kommt?«

Westfal hatte das gehört und schüttelte entschlossen den Kopf. »Ihr meint das doch nicht ernst mit der Anstellung, Frau?«

Elise sah ihn entgeistert an. »Warum sollte ich das nicht ernst meinen, Meister Westfal?«

»Ich dachte, Ihr wollt sie bloß zum Reden bringen. Das mit der Stelle geht nicht. Die Frau herzubringen hat den Stadtrat genug Geld gekostet. Immerhin wollten die Engelländer sie auch haben. Man muss sie unter den Schutz des Hanserates stellen, bis der Hansetag einberufen worden ist, damit sie dort bezeugen kann, was sie gesehen hat. Alle sollen sich davon überzeugen können, was die Engelländer dort oben getan haben.«

Klüver hatte also alles übersetzt, was sie mit der Magd besprochen hatte, auch diese persönlichen Dinge. »Aber ich habe es ihr versprochen, Meister Westfal. Ich kann doch jetzt nicht …«

»Dann habt Ihr etwas versprochen, was Ihr nicht halten könnt, Frau Elise«, sagte der Mann mit abfälligem Schnaufen und schielte sie vorwurfsvoll an. »Seid das nächste Mal weniger schnell mit Euren Worten.« Er ging zur Tür und rief nach dem Sekretär.

Wenige Augenblicke später stand der blasse Mann im Eingang zum Hansesaal. Westfal nahm sie beim Arm und schob sie aus dem Raum. Elise rief Inger eilig einen Abschiedsgruß zu. Die Magd sprang erschreckt auf und wollte ihr folgen, doch von Hachede hielt sie zurück.

Gegen die beiden Männer konnte Elise nichts tun, und Klüver sah nicht so aus, als würde er eingreifen. »Darf ich Inger wenigstens besuchen? Wo bringt Ihr sie unter?«

»Das wird nicht nötig sein, Frau Elise. Je weniger Leute von ihr wissen, desto besser. Danke für Eure Dienste.« In der Vorhalle sprang Ursula vom Boden auf, doch Westfal ignorierte sie und übergab Elise dem Sekretär. »Plissen, Frau Elise möchte das Rathaus verlassen.«

»Wurde auch Zeit«, knurrte Heinrich von Hachede.

Elise protestierte nicht. Sie war traurig, dass sie ihr Versprechen nicht halten konnte. Und sie hatte noch so viele Fragen an Inger, die einer Antwort harrten. Wenn sie mit ihr Herman Wanmate im Heiligen-Geist-Spital besuchen könnte, ließe sich vielleicht herausfinden, ob es wirklich sein Bruder auf Island gewesen war. Sie hielt das zwar für sehr unwahrscheinlich, doch man wusste nie. Manchmal fügte der liebe Gott die Dinge auf merkwürdige Art und Weise.

»Sicher, Meister Westfal«, sagte der Sekretär dienstbeflissen, während sich die Tür schloss. Dann warf er Elise einen entschuldigenden Blick zu. »Frau Elise, es ist wohl besser, wenn Ihr geht.«

»Die Zeiten ändern sich offenbar«, sagte Elise. »Wie die Herren mit der armen Frau umgegangen sind …«

»Mögt Ihr wohl recht haben, Frau Elise«, gab der blasse Sekretär zu, der keine Ahnung haben konnte, worum es ging, und ihr trotzdem zustimmte. »Meister Westfal ist nicht der herzlichste Mensch.«

»Manchmal ist er sogar ganz widerwärtig!«, entfuhr es ihr verzweifelt. »Inger muss jetzt denken, ich hätte sie betrogen, um sie auszuhorchen. Die Arme hat schon genug gelitten.«

Plissen zog die Schultern hoch, was an seiner dürren Gestalt etwas merkwürdig wirkte. »Das tut mir leid. Aber helfen kann ich Euch dabei nicht, bitte um Vergebung. Ihr seid eine gute Frau, das muss man sagen.«

Elise musste unwillkürlich lächeln. »Danke, Plissen. Was gäbe ich nicht dafür, wenn es anders wäre.«

Er zögerte kurz und musterte sie mit einem merkwürdigen Blick. »Was gäbet Ihr denn dafür, Herrin?«

Elise stutzte. »Ich ... ich weiß nicht, was Ihr damit sagen wollt, Plissen. Ich will nicht unhöflich erscheinen, aber ... sprechen wir hier über ... Geld?«

Der hagere Sekretär schmunzelte und nickte. »Wir sprechen über Geld, Frau Elise. Und mit Höflichkeit hat das nichts zu tun. Hört Euch meinen Vorschlag an.« Dann zog er sie beiseite, damit man den Hall ihrer Stimmen nicht im ganzen Rathaus hören konnte. Was sie besprachen, ging in Lübeck niemanden etwas an. Nicht die Sekretäre im ersten Stock, nicht Anton Klüver und ganz bestimmt nicht Bürgermeister Johann Westfal.

Kapitel 5

Lübeck, am dritten Juni 1468

Das Mittagslicht dieses Sonntages zeichnete bunte Schemen auf die Sandsteinplatten im Kirchraum des Heiligen-Geist-Spitals. Die dreischiffige Querhalle war dem Spital am Koberg vorgelagert. Die Alten, Kranken und Versehrten, die hier versammelt waren, klammerten sich aneinander oder stützten sich auf Krücken, um während der Messe aufrecht stehen und das Abendmahl empfangen zu können. In der Luft hing der Geruch von frisch verbranntem Weihrauch, dessen Schlieren die Schatten auf dem Boden zu weichen Formen verwischten. Herman Wanmate fröstelte, die Mauern schienen sämtliche Wärme aufzusaugen. Den übrigen Gläubigen, die die Kirchhalle bis zum Bersten füllten, erging es wohl ähnlich, denn sie hatten sich Decken und Schals übergeworfen.

Schmuckstück der Halle stellte ein kunstvoller Fries über dem Altar dar. Man hatte dem Engländer erklärt, dass es sich bei den Bildern um die Lebensstationen der heiligen Elisabeth handelte, die sich trotz hohen Standes persönlich der Pflege der Kranken gewidmet hatte. Er studierte die Darstellungen der Frau genau. Fieberte er noch? Sie trug zwar ein Gebände, das das Haar weitestgehend verbarg, doch das Gesicht ähnelte dem der jungen Frau vom Schiff, die er anfangs für ein Traumbild gehalten hatte. Später, als er wach gewesen war, hatte er erkannt, dass es sich um eine Landsfrau handelte, die sich ebenso selbstlos um ihn gekümmert hatte wie die Heilige dort oben auf dem Fries um die Kranken.

»Elouise.« Der Name schmeckte auf seiner Zunge nach Salz und Seebrise sowie nach einem Hauch von Flieder, der in ihrer Kajüte in der Luft gehangen hatte. Seitdem er sie zum ersten Mal gesehen hatte, war sie ihm tatsächlich in den Träumen erschienen. Sie ließ ihn nicht mehr los und suchte ihn beinahe jede Nacht heim.

Herman ging in der Reihe der Gläubigen langsam zum Altar. Auch wenn die Wunden an Schulter und Hüfte längst verkrustet waren, schmerzten sie noch immer. Während im Hintergrund ein Schreiber sich laut einen Brief in die Feder diktieren ließ und zwei Kinder einander um den Altar jagten, empfing Herman dankbar die Kommunion und sandte der Heiligen ein Stoßgebet für die Rettung, die ihm zuteilgeworden war. Die Erinnerung an das Unglück trieb ihn für ein paar Augenblicke zurück in jene Nacht, die ihn beinahe das Leben gekostet hatte. Die Planken des Schiffes barsten wieder unter seinen Füßen, als das Schiff durch den Treffer ins Pulvermagazin entzweigerissen wurde. Dann zogen ihn die machtvollen Wellen in die Dunkelheit hinab.

Herman spürte beinahe die kalte Strömung, gegen die er angeschwommen, angekämpft hatte, bis ihm schlussendlich trotz aller Panik die Glieder schwer geworden waren. Im letzten Augenblick hatte er wieder Luft bekommen und etwas Hartes zu fassen gekriegt. Er musste sich auf das abgerissene Kastell eines Schiffes gezogen haben. Seine Verletzungen schienen von Splittern zu stammen, die ihn getroffen hatten, vielleicht war er auch an Bruchkanten vorbeigeschrammt. Oder war das geschehen, als er sich auf das rettende Floß gezogen hatte? Sosehr er sich den Kopf zerbrach, er wusste nicht mehr, wie er sich die Wunden zugezogen hatte. Seine Erinnerung setzte erst nach der Rettung durch die Besatzung der »Grote Maat« am nächsten Morgen wieder ein – und da auch nur bruchstückhaft.

Die Bilder, die ihm ins Gedächtnis gebrannt waren, hatten einige dreiste Ratsleute der Stadt Lübeck am gestrigen Tag durch endlose Befragungen – viele in recht gutem Englisch – wachgerufen. Ohne Gnade wollten sie sämtliche Details wissen, die ihm noch gewärtig waren. Sie hatten die Namen der Schiffe wissen wollen, jene der Kapitäne und Steuermänner (die von den anderen Besatzungen kannte er nicht), was für eine Fracht die Schiffe geladen hatten, was ihre Zielhäfen gewesen waren, und und und. Am meisten hatte diesen Bürgermeister Westfal und einen unsympathischen Ratsherrn namens Heinrich von Hachede das Kraweel aus Danzig interessiert.

Herman war schnell deutlich geworden, dass sie ihm unterstellten, dass er log. Sie wollten ihm nicht glauben, denn wenn seine Aussage wirklich stimmte, befand sich die Hansestadt in einer brisanten politischen Situation. Dabei war das Einzige, worüber er gelogen hatte, sein eigener Name.

Bald hatte er sich geweigert, die Fragen zu beantworten, und seinerseits welche gestellt, denn er musste erfahren, was in Island mit seinem Bruder Steven vorgegangen war.

In London hatte er durch seine Stellung am Stalhof schnell davon erfahren, was die Kauffahrer aus Lübeck, Danzig, Köln und Dänemark über die Ereignisse in Island wussten. Neben der königlichen Kanzlei war man am Stalhof nirgends in der Stadt besser informiert, und es war neben dem Königshof und der Kathedrale von St. Paul's mit Sicherheit der am meisten von Spionen durchsetzte Ort. Er hatte herausgefunden, dass ein Zeuge des Blutbads nach Lübeck bestellt worden war, um dort befragt zu werden. Seine Eltern hatten ihn zwar als Narren beschimpft, aber er war trotzdem gefahren, um herauszufinden, was dieser Zeuge zu sagen hatte.

Leider hatten ihm Westfal und die anderen Ratsangehörigen

sämtliche Antworten verweigert. Das sei eine lübische Angelegenheit, die den Engländer nichts anginge, im Gegenteil, man würde alles tun, um zu verhindern, dass Herman zu dem Zeugen gelange und ihn bedrohe. Alles Betteln und Flehen sowie das Erläutern seiner Situation hatten Herman nicht weitergebracht. Also hatte er die Männer schließlich weggeschickt. Der fette von Hachede hatte ihm zwar noch gedroht, man könne ihn auch in die Fronerei, das örtliche Gefängnis, werfen, um ihn zum Reden zu zwingen, doch Bürgermeister Westfal hatte ihn aus dem Raum gezogen. Herman ärgerte das Verhalten der Männer. Er war unter Einsatz seines Lebens nach Lübeck gelangt und scheiterte an der Borniertheit dieser Würdenträger! Der Zeuge, der ihm sicher dabei helfen konnte, das Ansehen seines Bruders von den Anschuldigungen reinzuwaschen, musste sich irgendwo in der Stadt befinden. Er beschloss, sich nach ihm umzuhören.

Ein Räuspern holte Herman in die Wirklichkeit zurück. Der große Priester vor ihm sah erwartungsvoll auf ihn herunter. Herman warf einen Blick über die Schulter. Hinter ihm warteten die Leute offenbar schon seit einer Weile darauf, dass er den Platz am Altar frei machte. Er murmelte eine Entschuldigung und trat beiseite. Nach einigen Schritten begann der Raum, leicht zu wanken, als befände er sich wieder auf See. Er hielt sich für einen Augenblick an einer Säule fest. Auch wenn er es sich nicht eingestehen wollte, seine Kräfte waren noch lange nicht wiederhergestellt. Als die schwarzen Flecken vor Hermans Augen gewichen waren, straffte er die Schultern und ging langsam zu dem Altar unter der Schutzmantelmadonna. Hier breitete Mary, die Heilige Jungfrau, ihren wundervoll schillernden Regenbogenmantel schützend über die Gläubigen.

Ein anderes Ritual war Herman in den letzten Monaten ebenso wichtig geworden wie die Messe. Wie in jedem Hafen, in dem er anlegte, erwarb er mit ein paar Pennies, die die hiesige Kerzenverkäuferin glücklicherweise klaglos akzeptierte, einen Stumpen. Er entzündete ihn an einer anderen Flamme und gedachte seines Bruders Steven, der vor einem Jahr nicht aus Island heimgekehrt war. Als er die Kerze zwischen die anderen stellte und sich vorsichtig hinkniete, übermannte ihn eine große Traurigkeit. Steven und er hatten sich in den letzten Jahren entfremdet und selten gesehen. Doch geliebt hatte er den Bruder trotzdem. Der Verlust und die folgenden Anschuldigungen, die gegen Steven erhoben worden waren, hatten eine tiefe Wunde hinterlassen.

Herman gedachte der Zeit, als sie einander das letzte Mal gesehen hatten. Steven und sein alter Freund Raymond Oxbow hatten den Vater nach einer hitzigen Debatte davon überzeugt, trotz des Verbots von König Edward weiterhin nach Island zu fahren. Die Wanmates hatten sich in den letzten Jahren auf die gefahrvolle Reise nach Island spezialisiert und waren auf den Erlös dieses Handels angewiesen. Der Aufbau neuer Kontakte und Routen hätte die Wanmates Monate, wenn nicht gar Jahre gekostet, und das nur, weil der König einem politischen Gegner Zugeständnisse gemacht hatte, ohne zu wissen, dass diese für manche seiner Untertanen den finanziellen Ruin bedeuteten. Nein, Steven hatte sich geweigert, ein schlechtes Gewissen zu haben, und Herman hatte ihn ausnahmsweise darin bestärkt, auch wenn er mit dem Geschäft selbst wenig zu tun gehabt hatte.

»Ich hätte dich davon abbringen sollen«, murmelte Herman laut. Er spürte einen bitteren Geschmack auf der Zunge. Als eine alte Frau zu ihm aufsah, die mit einem Messer die Kerzenreste vom Altar kratzte, ging er fließend in die lateinischen Verse einer Fürbitte über. Vermutlich verstand sie seine Sprache gar nicht, aber bei diesen Lübeckern wusste man nie.

Steven war dem Vater stets der liebste Sohn gewesen. Die üblen Nachrichten aus Island hatten Jonathan Wanmate zerstört. Obwohl der eigene Sohn bei dem Blutbad gestorben war, wurde der Familie die Schuld am Tod des dänischen Gouverneurs angelastet. König Edward war in seiner Wut über den Verstoß gegen seine Handelsbestimmungen wenig gnädig gewesen. Die Wanmates hatten alles verloren – ihr Geld, ihre Güter, die Schiffe und in der Folge auch Freunde und Verbündete. Jonathan Wanmate hatte auf die Fürsorge der Kirche zurückgreifen müssen, um nicht zu verhungern, inzwischen war er in einer schäbigen Hütte am Ludgate untergekommen, die ihm von einem alten Schuldner unter der Hand zur Verfügung gestellt wurde.

Auch Hermans Leben war von den Ereignissen stark betroffen worden. Als er erst Schreiber, später Sekretär im hansischen Stalhof geworden war, hatte er seinen Vater sehr verärgert, der die Hanse stets als Bund von Verrätern und Halsabschneidern bezeichnet hatte – vermutlich, weil sie gegenüber den Händlern von Lynn Privilegien besaßen. Herman war im Auftrag des Stalhofs unterwegs gewesen und hatte vom elterlichen Kontor, das Steven einmal hatte übernehmen sollen, nur wenig mitbekommen. Da Herman seine Stelle beim Stalhof nicht gekündigt hatte, sah Vater Jonathan ihn nun als einen jener Verräter an, die ihn ins Grab bringen würden. Der Vorwurf, er wolle mit den Eltern nichts mehr zu tun haben, nun, da sie sozial geächtet waren, traf Herman schmerzlich.

Wie er so am Boden kniete und in die Flamme der Kerze starrte, trieb ihm das helle Licht die Feuchtigkeit in die

Augen. Er blinzelte und versuchte, sich die Züge des älteren Bruders ins Gedächtnis zu rufen, wie er am Morgen der Abreise am Heck des Schiffes gestanden und seine Sorgen vor seiner Anversprochenen verborgen hatte, um ihr den Abschied leichter zu machen. Die schöne Anne hatte Steven nicht loslassen mögen, bis zum letzten Moment, kurz bevor die Planke eingeholt und die Leinen losgemacht worden waren. Sobald Steven an Bord gewesen war, hatte sie sich Herman zugewandt und geweint. »Dass er mir nur wiederkommt«, hatte sie gesagt und dabei so zerbrechlich ausgesehen. Auch Anne hatte ihre Sorgen vor dem Geliebten verborgen.

Stirnrunzelnd gedachte Herman der Unterhaltung, die er am Vorabend von Stevens Fahrt mit ihm geführt hatte. Der Bruder hatte ihn zu sich kommen lassen und ihm ein Versprechen abgenommen. »Herman, lieber Bruder«, hatte Steven gesagt, »du weißt, dass diese Fahrt nötig ist, um Vater und das Geschäft zu retten. Sie ist gefährlich, und deshalb möchte ich dich um etwas bitten.«

»Alles, was du willst, lieber Bruder«, hatte Herman eilig beteuert, doch Steven hatte den Kopf geschüttelt und mahnend den Finger erhoben. »Ich will kein leichtfertig gegebenes Wort, ohne dass du weißt, worum es sich handelt, Herman. Ich verlange viel von dir. Für den Fall, dass ich von dieser Reise nicht heimkehre, möchte ich, dass du Anne versorgst.«

Erstaunt und ein wenig geschmeichelt hatte Herman dem Bruder das Versprechen geleistet. Damals hatte er sich keine großen Gedanken darüber gemacht, ob er es wirklich würde einlösen müssen und wie er das wohl anstellen sollte. Erst Wochen nach der Nachricht von Stevens Tod hatte Herman des Gesprächs gedacht. Er hatte erkannt, *was* er da eigentlich versprochen hatte – nämlich, ihr die Ehe anzubieten, damit sie in Zukunft nicht darben musste. Zu diesem Zeitpunkt hatte Herman sich für den Stalhof auf Fahrt nach Flandern befunden, weit, weit weg von seinem Vater und der Frau, für die er nun die Verantwortung tragen sollte. Er hatte nie daran gedacht zu heiraten und wusste nicht so recht, was er nun tun sollte. Eigentlich hatte er immer gehofft, einmal die Richtige zu finden, die sein Herz bewegte.

Im Gegensatz dazu war Steven seinen Weg im Leben stets mit kühlem Kopf und klaren Entscheidungen gegangen. Sicher, Steven hatte Herman als Kind das Leben zur Hölle gemacht, indem er ihn geneckt und geärgert hatte, wo es nur ging. An der Seite von Steven Wanmate war es dem jüngeren Bruder unmöglich gewesen, mit einem schönen Mädchen zu sprechen oder die Anerkennung des Vaters zu erringen, denn der Ältere hatte immer die Aufmerksamkeit für sich gewonnen. Steven hatte niemals Zweifel gehabt, ob die eingeschlagene Richtung die richtige war, und dafür war ihm die Bewunderung des jüngeren Bruders gewiss gewesen. Und als Jimmy, der Schiffsjunge, ihm die Münze gegeben hatte, die Steven ihm gesandt hatte, da hatte Herman gewusst, dass sein Bruder die brutalen Gewaltakte, die man ihm vorwarf, nicht begangen hatte. Leider war der kleine Schiffsjunge nicht in der Lage gewesen, die Vorgänge auf Island aufzuklären. Er hatte weder von der Mannschaft noch von Stevens Verhalten viel mitbekommen. Also hatte Herman beschlossen, der Welt zu beweisen, dass Steven unschuldig war.

Unwillkürlich musste Herman an Elise denken. Wieder spürte er die Wärme, die sich seit ihrer ersten Begegnung in seiner Brust befand. Er kannte die Frauen ein wenig und hatte erfahren, dass die meisten von ihnen nur auf den Geldbeutel eines Mannes scharf waren. Das traf sich gut, denn die meisten Männer lechzten umgekehrt in jedem Hafen nach den Lippen und der weichen Haut einer Dirne. Auch wenn Herman sich darin weit mehr zurückgehalten hatte als andere an Bord der Schiffe, hatte er dennoch seine Erfahrungen mit der käuflichen Liebe gesammelt und die echte nicht vermisst. Bis jetzt.

Das zärtliche Gefühl, das er Elise gegenüber empfand, war von einer so ungeahnten Tiefe, dass er ganz überrascht war, wie er bislang ohne es hatte leben können. Sie war keine Hafendirne und keine lüsterne Magd, wie man sie an vielen Orten traf. In der gemeinsamen Zeit in ihrer Kajüte hatte er sie als so vernünftig empfunden wie keine Frau vor ihr. Und in den wenigen gewechselten Worten hatte sie ihn sofort ins Herz getroffen, egal, was sie gesagt hatte, im Guten wie im Schlechten. Diese Eigenschaft beunruhigte Herman mehr als alles andere.

Als er eine Bewegung an seiner Seite spürte und seine Augen von dem Marienbild nahm, schrak er zusammen, denn Elise, über die er gerade nachgedacht hatte, trat direkt neben ihm vom Altar zurück, wo sie offenbar ebenfalls einen Kerzenstummel platziert hatte. Sie bekreuzigte sich und kniete in einigen Fuß Entfernung von ihm auf den Boden nieder. Dabei bewegten sich ihre Lippen in einem stummen Gebet.

Herman zweifelte kurz an seinem Verstand und fürchtete, das Fieber sei zurückgekehrt und gaukele ihm Bilder vor. Doch auch als er die Augen schloss und wieder öffnete, verschwand die junge Frau nicht. Er konnte den Blick kaum von ihr wenden: Lockiges Haar fiel ihr wie ein dunkler Wasserfall über die schmalen Schultern, der dunkelgrüne Samt des Gewandes schmeichelte ihrer weichen Haut, und durch ihre zarten Finger glitt ein Rosenkranz aus Bernstein. Herman löste endlich seinen Blick von ihr, um sie nicht ungehörig anzustarren, doch sein Herz schlug deutlich schneller als zuvor.

Als er sich erhob, schwindelte es ihn leicht, und er schloss kurz die Augen. Er hielt sich an der Säule hinter sich fest und versuchte mit regelmäßigen Atemzügen, die Schwäche zu vertreiben.

»Mister Wanmate! Habt Ihr vergessen, dass ich Euch besuchen wollte?«

Herman sah auf Elise herab, die mit besorgter Miene neben ihm stand. Er war dankbar, dass sie seinen Zustand nicht kommentierte, auch wenn sie schon die Hand erhoben hatte, um ihn zu stützen, falls er straucheln sollte. »Ja«, log er und verfluchte die Tatsache, dass sie ihn immer in seinen schwächsten Momenten antraf. Er deutete auf die Schutzmantelmadonna an der Wand und die Kerzen auf dem Altar davor. »Für wen bittet Ihr?«

»Meinen Gemahl, Gott hab ihn selig«, erklärte sie schlicht.

»Oh«, machte Wanmate. Er konnte nicht verhindern, dass ihn ein kurzer Stich der Eifersucht durchfuhr. Dabei kannte er sie erst so kurz und konnte ihr nicht vorwerfen, vor drei Jahren jemanden geliebt zu haben! Nein, das durfte er nicht. Womöglich war sie längst über ihn hinweg. »Wie kam er um?«

»Ich weiß es nicht«, sagte sie und verstummte für einen Augenblick in der Erinnerung. Hinter ihnen hörte man das Schaben von Füßen auf dem Steinboden und das Tuscheln und Lachen anderer Menschen, die sich im Kirchraum zum Gespräch getroffen hatten. Herman dachte, dass seine Frage zu forsch gewesen sei, doch dann begann Elise zögerlich zu sprechen. »Es geschah im Sommer vor drei Jahren. Wilhelm war mit der ›Hans-im-Glück‹ auf Fahrt nach Bergen unterwegs. Er ist einfach nicht wiedergekommen, und das Schiff hat man nie gefunden. Vermutlich ein Sturm.« In ihren Augen stand eine zarte Verletzlichkeit, die tief in seinem Inneren etwas berührte. Er verfluchte sich, dass er das Thema mit der Fürbitte angeschnitten hatte, um von seinem Zustand abzulenken. Er hob die Hand, um ihr tröstend über das Haar zu streichen, unterdrückte diesen Impuls jedoch mühsam. Eine solche Geste würde sich nicht geziemen – und vielleicht war ihr eine Berührung ja auch gar nicht willkommen.

»Und für wen bittet Ihr?«, fragte sie umgekehrt.

»Meinen Bruder.«

Sie nickte mitfühlend. »Die Pechsträhne, von der Ihr spracht. Ist das der, mit dem Euch die Münze verbindet?«

»Genau der.«

»Wie starb er?«

Diese schlichte Frage brachte Herman aus dem Konzept. Jetzt wusste er, wie sie sich bei seiner eigenen Frage gefühlt haben musste. Er wollte nicht über die Umstände von Stevens Tod sprechen. Das alles war mit so viel Scham und Schande verbunden – und er wollte nicht, dass sie ihn so ansah wie die ehemaligen Freunde seiner Familie in London. Es bedeutete ihm viel, dass sie eine gute Meinung von ihm hatte. Doch nach ihrer ehrlichen Antwort schuldete er ihr denselben Respekt. »Er wurde getötet. In einer Schlägerei.«

»Auf Island?«

Er sah ihr überrascht in die klaren grünen Augen. »Woher wisst Ihr das?«

Elise wählte ihre Worte vorsichtig. »Ihr spracht davon, dass Euch die Ehre hierher nach Lübeck treibt. Und außerdem habe ich vor Kurzem von der Münze gehört.«

Als ihr Blick zu dem Lederband glitt, an dem seine goldene Münze hing, ahnte Herman plötzlich, was die Verbindung sein musste. »Ihr habt den Zeugen gesprochen. Ihr habt den

Zeugen gesprochen, der Euch von meinem Bruder berichtete. Ihr wisst, dass die Münze von ihm stammt!«

Sie nickte betroffen. »Es tut mir sehr leid, dass er bei dem schlimmen Blutbad im letzten Jahr umgekommen ist.«

Herman erkannte, wie schnell sie die Fakten miteinander verbunden und die Wahrheit ans Tageslicht gebracht haben musste. »Also wisst Ihr alles«, stellte er mit rauer Stimme fest.

»Natürlich weiß ich nicht alles«, erwiderte sie schnell. »Es gibt noch viele offene Fragen.«

Jetzt erst fiel Herman auf, was all diese Dinge bedeuteten. »Der Zeuge muss ihn dort gesehen haben, bevor er starb, nicht wahr?« Er seufzte frustriert. »Ich habe mir die Füße wund gelaufen, um ihn zu finden, aber ich habe nur an verschlossene Türen geklopft. Und Ihr habt ihn bereits gesprochen! Um wen handelt es sich? Wo hält er sich auf? Ich *muss* ihn sprechen!«

»Ich ... ich weiß nicht, ob das möglich ist«, sagte sie zögerlich. »Das liegt nicht in meiner Hand.«

Herman schüttelte energisch den Kopf. »Weicht mir nicht aus, Herrin. Alle halten Steven für schuldig, obwohl er selbst doch zu den Opfern zählt. Wenn es einen Weg gibt herauszufinden, was im Haus des Gouverneurs geschehen ist, dann muss ich ... ich muss es wissen. Ich muss beweisen, dass er das niemals getan hätte.«

Elise nickte, und ein mitfühlender Schatten huschte über ihr Gesicht. »Ich verstehe das. Ich kann Euch nur in Grundzügen berichten, was geschehen ist. Euer Bruder war bei den Geschehnissen dabei und hat eine Frau ... gerettet. Dabei war wohl auch ein Mann namens ... sagt Euch Oxbow etwas?«

»Oxbow? Das ist der beste Freund meines Bruders, ich kenne ihn, seit wir Kinder waren. Er war in Island dabei und ist einer der wenigen Überlebenden. Er hat die schlimme Kunde aus Island gebracht.«

»Kann er Euch denn nicht berichten, wie Euer Bruder starb?«

»Er war nicht direkt im Haus des Gouverneurs, sonst wäre er wohl auch tot. Er hat gesagt, dass Steven in dem Blutbad erschlagen wurde. Mehr wusste er nicht.« Herman besaß selbst kaum Informationen über den Hergang der Ereignisse. Jimmy hatte ihm nur wenig über diese Nacht berichten können – und über den Ursprung des Konfliktes gar nichts. Ein Großteil der Mannschaft hatte Landgang gehabt, er nicht. Und später hatte der Junge sich panisch versteckt. Herman versuchte zusammenzufassen, was er erfahren hatte. »Raymond sagte, es hätte eine Schlägerei gegeben. Die sei eskaliert, die Leute seien betrunken und gereizt gewesen und wären durch das Dorf gezogen. Dann sind sie zum Sitz des Gouverneurs und haben dort schlimmsten Schaden hinterlassen. Raymond hat erzählt, dass er Steven davon abhalten wollte, in das Haus zu laufen, in dem er starb. Er selbst macht sich schlimmste Vorwürfe, dass er aus Feigheit nicht mitgegangen ist.«

Elise musterte ihn mit einem merkwürdigen Gesichtsausdruck. »Nehmt es mir bitte nicht übel, Mister Wanmate, wenn ich ganz ehrlich mit Euch bin. Der Zeuge, mit dem ich gesprochen habe, sagte, dass Mister Oxbow an den Geschehnissen beteiligt war.«

Herman starrte Elise einen Augenblick lang sprachlos an. »Wie kommt jemand darauf, so etwas zu sagen? Erst ist mein Bruder schuld, dann Raymond, oder am besten beide! Hauptsache ein Engländer, nicht wahr? Wie könnt Ihr als Landsfrau so etwas verbreiten?«

»Ich bin keine …«

Herman unterbrach sie hitzig. »Außerdem – wer ist dieser Zeuge eigentlich? Wenn er vor Ort war, ohne etwas zu unternehmen, dann ist er sicherlich ebenso schuldig wie die Täter!«

Elise presste die Lippen aufeinander und schüttelte den Kopf. »Ihr habt keine Ahnung, wovon Ihr redet.«

»Ihr ja nun auch nicht, denn Ihr wart ja nicht dabei, oder?« Herman hörte den anklagenden Tonfall in seiner Stimme, doch er konnte nichts dagegen tun. Er hatte diese Anschuldigungen satt.

Elise machte einen halben Schritt zurück, hob die Hände und sprach beinahe entschuldigend: »Nein, ich war nicht dabei. Ihr aber auch nicht. Ich verstehe, dass Ihr Euren Bruder entlasten wollt. Und so, wie es mir beschrieben worden ist, war er nicht an den Morden beteiligt. Es ist an uns, die Fakten zusammenzutragen und zusammenzusetzen.«

»Dann nennt mir den Namen des Zeugen, und helft mir, ihn zu sprechen. Bitte!« Herman konnte an ihrem Gesicht ablesen, dass sie ihm erneut ausweichen würde, und spürte, wie sein Ärger weiter wuchs. Warum verheimlichte sie ihm das? Wohin er sich auch wandte, er stieß gegen Mauern.

»Das kann ich nicht, Mister Wanmate.«

Er schnaufte frustriert. »Gibt es wenigstens Beweise für Oxbows Taten?«

»Ich … ich weiß es nicht. Aber Ihr tut ja gerade so, als wäre ich an allem schuld, Mister Wanmate.«

Herman ballte die Fäuste und versuchte, sich zu beruhigen. Elise hatte recht. Sie konnte mit Sicherheit nichts für all die Dinge, war im Gegenteil nur die Botin von guten Neuigkeiten. Steven hatte jemandem geholfen, da herauszukommen. Das klang danach, als hätte er versucht zu retten, was zu retten war. Er hatte es gewusst! Steven war nicht in der Lage gewesen, solche Verbrechen zuzulassen.

»Ich wollte nicht unhöflich sein«, sagte er mit Bedauern. »Ich muss mich entschuldigen.«

Sie neigte das Haupt und lächelte sanft. »Vergeben und vergessen. Ich verstehe, warum Euch das so zusetzt.«

Eine alte Frau sprach Elise in der Lübecker Sprache an und berührte sie freundlich am Arm. Herman verstand nicht, was die beiden sagten, doch die Vertrautheit der Gesten und die Art, wie sie miteinander sprachen, drückten mehr aus, als Worte es vermocht hätten. Die Alte kannte Elise, kannte sie sogar gut. Und Letztere antwortete in der fremden Sprache ebenso fließend und gewandt, wie sie Englisch sprach.

Als Elise sich wieder zu ihm umkehrte und sich für die Unterbrechung entschuldigte, schüttelte Herman verblüfft den Kopf. »Ihr seid gar keine Landsfrau, oder? Ihr seid eine Lübeckerin.«

Sie nickte. »Ich bin hier als Tochter eines Kaufmannes geboren und aufgewachsen. Meine Mutter stammt aus London, daher spreche ich Eure Sprache so gut. Ich war gerade dabei, Euch das zu erklären, doch Ihr habt mich unterbrochen.«

Herman schluckte schwer. »Wollt Ihr mir deswegen nicht helfen?«

»Mister Wanmate, ich bin auf Eurer Seite«, versicherte sie schnell.

»Woher wollt Ihr wissen, welche meine Seite ist?«, fragte Herman. »Lübeck, London, Danzig – in diesem Spiel gibt es zu viele davon. Und jeder scheint die Schuld einem anderen zuweisen zu wollen, ohne selbst Genaues darüber zu wissen.« Er wandte sich ab.

Er spürte eine leichte Berührung auf seinem Arm und erschauerte. »Wartet, bitte«, sagte sie. »Wenn Ihr mir versprecht, nichts zu unternehmen, dann sage ich Euch den Namen des Zeugen.«

»Was bringt er mir dann?«

»Ich werde ihn selbst befragen. Ich breche mein Versprechen bereits, indem ich Euch die Identität preisgebe. Ich kann vielleicht beim Rat für mich eine Ausnahme erwirken, jedoch sicher nicht für Euch. Und ich weiß nicht, wie der Zeuge auf Euch reagieren wird. Umgekehrt werde ich Euren Namen nicht weitertragen, wenn Ihr es nicht wünscht.«

Herman drehte sich wieder um und musterte sie erstaunt. »Ihr seid sehr klug und weise. Ich wäre Euch sehr dankbar.« Er nickte. »Ihr würdet mit ihm sprechen?«

Sie neigte bejahend den Kopf.

»Also gut. Ich verspreche es.«

Elise holte tief Luft. »Es handelt sich um eine Magd aus dem Haushalt des Gouverneurs. Sie heißt Inger. Der Rat hat sie herbringen lassen. Ich muss allerdings selbst noch herausfinden, wo sie ist, und kann daher nichts versprechen – die Ratsleute sind bei dieser Angelegenheit besonders zugeknöpft. Aber ich will mein Möglichstes tun.«

»Danke.« Er sah sie voll tiefer Gefühle an. Eine Lübeckerin – eine Hanseatin! –, die ihm helfen wollte? Doch Elise hatte ihn gerettet und sicher so wenig mit den Überfällen zu tun wie er selbst. »Ich vertraue Euch.«

Sie schlug die Augen nieder und lächelte.

Herman runzelte die Stirn, als ihm etwas einfiel. »Aber wolltet Ihr nicht eigentlich nach London fahren?«

Sie wurde schnell wieder ernst. »Das will ich noch immer. Ich werde sicher ein paar Tage warten müssen, bis mein Schiff vollständig repariert ist. Ich kann ohnehin nicht sofort aufbrechen. Und ich habe den Eindruck, dass all diese Dinge miteinander verbunden sind.«

Herman nahm dankbar ihre Hand in seine. »Fragt diese Inger nach Stevens Rolle. Ob sie ihn gesehen hat. Was er getan hat. Und wer sonst noch dahinterstecken könnte.« Er schürzte die Lippen, denn wenn sie ihm so weit vertraute, dass sie den Namen der Zeugin verriet, dann hatte sie vielleicht auch in einer anderen Sache nicht gelogen. »Wenn Ihr sagt, dass Oxbow dahinterstecken mag … nun, ich habe schon in London geahnt, dass es um mehr als eine bloße Schlägerei ging. Das Ganze war politisch zu brisant. Jemand musste das eingefädelt haben, und wenn Ihr recht habt, dann könnte Oxbow … vielleicht war Oxbow wirklich ein Handlanger.« Herman konnte es nicht fassen, dass er den Freund verdächtigte. Doch es gab keinen Grund, warum Elise ihn in dieser Sache betrügen sollte.

Die Frau versprach, an die Fragen zu denken. Dann verabschiedeten sie sich schweren Herzens voneinander. Der Weg zu der Pforte in das Lange Haus, in dem die Alten und Kranken ihre Lager besaßen, schien endlos. Kurz bevor Herman sie hinter sich schloss, wandte er sich um und erhaschte einen letzten Blick auf Elise. Sie sah zu ihm und lächelte, dann schob sie sich durch die Menschenmenge auf den Vorplatz.

Herman war überrascht, wie leicht ihm der Gang zu seiner Bettstatt plötzlich fiel.

Kapitel 6

Am selben Abend

Die meisten Häuser Lübecks lagen im Dunkeln; nur hier und da erstrahlte hinter einem Fenster noch das Licht einer Kerze. In der Braunstraße war es stockfinster, sie wurde allein vom matten Schein der Laterne erhellt, die der Mann vor Elise in der Hand hielt.

Die junge Witwe sah sich mit einem mulmigen Gefühl um. Sie war es nicht gewohnt, nachts mit einem beinahe Fremden durch die Straßen zu huschen, und fühlte sich nicht wohl dabei. Wenngleich dies eine Nachbarschaft reicher Kaufleute war, begegnete man so nahe beim Hafen nicht selten zwielichtigen Gesellen. Sie musste diesen Gang tun, für Herman. Sie erinnerte sich mit einem warmen Gefühl im Bauch an den Augenblick vor wenigen Stunden, als er ihre Hand gehalten und um Hilfe gebeten hatte. Genau das wollte sie tun.

Immerhin hatte sie Ursula befohlen, sie zu begleiten. Das Mädchen war zwar keine große Hilfe gegen Übergriffe, doch so war Elise nicht allein mit dem Sekretär, und der Anstand blieb gewahrt. Die junge Magd schien das Ganze für ein aufregendes Abenteuer zu halten.

Plissen blieb an einem niedrigen Bogen zwischen zwei Häusern stehen und leuchtete hinein. »Das ist der Weg, Frau Elise. Seid Ihr sicher, dass Ihr es Euch nicht anders überlegen wollt?«

»Ja, Herr Plissen. Ich muss mit Inger sprechen, bevor ihr Zeugnis in einem Hansearchiv vergraben wird. Außerdem will ich mich erkundigen, wie es ihr geht.« Deshalb war sie hier und trug einen Teil der Kasse des Kontors ihres Vaters in einem Beutelchen bei sich.

»Also gut. Folgt dem Gang bis zu seinem Ende. Steigt über die Mauer in ein kleines Höfchen. Die Frau wird sich unter dem Vorwand eines Gangs zur Kloake aus dem Haus schleichen, um Euch zu treffen. Aber lasst Euch nicht erwischen, ja? Sonst hängen wir beide drin. Ihr, weil Ihr Euch heimlich mit ihr trefft, ich, weil ich Euch das Treffen vereinbart habe.«

Jetzt, da sie alleine weitergehen sollte, fühlte sie, wie sich ihre Nackenhaare aufstellten. »Ich werde vorsichtig sein, Herr Plissen. Wessen Haus ist das?«

»Dort wohnt Hans Feddering mit seiner Familie. Der Mann ist ein Speichellecker Westfals. Unerträglicher Kerl. Wenn er Wind von Eurem Besuch erhält, fliegen wir auch beim Bürgermeister auf.«

»Danke.« Elise reichte ihm das Beutelchen mit der vereinbarten Summe. Dann blickte sie unsicher in den dunklen Gang, der sich vor ihr auftat. Der Geruch nach Abfall drang daraus hervor. »Wollt Ihr nicht vielleicht doch noch ein Stück mitkommen?«

»Bedaure. Das geht mich nichts an, Herrin.« Der Sekretär bedankte sich und wandte sich zum Gehen.

»Oder Ihr lasst mir noch die Laterne da?« Der Gedanke, dass sie hier gleich schutzlos im Dunkeln stehen würde, war ihr nicht geheuer.

»Damit Ihr sofort auffallt, wenn jemand nur zufällig einen Blick zum Fenster hinauswirft?«, erwiderte der Sekretär spöttisch. »Das scheint mir keine gute Idee. Gebt auf Euch acht, Herrin. Und alles Gute.« Damit ging er und überließ die beiden Frauen ihrem Schicksal.

Elise sah dem Lichtschein der Laterne hinterher, bis er gänzlich verschwunden war. Erst dann bemerkte sie, dass es kurz vor Neumond sein musste, denn die Finsternis in den Gängen zwischen den Häusern war unendlich tief. Ein paar Augenblicke lang presste sie den Rücken an die raue Wand des Backsteingebäudes, bevor sie wagte, sich zu bewegen. Endlich konnte sie die Umrisse der Häuser erkennen, und nach einigen Minuten hatte sich ihre Sicht so weit verbessert, wie die Nacht es zuließ.

»Herrin?«

Sie schreckte zusammen, denn sie hatte Ursula beinahe vergessen. »Was denn?«

Die Zofe schien vor Aufregung nicht mehr an sich halten zu können. »Ich weiß, es geht mich ja gar nichts an. Aber treffen wir heute Nacht einen zwielichtigen Piraten oder einen rauen Söldnersmann?« Offenbar hatte sie die Erläuterungen Plissens nicht gehört.

»Ursula!«, stieß Elise entrüstet und viel zu laut aus. Gedämpfter fuhr sie fort: »Was hast du bloß für Geschichten in deinem kleinen Kopf?«

»Bitte um Vergebung, Herrin«, entgegnete Ursula. Sie klang beinahe enttäuscht. »Ich höre die anderen Mägde auf dem Markt immer darüber tratschen, dass ihre Herrinnen solche nächtlichen Ausflüge machen. Dabei werden auch immer wieder schrecklich aufregende Schurken erwähnt, die auf den Besuch warten und mit den Frauen schlimmste Dinge tun. Dinge, die Piraten eben so tun. Wie die Likedeeler!«

»Ursula, erstens sind Piraten schlimme Gesellen, die sich von den Frauen holen, was sie wollen, und ihnen hinterher die Kehle durchschneiden. Und zweitens bin ich keine jener Weiber, die tagsüber von Tugend sprechen und sich nachts zu fremden Herren schleichen – ob Piraten oder nicht.«

»Aber wohin schleichen wir denn dann?«, fragte das Mädchen.

»Ich muss eine Frau aufsuchen, ohne dass davon jemand Wind bekommt.«

»Und das müsst Ihr des Nachts tun?«

»Es ist dringend, und tagsüber könnte es jemand bemerken. Deshalb wirst du, wie ich dir bereits zweimal gesagt habe, niemandem gegenüber ein Wort von diesem Spaziergang verlieren, verstanden?«

»Auch dem Herrn Northoff nicht?«

»Gerade dem Herrn Northoff nicht, Ursula! Verstanden?«

»Ja, Herrin.«

Elise wandte sich ab, doch sie zögerte. War es wirklich nötig, diese Gefahr auf sich zu nehmen? Noch konnte sie sich abwenden und gehen. Doch dann erinnerte sie sich an den verletzten Blick in Herman Wanmates Augen, als er über die Schuldzuweisungen gegen seinen Bruder und diesen Raymond Oxbow gesprochen hatte. Das ungeklärte Schicksal Steven Wanmates und die Vorwürfe gegen ihn hatten ihm eine tiefe Wunde zugefügt. Herman hatte mit seinem Vorwurf ganz recht gehabt, dass sie selbst gar nicht wusste, wovon sie da eigentlich sprach. Die Einzige, die diese Lücke füllen konnte, war die Magd Inger, und so würde Elise ein für alle Mal klären, was in jener Nacht vor über einem Jahr auf Island geschehen war.

Hinzu kam, dass Westfal sie nach der Befragung im Rathaus allzu schnell hatte vor die Tür setzen lassen, als die Themen brisant geworden waren. Sie traute ihm zu, Ingers Geschichte ohne Rücksicht auf sie oder Herman für seine Politik zu nutzen. Dann würde alles unter der Hand laufen und im Zweifel die Wahrheit über die Geschehnisse in einem Machtspiel begraben werden, das zu Westfals und vielleicht noch Lübecks

Vorteil gereichte. Die persönlichen Schicksale würden über den Hansegeschäften außer Acht gelassen. Elise hatte die Nase voll davon. Ihr geliebter Wilhelm hatte wenig von seinem Sohn gehabt, weil er für die Hanse unterwegs gewesen war – und aus denselben Gründen kannte auch Vater Hinrich den Enkel kaum.

Grölendes Lachen von der Straße ließ sie zusammenschrecken. Sie presste sich in den Türbogen und hieß Ursula, es ihr gleichzutun. Drei Schiffsknechte taumelten vorbei, offenbar vollständig betrunken. Elise klopfte das Herz vor Furcht schneller. Betrunkene Seeleute und hilflose Frauen in dunklen Gassen ... das musste übel enden. Doch die Männer sahen sie nicht.

Das einsame Geläut des Glockenturms der Marienkirche hinter ihr begann, die volle Stunde zu verkünden, es musste die zwölfte sein. Schuldbewusst schlüpfte sie endlich in den Gang. Der Schwiegervater würde ihr Verhalten nicht gutheißen, wenn er von ihren heimlichen Machenschaften erführe, denn wenn man sie erwischte, war ihr guter Ruf dahin. Frauen, die des Nachts ohne Laternen durch die Gassen der Stadt zogen, waren üblicherweise Huren oder Ehebrecherinnen. Der Fron ließ sie mit einem Schild um den Hals mitten auf dem Markt zur Schau stellen, um ihre Schande der ganzen Stadt zu verkünden. Wenn sie nicht wollte, dass man sie unter diese Unglücklichen auf dem Kaak einreihte, dann musste sie vorsichtig sein.

Elise legte die Hand auf die Brust, um sich ein wenig zu beruhigen, und nahm ihren Mut zusammen. Dann folgte sie dem Gang bis zum Ende, Ursula stets dicht hinter ihr. Die Mauer reichte ihnen ungefähr bis zu den Augen. Als die junge Witwe sich umsah, stieß sie gegen ein altes Fass, das vermutlich als Regentonne diente. Sie raffte die Röcke und die

Ärmel – sie hatte eigens ein schlichtes Kleid angezogen, von dem sie dachte, dass es ihr nicht allzu hinderlich sein würde – und zog sich auf den Rand des wackelnden Holzdinges hinauf, das Ursula nur ungenügend stabilisieren konnte. Dabei hielt sie sich an der Mauer fest. Gerade, als sie sich abstieß, knackte es unter ihr, und das Fass zerbrach in seine Dauben und Spanten, begleitet von einem leise gluckernden Schwall abgestandenen Wassers.

Glücklicherweise hing Elise mit dem Oberkörper bereits auf der Mauer und zog sich mit den Röcken mühevoll hinauf. Ursel versuchte nach Kräften, von unten zu schieben. Allein das Geläut, in das nun die Glocken der umliegenden Kirchtürme einfielen, sorgte vermutlich dafür, dass der Krach niemanden weckte. Sie konnte Sankt Petri, Sankt Jakobi und das Johanneskloster am Klang unterscheiden, bei der vierten Stimme handelte es sich vermutlich um die des Doms.

Als die junge Frau rittlings auf der Mauer saß, warf sie einen zweifelnden Blick nach unten. Jetzt war sie wirklich froh, die Magd mitgenommen zu haben, denn wie sollte sie jemals zurück über die Mauer gelangen, ohne sich die Knochen zu brechen? Langsam erkannte sie, was für eine dumme Idee dieser nächtliche Ausflug gewesen war. Doch jetzt war es zu spät für eine Umkehr. »Warte hier, Ursel!« Vorsichtig ließ sie sich in den Hof hinunter, der sich an die Mauer anschloss. Wenn Plissen recht behielt, dann lag hier der Hinterhof des Hauses von Kaufmann Feddering.

Auch die letzte Glocke, die in das Geläut von Sankt Marien eingefallen war, verstummte, und nächtliche Stille kehrte in die Hansestadt zurück. Jetzt musste sie leise sein. Sie erkannte in dem Gebüsch, in dem sie stand, kaum etwas und stolperte prompt über einen Ast oder Scheit. Leise fluchend, arbeitete sie sich vorsichtig in den freien Bereich des Innenhofs vor und sah sich um. Die Richtung, in der die Latrine lag, war durch den Geruch schnell ausgemacht. Inger aber war nicht zu sehen.

Sie wartete. Neue Zweifel überfielen sie. Würde die Magd überhaupt kommen wollen, nachdem sie glauben musste, dass Elise sie betrogen hatte? Die kurze Botschaft, die sie Plissen auf Dänisch gelehrt hatte, um das Treffen zu vereinbaren, mochte falsch verstanden worden sein. Endlich ging die Tür, und Schritte klangen auf dem fest gestampften Boden zu ihr herüber. Sie konnte die Gestalt nicht erkennen – sie trug gegen die Nachtfrische einen Umhang –, und Elise hoffte, dass es sich um Inger handelte, nicht um eine andere Magd oder gar Feddering selbst. Westfal hatte mehr als deutlich gemacht, dass er nicht wünschte, dass Elise Kontakt zu der Frau aufnahm. Wenn er sie hier erwischte, lagen ihr Ruf und damit ihr Schicksal in seiner Hand. Beklommen nahm sie sich ein Herz und trat auf den Hof hinaus. »Inger?«

Die Gestalt hielt inne. »Frau Elise?«, fragte Inger auf Dänisch, und die junge Witwe atmete erleichtert auf. »Du bist gekommen«, erwiderte sie dankbar, eilte hinüber und nahm sie kurz in den Arm. »Geht es dir gut?«

»Ganz gut, ja. Aber ich wäre lieber bei euch.«

»Glaub mir – ich habe dich nicht angelogen. Der Bürgermeister hat verboten, dass ich dich zu mir nehme. Es tut mir schrecklich leid, Inger.«

»Ich weiß doch, Frau Elise«, sagte Inger, suchte und fand ihre Hand und drückte sie vorsichtig. »Ihr wart so nett zu mir, ich habe nie vermutet, dass Ihr mir Übles wollt.«

Elise fiel ein Stein vom Herzen. »Ich wünschte, wir könnten daran noch etwas ändern. Ich werde nicht aufgeben, glaub mir. Nach allem, was du … bereits erleben musstest.« Inger drückte ihre Hand dankbar.

»Aber erst möchte ich dir ein paar Fragen stellen, ja?«

»Ihr wollt mehr über das Blutbad wissen?«

»Ja, leider. Magst du mir ein paar Fragen beantworten? Das wird dir sicher schwerfallen, ich weiß. Aber es ist so wichtig!«

Inger zögerte einen Augenblick, nur ein dunkler Schemen in den Schatten der Nacht. »Ich will es versuchen.« Der Unterton des Schreckens war nicht zu überhören.

»Das ist sehr tapfer von dir. Ich muss wissen, ob es echte Engländer waren oder ob die Männer nur so getan haben.«

»Sie waren echt, sie haben fließend Englisch gesprochen. Und sie hatten einen Brief dabei, der ein offizielles Siegel trug.«

Das erweckte Elises Misstrauen. »Ein Brief mit offiziellem Siegel? Wie konntest du das im Dunkeln sehen? Und warum haben sie ihn vorgezeigt?«

»Ich habe ihn nicht gut sehen können, Herrin. Der eine – Oxbow – hatte den Brief und hielt ihn einem anderen unter die Nase, einem Hünen von einem Mann, um ihm zu zeigen, wer das Sagen hat. Ich habe nur ein dunkles Siegel erkannt, aber nicht, von wem es stammte. Aber es muss ein hoher Herr gewesen sein, so wie sie darüber geredet haben. Dieser Oxbow sagte, sie müssten sich keine Sorgen machen, weil jemand Mächtiges hinter ihnen stünde.«

Diese Information gab Elise zu denken. Herman hatte auch vermutet, dass jemand im Hintergrund die Fäden zog. Wenn es sich dabei um einen Mann mit Einfluss am englischen Hof handelte, dann war die Situation brisanter, als sie bislang gedacht hatte. Aber konnte das denn stimmen, wenn doch König Edward IV. gerade einen Vertrag mit König Christian geschlossen hatte, um den Frieden zwischen den beiden Reichen zu bewahren? Sie erinnerte sich an die Fragen, die

Herman ihr aufgetragen hatte. »Der Mann, der dir geholfen hat, der Mann mit der Münze – wie ist er gestorben?«

Inger berichtete stockend: »Er hatte ein Messer im Rücken, Herrin. Ich wollte schauen, ob man dem Gouverneur noch helfen kann, und da lag er neben ihm. Jemand hat ihn von hinten getötet.«

Elise erschauerte, denn das Messer im Rücken war, so sagte man, das gängige Symbol für Verrat. Sie hatte Steven Wanmate nicht gekannt, doch sie bedauerte jetzt schon, Herman diese Neuigkeiten über seinen Bruder berichten zu müssen. »Hast du gesehen, wer es getan hat? Oder hielt sich jemand in der Nähe auf? Gab es einen Hinweis darauf, was zu seinem Tod geführt haben könnte oder welche Rolle er in dem Aufstand gespielt hat?«

Die Magd verneinte das, und einen Augenblick lang hingen die beiden Frauen stumm ihren Gedanken nach. Dann ergriff Inger Elise aufgeregt am Arm. »Ich erinnere mich. Das Messer ging unter den Leuten am nächsten Tag herum, da habe ich es mir angeschaut. Es hatte ein Zeichen.«

»Ein Zeichen? Was für ein Zeichen?«

»Verschlungene Symbole. Ich glaube, Buchstaben.«

»Du kannst lesen?«

»Ich habe am Hof des Gouverneurs gedient, Herrin. Viele von uns konnten zumindest ein bisschen lesen.«

»Um welche Buchstaben handelte es sich?«

»Ein R und ein O, glaube ich. Am Heft.«

»Ein Monogramm?« Ein Gefühl zarten Triumphes breitete sich in der jungen Witwe aus. Ein Monogramm war ein so eindeutiges Symbol, dem kaum jemand etwas entgegensetzen konnte! »Wo ist die Waffe? Hast du sie mitgenommen?«

»Nein, Herrin. Aber ich glaube, sie ist ebenfalls nach Lübeck gebracht worden. Ich habe sie damals gesehen, und ich bezeuge das für Euch gerne, wenn Ihr es wünscht!«

»Kaum ein Richter erkennt das Wort einer Frau an, schon gar keiner Magd«, erwiderte Elise enttäuscht und rieb sich die Augen, die vom vielen Starren in der Dunkelheit ermüdeten. »Aber ein Bruder vielleicht schon.«

»Ein Bruder? Wie meint Ihr das?«

Elise berichtete ihr von Herman, mehr denn je überzeugt davon, dass die beiden miteinander sprechen mussten. Wie erwartet, war die Magd begeistert von der Vorstellung, den Bruder ihres Retters kennenzulernen. »Ich wünschte, man hätte ihm helfen können.«

»Ja, ich auch«, seufzte Elise. Auch wenn sie Herman dann niemals kennengelernt hätte. »Wie machen wir jetzt weiter? Willst du mit mir kommen?«

Inger schüttelte den Kopf. »Das geht nicht. Die Magd, die oben vor meiner Türe liegt, kommt bestimmt gleich schauen, was ich so lange auf der Latrine mache.«

»Aber ich könnte dich bei mir verstecken. So musst du gar nicht mehr zurück in das Haus.«

Die Magd zögerte. »Bei Euch wird man doch zuerst suchen, oder? Ihr habt Euch so für mich verwendet ...« Elise musste zugeben, dass das wohl stimmte. »Nein, Herrin, ich muss zurück. Aber ich würde Euch und Eurem Freund gerne helfen. Und ich würde gerne wieder mit Euch plaudern. Es ist schrecklich einsam auf meiner Kammer.«

»Natürlich. Aber ich kann nicht ständig über die Mauer klettern.« Die junge Witwe dachte kurz nach. »Darfst du in die Kirche gehen?«

»Ich ... ich denke schon, Herrin.«

»Dann treffen wir uns am nächsten Sonntag zur Messe. Man wird dich sicher mit in die Marienkirche nehmen, wenn du darum bittest. Da gibt es die Nordervorhalle mit dem Totentanz, direkt hinter der Oldesloe-Kapelle. Dort treffen wir uns. Und wenn ich darf, werde ich Herman Wanmate mitbringen. Wäre dir das recht?«

»Ich weiß nicht, Herrin. Ich bekomme Ärger, wenn der Herr Westfal davon erfährt …«

»Wir bekommen alle Ärger, wenn der Herr Westfal davon erfährt. Und Inger, bitte denke noch einmal scharf nach. Hast du gesehen, wer Steven Wanmate getötet hat?«

Die Magd schüttelte den Kopf so heftig, dass Elise es selbst in der Dunkelheit sehen konnte. »Nein, Herrin, ich habe mich ja erst aus dem Versteck getraut, als die Männer weg waren und alles still war. Und da war er bereits tot.«

Elises Herz sank – sie hatte gehofft, Herman genauere Details vom Tod seines Bruders berichten zu können. Doch was sie erfahren hatte, war immerhin der Anfang einer Spur. »Das war sicher besser so, Inger. Sonst wärst du jetzt möglicherweise auch tot.« Sie suchte im Dunkeln die Hand der Magd, ergriff sie und drückte kurz. »Danke für deine Hilfe. Ich werde sehen, was ich tun kann, damit du in meinem Haushalt doch noch eine sichere Anstellung erhältst.«

»Geht mit Gott, junge Herrin!«

»Geh mit Gott, Inger. Und denke an den nächsten Sonntag! Ich freue mich auf dich!«

Damit machte sich Elise auf den Rückweg. Als sie sich mühselig auf die Mauer hinaufzog, glitt sie mit der Hand über etwas Schmieriges. Vermutlich war es Moos, das sich hier oben abgesetzt hatte. Ursula begrüßte sie erleichtert und half ihr herab. Auf der anderen Seite streifte Elise die Hände an ein paar Büscheln Gras sauber, dann hasteten sie durch das dunkle Lübeck zurück zum Haus in der Mengstraße. Sie mieden die belebte Straße an der Marienkirche und nutzten die kleinen Gassen. Wann immer die junge Witwe etwas hörte, verbarg sie sich in einer Türöffnung, hinter einem Vorsprung oder einem Fass und hieß Ursel, es ihr gleichzutun.

Endlich erreichte sie das Haus, in dem ihr Sohn und Gertraut hoffentlich friedlich schliefen. Sie hatte den Riegel an der Kellertüre offen stehen lassen, um das Haus ohne Aufsehen betreten zu können. Doch als sie die Stufen von der Straße hinuntergegangen war und die Tür aufschieben wollte, fand sie diese versperrt vor. Elise fuhr ein Schreck durch die Glieder. Sie rüttelte ein paarmal so stark am Knauf, wie sie sich um diese Stunde traute, ohne zu viel Lärm zu machen, doch es blieb dabei – die Tür war von außen nicht zu öffnen. Hatte Gertraut ausnahmsweise die Zugänge kontrolliert? Das war sehr unwahrscheinlich, denn die Treppe in den Lagerkeller war schmal und die alte Magd so rund, dass sie nie freiwillig auf diese Idee käme.

»Frau Elise, was machen wir denn nun bloß? Wie kommen wir jetzt hinein?«

»Scht!«, machte die junge Witwe und legte den Finger auf die Lippen. Sie durften niemanden wecken – wenn man herausfand, dass Elise nachts ohne Laterne durch die Gassen streifte, dann war es aus mit ihrem Ruf.

Eilig huschte sie die Stufen zur Straße hinauf und versuchte ihr Glück an der oberen Eingangstür, doch auch die war sorgfältig versperrt. Jetzt begann auch sie zu verzweifeln, und das Herz pochte ihr laut im Leibe. Was sollten sie tun? Was geschah, wenn Gertraut morgen bemerkte, dass ihre Kammer unbenutzt war? Kurz erwog sie, durch die Gänge hinter dem Haus in den Innenhof zu schleichen und zu versuchen, Gertraut zu wecken, doch wenn die geschwätzige Magd erfuhr, dass sie fort gewesen war, wusste es bald die halbe Stadt. Die wichtigste Frage aber war doch, wer die Tür überhaupt verschlossen hatte? Wusste jemand davon, dass sie sich des Nachts aus dem Haus geschlichen hatte?

Elise schluckte die Furcht hinunter und zwang sich, über Alternativen nachzudenken. Ob eine der Kirchen so spät in der Nacht offen stand? Doch sie meinte sich zu erinnern, dass dort wegen der Bettler meist abgeschlossen wurde. Nein, mit einem sorgenvollen Ziehen in den Eingeweiden erkannte sie, dass sich kein Ausweg finden ließ. Sie kehrte zur Kellertüre zurück, wo Ursel frierend wartete. Gemeinsam rollten sie sich auf dem Boden in ihre Umhänge und schmiegten sich aneinander. Die kühle Feuchtigkeit des nahen Flusses würde hier unten schnell genug in die Kleider ziehen. Morgen würde sie versuchen, so früh wie möglich in das Haus zu schleichen.

Elise bettete ihr Haupt an einen Balken, um es sich so bequem wie möglich zu machen. Als sie ein wenig zur Ruhe gekommen war, überschlug sie das von Inger Gehörte noch einmal. Nicht alle Antworten waren vollständig befriedigend gewesen, aber immerhin hatte sie ein wenig Licht ins Dunkel bringen können. Leider würden Herman Wanmates brennende Fragen nicht beantwortet. Doch wenn er aus erster Hand erfuhr, wie tapfer sein Bruder gewesen war, würde ihn das sicher ein wenig mit dem Schicksal aussöhnen. Sie beschloss, gleich am Morgen zum Heiligen-Geist-Spital zu gehen, ihm zu berichten, was Inger erzählt hatte, und ihn zum Sonntag in die Totentanz-Kapelle in der Marienkirche einzuladen. Vielleicht sprach er selbst sogar ein wenig Dänisch – wenn die Wanmates mit Island handelten, dann war das denkbar – und konnte sich selbst anhören, was sie zu sagen hatte.

Elise wurde ganz warm ums Herz bei dem Gedanken, Herman dabei helfen zu können, die Wahrheit über die Geschehnisse auf Island herauszufinden. Sie erinnerte sich gerne an die kurze Begegnung im Spital unter dem Regenbogenmantel der Schutzmadonna. Für einen winzigen Augenblick hatte sie gedacht, dass Herman ihr die Hand an die Wange legen würde, um sie zu berühren oder gar zu küssen. Das wäre natürlich ein Bruch sämtlicher Konventionen gewesen, und doch wusste Elise nicht, ob sie es ihm verwehrt hätte. Natürlich hatte er es nicht getan, immerhin waren zwei oder drei Dutzend Menschen mit ihnen im Raum gewesen. Doch in diesem Moment hatte eine Zärtlichkeit in seinen Augen gestanden, die sie noch bei keinem Mann gesehen hatte – nicht einmal bei Wilhelm.

Elise schlief wenig in dieser Nacht und wusste nicht, was sie mehr daran hinderte: der kühle Morgendunst, der in ihre Gewänder zog, oder die Erinnerung an Hermans Blick.

Elise erwachte vom Geratter von Fuhrwerken auf dem Kopfsteinpflaster der Mengstraße über ihr. Der Tag war gerade angebrochen, doch schon zog ihr der Duft frisch gebackenen Sauerteiges in die Nase. Steif vor Kälte rieb sie sich die Schultern, rüttelte die verschlafene Ursula wach und stieg die Stufen zur Straße empor. Hoffentlich war Gertraut schon wach und hatte die Tür geöffnet, um zu lüften. So könnte Elise mit Ursel heimlich ins Haus schlüpfen, ohne dass es groß auffiel.

Als sie eine vertraute Gestalt mit festem Schritt die Straße hinunterkommen sah, beeilte sie sich trotz der steifen Glieder. Dort kam Johann Northoff, der Sekretarius, den ihr Vormund Klüver für die Geschäfte bestallt hatte. Er benahm sich ihr gegenüber zwar immer höflich, doch Elise stellten sich regelmäßig die Haare auf, wenn er ihr auch nur die Hand küsste oder einen Blick zuwarf. Von ihm wollte sie sich ganz sicher nicht erwischen lassen, nachdem sie die Nacht auf der Straße verbracht hatte. Also drückte sie die Klinke und rüttelte an der Tür – doch sie war unnachgiebig, offenbar hatte Gertraut noch nicht aufgesperrt.

Northoffs dünnen Leib bedeckte eine klassische lange Kaufmannsrobe mit prunkvoller Silberborte am Kragen. Die weiten Ärmel waren mit Goldborten verziert und erweckten mehr den Anschein eines Ratsherrn denn eines Sekretärs. Auf seinen eingefallenen Wangen wuchs ein brauner Bart, und seine eng stehenden Augen lagen tief in den Höhlen, als käme er nie aus der Schreibkammer. Das dunkle Haupthaar trug er lang und offen, um die Tatsache zu verbergen, dass es ihm in der Stirn bereits zurückwich, obwohl er doch kaum mehr als dreißig Jahre zählen konnte.

Das Haus lag still da. Elise rüttelte noch einmal an der Tür und wisperte: »Gertraut? Gertraut, eil dich, mach auf!« Jetzt war ihr eine tratschende Magd lieber als Northoffs spitze Bemerkungen. Doch alles Rütteln und Klopfen half nichts. Die Tür blieb verriegelt, und die alte Gertraut hörte offenbar nicht, was vorging.

»Frau Elise«, erklang die Stimme Northoffs hinter ihr. »Seid Ihr auch gerade erst nach Hause gekommen?«

Elise fuhr herum und blockierte die Tür. Dabei überlegte sie sich fieberhaft eine Ausrede. »Ich – nein, ich war unten am Keller und habe … habe nach dem Gemäuer geschaut. Wir haben Feuchtigkeit in den Wänden des Wohntrakts, und ich wollte sichergehen, dass auf dieser Seite alles in Ordnung ist.«

»Und warum rüttelt Ihr dann so an der Tür?« Seine Augen schweiften mit einem hintergründigen Funkeln zu Ursula, die unter dem Blick immer kleiner wurde und errötete. »Lasst mich Euch doch behilflich sein, Herrin.« Northoff griff an Elises Hals vorbei und drückte mit der Hand gegen die Tür. Sie roch Schweiß und ungewaschene Haare und wünschte, sie könnte beiseitetreten. Doch dazu müsste sie dicht an ihm vorbei, und das brachte sie nicht über sich. Als das Holz nicht nachgab, langte er an ihr vorbei zur Klinke, wieder ohne Erfolg. Er zog in gespielter Verwunderung beide Augenbrauen hoch. »Diese Tür ist verriegelt, Frau Elise. Von innen. Wie kann das sein?«

»Ich … der Riegel ist hinter mir zugefallen. Ich komme nicht mehr hinein. Gertraut ist noch nicht wach, um mir aufzumachen«, log sie. »Was führt Euch eigentlich so früh am Tage zu meinem Haus, Meister Northoff?«

»Ihr müsst einige Listen prüfen, wie üblich.« Er zog ein Bündel Papiere unter dem Gewand hervor. »Ladelisten für Schiffe, die ich so bald als möglich gen Riga schicken will. Tuch aus Brügge und Korn aus Braunschweig.«

»Ich sehe sie mir an, Northoff«, erwiderte Elise in der Hoffnung, ihn abwimmeln zu können, doch der Mann machte keine Anstalten zurückzuweichen. »Ich muss sie gleich wieder mitnehmen, Herrin.« Er drückte ihr das Bündel in die Hand, dann glitt sein Blick über die Haut in ihrem Ausschnitt und weiter ihre Figur hinab. »Oh, Ihr habt da einen Fleck.« Er griff nach dem Stoff ihres Kleides. »Hat Eure Zofe etwa gepfuscht?«

»Ich hatte noch gar keine …«, begann Ursel, sich zu verteidigen, doch Elise unterbrach sie schnell. Sie zupfte Northoff den Stoff aus den Fingern. »Ich habe ihr das Kleid noch nicht vorgelegt, nicht wahr, Ursel?«

»Wenn Euer Herr Schwiegervater wüsste, wie Ihr auf die Straße geht, werte Herrin, oder gar Euer Herr Gemahl, Gott hab ihn selig …«

»Das geht Euch …« Als die Tür hinter ihr plötzlich aufging, stolperte Elise rückwärts in den Hausflur und stieß mit Gertraut zusammen. Die Unterbrechung enthob sie einer

Antwort. So schnell wie möglich gewann sie Abstand zu dem Widerling und glättete mit den Händen das Kleid.

»Junge Herrin, Ihr ...«, begann die Magd, doch Elise schnitt auch ihr das Wort ab. »Danke, Gertraut, da habe ich mich doch glatt ausgesperrt. So ein dummes Missgeschick. Guten Tag, Northoff.«

»Natürlich, werteste Frau, das kann schon mal geschehen. Ich freue mich, dass kein dringenderes Problem vorliegt. Denn Ihr wisst ja: stets Euer untertänigster Diener.« Northoff verneigte sich tief. Wie üblich verhielt er sich nun, da Gertraut zuhörte, so glatt wie ein Aal. Elise hätte sich ob der übertriebenen Freundlichkeit des Mannes übergeben mögen. Sie zwang sich zur Höflichkeit. »Ich danke Euch, Northoff. Zu gütig. Ich lasse Euch die Dokumente so bald als möglich bringen.« Sie ging ins Haus, zog Ursel herein und schloss die Türe erleichtert hinter sich.

Gertraut beäugte sie mit einem merkwürdigen Blick. »Stimmt etwas nicht, Herrin?«

»Nein, nein, Gertraut, alles in Ordnung.«

»Was wollte der Northoff von Euch, junge Herrin? Er sah recht besorgt aus um Euch.«

»Er hat ein paar Schriftstücke abgegeben.« Sie wedelte mit den Papieren, während sie auf die Schritte Northoffs lauschte, die sich auf der Straße entfernten.

»Also wenn Ihr mich fragt, junge Herrin – was Ihr natürlich nicht tut, was mich aber natürlich nicht abhält, Euch meine Meinung zu sagen –, dann solltet Ihr Euch den jungen Mann greifen, bevor es eine andere tut.« Gertraut zwinkerte allzu unmissverständlich mit einem Auge. »Er kennt die Geschäfte Eures Herrn Vater, steht der Familie nah, und er hat, wenn ich diese Beobachtung wiedergeben darf, junge Herrin, etwas für Euch übrig. Zumindest ist er in Eurer Gegenwart immer ausnehmend höflich und gewinnend, wie ein hoher Herr. Das macht er sonst nicht, oder, Urselchen?«

Die jüngere Magd schüttelte den gesenkten Kopf. »Na ja«, fuhr die Ältere fort, »Ihr wartet schon so lange darauf, dass der Herr Vater die Geschäfte wieder übernimmt. Und Ihr könnt hier im Haus ja auch nicht ewig alles alleine machen, oder? Ihr seid ja nicht mehr ganz jung, bevor Ihr's Euch verseht, will Euch niemand mehr vor den Altar führen. Und dann steht Ihr da.«

»Ach, Gertraut, ich glaube, ich habe noch ein paar Jahre Zeit, bis dieser Tag kommt«, erwiderte Elise. Sie schüttelte sich bei dem Gedanken, mit Northoff die ehelichen Pflichten vollziehen zu müssen.

»Das geht schneller, als man denkt, junge Herrin. Und Ihr wollt ja nach dem Tod von Meister Wilhelm, Gott sei seiner Seele gnädig, nicht ewig allein bleiben, oder?«

»Ich denke nicht, Getraut.« Elise hatte sich dazu in den letzten Jahren nicht viele Gedanken gemacht. Nach Wilhelms Tod hatte sie lange getrauert und sich um Hendrik gekümmert. Andere Männer hatte sie kaum wahrgenommen.

»Ihr denkt nicht?«, gackerte die rundliche Magd. »Frau Elise, Ihr habt manchmal seltsame Anwandlungen.« Sie wandte sich ab, um ihrer Arbeit nachzugehen. »Ich denke nicht, sagt sie …«, lachte sie in sich hinein. »Niemand will allein bleiben.«

Als die Magd sie in Ruhe ließ, entspannte Elise sich erleichtert. Sie schickte Ursula hoch in ihre Kammer, um das Bett aufzuschlagen und Caligula ein paar Sonnenblumensamen hinzulegen, auch wenn sie beide wussten, dass das Bett nicht aufgeschlagen werden musste. Aber so hatte das Mädchen eine Ausrede, das klamme Kleid vom Leibe zu bekommen und sich ein trockenes anzuziehen. Die junge Witwe selbst trat, wie sie war, direkt in die Dornse ihres Vaters. Die Rückseite des Herdes wärmte die kleine Kammer und würde das Kleid am Leib schnell trocknen lassen.

Sie wollte jetzt gleich die Listen prüfen, die nötig waren, um die Schiffe dem Konvoi nach Riga anzuschließen. So hätte Northoff keinen Grund für spitze Kommentare, wenn er zurückkehrte. Immerhin gelang es ihr damit, Gertraut und die Hausarbeit ein paar Stunden lang auszusperren, obwohl das Herz sie doch auf der Stelle zum Heiligen-Geist-Spital treiben wollte. Die Neuigkeiten brannten ihr auf der Seele, und sie wollte Herman wiedersehen, so schnell es eben ging. Es war, als sei ein unsichtbares Band zwischen ihnen geknüpft worden, das sie zu ihm zog, ob sie wollte oder nicht.

Kapitel 7

Lübeck, am frühen Nachmittag des Quirinstages 1468 (4. Juni)

Bei der Antwort des Alten setzte Elises Herz einen schmerzvollen Schlag aus. »Herman ist abgereist? Wohin?« Der glatzköpfige alte Mönch in der Kirchenhalle des Heiligen-Geist-Spitals antwortete nicht. Sie erinnerte sich, dass er hier einen falschen Namen angegeben hatte. »Ihr sprecht tatsächlich von dem Engelländer mit den Kratzern an der Hüfte und den Schrammen an der Schulter?«

Der Alte hob überrascht eine Augenbraue, und Elise errötete – es kam sicher nicht oft vor, dass eine Fremde den Körper eines Kranken so genau beschreiben konnte.

Um die Mittagszeit war Elise endlich mit ihren Pflichten fertig gewesen und herbeigeeilt, heute mit Gertraut im Schlepptau, die bei dem Lederer am Koberg Material für ein paar neue Schuhe für Hendrik bestellen wollte. Sie selbst war zum Spital gegangen und hatte darum gebeten, in das Lange Haus geführt zu werden.

»Der schweigsame Mann, der Schiffbruch erlitten hat, natürlich, Frau Elise«, erwiderte der Alte, der seine Stimme nie lauter erhob als unbedingt nötig. »Er ist gegangen. Sagte, er hätte eine Passage nach Hamburg, Herrin.«

»Hamburg?«, fragte sie verwirrt. »Was kann er da denn wollen?«

»Das kann ich Euch nicht sagen, Frau Elise, und es geht mich auch nichts an.« Die Antwort kam mit einem tadelnden Unterton, der sie wohl daran erinnern sollte, dass es sich nicht geziemte, so eindringlich nach einem jungen Mann zu forschen.

»Aber aus welchem Grund mag er denn gefahren sein? Er hatte hier noch … Geschäftliches zu erledigen.«

Der Alte zögerte und kratzte sich die Kopfhaut. »Er hatte Besuch. Dann hat er recht schnell seine Sachen gepackt und ist gegangen.«

Elise wurde hellhörig und ließ sich diesen Besuch beschreiben – ein Mann, der Kleidung nach von niederem Stande, ohne Schmuck oder sonstige Besonderheiten. Sie bedankte sich trotz des tauben Gefühls in ihrer Brust artig und verabschiedete sich. Das konnte, das durfte nicht wahr sein! Da hatte sie alles eingerichtet, um Herman dabei zu helfen, der Wahrheit über den Tod seines Bruders ein Stück näher zu kommen. Und nun war er fort! Sie konnte ihn bloß um fünf oder sechs Stunden verpasst haben. Ob sie einen Boten hinterherschicken sollte? Doch sie wusste nicht einmal, ob er wirklich nach Hamburg aufgebrochen war, und wenn ja, ob er dort bleiben würde. Was hatte er über seine Herkunft gesagt? Er stammte aus Lynn, aber seine Familie hatte ein Kontor in London gehabt. Das gab es allerdings nicht mehr. War er deshalb nach Hamburg gefahren – um sich eine Anstellung zu suchen? Wenn er mit unbestimmtem Ziel die Meere bereiste, dann würde sie ihn nie wiedersehen. Hatte der Engelländer die Gefühle, die in ihr immer deutlicher gewachsen waren, nicht erwidert? Gestern bei ihrem Gespräch waren sie einander doch so nah gewesen!

Herman war abrupt in ihrem Leben aufgetaucht und hatte einen tiefen Eindruck hinterlassen. Jetzt war er ebenso plötzlich wieder daraus verschwunden. Gesenkten Hauptes machte Elise sich auf den Heimweg und bemerkte kaum, dass Gertraut ihr mit dem Lederzeug nachgelaufen kam und fragte, ob ihr das Mahl nicht gut bekommen sei.

Als sie zu Hause durch den Flur ging, sah sie, dass die Tür zur Dornse, in der sie den Überblick über die Geschäfte ihres Vaters hielt, offen stand und jemand die von ihr geführten Bücher auf dem Tisch ausgebreitet hatte. Sie runzelte die Stirn, zog die Tür zu und ging weiter in die Diele, um zu schauen, was hier los war. Die Knechte eilten sich schon wieder dabei, eine neue Lieferung auf den Speicherboden zu hieven. Offenbar hatten sie sich an ihre gestrige Ermahnung gehalten und heute eigenständig mit der Arbeit begonnen.

»Ach, Frau Elise! Wie schön, Euch zu sehen.« Die ölige Stimme von Johann Northoff empfing sie. »Ich habe mir die Dokumente geholt, die Euch vorlagen, und bedanke mich für die flinke Bearbeitung. Ihr seid vom Herrgott wahrhaftig mit Klugheit und Fleiß gesegnet. Und trotz Eurer Arbeit gelingt es Euch, ständig Gänge zu erledigen. Es ist bewundernswert.« Wie schon in der Frühe verbeugte er sich tief. Er hatte in der Mitte der Diele halb auf dem großen Tisch gesessen, an dem gegessen, gearbeitet und gefeiert wurde.

Trotz seiner Worte stellte die Art, wie er sich ungefragt in ihrem Haus breitmachte, der jungen Witwe die Haare im Nacken auf. Sie war müde von der unsanften Nacht auf den Kellerstufen. Seit sie von Hermans Abreise erfahren hatte, wollte sie sich auf ihre Bettstatt legen und allein sein. Sie hatte bestimmt keine Lust auf eine weitere Begegnung mit dem unangenehmen Sekretär und hörte aus seinen Worten auch jetzt eine wohl verschleierte Rüge heraus, während er vordergründig voll des Lobes für sie war. Sie suchte nach einer höflichen Antwort. »Ich danke für Eure überschwänglichen Worte, Herr Northoff, doch ich verdiene sie nicht. Ich habe bloß meine Christenpflicht getan – ich war in der Kirche.«

»Umso mehr verdient Ihr mein Lob, edle Frau. Ich habe derweilen in Eurer Abwesenheit veranlasst, dass die Lieferung Korn auf den Boden gebracht wird, die vor der Tür stand. Es sah nach Regen aus, und sonst stünde die ganze Fuhre vermutlich immer noch auf der Straße.«

Elise verstummte unter der Bösartigkeit, die in diesem Mann wohnte. Sie war kaum eine halbe Stunde weg gewesen, und es hatte nicht geregnet. Also wäre kein Schaden entstanden. Erschreckt erkannte sie, dass der Kerl sich immer dreister in ihre Aufgaben einmischte, ohne auch nur zu fragen. Sie fühlte sich von ihm in die Enge gedrängt wie heute Morgen an der Tür, dieses Mal jedoch mit Worten. »Zu freundlich von Euch, Herr Northoff«, sagte sie trotzdem. »Seid versichert, dass ich meinen Aufgaben mit der entsprechenden Sorgfalt nachkomme.«

»Da habe ich keine Zweifel, Herrin. Aber geteiltes Leid ist halbes Leid, so sagt man doch, nicht wahr, Gertraut?«

»Sicher, Herr Northoff. Hat noch nie geschadet, einen pflichtbewussten Mann im Haus zu haben, sag ich.« Sie schaute Elise mit erhobenen Augenbrauen an, als wolle sie ihr etwas bedeuten. »Und gerade die Sache mit den Zahlen und Ziffern und was nicht alles ist ja nichts für junge Frauen, nicht wahr?«

Als die rundliche Magd mit dem Kopf zur Dornse wies, dämmerte es Elise. »Habt Ihr … in meinen Haushaltsbüchern herumgeschnüffelt?«, fragte sie vorwurfsvoll. Nun warfen auch die Knechte fragende Blicke in ihre Richtung.

»Ich habe mir lediglich einen Überblick über Eure Ausgaben verschafft«, erklärte Northoff und breitete in falscher Bescheidenheit die Hände aus. »Ich dachte, vier Augen sehen mehr als zwei. Dagegen ist doch nichts einzuwenden?«

Das schlug dem Fass den Boden aus. »Steckt Eure Nase

nicht in meine Dinge, Northoff! Meine Ausgaben gehen Euch überhaupt nichts an!«, rief sie in schriller Verzweiflung.

Eine peinliche Stille legte sich über die Diele. »Ich glaube nicht, dass ich diesen Tonfall verdient habe, Frau Elise«, erwiderte Northoff. Er gab sich alle Mühe, verletzt zu wirken. »Ich dachte, ich tue Euch einen Gefallen, indem ich die schreckliche Last auf Euren Schultern ein wenig mindere. Und zum Dank werdet Ihr ausfallend?«

»Das geziemt sich wirklich nicht, junge Herrin«, pflichtete Gertraut ihm bei. »Wir müssen doch alle zusammenhalten, solange der Herr nicht im Haus ist, nicht wahr? Und der Herr Northoff ist vom Herrn Klüver bestellt, hier nach dem Rechten zu sehen. Warum bedrückt Euch das?«

Elise zügelte sich mühsam, um nicht die Beherrschung zu verlieren und vor Wut zu weinen. Diese Blöße wollte sie Northoff auf keinen Fall geben. Sie straffte die Muskeln an ihrem Oberkiefer und schob das Kinn vor. »Der Herr Lipperade, mein Schwiegervater, hat den Herrn Klüver zum Vormund des jungen Herrn Hendrik ernannt. Mich hingegen hat er mit der Führung des Haushaltes bedacht – und mit der Prüfung der Geschäftsbücher und der Speicherhaltung hier im Haus. Der Herr Klüver hat Herrn Northoff dazu angestellt, die Geschäfte zu führen, wenn er es nicht vermag. Um das Haus und die Ausgaben kann ich mich aber sehr wohl alleine kümmern!«

Die Knechte hatten die Arbeit eingestellt und beobachteten den Streit ihrer Herrschaften. Die Eingangstüre klapperte, und Hendrik trat ein. Obwohl er die Situation nicht miterlebt hatte, spürte er sofort, dass etwas im Argen lag. Ursula saß wie ein Häufchen Elend auf ihrer Bank, nur Getraut schüttelte missmutig den Kopf. »So was solltet Ihr nicht sagen, junge Herrin. Entschuldigen solltet Ihr Euch beim Herrn

Northoff! Der ist immer so gut zu Euch und hilft, wo er kann, und Ihr lohnt es ihm nicht einmal mit Freundlichkeit. Das ist nicht christlich.«

»Gertraut, sprich nicht von Dingen, von denen du nichts verstehst. Ich weiß sehr wohl, wie ich mit dem Herrn Northoff zu verfahren habe. Und wenn er die ihm zugeteilte Arbeit nicht macht, dann werde ich ihm seine Anstellung kündigen!«

Der Sekretär schüttelte traurig den Kopf. »Frau Elise, Ihr solltet keine Drohungen aussprechen, die Ihr nicht einhalten könnt. Nur Herr Klüver, Euer Vormund, kann meinen Posten kündigen. Aber warum sollte er? Ich mache meine Arbeit gut und biete Euch nur meine Hilfe bei der Euren an. Und Ihr habt recht – bislang habt Ihr im Auftrag Eures Vaters das Haus geführt. Doch das stimmt jetzt nicht mehr, nicht wahr?«

»Wovon sprecht Ihr, Northoff?«

»Ich spreche von der Bibel, die den Hanserat erreicht hat. Die Bibel Eurer Familie, die Euer Schwiegervater gehütet hat wie einen Schatz. Die Bibel, die er niemals lebend aus den Fingern gegeben hätte!«

Elise verschlug es die Sprache. Daher wehte also der Wind. Northoff hielt ihren Schwiegervater für tot. Damit fehlte in seinen Augen auch die schützende Hand über Elise. Eine junge Frau, die Mutter des Erben eines reichen Kontors – er sah, auf welch wackeligen Füßen ihre Existenz stand. Er musste sie für Freiwild halten, eine Frau, die dankbar sein durfte, wenn sie jemand nahm.

Ursula, die gerade ein paar Holzüberschuhe vom Schlamm befreite, hielt in ihrer Arbeit inne. Ihr Blick war voll Scham – für Elise oder für Northoff? –, dann senkte sie schnell den Kopf und arbeitete mit neuem Eifer weiter. Gertraut und die Knechte machten derweilen große Augen. »Er hat seine Bibel geschickt?«, fragte die Magd atemlos und bekreuzigte sich. »Heilige Jungfrau Maria, behüte uns!«

»Hinrich Lipperade ist nicht tot. Er hat bestimmt allerhand gute Gründe dafür, warum er mir die Bibel zugesandt hat. Ich werde das herausfinden, wenn ich nach London komme.« Sie durfte nicht zulassen, dass sich diese Mär in Lübeck verbreitete, sonst war es um ihre Stellung wirklich schlecht bestellt.

»Ihr werdet dort nicht mehr hinfahren, Frau Elise.«

»Ja, wieso denn nicht?«, fragte sie erstaunt.

»Das hat weder mit meiner noch mit Eurer Entscheidung etwas zu tun, Frau Elise. Die ›Grote Maat‹ ist heute Morgen wegen weiterer Schäden am Ruder zurück in die Werft geschleppt worden. Und alle anderen Schiffe werden mit diesen Dokumenten«, er hielt die Papiere hoch, die sie am Vormittag bearbeitet hatte, »nach Riga entsandt, wie Ihr sicher gelesen habt. Ihr seht also, dass es nicht an mir, sondern an den Umständen liegt, dass eine Fahrt nach London schwer zu bewerkstelligen sein wird.« Er zeigte ihr mit einem feinen Lächeln die Zähne und neigte das Haupt so weit, dass das Gesinde seine Schadenfreude nicht erkennen konnte.

Elise wusste darauf keine Antwort, sondern ballte stumm die Hände.

Northoff wandte sich an das Gesinde. »Franziskus, Cersten, Hinnerk – ihr habt euch eine Pause verdient. Der Rest der Säcke kann heute Nachmittag hochgebracht werden. Ursula, hinaus. Die Latrine muss geputzt werden.« Während das Mädchen beinahe erleichtert aufsprang, um ihre unangenehme Pflicht zu erledigen, verließen die Knechte den Raum nur widerwillig – vielleicht dachten sie, hier etwas zu verpassen. »Hendrik, geh in den Hof, und spiel mit der Zwille.«

Widerstrebend gehorchte auch der Junge, jedoch nicht, ohne dem Sekretär einen finsteren Blick zugeworfen zu haben.

Er schien die Spannungen zwischen ihm und seiner Mutter zu spüren. »Gertraut, wolltest du nicht auf den Markt gehen?«, fragte Northoff freundlich. Offenbar wollte er allein mit Elise sprechen.

»Das kann ich auch später machen, junger Herr«, erwiderte die runde Magd kurzerhand. »Ich muss den Eintopf für heute Abend fertig machen.« Damit machte sie sich mit lautem Geklapper am Herd zu schaffen. Elise schloss kurz die Augen. Wahrscheinlich dachte Gertraut, dass Northoff nun endlich einen Antrag machen würde, und wollte nichts davon verpassen. Die junge Witwe konnte nur beten, dass es sich dabei um einen Trugschluss handelte.

Nun war Elise mit Northoff beinahe allein. Als sie sich zu ihm umdrehte und den abfälligen Ausdruck in seinen Augen sah, war sie Gertraut mit einem Mal recht dankbar, dass diese aus lauter Neugier den Raum nicht verlassen hatte. Plötzlich fürchtete sie sich davor, allein mit diesem Mann zu sein. Doch sie durfte sich nicht einschüchtern lassen – um Hendriks willen und um ihrer selbst willen. »Hört auf zu verbreiten, Hinrich Lipperade sei tot, Herr Northoff«, sagte sie mutig, doch sie hörte den schrillen Klang ihrer eigenen Stimme.

»Sonst?«

»Wie sonst?«

Er sprach leise und sachlich, sodass nur sie seine Worte vernehmen konnte. »Nun, wenn Ihr eine Drohung aussprecht, solltet Ihr auch in der Lage sein, sie durchzusetzen, nicht wahr? Das kennt man doch aus der Erziehung von Pferden, Hunden und Kindern. Man bricht sie nur ein, wenn man sich an das hält, was man verspricht. Im Guten wie im Schlechten.« Er stand auf und verschränkte die Arme vor der Brust. »Ich zum Beispiel kann Euch versprechen, dass Ihr, noch bevor das Jahr zu Ende gegangen ist, mein angetrautes Eheweib sein werdet.«

Sie wurde starr vor Schreck. »Das vermögt Ihr nicht, Northoff«, keuchte sie atemlos. »Ich werde dafür sorgen, dass Klüver Euch entlässt. Ich will Euch weder in diesem Haus noch in den Hallen am Fluss oder sonst wo in Lübeck jemals wiedersehen.« Damit war alles gesagt.

Elise wollte in ihre Kammer fliehen, doch der Mann hielt sie zurück. »Euer Kleid ist noch immer beschmutzt, Herrin«, sagte er ruhig.

»Was erlaubt Ihr Euch, Northoff? Bitte nehmt Eure Finger von meinem Arm«, flüsterte sie erstickt.

Der Sekretär kam ihrer Bitte nicht nach. Stattdessen erwiderte er so leise, dass sie die Worte kaum vernehmen konnte: »Hinrich Lipperade ist tot und kann Euch nicht mehr beschützen. Ihr solltet Euch gut mit mir stellen. Ich habe Freunde in hohen Ämtern, die weitaus mehr Einfluss in Lübeck besitzen als Anton Klüver aus Köln.« Das Kinn mit dem struppigen Bart zitterte leicht. »In diesem Haus werden sich ab sofort einige wesentliche Dinge ändern. Sonst lasse ich Euch wegen Unzucht aus dem Haus jagen. Euren nichtsnutzigen kleinen Sohn hingegen werde ich behalten. Jemand muss ja sein Vormund sein.«

Die junge Witwe versuchte vergeblich, sich aus seinem Griff zu winden. »Lasst mich los, sonst rufe ich die Knechte zu Hilfe!«

»Sehr gerne doch, *Herrin.* Doch glaubt mir, das war keine leere Drohung. Ich weiß, dass Ihr des Nachts wie eine Hure durch die düsteren Gassen der Stadt kreucht und Euch die Belustigungen sucht, die Euch seit dem Tod Eures Gemahls versagt geblieben sind. Sagt mir, Elise – hat es Euch in der letzten Nacht gefallen?«

Sie starrte ihn mit einer Mischung aus Entsetzen und Abscheu an. Wie hatte er von ihrem nächtlichen Gang erfahren? Er konnte doch von der Szene am heutigen Morgen kaum darauf geschlossen haben, wo sie gewesen war? Sie erinnerte sich an das Verhalten ihrer Zofe, aus dem das schlechte Gewissen gesprochen hatte. Das Mädchen musste sie verraten haben. Wütend fragte Elise sich, wie viel Gold oder Juwelen ihre Treue wohl wert gewesen war.

»Ah, jetzt erkennt Ihr, wie eng gesponnen meine Netze bereits sind, nicht wahr?« Northoffs Stimme troff vor Hohn. »Das Urselken ist ein diensteifriges kleines Ding.« Der Druck seiner Hand auf ihrem Oberarm verstärkte sich.

Sie protestierte, versuchte, Northoffs Griff endgültig abzuschütteln, doch er packte im Gegenteil auch ihren zweiten Oberarm und erwischte einen blauen Fleck, den sie in der letzten Nacht beim Klettern davongetragen hatte. Die Stelle schmerzte unter Northoffs Druck.

»Ich werde ab heute das Kontor alleine führen. Nebenbei werde ich peinlichst genau dein Haushaltsbuch prüfen. Eine einzige Ausgabe, der ich nicht zugestimmt habe, und du wirst es bereuen. Gleichzeitig werde ich dem Rat vermelden, dass Hinrich Lipperade in London unter einen Fuhrkarren geraten und seinen Wunden erlegen ist. Und dann werde ich das Verlöbnis mit seiner Schwiegertochter ankündigen, damit die Geschäfte ohne Aufsehen weitergehen und der Fortbestand des Kontors gesichert ist. Und im Oktober bist du wieder eine verheiratete Frau. Hast du das verstanden?«

Elise konnte nichts erwidern. Entweder sie stimmte zu, oder er tat Hendrik etwas an – da gab es keinen Zweifel. Und sie brauchte Northoff leider, denn sie war nie allein für die Finanzen verantwortlich gewesen. Der Schmerz im Arm und die bedrohliche Nähe des Mannes machten ihr das Atmen schwer.

Eigentlich sollte sie Lärm schlagen, Northoff kratzen, beißen, wenn es nottat. Doch Elise konnte nur an ihren Sohn Hendrik denken und daran, dass der Schwiegervater der Einzige war, der ihn – und sie – vor diesem Mann schützte. »Hinrich Lipperade ist nicht tot«, flüsterte sie noch.

Sie hörte wütende Stimmen, Lärm, ein Durcheinander. Jemand riss Northoff beiseite. Elise fand sich plötzlich auf dem mit Binsen bestreuten Fußboden wieder. Der blaue Fleck pochte noch immer in dumpfem Schmerz, doch die Sterne vor ihren Augen hatten sich verzogen.

»Das ist mehr als unhöflich«, rügte Northoff jemanden.

»Lass meine Mutter in Ruhe, du! Sonst schlag ich dich!« Elise sah auf und erkannte, dass nicht die rundliche Magd Gertraut ihr beigestanden hatte, sondern ihr kleiner Hendrik. Mit eingezogenem Kopf hielt er zwischen ihr und Northoff Stellung, um sie zu schützen, als hätte er dem Mann etwas entgegenzusetzen.

»Ist etwas vorgefallen?«, fragte Gertraut hinter ihnen. Sie stand in der Tür zum Hof, ein paar Holzscheite im Arm. Elise war nicht aufgefallen, dass sie den Raum verlassen hatte.

Northoff sah sie an und hob fragend eine Augenbraue. Offenbar wartete er gespannt auf Elises Reaktion. Sollte sie der Magd mitteilen, wie sich der Sekretär gerade benommen hatte, ihn gar beim Rat anklagen?

Ja, sie kannte einige der Ratsmitglieder. Doch Bürgermeister Westfal hatte gerade erst bewiesen, wie wenig er ihr Wort achtete, und Klüver, der ihr wie ein Onkel war, war ein Kölner ohne Sitz im Rathaus. Und wenn sie ihn bat, Northoff zu entlassen, dann konnte sie ihren Sohn nicht mehr aus den Augen lassen.

Wäre doch nur Hinrich Castorp in der Stadt! Der Freund

ihres Vaters galt als der angesehenste unter den vier Bürgermeistern, ja in der ganzen Hanse. Er würde ihr zuhören und ihr helfen. Doch Castorp befand sich zu Verhandlungen beim dänischen König. Sie konnte nichts tun. »Ich bin gestolpert.«

»Bist du nicht, ich habe es doch gesehen! Er hat …«

»Hendrik«, bat sie leise und schob sich an der Wand auf die Füße. »Bitte lass Herrn Northoff durch, er möchte gehen.«

»Niemals!«, spie der Sohn dem Sekretär an den Kopf.

»Frau Elise, offenbar habt Ihr die Erziehung Eures Jungen über Euren anderen Pflichten vernachlässigt. Es wird Zeit, dass Ihr Euch ganz darauf konzentrieren könnt.«

Einen Augenblick lang schien es, als wollte sich Hendrik wieder auf den Mann stürzen, doch Elise trat hinter ihn und legte ihm die Hand auf die Schulter.

»Bitte, Hendrik, denk daran, dass Vater eine eiserne Regel aufgestellt hat, was die Gastfreundschaft angeht. Wer seine Gäste unangemessen behandelt, verdient es selbst nicht besser. Das wollen wir in seinem Haus weiterhin so handhaben, auch wenn er nicht mehr da ist. Also lassen wir den Herrn Northoff ziehen.«

»Ihr seid klug, Frau Elise.« Northoffs feines Lächeln war mit einer Prise Triumph gewürzt. »Ich freue mich bereits auf unsere nächste Begegnung.«

»Geht«, bat sie Northoff zitternd. »Verlasst dieses Haus.«

Der hagere Mann verneigte sich tief, doch sie erkannte die Gier in seinen Augen, als er sich wieder erhob. Dann kehrte das Lächeln zurück, das ihr Schauer über den Rücken sandte. »Wie Ihr wünscht, Herrin. Ich weiß, was sich gehört. Aber ich verspreche, ich werde bald wieder auf Eurer Schwelle stehen.« Damit ging er und ließ die Tür offen, als wolle er seine Worte so unterstreichen.

»Ihr habt den Herrn Northoff doch nicht etwa verärgert, junge Herrin?«, fragte Gertraut strafend. »Ich sag Euch, der ist ganz vernarrt in Euch. Und mit dem Unglück um Euren Herrn Schwiegervater und so – da würde ich mir das ganz schnell überlegen, sonst lauern die Wölfe schon.«

»Mein Großvater ist nicht tot!«, rief Hendrik. Elise führte ihn zur Bank und setzte sich mit ihm hin. Dann legte sie die Arme um ihn und wiegte ihn hin und her. Verwundert stellte sie fest, wie schwer der Junge geworden war. Nicht mehr lange, dann wird er erwachsen sein und solche Umarmungen nicht mehr dulden, dachte sie.

»Bring uns einen Teller Suppe oder zwei, Gertraut, ja? Sei so gut.« Die dicke Magd eilte eifrig davon, sodass Elise sich um den Sohn kümmern konnte. »Du musst lernen, dich zu beherrschen, Hendrik«, murmelte sie schließlich. »Northoff wollte uns bloß Angst machen.«

»Aber der Großvater ist doch nicht tot, oder?«, erwiderte der Junge mit erstickter Stimme. »Er darf nicht tot sein! Northoff hat gelogen, nicht?«

Elise drückte Hendrik fest an sich. Er hatte bereits so viele Menschen verloren. Sie zögerte, denn sie wollte Hendrik nicht belügen. Northoff mochte recht haben – die Bibel konnte ein Zeichen dafür sein, dass Hinrich Lipperade das Zeitliche gesegnet hatte. Doch auf der anderen Seite hatte jemand die Bibel versandt und dafür gesorgt, dass sie Lübeck sicher erreichte. Wer, wenn nicht er selbst hätte das tun sollen? »Der Großvater ist nicht tot«, sagte sie im Brustton der Überzeugung. »Und Northoff wird uns nichts tun, das verspreche ich dir.«

Hendrik machte ein skeptisches Gesicht – die Zeit, in der sie ihm Märchen hatte erzählen können, war längst vorbei. »Wie wollt Ihr das anstellen, Frau Mutter?«

Sie strich ihm in einer zärtlichen Geste eine Strähne des hellen Haares aus dem Gesicht, um ihre Unsicherheit zu überspielen. »Ich werde noch einmal nach London aufbrechen müssen. Während ich fort bin, darfst du dich nicht von Northoff provozieren lassen. Kannst du das?«

»Ich soll den Deibelsarsch hier ins Haus lassen?«

»Mehr noch. Er wird sich in die Bücher vertiefen und in Vaters Dornse arbeiten. Er wird sich aufführen, als sei er der Herr im Haus. Und du wirst ihn lassen. Er wird nach mir fragen, aber du wirst ihm nichts sagen. Versprichst du mir das alles?«

Hendrik starrte sie an, als hätte sie ihn gebeten, mit dem Teufel in der Kirche Ball zu spielen. Schließlich nickte er bedrückt. »Vielleicht.«

Sie schüttelte den Kopf. »Nein, Hendrik, ich will, dass du mir *versprichst*, dass du ihn gewähren lässt und tust, was er sagt. Verstanden?«

Die trotzige Wut im Blick des Kindes wich der Resignation. Er ließ die Schultern hängen und murmelte: »Ich verspreche es.«

Sie lächelte dankbar. »Ich bin stolz auf dich, Hendrik.«

»Aber warum müssen wir ihn lassen? Warum können wir nicht einfach zu Onkel Klüver gehen, und der vertrimmt ihn?«

Elise seufzte. »Das ist so, wenn man erwachsen wird, Hendrik. Man kann man nicht immer tun, was angemessen ist, weil man sich damit in eine üble Situation bringt. Man muss warten können, bis der Moment zum Handeln gekommen ist.«

»Erwachsen sein ist ziemlich doof«, erwiderte der Sohn trotzig.

Da musste Elise trotz ihrer Furcht lachen. »Oh ja, das ist es.«

Selbst als sie Hendrik auf seine Kammer geschickt hatte, um das dreckige Gewand auszutauschen, und sie ein wenig zur Ruhe kam, zitterten ihre Hände noch. Sie ging vorsichtig die Treppe hoch und schloss die Tür ihrer Kammer. Hätte sie sich nicht auf die Bettstatt gesetzt, sie wäre wohl neuerlich zu Boden geglitten, weil ihr die Beine versagten. Mehr noch als vorhin begriff sie, dass der Mann ihre Existenz bedrohte – und die ihres kleinen Sohnes. Wenn bloß Hendrik keinen Streit vom Zaun brach, während sie fort war!

Sie zog die Bibel hervor, die ihr Schwiegervater geschickt hatte. Sie lag auf dem Beistelltisch, weil Elise sie immer nahe bei sich haben wollte. Sie schlug den hölzernen Buchdeckel auf und betrachtete die gestochen scharfe Schrift auf dem Pergament und die Illuminationen in den Farben Blau, Gold und Rot, die ein Mönch vor über hundert Jahren kunstvoll gemalt hatte. Auf den ersten Seiten war die Familiengeschichte mit allen Geburten und allen Toden seit vielen Generationen eingetragen. Sie ließ den Finger vorsichtig über die Einträge gleiten, hinter denen ein Kreuz markierte, dass der Herr sie zu sich gerufen hatte. Die Stelle hinter Hinrich Lipperades Namen war noch leer, und sie schwor sich, dass dieser Eintrag erst gemacht würde, wenn sie Gewissheit hatte.

Als sie das Buch zuschlug, streifte ihr Finger ein loses Blatt. Es war das Deckblatt, das die Verleimung des Einbandes verbarg. Sie öffnete die Bibel wieder und versuchte, die abgerollten Kanten mit den Fingerkuppen zu glätten, doch sie erkannte schnell, dass sie das Buch einem Buchbinder in die Hand geben müsste, der es neu verleimte.

Als sie mit dem Fingernagel vorsichtig unter dem Deckblatt entlangfuhr, um zu prüfen, wie lose es wirklich war, da konnte sie es der Länge nach abziehen. Aus dem Spalt zwischen der gelösten Deckseite und dem Einband rutschte ein

Dokument heraus, das dort verklemmt gewesen war. Jemand hatte es so gefaltet, dass es genau den Raum dazwischen ausgefüllt hatte.

Neugierig entfaltete sie das Pergament. Es war eng beschrieben. Elise meinte, die Handschrift ihres Vaters zu erkennen, doch die Folge der Buchstaben ergab keinen Sinn.

qqecqqonklapnkhsmftcemnvm
zmqsoyeqfofaeydqpyoyhmcmffm
qmccehoydmcveyfm

Nur eine Kombination ganz unten sagte ihr etwas: Ex 3,795. Exodus war die Bezeichnung für das zweite Buch Mose, und die anderen Zahlen mochten einen Psalm benennen. Sie vermutete einen Vers und schlug die entsprechenden Seiten der Bibel auf. Exodus 3,7 war die Erzählung über die Flucht aus Ägypten. Sie bemühte ihre Lateinkenntnisse, die sie außer in der Messe schon lange nicht mehr benötigt hatte.

> 7 Und der Herr sprach: Ich habe gesehen das Elend meines Volks in Ägyp-
> ten und habe ihr Geschrei gehöret über die, so sie treiben; ich habe ihr
> Leid erkannt. 8 Und bin herniedergefahren, dass ich sie errette von der
> Ägypter Hand und sie ausführe aus diesem Lande in ein gut und weit
> Land, in ein Land, darinnen Milch und Honig fließt, nämlich an den Ort
> der Kanaaniter, Hethiter, Amoriter, Pheresiter, Heviter und Jebusiter.
> 9 Weil denn nun das Geschrei der Kinder Israel vor mich kommen ist und
> habe auch dazu gesehen ihre Angst, wie sie die Ägypter ängsten, so gehe
> nun hin, ich will dich zu Pharao senden, dass du mein Volk, die Kinder
> Israel, aus Ägypten führest.

Einen Vers 3,795 gab es nicht, schon nach 22 begann Exodus 4. Sie blätterte weiter und erkannte, dass kein Buch die Verse bis in die Hunderterstellen zählte. Verwirrt runzelte sie die Stirn. Was das wohl zu bedeuten hatte?

Sie schob das Pergament in den Einband zurück, drückte das Deckblatt mehr schlecht als recht fest – es hielt nicht mehr sonderlich gut, denn der Leim war spröde –, klappte das Buch zu und legte es auf den Beistelltisch.

Sie erinnerte sich plötzlich an die Ermahnung zur Besonnenheit, die sie dem Sohn mitgegeben hatte. Die hätte von ihrem Schwiegervater stammen können, wenn er über die Hansepolitik sprach. Sie erkannte, dass auch sie im Begriff war, ihren Sohn zurückzulassen, um zu beweisen, dass Lipperade noch lebte. Denn wenn sie nichts unternahm, würde Northoff Herr im Hause sein, ganz zu schweigen von ihrem eigenen Schicksal als seine zukünftige Ehefrau. Sie wusste nur nicht, wie sie es anstellen sollte, ohne Unterstützung nach London zu kommen, in der fremden Stadt Hinrich Lipperade aufzuspüren und mit ihm nach Lübeck zurückzukehren – am besten, ohne dass Northoff davon Wind bekam.

Darunter säte ein kleines Stimmchen in ihrem Inneren noch mehr dunkle Zweifel. Denn wenn sie sich täuschte und der Schwiegervater nicht mehr unter den Lebenden weilte, war ihr Schicksal jetzt schon besiegelt.

Kapitel 8

Lübeck, am frühen Morgen des fünften Juni 1468

Elise erwachte von einem wiederholten Hämmern an der Tür des Hauses in der Mengstraße. Sie war sofort munter, obwohl sie doch die halbe Nacht über schweren Gedanken gegrübelt hatte. Draußen vor dem Fenster graute der Morgen. In den Hinterhöfen zwitscherten bereits laut die Vögel von den Bäumen. Und obwohl dieser Tag in Lübeck seinen Lauf gehen würde wie jeder andere, wusste die junge Witwe, dass etwas nicht stimmte.

»Junge Herrin, steht auf, da ist ein Mann an der Tür, der sagt, es sei dringend!«, rief Gertraut die Treppe hinauf.

Elise warf sich ein Überkleid über das Nachtgewand, ohne es zuzuschnüren, griff sich eine Kerze und eilte mit bloßen Füßen die Stufen hinunter in die Diele. Was war geschehen? War Herman Wanmate zurückgekehrt, um weitere Nachforschungen anzustellen? Obwohl sie es kaum zu hoffen wagte, hielt sie doch den Atem an, als sie den Riegel zurücklegte und die Tür aufzog.

»Meister Plissen?« Elise versuchte, ihre Enttäuschung zu verbergen. Als ihr bewusst wurde, dass die Schnürung ihres Gewandes Einblicke auf das Hemd darunter gewährte, zog sie an den Bändern, um ein wenig Ordnung herzustellen. Dann trat sie vor die Tür.

Der blasse Sekretär hatte sich gegen die morgendliche Frische in einen weiten Umhang gehüllt. Sein Blick war von Müdigkeit und Beunruhigung geschwängert.

»Frau Elise, guten Morgen. Ich bitte die unzeremonielle Störung zu entschuldigen, aber Anton Klüver schickt mich. Ich soll Euch eine dringende Nachricht übermitteln.«

»Morgens in der Frühe?«

»Er sagte, Ihr würdet es wissen wollen.« Er sah sich nach rechts und links um, als wolle er überprüfen, ob jemand lauschte. »Es geht um die dänische Magd, Inger. Sie ist tot.«

»Tot? Das ist unmöglich! Plissen, ich habe sie doch erst vor ein paar Stunden …«, sie unterbrach sich und dämpfte ihre Stimme. »Ich habe sie doch in der gestrigen Nacht noch gesehen, da ging es ihr gut!«

»Dazwischen liegt ein ganzer Tag, an dem viel passiert ist, fürchte ich.«

Die freundliche, hilfsbereite Inger – tot? Alles in Elise sträubte sich dagegen, diese Behauptung zu akzeptieren. Daher begriff sie nur langsam, welche Mitteilung der Sekretär noch für sie hatte. Als sie es tat, zog sie ihn zur Tür herein und versperrte den Riegel hinter ihm, als könne sie so neugierige Ohren aussperren. Sollten die Nachbarn, die um diese Stunde wach waren, doch denken, was sie wollten! »Plissen, wollt Ihr damit etwa andeuten, dass jemand die arme Inger …«

»Die Treppe hinabgeworfen hat?« Plissen nickte. Er wirkte im Kerzenlicht und den schwachen Strahlen des frühen Morgens, die durch das Fenster der Dornse in die Diele drangen, noch blasser als sonst. »Auch in Dänemark gibt es Stufen, das Konzept dürfte Inger nicht unbekannt gewesen sein«, fügte er trocken hinzu. Doch trotz seiner abgebrühten Worte wirkte auch er erschüttert. »Der Zufall ist einfach zu groß. Die Zeugin des größten politischen Zwischenfalls der letzten Jahre fällt plötzlich und unerwartet die Treppe hinab. Meint Ihr nicht auch, dass das stinkt?«

Inger nicht nur tot, sondern ermordet? Die junge Witwe konnte das kaum begreifen. Wer würde eine so schlimme Tat begehen? »Wo ist es geschehen? Im Haus der Fedderings?«

Plissen nickte wieder. »Deswegen schickt mich Klüver zu Euch, damit Ihr auch ja davon erfahrt. Ich glaube, der Herr aus Köln traut dem Bürgermeister zu, alles unter den Teppich zu kehren, wenn er nicht gar mit drinsteckt.«

»Das könnt Ihr doch nicht ernst meinen!« Würde ein Bürgermeister der Stadt Lübeck eine Zeugin aus dem Weg schaffen? Dann wiederum fiel ihr die vehemente Art und Weise ein, in der Westfal sie aus der Befragung gedrängt und ihr jeden weiteren Umgang mit der Magd verboten hatte. Sie musste zugeben, dass ihr das verdächtig erschienen war. Ein kaltes Gefühl nistete sich in ihrem Magen ein. Ob doch jemand beobachtet hatte, dass sie Inger aufgesucht hatte? Hatte die Isländerin sterben müssen, weil sie mit ihr, Elise, gesprochen hatte?

Plissen zuckte mit den Schultern. »Entweder Westfal hat damit zu tun, oder jemand anders hat herausgefunden, wo Inger wohnt, und sich unbemerkt Zutritt zum Haus verschafft, sie die Treppe hinuntergestoßen und ist dann lautlos wieder verschwunden.« Er zog eine Augenbraue hoch, um ihr zu zeigen, für wie wahrscheinlich er diese Verkettung von Umständen hielt. »In jedem Fall ist sie tot, weil sie für irgendjemanden eine Bedrohung darstellte. Ich glaube, dass Ihr wisst, worum es sich dabei handelt, und ein Interesse daran habt, mehr herauszufinden. *Wirklich* herauszufinden, was die Arme gesehen hat, und es nicht für politische Zwecke zu gebrauchen. Daher müsst Ihr ab jetzt ebenfalls auf Euch achtgeben.«

Elise musterte den Mann in dem nur spärlich erleuchteten Hausflur eindringlich. »Und was ist Euer Interesse an diesen

Dingen, Plissen? Immerhin seid Ihr eher dem Bürgermeister verpflichtet als einem Kölner Kaufmann wie Anton Klüver.«

»Klüver bezahlt mich«, erwiderte der Sekretär in schlichter Ehrlichkeit. Er schien sich dafür nicht einmal zu schämen.

Erstaunt zog die junge Witwe die Augenbrauen hoch. »Ihr lasst Euch von ihm für geheime Kunde aus dem Rathaus bezahlen?«

»Das überrascht Euch? Immerhin habt Ihr selbst mich kürzlich für eine ebensolche Kunde bezahlt, als Ihr erfahren wolltet, wo Inger hingebracht worden war.«

Elise wollte protestieren, das sei doch um der Magd willen geschehen, doch sie musste ihm zustimmen. Warum hatte sie das für einen Einzelfall, gar für einen Gefallen gehalten? Offenbar verdiente der Sekretär durch seine Stellung mehr als nur seinen Lohn vom Stadtrat. Er fuhr fort. »Aber ganz abgesehen davon habe ich den Eindruck gewonnen, dass Ihr in dieser Stadt einer der wenigen Menschen seid, die das Herz am rechten Fleck haben, Frau Elise. Ihr kümmert Euch auch um die kleinen Leute. Das tun nicht viele. Doch nehmt Euch einen Rat von mir zu Herzen – einen, der nichts kostet.« Er sah sie eindringlich an. »Vertraut niemandem. Jeder in der Hanse spielt sein eigenes Spiel.«

Endlich wollte Elise etwas erwidern, da wurde mehrfach leise an die Tür gepocht. Sie legte den Finger auf die Lippen, um Plissen zu bedeuten, leise zu sein, huschte in die Dornse und warf einen Blick aus dem Fenster. Anton Klüver stand zwischen den steinernen Beischlagwangen vor dem Haus, das zurückweichende weiße Haar klebte ihm am verschwitzten Kopf, das Gesicht war gerötet. Sie trat wieder auf den Flur und öffnete ihm.

»Darf ich eintreten?«, fragte Klüver besorgt. »Dies ist kein Thema für die Straße.«

Elise zögerte nicht, ihn hereinzulassen. »Hier geht es ohnehin zu wie im Taubenschlag.«

»Ah, Plissen, Ihr seid schon hier, sehr gut«, Klüver nickte dem Sekretär zu. »Das wäre alles.«

»Ich verabschiede mich, Frau Elise«, Plissen neigte kurz das Haupt und machte dem Kaufmann Platz.

Die junge Witwe verschloss die Tür hinter ihm sorgfältig. Sie betrachtete nachdenklich den Riegel, erwog, einen zweiten anbringen zu lassen. Dann erschrak sie über ihre eigenen Gedanken. Eigentlich war es gang und gäbe, die Türen tagsüber unverriegelt zu lassen. Immerhin wohnte sie in Lübeck, nicht bei den wilden Wenden! Natürlich gab es immer mal wieder Seeleute, die die Zeit an Land nutzten, um die Straßen der Stadt unsicher zu machen. Dafür gab es die Männer des Frons. Kam jemand ungebeten ins Haus, gab es noch die Knechte, die immer in der Nähe waren und den Eindringlingen den Weg weisen konnten. Doch Plissens Worte und, so gestand Elise sich ein, Northoffs Intrigen in ihrem eigenen Haus hatten dafür gesorgt, dass sie sich hier so ungeschützt fühlte wie nie zuvor.

Sie zog den Alten weiter Richtung Diele, vorbei an dem Seil, das durch die Hievluke in die oberen Speichergeschosse reichte, hin zu dem Schemel, auf dem Gertraut sich oft niederließ, wenn sie am Herd nicht mehr stehen mochte. Dort half sie ihm, sich niederzusetzen. »Herr Klüver, was geht hier vor? Ist wahr, was der Sekretär berichtete? Ist die arme Inger wirklich tot?«

»Allerdings, das ist sie, Elise, und ich fürchte, wir haben dazu beigetragen. Euer Interesse an ihrer Geschichte, mein Dringen beim Bürgermeister, sie noch einmal zu befragen – all das kann die Arme das Leben gekostet haben.« Er strich sich mit zittrigen Fingern über den Bart.

»Plissen hat angedeutet ... Er meinte, dass Westfal ...?« Elise sprach die Frage nicht aus.

»Ich halte kaum für möglich, dass der Bürgermeister einer Schutzbefohlenen etwas antun würde«, sagte der alte Mann. »Aber auch ich habe keine Erklärung dafür, was sonst geschehen sein mag.«

»Aber wer hätte Grund, ihr etwas anzutun? Was Inger gesehen hat, kann die Hanse doch bloß stärken? Oder verstehe ich da etwas falsch?«

Klüver breitete die Arme in einer Geste der Hilflosigkeit aus. »Ich weiß selbst nicht mehr, was ich glauben soll und darf.« Er wirkte ebenso erschüttert wie sie. »Ich kann nicht entschlüsseln, was hier gespielt wird. Vielleicht war es jemand mit guten Kontakten zu den Engelländern. Möglicherweise hat man jemanden bezahlt. Frau Elise, so gern ich Euch eine Erklärung geben würde, heute muss ich eine Antwort schuldig bleiben.«

»Hat Westfal denn gute Kontakte zu den Engelländern?«

Der Alte nickte, er wirkte bedrückt. »Hat er schon. Aber ich weigere mich zu glauben, dass er eine unschuldige Frau ...«

»Und was ist mit dem Dolch, von dem sie erzählt hat? Sie sagte, ein Dolch mit einem Monogramm darauf sei von Island mit herübergebracht worden. Der könne beweisen, dass der Beschuldigte hinterrücks von seinen eigenen Leuten ermordet wurde ...«

»Ich weiß von keinem Dolch«, erwiderte er erstaunt. »Das hättet Ihr mir sagen müssen! Aber ich kann mich gerne noch einmal erkundigen.«

»Bloß vorsichtig. Wenn Ihr herausfindet, wer von dem Dolch wusste, dann habt Ihr den Kreis der Verdächtigen vielleicht schon eingegrenzt«

»Ihr meint, Inger ist gestorben, weil sie davon wusste?«

»Möglicherweise wollte jemand die Spuren ganz verwischen, ja.« Sie zögerte. »Sie beschuldigte einen Mann namens Oxbow, werter Oheim. Sagt Euch das etwas?«

Der Alte schüttelte zunächst den Kopf, dann wog er ihn nachdenklich hin und her. »Vage bekannt, aber ich weiß nicht, woher. Ich werde ihn mir merken.«

Sie ging zu dem Tisch und setzte sich auf die Bank. In den letzten Tagen und Wochen überstürzten sich die Ereignisse. Das Blutbad auf Island im letzten Jahr war der Schlüssel. Deshalb war Inger hergeholt, befragt und möglicherweise ermordet worden. Engelländische Schiffe waren im Sund von Danziger Kaperern überfallen worden.

Auffällig war, dass sich alles um England drehte. Und ausgerechnet in dieser Zeit ließ ihr Schwiegervater, der ganz und gar in der Hansepolitik steckte, die kostbare Familienbibel von London nach Lübeck senden. Ein Zufall? Elise glaubte nicht daran. Vielleicht war Lipperade in diese Geschehnisse verwickelt. Elise fasste einen Entschluss.

»Ich muss nach London, Meister Klüver. Was auch immer hier geschieht, was auch immer dem Schwiegervater passiert ist, ich vermute, dass alles miteinander zusammenhängt. Und bitte«, sie hob abwehrend die Hand, »versucht nicht, mir das ausreden. Ohne Euren Segen kann ich das nicht.« Sie zögerte, bevor sie weitersprach. »Wusstet Ihr, dass Euer Zögling Northoff sehr gut mit Bürgermeister Westfal steht?«

Der Alte runzelte die hohe Stirn. »Nein, in der Tat, das weiß ich nicht.« Er schwieg einen kurzen Augenblick und studierte Elises Gesicht fragend, als könne er dort lesen, warum sie das Thema anschnitt. »Hatte aber schon immer einen Ehrgeiz im Leibe.«

Sie erwog, Klüver von Northoffs Drohungen zu berichten. Immerhin war der Sekretär sein Angestellter. Doch wenn

Northoff davon erfuhr, musste sie um Hendriks Wohl bangen sowie um ihr eigenes. Besaß er wirklich so einflussreiche Freunde, sogar unter den Bürgermeistern? Zudem kannte er alle Bücher und würde bald herausfinden, dass sie das Geld, mit dem sie Plissen für die Informationen über Inger und die nächtliche Begleitung bezahlt hatte, aus der Kasse des Kontors genommen hatte. Natürlich hatte Elise das kaschiert, indem sie das Geld unter einem harmlosen Posten hatte laufen lassen, doch Northoff würde seine ganze Energie darauf verwenden, sie zu Fall zu bringen. Er würde merken, dass die Instandsetzung der Hoftür keinen ganzen Gulden kostete und die Tür auch nicht aussah, als wäre sie repariert worden. Nein, sie durfte Klüver davon nicht berichten, denn er würde handeln, um sie zu schützen, und dann sähe es schlimm aus für Elise und Hendrik.

»Herr Klüver, bitte helft mir, nach London zu kommen. Wenn ... falls der Herr Hinrich nicht mehr lebt, ist Hendrik sein Erbe. Dann ändert sich auch meine Situation. Außerdem wisst Ihr, wie viel der alte Herr mir bedeutet.«

»Natürlich weiß ich das. Aber beim heiligen Jakob, Frau Elise, alleine? Wie stellt Ihr Euch das vor?«

»Besorgt mir eine Passage auf einem Schiff. Gebt mir zwei Knechte mit – oder auch nur einen, das wird bestimmt reichen. Hauptsache, ich komme dort an!«

»Wer ein Schiff unter Hanseflagge gen London sendet, kann es gleich auf dem Grund des Meeres versenken! Abgesehen davon habe auch ich kein Schiff im Hafen, das Euch dorthin bringen könnte.« Der alte Mann zwirbelte sich den Bart. »Ganz zu schweigen davon, was Lipperade mir antäte, wenn Euch auf dieser Reise etwas zustieße.«

»Und was, wenn er in London Hilfe benötigt? Was, wenn er in all diese Dinge involviert ist und wir etwas für ihn tun müssen? Wie auch immer die Zusammenhänge gelagert sind, sie werden sich nur in London klären lassen.«

Nachdenklich sank der Alte auf dem Schemel in sich zusammen. Elise setzte sich zurück und bewegte die Schultern, um ihre verspannten Muskeln zu dehnen. Als sie den Kopf hin und her wendete, sah sie das Seil in der Luke sachte schwingen. »Abzubringen seid Ihr nicht, das sieht man«, sagte Klüver schließlich. »Ich will sehen, was ich tun kann, damit Ihr nicht blindlings ins Verderben lauft.«

»Danke, Meister Klüver«, stieß Elise aus, sprang auf und umarmte ihn kurz. »Mit Eurer Hilfe habe ich gleich mehr Hoffnung.«

»Mich geht ja auch an, was mit dem alten Freund und der armen Inger geschehen ist. Vor allem geht mich an, was da zwischen Danzig und England geschieht – und ob sie Lübeck gleich mit in einen Konflikt schleifen. Wir müssen aufdecken, was hier vor sich geht – das betrifft die Hanse genauso wie Köln.«

»Und was wollt Ihr machen?«

Anton Klüver seufzte. »Meine alten Knochen vertragen das Reisen nicht mehr so wie früher, leider, und ich dachte, ich könnte die Seefahrt den Jüngeren überlassen. Aber es hilft wohl nichts. Wenn ich sicherstellen möchte, dass Ihr London sicher erreicht, dann kann ich das nur tun, indem ich mit Euch fahre. Dort werden wir den alten Hinrich suchen. Und es wäre doch gelacht, wenn wir nicht aufdecken könnten, was hier geschieht. Meint Ihr nicht?«

Elise stieß einen erleichterten Seufzer aus. Seine Begleitung würde die Reise deutlich vereinfachen, immerhin hatte er in vielen Hafenstädten Kontakte, die ihnen weiterhelfen würden. Und sie fühlte eine neue Zuversicht, nun, da sie nicht allein reisen musste. »Und ob, Herr Klüver.«

Als sich die Tür eine Stunde später hinter Anton Klüver schloss, hatten sie alle wichtigen Details besprochen. Der Kaufmann wollte sich nach Schiffen seiner Heimatfreunde umhören, denn Kölner Schiffe waren im Londoner Hafen immer noch willkommener als alle Hanseschiffe. Elise beschloss, derweilen ihre gepackten Kleider noch einmal auf Stücke durchzusehen, die man aussortieren konnte, und Gertraut zu bitten, ein kleines Packet mit Nahrungsmitteln zusammenstellen, damit sie nicht von einer Schiffskombüse abhängig wäre. Doch vorher hatte sie noch etwas zu erledigen.

»Oh je, Herr Klüver, Ihr habt etwas vergessen! Wartet, ich bring's Euch!«, rief sie laut, lief zur Tür, öffnete sie und schloss sie einen Moment später wieder, ohne das Haus verlassen zu haben. Dann schlich sie zurück in die Diele, schlüpfte in die Frauenkammer, die direkt hinter der Wendeltreppe lag, und lehnte sich gegen die Wand. Die Türe ließ sie dabei einen Spaltbreit offen.

Wie sie erwartet hatte, dauerte es gar nicht lange, bis hastige und leise Schritte auf dem Speicherboden über der Diele erklangen. Dann knarrten die Treppenstufen in ihren Halterungen. Elise kannte den Gesang des Holzes seit Jahren und zählte stumm mit, wo sich die Person gerade befand. Kurz bevor die Schritte die letzte Stufe erreichten, huschte sie aus der Kemenate heraus und stellte sich so, dass sie den Ausgang zum Hof versperrte. Als Ursula sie erblickte, verharrte sie in der Bewegung, das Gesicht eine Maske des Schuldbewusstseins.

Das junge Mädchen hatte sich den Abend über nicht sehen lassen und war erst spät zurückgekehrt. Anstatt wie üblich auf dem Boden in Elises Kammer zu schlafen, musste sie es sich auf den Säcken in der zweiten Speicherebene bequem gemacht haben. Elise war nicht sicher gewesen, ob die Zofe wusste, dass Northoff sie verraten hatte, doch der Ausdruck des schlechten Gewissens auf ihren Zügen bestätigte den Verdacht. Die Wunden hingegen sprachen eine andere Sprache. Die Unterlippe war geschwollen und wies einen frischen Riss auf. Dem linken Auge erging es nicht besser.

Der Anblick erweichte Elise das Herz, sodass die böse Predigt, die sie sich zurechtgelegt hatte, ihr nicht über die Lippen kommen wollte. »Urselken«, murmelte sie schließlich betroffen. »Was hat Northoff nur mit dir gemacht?«

»Nichts, Herrin, es geht mir sehr gut«, sagte die Zofe und strich sich das lange blonde Haar über die linke Gesichtshälfte. Dann senkte sie den Kopf und versuchte, sich zur Vordertür vorbeizudrängen.

»Natürlich geht es dir nicht gut, ich sehe es doch.« Elise griff nach Ursulas Arm und strich dem Mädchen das Haar aus dem Gesicht, um sich die Schwellungen genauer anzusehen.

»Warum hat er das getan?«, fragte Elise, auch wenn ihr sogleich auffiel, dass kein Grund rechtfertigte, das Mädchen so zu behandeln. Ursula schüttelte nur verbissen den Kopf und schwieg.

»Dieser Schurke! Ich werde dafür sorgen, dass er hochkant aus der Stadt geworfen wird, dieser Hundesohn!«

»Nein, Herrin!« Ursula hob zum ersten Mal die Lider zu einem flehentlichen Blick. »Wenn er die Stadt verlassen muss, dann kann er mich ja nicht heiraten!«

Elise verschlug es für einen Moment die Sprache. »Heiraten?«, wiederholte sie dann verständnislos. »Warum sollte er dich denn heiraten?«

»Weil wir verliebt sind und eine Familie gründen wollen«, erklärte die Zofe eilig und errötete. »Johann sagt, wir können es noch nicht öffentlich machen, also bitte, Herrin, sprecht nicht darüber, sonst ist alles dahin! Ich wollte es Euch sagen – dass ich bald weggehe aus Eurem Haus, aber Johann hat mich geschlagen. Er hat gesagt, es wäre noch nicht an der Zeit.«

Die Kaufmannsfrau benötigte ein paar Augenblicke, um sich zu fangen und zu begreifen, was Johann Northoff in dem gestrigen Streit mit dem Wort *diensteifrig* gemeint hatte. Offenbar nutzte er die Naivität des jungen Mädchens, das zum ersten Mal verliebt war, schamlos für seine Zwecke aus. Er musste sie verführt und ihr das Blaue vom Himmel versprochen haben. Gleichzeitig hielt er sie mit Erpressungen klein. Ursula schien nicht zu ahnen, welches Unrecht sie begangen hatte und in welchem Ausmaß sie von ihrem »Geliebten« missbraucht wurde. Hier waren deutliche Worte nötig. Elise hasste Northoff noch mehr dafür, dass sie dem jungen Ding jetzt den Traum von einer rosigen Zukunft rauben musste. Sie legte vorsichtig die kühlen Finger auf die Schwellung an Ursulas Wange und lächelte traurig. »Komm, setz dich. Wir müssen reden.«

Elise faltete die Arme auf der Tischplatte und legte den Kopf darauf ab. Die Glocken von Sankt Marien läuteten zur achten Stunde. Das Gespräch mit Ursula hatte sie viel Kraft gekostet. Elise hatte ihr erklärt, wie Northoff sie selbst und den kleinen Hendrik gestern bedroht hatte, und dass er plane, sie zu heiraten, nachdem er Hinrich Lipperade für tot erklären ließe, um seinen Anspruch auf das Kontor und das Erbe ihres Sohnes durchzusetzen. Ursula hatte geweint, gezetert, sie der Lüge bezichtigt und beschimpft. Dann war sie davongestürmt, obwohl Elise sie angefleht hatte, Northoff nicht zu verraten, dass sie miteinander gesprochen hatten. Doch das naive Mädchen würde nun geradewegs zu dem Mann laufen, den sie für ihren Verlobten hielt.

Zwar hatte Elise versprochen, nicht böse mit ihr zu sein, doch im Verlauf des Gesprächs hatte sie Scham in den Augen des Mädchens wachsen sehen, als es begriffen hatte, was für einen Verrat es an seiner Herrin begangen hatte.

»Wenn du bei mir bleiben willst, dann sei morgen früh wieder da!«, hatte die junge Witwe Ursula hinterhergerufen. Wenn sie die Kleine mit nach London nahm, würde sie schon über den Kerl hinwegkommen.

London. Ihr Herz schlug schneller bei diesem Namen. Halb freute sie sich, halb fürchtete sie, die Heimatstadt ihrer Mutter zu Gesicht zu bekommen. Und wer weiß – vielleicht konnte sie sich dort ja auch nach Herman Wanmate erkundigen.

Kapitel 9

London, am vierundzwanzigsten Juni 1468

Der Regen prasselte unablässig auf das Dach, und ein Grollen rollte über die Wolken. Das kleine Holzhaus, das der Familie Wanmate von einem alten Handelspartner zur Verfügung gestellt worden war, glich eher einem Schuppen mit vier Kammern: einer Stube, in der gekocht und gegessen wurde, einer Kemenate, einer Dachkammer, die für Gesinde vorgesehen war, sowie einer winzigen zweiten Kammer unter dem First. Natürlich war es kein Vergleich zu dem alten Fachwerkhaus am Walbrook, das die Familie Wanmate ihr Eigen genannt hatte, seit sie vor beinahe zehn Jahren von Lynn nach London gezogen war. Es hatte Kammern für beide Söhne, drei Speicherebenen und eine eigene große Gesindekammer aufgewiesen.

Herman Wanmate stieß den Fensterladen auf und blickte hinaus. Obwohl der Sommer angebrochen war, zeigte sich das Wetter von seiner unangenehmsten Seite. Im Regen hatten sich auf der unebenen Straße große Schlammpfützen gebildet, und in den Fuhrrinnen flossen kleine Sturzbäche.

Wie so oft in den letzten Wochen ergriff Herman eine tiefe Wehmut. Er dachte zurück an Lübeck und den Mann, der ihn bedroht hatte, mehr noch – den Mann, der Elise bedroht hatte. »Wenn du morgen nicht aus der Stadt verschwunden bist, dann wird dir und deiner Hure Übles widerfahren«, hatte der unangenehme, dunkelhaarige Hanseat mit so starkem Akzent gesagt, dass Herman Mühe gehabt hatte, ihm zu folgen. Doch die Botschaft war angekommen, als der Kerl ihm einen Dolch an die Kehle gesetzt und die Haut an seinem Hals angeritzt hatte. »Ich komme sehr leicht an Elise heran. Ich kann ihr das Leben zur Hölle machen.«

Herman hatte das sehr ernst genommen und war vor Sorge um Elise überstürzt aus Lübeck abgereist. Er war ausgezogen, den Ruf eines Toten wiederherzustellen, doch wenn das bedeutete, dass er damit einen Menschen in Gefahr brachte – noch dazu Elise, die ihn gerettet hatte –, dann würde er zurückstehen und hinnehmen, dass am Schicksal seiner Familie nichts mehr zu ändern war. Es war vermutlich besser so, versuchte er, sich einzureden. Wäre da nicht schon wieder diese Unrast, die das Geheimnis um den Tod seines Bruders in ihm auslöste.

»Herman?«

»Ja, Frau Mutter?«

»Was tust du da?«

»Ich schaue nach dem Wetter, Frau Mutter.«

»Ach so.« Die Stimme von Margaret Wanmate klang müde. »Es wird sich durch's Schauen auch nicht bessern, weißt du.«

Herman schloss die Augen und unterdrückte die gereizte Antwort, die ihm auf der Zunge lag. Er musste sich nicht umdrehen, um zu wissen, dass sie, in ihre Schals geschlungen, auf dem einzigen halbwegs gemütlichen Lehnstuhl saß, den die Stube zu bieten hatte. Da es ihnen an Kerzen mangelte, war es in der kargen Stube, in der sich sonst nur ein Tisch und zwei Bänke befanden, noch düsterer als draußen.

»Sieh nach, wie es deinem Vater geht, Herman, ja? Er muss etwas essen.«

»Er könnte aus der Kemenate kommen und sich etwas holen. Er hat genauso gesunde Beine wie wir alle.«

»Herman, wir haben nur noch einander und müssen füreinander sorgen. Alle haben uns verraten und sich von uns abgewandt. Nicht einmal Lizzy Strong hat mich auf der Straße gegrüßt, als sie mich gesehen hat. Dabei standen wir uns einmal so nah. Niemand will uns mehr kennen.« Sie seufzte. »Geh, und sieh nach deinem Vater, Herman, sei so gut.«

»Ja, Frau Mutter«, seufzte der Sohn ergeben. Dieses Argument hörte er bei seinen Besuchen im elterlichen Haus ständig, und er war es leid. Als er sich umdrehte, saß Margaret Wanmate, genau wie erwartet, wie ein Häufchen Elend im Lehnstuhl. Ihre Augen lagen in tiefen Höhlen und waren gerötet und geschwollen, denn der Ausfluss, der sie in den letzten Tagen plagte, reizte die sensible Haut – zumindest war das ihre Erklärung. Herman hegte den Verdacht, dass sie nachts Tränen über die verlorene Vergangenheit und die ungewisse Zukunft weinte.

Der Anblick schnitt ihm ins Herz, besonders, da er keinen Ausweg aus dieser Situation sah. Er half mit seinem Lohn aus, wo er nur konnte, doch seine Eltern nahmen das Geld, das er als Sekretär des Stalhofs verdiente, ungern an. In Lübeck hatte er alles versucht und war auf Granit gestoßen. Also blickte er weg und machte sich auf den Weg in die Kemenate, in der die Eltern nachts ein Lager teilten. Herman selbst schlief im Stalhof, sodass Stevens anversprochene Anne das Privileg genoss, die Kammer unter dem Dach allein bewohnen zu dürfen – die allerdings nur doppelt so groß wie eine Kleidertruhe wirkte und in die nicht mehr hineinpasste als die eilig zusammengezimmerte Holzpritsche und ein Beutel mit Kleidern.

Der Weg von der Stube zur dahinterliegenden Kemenate erschien Herman länger als eine Seemeile. Er richtete sich auf, straffte die Schultern und hob den Kopf. Als er die schief in den Angeln hängende Tür öffnete, mussten sich seine Augen erst einmal an die Dunkelheit gewöhnen, bevor er das Kastenbett mit dem Vater darin erkannte. Regelmäßige Atemzüge wiesen darauf hin, dass er schlief – oder zumindest so tat.

Dem Geruch nach war das Stroh der Matratze feucht, die Gestalt darauf lag unter mehreren Wolldecken, zwischen die die Mutter ebenfalls Stroh gestopft hatte, um für zusätzliche Wärme zu sorgen. Das war auch nötig, denn Wind und Wetter pfiffen kalt durch den beschädigten Fensterladen und sorgten dafür, dass sich Hermans Nackenhaare aufstellten. Der Herd der Stube war so in die Wand eingebaut, dass die mit Lehm verkleidete Rückseite hier in der Kammer die restliche Wärme abstrahlte, doch da nebenan kaum noch Glut glomm, half das wenig.

Der Sohn ging leise zum Fenster und versuchte, den Laden so in die Öffnung zu rücken, dass möglichst wenig Kälte hereindrang, dann stopfte er den auf dem Sims liegenden Fetzen einer alten Decke sorgfältig in den verbleibenden Schlitz. Doch um das Wetter vollständig auszusperren, müsste man neue Angeln anbringen, ein paar Latten austauschen und vielleicht ein großes Stück Stoff oder Pergament in den Rahmen nageln. Letzteres nahm sich Herman für den morgigen Tag vor, wenn es Licht gab.

Jonathan Wanmate schreckte aus dem Schlaf hoch. »Wer da? Steven?«

»Ich bin es nur, Vater«, erwiderte Herman. Der Bruder war seit einem Jahr tot, und doch galt ihm immer noch Jonathan Wanmates erster Gedanke, wenn er erwachte.

»Ach.« Der Alte ließ sich wieder in die Laken sinken.

Herman versuchte, im Licht, das aus der Stube hereinfiel, das Gesicht zu erkennen, und meinte, einen bitteren Zug der Enttäuschung auf den tiefen Falten auszumachen. »Wie geht es Euch heute?«

»Gut, gut.«

Herman ging nicht darauf ein – der Vater behauptete immer, dass es ihm gut ginge, erhob sich aber trotzdem selten vom Lager. »Die Frau Mutter macht sich Sorgen um Eure Gesundheit und fragt, ob Ihr einen Teller Suppe wünscht.«

»Ich habe keinen Hunger.«

»Sie sagt, Ihr hättet auch das Brot heute Mittag nicht angerührt. Wie wollt Ihr denn wieder zu Kräften kommen, wenn Ihr nichts ...«

»Ich habe keinen Hunger!«, schnarrte die brüchige Stimme des Alten. »Und meine Kräfte kommen wieder in Ordnung, sobald du mir meinen Sohn wiederbringst!«

Herman verstummte. Wie immer schlug der Vater um sich, wenn ihm jemand zu nahe trat. Darin war er wahrhaftig ein Meister seines Fachs. »Ich versuche doch nur zu helfen, damit es Euch bessergeht, Herr Vater.«

»Du hast dieser Familie noch nie einen guten Dienst erwiesen, Herman. Warum solltest du jetzt damit anfangen?«

»Weil wir nur noch einander haben und zusammenhalten müssen«, wiederholte Herman gebetsmühlenartig die Worte der Mutter.

»Das fällt dir ein bisschen spät ein, was? Sonst hast du doch auch nie an deine Familie gedacht, sondern bist ein Hanseknecht geworden! Statt uns zu helfen, fährst du im Namen fremder Kaufleute aus. Sag deiner Mutter, dass ich komme und mir etwas hole, wenn ich Hunger habe.«

»Ja, Vater«, schloss Herman geduldig. Er hatte den Eltern vom Grund seiner Reise nach Lübeck nichts berichtet, denn er hatte ihnen nicht zu viele Hoffnungen machen wollen. Er hatte behauptet, für den Stalhof auf Reisen gegangen zu sein. Und als er mit leeren Händen heimgekehrt war, hatte er natürlich erst recht geschwiegen.

Die Unrast überfiel ihn wieder. Er wollte Leute befragen, Machenschaften anklagen, mit dem Finger auf die wahren Schuldigen zeigen. Er wollte seiner Familie beistehen, aber im Augenblick wusste er nicht, wie.

Mit der Erinnerung an Lübeck kehrten auch die Gedanken an Elise zurück. Die dunkelhaarige Fee war ihm zuerst in seinen Fieberträumen erschienen, um sich kurz darauf als sehr real zu erweisen. Sie hatte in ihm Aufruhr ausgelöst. Er hatte sich vor ihr immer ganz nackt gefühlt, als blicke sie in seine Seele, ohne dass er etwas dagegen unternehmen könnte. Nun war sie weit weg, und er vermisste ihre Stimme und die Art, wie sie ihn angesehen hatte.

Herman ließ die letzte Begegnung mit Elise vor seinem geistigen Auge vorbeiziehen. Er griff unwillkürlich zu der Münze, die am Lederband um seinen Hals hing. Elise hatte gesagt, es gäbe einen Zeugen, der Steven entlastete und Raymond Oxbow ins Zentrum des Geschehens rückte. Auch wenn er den Freund anfangs verteidigt hatte, schenkte er ihren Worten Glauben. Er hatte ernst gemeint, dass er ihr vertraute. Vielleicht hatte sie inzwischen mit dieser Magd namens Inger gesprochen und weitere Fakten über die Ereignisse auf Island herausgefunden. Jetzt würde er vermutlich niemals die Wahrheit erfahren. Schlimmer aber war, dass er nicht wusste, ob es Elise gut ging.

Dieser widerwärtige Mann hatte behauptet, dass er ihr jederzeit ein Leid zufügen könnte. Wer sagte denn, dass er das nicht trotzdem tat, obwohl Herman nachgegeben und die Stadt verlassen hatte? Er hatte versucht, Elise zu schützen, doch je länger er darüber nachdachte, beschlich ihn mehr und mehr der schlimme Verdacht, einen Fehler begangen zu haben, denn von London aus konnte er ihr bestimmt nicht helfen. Er seufzte, als sich die Ungewissheit schmerzhaft in seine Eingeweide fraß. Er musste sich damit abfinden, dass die Frau seines Herzens unerreichbar für ihn war, und das mehr als nur geografisch gesehen. Erst jetzt wurde ihm bewusst, dass er ihr Wohl binnen eines Herzschlages vor das seiner eigenen Familie gestellt hatte.

Doch es gab für ihn hier in London reichlich zu tun. Wenn Elise recht behielt, dann musste er mehr über Raymond Oxbow und seine einflussreichen Freunde herausfinden. Er hatte noch nicht den richtigen Moment gefunden, Oxbow ein weiteres Mal zu Island zu befragen, doch er nahm es sich fest vor. Ray wusste mehr, als er zugab, so viel war sicher. Außerdem würde er sich darauf konzentrieren, am Stalhof mehr zu den Hintergründen zu erfahren. Immerhin hatte er dort vor einigen Monaten die Neuigkeit über die Zeugin aus Island erhalten, die nach Lübeck gebracht werden sollte.

Herman wollte die Kemenate des Vaters gerade verlassen, da öffnete sich die Tür, und Anne kam mit einem Brett in der Hand herein, auf dem eine Kerze, Essgeschirr und ein kleiner Krug standen. Sie trug ein relativ schlichtes Kleid in Grün, auch wenn es schmuckvoller und gepflegter wirkte als das der Mutter, denn Anne besaß weniger üppige Kurven, die den Stoff nicht dehnten, und gab auf ihre Dinge besser acht. Offenbar hatte sie ein, zwei hübsche Kleider zurückbehalten, die nicht mit dem Rest der Habe beschlagnahmt oder später verkauft worden waren, um die Familie zu ernähren.

Anne war eine wunderschöne Frau, wie Herman wieder feststellte. Ihr braunes Haar rahmte das blasse Gesicht und fiel locker über die Schultern. Grüne Augen unter feinen Brauen blickten aufmerksam zwischen Herman und seinem Vater hin und her, dann lächelte sie und erhellte den Raum damit mehr, als selbst die Kerze es vermochte. »Herman«, grüßte sie und nickte ehrerbietig. Ihr Blick streifte ihn dabei wie immer scheu.

»Anne«, erwiderte er. Er nahm ihr das schwere Brett ab. Ihr Haar erfüllte den Raum mit dem Duft nach Jasmin.

»Vater Jonathan, Ihr müsst etwas essen. Ich habe hier ein Süppchen, das Euch die müden Beine munter machen wird, und zwei Kanten Brot. Und dann werde ich Euch aus diesem Bett scheuchen, koste es mich den rechten Arm. So kann das nicht weitergehen.«

Verblüfft beobachtete Herman, wie der Vater sich von Anne aufhelfen und das Brett mit dem Essen auf dem Schoß platzieren ließ. Dabei ging mit dem Gesicht des Alten eine plötzliche Veränderung vor: Die tiefen Falten, die das sorgenreiche letzte Jahr an Lidern, Mund und Nase hinterlassen hatte, glätteten sich, die vielfach gerunzelte Stirn entspannte sich, und ein weicher Zug legte sich auf seinen sonst verkrampften Mund. Herman meinte sogar, ein Funkeln in seinen Augen zu entdecken.

Anne setzte sich neben Jonathan Wanmate auf das Lager und schwatzte fröhlich vor sich hin, ohne seine üble Laune auch nur zur Kenntnis zu nehmen. Nein, korrigierte sich der Sohn. Seit Anne den Raum betreten hatte, war die Laune des Vaters nicht mehr schlecht. Im Gegenteil schien mit ihr die Sonne in den kleinen Raum Einzug gehalten zu haben. Brummelnd zwar, aber doch unmissverständlich freundlich begann Jonathan Wanmate, seine Suppe zu löffeln und mit den Zähnen, die ihm das Alter gelassen hatte, auf dem Brot herumzukauen.

Als die junge Frau kurz zu Herman herüberblickte, schenkte er ihr ein kleines dankbares Lächeln. Auch bei ihr kräuselten sich die Mundwinkel und sie blinzelte – oder hatte sie ihm zugezwinkert? Herman war sich nicht sicher. Zögernd verließ er die Kemenate, da Anne ohnehin alles gut im Griff hatte. Halb bewundernd, halb neidisch fragte er sich, wie sie sich eine so beständige gute Laune bewahren konnte. Stevens Tod und die Ungnade des Königs mit der Enteignung hatten auch sie völlig verarmt und ohne Zukunft zurückgelassen. Und trotzdem ließ sie sich im Gegensatz zu den Eltern dieses Schicksal nicht vollends aufs Gemüt schlagen.

»Hat er etwas gegessen?«, fragte die Mutter in der Stube. Sie schenkte am Herd eine weitere Schale Suppe ein und reichte sie Herman.

»Annes Ansturm war erfolgreich«, erwiderte er und griff sich einen Holzlöffel. Die kalte Suppe bestand aus Rüben und gequollenem Weizen und ließ Kräuter, Salz und Pfeffer größtenteils vermissen, da die Mutter sparte. Er wollte den Eltern nichts wegessen, denn die Mutter bewahrte das Geld, das er ihr gab, streng auf, doch wenn er nichts aß, beleidigte er sie. Und sein Magen beschwerte sich nicht, denn er war hungrig.

»Wenigstens etwas, wozu das Mädchen gut ist«, stieß Margaret aus, als sie sich mit einer eigenen Schale gegenüber auf die Bank fallen ließ. »Wir hätten sie niemals aufnehmen sollen.«

Herman sah erstaunt auf. Natürlich war es ihm kein Geheimnis geblieben, dass das Verhältnis zwischen Mutter und der verhinderten Schwiegertochter gespannt war. Doch die Bitterkeit, die in diesem kurzen Satz mitgeschwungen hatte, überraschte ihn. »Frau Mutter?«

»Ach, schau mich nicht so an, Herman. Diese Frau hatte meinen Sohn gar nicht verdient. Anstatt unsere Familie weiterzubringen, indem er die Tochter eines wohlhabenden Kaufmannes heiratet, hat er sich von ihr das Herz stehlen lassen. Ich habe ihn bekniet, das Versprechen zu lösen. Aber dein Bruder war ja immer so verstockt wie dein Vater.«

In Herman regte sich Widerspruch. »Mutter, das ist nicht gerecht. Anne ist die Einzige in diesem Haushalt, die sich nicht von ihrem Schicksal unterkriegen lässt. Ohne sie würde Vater vermutlich aus lauter Selbstmitleid den Hungertod sterben.«

»Hah!«, machte die Mutter abfällig. »Fang mir nicht damit an, was sie mit deinem Vater macht. Gestern hat er nach ihrem Besuch gesummt, Herman. *Gesummt!*«

Er ließ den Löffel vor Verblüffung bewegungslos vor dem offenen Mund schweben. Dann setzte er ihn ab. »Frau Mutter? Seid Ihr *eifersüchtig* auf Anne?«

»Schau sie dir doch an! So wie sie die Männer umgarnt! Und dich hat sie auch bereits um den Finger gewickelt!«

»Frau Mutter, das hat sie nicht verdient!«, protestierte er. »Sie kocht für uns, sie hält den Vater bei Laune, sie macht sogar die Marktgänge für Euch. Und Ihr zahlt es Ihr damit heim, dass Ihr hinter ihrem Rücken schlecht redet? Wie könnt Ihr so ungerecht sein?«

»Sie kann froh sein, dass wir sie nach Stevens Tod überhaupt aufgenommen haben«, beschwerte sich die Mutter. »Immerhin können wir kaum für uns selbst sorgen. Und natürlich versucht sie da, sich nützlich zu machen. Wenn sie es nicht täte, würden wir sie verstoßen, so einfach ist das.«

»Mutter! Steven hat Anne geliebt! So sehr, dass …« Herman beendete den Satz nicht. Wenn er an seine Gefühle für Elise dachte, wurde ihm bewusst, wie stark Stevens Liebe zu Anne gewesen sein musste und in welcher Sorge um ihr Wohlergehen er sie zurückgelassen hatte. Das Versprechen, das Herman dem Bruder gegeben hatte, gewann mit einem Mal eine völlig neue Bedeutung. Wenn er umgekehrt Steven abverlangt hätte, für Elises Zukunft zu sorgen, und der hätte sich nicht daran gehalten … Der Gedanke war unerträglich.

»So sehr, dass was? Dass er wollen würde, dass wir sie durchfüttern, komme, was wolle? Ich glaube kaum«, sagte die Mutter ärgerlich. »Nicht, wenn er wüsste, wie es um uns steht, jetzt, da er nicht mehr da ist und der König uns arm gemacht hat. Und du … Du dienst dem Stalhof statt der Familie.«

Herman konnte keine Geduld mehr für diese Unterredung aufbringen. »Mutter, lass uns nicht darüber reden. Ich diene der Hanse, weil sie für etwas Größeres steht. Dafür, dass die Grenzen von Königreichen keine Gültigkeit mehr haben. Dass man nicht abhängig von der Willkür eines Fürsten ist.«

Margaret Wanmate winkte schwach ab. »Lass uns nicht streiten.« Doch ihr Gesicht verriet, wie wenig sie von diesem Glauben hielt.

Herman kaute missmutig auf einem Bissen herum, dann schob er die Holzschale von sich und stand auf. »Ich habe keinen Hunger mehr, Frau Mutter.« Er griff sich seinen Umhang von einem Wandhaken, stieß die Tür auf und floh hinaus in das Gewitter. Dort draußen war im Augenblick eine deutlich bessere Luft als im Inneren des Hauses, und er musste über viele Dinge nachdenken.

Herman war zwei Stunden lang ziellos durch die Stadt gewandert. Der Regen war ihm bis auf die Knochen gedrungen, und obwohl er versucht hatte, sich mit einem strammen Schritt warm zu halten, fror er doch und war froh, die Tür des kleinen Holzhauses vor der alten Stadtmauer wieder hinter sich schließen zu können. Er fand die Familie sowie den alten, treuen und inzwischen beinahe zahnlosen Knecht Waldo in der Stube am Tisch vor. Zu seiner Überraschung war Besuch anwesend, was in den letzten Monaten selten genug vorkam. Dabei handelte es sich ausgerechnet um Raymond Oxbow, der mit dem Vater sprach – vermutlich hatte das den alten Mann endlich aus der Kemenate bewegen können. Herman wappnete sich gegen den jungen Mann, denn irgendwie war er in den Tod des Bruders verwickelt. Längst wartete er auf eine Gelegenheit, den *Freund* endlich auszuhorchen. Dieser Augenblick aber war so ungünstig wie kein anderer.

»Herman? Gut, dass du zurück bist. Ich habe mir Sorgen gemacht, als du einfach so davongestapft bist! Komm raus aus den nassen Kleidern, du holst dir ja den Tod!« Die Mutter sandte den alten Waldo, um ihm aus dem Umhang zu helfen, doch Herman winkte ab. Erst wollte er die Angelegenheit hinter sich bringen, über die er in den letzten beiden Stunden nachgedacht hatte.

»Raymond!« Er zwang sich, zur Begrüßung freundlich zu nicken. »Geht es dir gut?«

Der deutlich breiter gebaute Mann erwiderte den Gruß. »Alles in bester Ordnung!«, verkündete er wie üblich mit einer Stimme, die man bestimmt noch zwei Häuser weiter vernehmen konnte. Obwohl nur wenige Jahre älter als Herman, besaß er kaum noch Haare auf dem Kopf. Dazu hatte er sich einen dichten dunklen Bart stehen lassen. Er besaß die Oberarme und Schultern eines Hafenarbeiters. Das eng sitzende dunkelgrüne Samtwams mit hochgeschlossenem Kragen und Pelzbesatz verstärkte diesen Eindruck noch und wirkte an ihm völlig deplatziert.

»Mutter, Vater, Anne – ich habe etwas mit Euch zu besprechen.«

»Soll ich euch allein lassen?«, fragte Raymond und wies mit dem Daumen auf die Tür. »Ich bin nur gekommen, um mich nach dem Wohlergehen deines Herrn Vater zu erkundigen.«

Herman zögerte. »Nein, Ray, bleib«, entschloss er sich dann. Vielleicht gelang es ihm ja, später, wenn er sein Anliegen vorgebracht hätte, noch ein Gespräch mit Ray zu führen.

»Ich habe Steven vor seiner Abfahrt nach Island ein Versprechen gegeben. Es ist inzwischen mehr als ein Jahr her, und ich habe versäumt, es einzulösen.«

»Was für ein Versprechen?«, fragte der Vater ungewöhnlich interessiert, wie bei allem, was mit seinem Lieblingssohn zu tun hatte.

»Ich musste ihm versprechen, für den Fall, dass er nicht von der Fahrt zurückkehren würde, für Annes Zukunft zu sorgen.«

»Herman, was willst du …«, begann die Mutter, doch er sprach weiter. Seine Worte überschlugen sich dabei beinahe, denn er wollte sie so schnell wie möglich herausbringen. Wenn er sie jetzt nicht sagte, dann würde er es nie mehr tun. Doch seine Liebe – ja Liebe – zu Elise hatte ihm aufgezeigt, dass er das seinem Bruder gegebene Versprechen halten musste, komme, was wolle. Dies war der einzige Weg, Steven die letzte Ehre zu erweisen und Frieden mit ihm zu schließen. »Ich habe eine Weile gebraucht, um zu verstehen, was Steven mir damit sagen wollte. Aber die Ereignisse der letzten Wochen haben mir gezeigt, wie recht er mit seiner Bitte hatte, und wie recht ihr alle mit euren Worten gehabt habt. Ja, Frau Mutter, die Familie muss zusammenstehen, um in diesen Zeiten zu überleben. Daher habe ich mich entschlossen, mein Versprechen einzulösen.« Er wandte sich Anne zu. »Meine liebe Freundin, die Ihr meine Schwägerin hättet werden sollen. Ich bin ein einfacher Mann, doch was ich besitze, möchte ich mit Euch teilen, damit für Euch gesorgt ist. Ich liebte meinen Bruder, und er liebte Euch. Mit der Zeit werden auch wir einander lieben können, davon bin ich fest überzeugt. Daher bitte ich Euch, reicht mir die Hand zum Bund vor Gott.«

Seinem Redeschwall folgte Totenstille, in der man das Prasseln des Regens auf dem Holzdach für das Rauschen eines kleinen Flüsschens hätte halten können. Er blickte in die Gesichter seiner Eltern, die ihn mit unterschiedlichen Abstufungen des Entsetzens anstarrten, die Mutter vermutlich, weil sie Anne verabscheute, der Vater in einer Mischung aus Neid und Misstrauen. Ray war die Kinnlade heruntergefallen.

Anne selbst wirkte ähnlich entgeistert und unterstellte ihm wohl in den ersten Augenblicken einen üblen Scherz auf ihre Kosten. Als sie merkte, dass es ihm ernst war, schloss sie den Mund und senkte den Blick. »Wollt Ihr gar nichts sagen, Anne?«, fragte Herman. Ihm fehlte die Erfahrung mit Heiratsanträgen.

»Ich – doch, Schwager Herman«, begann sie stotternd. »Ich … ich fühle mich zutiefst geehrt durch Euren Antrag. Ich weiß aber nicht, ob ich so viel Mitgefühl und Sorge Eurerseits wirklich verdient habe …«

»Hah!«, unterbrach die Mutter sie. »Ganz recht. Herman, du …«

»Mutter, Ihr habt Anne unterbrochen.« Zu seinem Erstaunen brachte er sie tatsächlich zum Schweigen.

Anne schenkte ihm ein kleines Lächeln, das jedoch gleich wieder verschwand, als die Stille ihr Raum für eine Antwort gab. »Ich fühle mich gesegnet, dass Steven einen so treuen Bruder besitzt. Doch haltet Ihr es für angemessen, dass ich so schnell nach seinem Tod einem anderen Mann die Ehe verspreche? Werden die Leute sich nicht den Mund darüber zerreißen, warum Steven nicht heimgekehrt ist?«

»Raymond hier kann bezeugen, dass Steven gestorben ist, als der Aufstand in Island stattfand, nicht wahr?«

Oxbow senkte schnell den Blick und nickte. »Natürlich kann ich das, was ich den Männern des Königs gesagt habe, noch mal sagen. Steven ist bei der Schlägerei gestorben, als sie ihre blutigste Wende genommen hatte. Aber ist das von Nutzen?«

»Es beweist, dass ich nichts damit zu tun hatte. So sind uns die unglücklichen Umstände seines Todes in diesem Falle eine Hilfe.«

»Schwiegerleute dürfen einander nicht ehelichen«, meinte der Freund. »Immerhin war Anne deinem Bruder versprochen.«

»Sie waren nicht verheiratet, also sind wir nicht verschwägert«, hielt Herman dagegen. »Besonders, da nie eine eheliche Vereinigung stattgefunden hat. Nicht wahr, Anne?«

»Natürlich nicht!«, stieß die Maid aus und senkte errötend den Blick. Sie legte die Hände im Schoß zusammen und rieb mit einem Daumen über den Rücken der anderen Hand.

»Ihr seht, wir sind nicht miteinander verschwägert. Also sollte niemand ein Wort dagegen erheben können.«

»Und es ist ein bisschen früh«, grollte Jonathan Wanmate. »Ray hat recht. Fleischlichkeit hin oder her – wenn du die verhinderte Witwe deines Bruders heiratest, werden die Leute reden. Und überhaupt …«

»Die Leute reden sowieso über uns«, unterbrach ihn Herman. »Vater, der König hat Euch um das Kontor, die Waren und die Schiffe gebracht, weil das Recht der Krone gebrochen wurde. Die Gilde der Kaufleute hat uns verstoßen, und wir sind in der ganzen Gesellschaft nicht mehr wohlgelitten. Vermutlich werden wir für Jahre das Gespött der Kaufmannschaft sein. Selbst im Stalhof sehen sie mich schief an. Wie viel schlimmer soll es wohl noch werden?« Er schüttelte vehement den Kopf. »Nein, wir haben nur noch uns selbst. Und daher bin ich davon überzeugt, dass es das Beste ist, wenn wir uns vor Gott verbinden, Anne. Das schulde ich meinem Bruder. Was sagt Ihr?«

»Ich …«, sie studierte seinen Gesichtsausdruck für einen Moment, bevor sie ihm ein feines Lächeln schenkte. Sie reichte ihm die Hand. »Ihr seid ein guter und treuer Mann. Ich würde mich glücklich schätzen, mit Euch vor den Traualtar zu treten.«

Herman entließ seine Anspannung mit einem kleinen Seufzer. Er nahm Annes Hand und drückte die Finger leicht. »Vater, Mutter, es ist also beschlossene Sache. Ich nehme an, wir haben Euren Segen?«

Während sich die Lippen der Mutter zu einem schmalen Strich zusammenpressten, nickte der Vater und murmelte: »Natürlich hast du meinen Segen, mein Junge. Ich bin der Letzte, der dir diese Verantwortung ausreden will. Doch im November jährt sich der Tag, an dem Steven und Anne hätten heiraten sollen. Den wollen wir verstreichen lassen. Sonst kommen die Leute wirklich noch auf den Gedanken, dass es da bereits vorher eine … Verbindung gab.«

»So soll es sein«, schloss Herman.

»Meinen Glückwunsch.« Raymond stand auf und klopfte ihm kurz auf die Schulter. »Ich muss sagen, ich bin sehr überrascht. Als ich heute hergekommen bin, habe ich nicht erwartet, Zeuge eines Verlöbnisses zu werden.«

»Danke, Ray. Ich war auch überrascht, aber ich freue mich, dass du dabei warst. Du hast Steven viel bedeutet, und du warst in seinen letzten Stunden bei ihm. Er hätte es so gewollt.« Er lauerte auf die Reaktion des anderen, doch er konnte in Raymonds Gesicht nicht lesen.

»Ich bin auch froh darüber. Du hast vermutlich recht – wenn Steven und Anne das Eheversprechen nie fleischlich bestätigt haben, dann kann niemand etwas gegen eure Verbindung sagen.« Der breite Mann mit der Glatze grinste Herman linkisch an. »Aber du hast dir da ein zauberhaftes Weib ausgesucht, wenn ich das so sagen darf.«

Herman warf Anne einen freundlichen Blick zu. »Darfst du, Ray.« Ja, sie war zauberhaft. Er fühlte zu ihr nicht dieselbe Verbindung wie zu Elise, doch das war vielleicht auch gut so. Allzu viel Liebe in einer Ehe war ebenso unnatürlich wie zu wenig, sagten die Priester.

Jetzt entzog Anne ihm die Hand, erhob sich und machte einen kleinen Knicks. »Ich … ich bin sehr müde von der Aufregung. Darf ich mich entfernen?«

Erstaunt stellte Herman fest, dass die Frage nicht wie sonst dem Vater gegolten hatte, sondern ihm. »Natürlich.« Anne schenkte ihm ein Lächeln, dann stieg sie die Treppe unter das Dach hinauf.

»Ich mach mich auch auf. Ihr werdet ein bisschen in der Familie feiern wollen.« Raymond griff sich seinen nassen Umhang und verabschiedete sich. Herman versuchte, ihn zum Bleiben zu bewegen, doch es half nichts.

»Narr«, stieß die Mutter hervor, sobald sich die Tür hinter Oxbow geschlossen hatte. Dann erhob sie sich mühselig, straffte die Schals um ihre Schultern und zog sich in die Kemenate zurück, als handele es sich um ein königliches Gemach.

»Frauen«, murmelte der Vater. Er klopfte Herman auf die Schulter. »Ich hätt's auch gemacht, wenn nicht …«, er deutete mit dem Kopf in Richtung der Kemenate und folgte seiner Frau dann eilig hinein.

Herman schaute Waldo an und erwartete halb, dass auch

der Knecht sich unter einem Vorwand entschuldigen würde, doch der hing mit dem Kinn über seinem Suppentopf und schenkte ihm keine Beachtung.

Herman stellte sich ans Fenster. Der Regen fiel inzwischen nur noch sanft, das Gewitter war verklungen. Die Luft draußen roch frisch und rein. Er rekapitulierte die letzten Augenblicke, doch er war sicher, die richtige Entscheidung getroffen zu haben. Vielleicht würde es schwierig werden, einen Dispens für den Eheschluss zu erlangen. Doch er musste es versuchen, so viel schuldete er Steven.

Trotz bester Absicht konnte er nicht verhindern, dass seine Gedanken wieder zu Elise wanderten, die, das wusste er, immer einen besonderen Platz in seinem Herzen innehaben würde. Ihr Gesicht stand ihm so deutlich vor Augen, dass er es aus dem Gedächtnis hätte malen können. Eine Spur von Bedauern überkam ihn, doch er maßregelte sich. Elise war fern und unerreichbar. Der Antrag an Anne war, so merkwürdig es ihm auch vorkam, die einzige Weise, wie er die Liebe zu Elise respektieren konnte, nachdem er sie mit seiner Abreise aus Lübeck verworfen hatte.

Plötzlich stellte Herman sich kerzengerade auf. Was hatte Raymond gesagt, als sie über die Ereignisse auf Island gesprochen hatten? Steven sei bei der Schlägerei getötet worden, als sie ihre blutigste Wende genommen hatte. Woher konnte der Freund das wissen? Er hatte behauptet, nicht dabei gewesen zu sein, als die Engländer und Isländer aufeinander losgegangen waren. Angeblich war er erst mit Steven hinzugekommen und hatte versucht, ihn davon abzuhalten, in das Gebäude des Gouverneurs zu laufen. Oder war das mit der »blutigsten Wende« nur eine Formulierung gewesen? Doch so hatte es den Worten des Freundes nach nicht geklungen.

Hermans Herz schlug schneller, denn Elise hatte recht behalten. Oxbow wusste mehr, als er bislang zugegeben hatte. Vielleicht war der Freund tatsächlich der wahre Schuldige. Doch dafür musste er Beweise finden, sonst würde ihm niemand zuhören, wenn er versuchte, den Namen seines Bruders und seiner Familie reinzuwaschen. Und er musste herausfinden, wer Oxbows Hintermänner waren.

Kapitel 10

London, am frühen Morgen des zwanzigsten Juli 1468

Die Ansicht von London im rosafarbenen und hellblauen Morgenlicht erwies sich als atemberaubend. Trotzdem war Elise froh, dass die Reise endlich ein Ende hatte. Wenige Hanseschiffe wagten sich im Augenblick in einen englischen Hafen, da sie um ihre Ladung oder gar ihre Schiffe fürchten mussten. Elise und Klüver waren nach Hamburg gefahren und hatten dort quälende Tage auf ein Schiff gewartet, das nach Brügge fuhr. Der Einfluss des Kölners hatte sie schließlich dorthin gebracht. Die Reise selbst hatte nur ein paar Tage gedauert, doch dort angekommen, hatten sie wiederum eine weitere Woche vergeblich nach einem Schiff gen London Ausschau gehalten, bevor Elise der Geduldsfaden gerissen war: Sie hatte selbst ein Schiff gekauft. Der gütige Anton Klüver hatte als Vormund ihres Sohnes für die Summe gebürgt. Nur ungern zwar, denn die »Sankt Severin« war alt und gebrechlich, doch auch er hatte eingesehen, dass man anders kaum hinüber nach London gelangen würde. »Trotzdem, es ist rausgeworfenes Geld, mein Kind«, hatte er gesagt, während sie kritisch die sich in dem niedrigen Laderaum stapelnden Fässer mit der Ladeliste verglichen hatten. »Der Kölner Wein in den Fässern ist aus dem letzten Jahr. So ungern ich das sage, aber Ihr werdet damit kaum einen Gewinn einfahren.«

»Ich dachte, den rheinischen Wein wird man immer los?«, hatte Elise enttäuscht gefragt.

»Nicht, wenn er aus dem Vorjahr ist. So etwas will doch niemand mehr trinken, auch wenn die Ernte dieses Jahr schlecht sein wird. Du wirst kaum das dafür bekommen, was du bezahlt hast.«

Doch Elise hatte den Kauf nicht bedauert. »Und wenn die ›Sankt Severin‹ mit faulen Strohgarben beladen wäre, ich hätte sie auch gekauft. Es geht mir nicht um die Ladung, sondern um die Beförderung.« Und damit hatte sie dem Kontor Hinrich Lipperades vermutlich den größten Verlust der letzten Jahre beschert. Wenn sie – Gott bewahre – ohne ihn nach Lübeck zurückkehren würde, wäre diese Entscheidung ein gefundenes Fressen für Johann Northoff, der damit beweisen könnte, was für ein schlechtes Händchen Elise in Bezug auf die Geschäfte hatte.

Die »Sankt Severin« knarrte bei starkem Seegang bedenklich, erwies sich jedoch stabiler als befürchtet. Die Fahrt nach London unter dem kleinen und krummen Kapitän Verhaagen hatte man schon eher in Stunden als in Tagen zählen können. Mit den unfreiwilligen Pausen hatte die Reise insgesamt aber so lange gedauert, dass sich nun, da sie die englische Metropole endlich erreichten, der Juli bereits seinem Ende zuneigte.

Bislang hatte Elise dem Augenblick der Ankunft entgegengefiebert, doch jetzt, da er bevorstand, ergriff eine merkwürdige Beklemmung Besitz von ihr. Auf der Fahrt war ihr nicht schwergefallen, den Glauben daran aufrechtzuerhalten, dass Hinrich Lipperade noch am Leben war. Doch bald würde das Hoffen ein Ende haben, und sie musste der Wahrheit ins Gesicht sehen, wie auch immer diese aussehen mochte.

Elise blinzelte in die frühen Sonnenstrahlen. Die Ansicht der Stadt ließ sie die Mühen der Reise vor Staunen beinahe vergessen. Besonders der gewaltige Weiße Turm, der den Eingang der Stadt bewachte und dessen vier Spitzen die Mauern bei Weitem überragten, hatte es Elise angetan. Klüver hatte ihr erklärt, dass in der Festung, die nun als Gefängnis diente, früher Könige gewohnt hatten.

Der Holk »Sankt Severin« steuerte an dem Turm vorbei auf eine gewaltige Brücke zu, die sich über den Fluss spannte. Die Brücke war breit und mit mehrstöckigen Häusern bebaut, die sich wie in einem Straßenzug über die ganze Länge von einem Ufer zum anderen erstreckten. Es waren so viele, dass ganze Ortschaften kleiner als diese Siedlung über der Themse sein mussten.

Auch der Rest der Metropole wirkte riesig. Elise konnte natürlich nicht alles überblicken, doch was sie sah, wirkte mindestens doppelt so groß wie Lübeck, selbst immerhin eine der größten Städte der Hanse. Und Meister Klüver hatte ihr versichert, dass das nicht alles war, ganz in der Nähe, um eine Flussbiegung herum, läge der schöne Ort Westminster, der rund um den Königspalast gebaut worden war. London war bestimmt die größte Stadt, die Elise je gesehen hatte – vielleicht die größte Stadt der Welt.

Anstatt auf einen der vielen Bögen zuzuhalten, die unter den Pfeilern der Brücke hindurchführten, näherte sich die »Sankt Severin« mit der Morgenflut dem Kai von Billingsgate. »Die Durchfahrt ist zu gefährlich«, erklärte Klüver ihr bereitwillig. »Die Strömung zwischen den Brückenpfeilern ist so stark, dass viele Boote an den Steinen zerschellen. Nicht, dass ein Holk in einen Strudel geraten kann, aber Unfälle passieren trotzdem manchmal. Es ist sicherer so.«

Sie beobachteten, an der Reling stehend, wie das unter Kölner Flagge fahrende Schiff auf den Steg zusteuerte. Offenbar trug die Flut des offenen Meeres die »Sankt Severin« bis zur Stadt, denn die niederländischen Seeleute nahmen einen Großteil der Leinwände aus den Segeln. Die Fahrt verlangsamte sich, doch nicht so sehr, dass der Steuermann sie nicht leichten Schwungs in den Hafenbereich bringen konnte.

Elise erinnerte diese Ankunft an den Aufbruch in Lübeck – und den Abschied von der kleinen Ursula. Als die Zofe sich nach dem ernsten Gespräch tagelang nicht im Haus der Lipperades hatte sehen lassen, hatte Elise Gertraut mitgeteilt, dass diese nicht mehr im Haushalt arbeiten würde. Doch eines Morgens hatte sie vor der Tür gestanden und Elise mit tränengeröteten Augen um Vergebung gebeten und ihr die Hand geküsst. Dann hatte sie ihr mitgeteilt, dass sie nicht bei ihr bleiben würde, weil der Herr Northoff es nicht guthieße.

Elise hatte sie beschworen, nicht zu gehen. »Der Herr Northoff will dir nichts Gutes, Urselken«, hatte sie gesagt. »Diese Sorte Männer nutzen tugendhafte Frauen nur aus.«

Die Antwort war von einem leeren Blick begleitet worden. »Nur dass ich keine tugendhafte Frau mehr bin, Frau Elise. Und deshalb kann ich auch nicht bei Euch bleiben.« Das junge Mädchen von gerade einmal vierzehn Jahren hatte tief Luft geholt, um sämtlichen Mut zusammenzunehmen, den es besaß. Dann hatte es sich umgedreht und war die Mengstraße hinunter zum Hafen gegangen.

Bis die ehemalige Zofe um die Häuserecke verschwunden war, hatte Elise hilflos auf der Schwelle gestanden. Anschließend war sie mit schwerem Herzen ins Haus zurückgekehrt und hatte versucht, sich auf die Bücher des Kontors zu konzentrieren, ohne dass es ihr so recht gelungen war.

Northoff hingegen hatte im Lager die Geschäfte weitergeführt. Wenn er vorbeigekommen war, um das Haushaltsbuch zu prüfen, hatte sie jedes Mal gezittert, ob er über den Gulden für die erdachte Reparatur der Tür stolperte. Derweilen hatte die junge Witwe den Anschein aufrechterhalten, dass sie tat, was er von ihr verlangte: ihm die Arbeit zu überlassen und sich schweigend um das Haus zu kümmern. Er war in seine alte schmierige Freundlichkeit zurückgefallen, doch das mochte auch daran liegen, dass Elise stets dafür Sorge getragen hatte, niemals mit ihm allein zu sein.

Der Aufbruch aus Lübeck war wenige Tage später in aller Heimlichkeit und Herrgottsfrühe geschehen. Anton Klüver hatte Elise spät in der Nacht über Plissen die Botschaft gesandt, sich noch vor Tagesanbruch bereitzuhalten. Die junge Witwe hatte nicht genau verstanden, warum der Sekretär ihnen geholfen hatte – ob aus Nächstenliebe oder weil er bezahlt wurde. Sie hegte sogar den Verdacht, dass er vielleicht aus ganz anderen, eigenen Motiven handelte. Vielleicht erhoffte er sich, in den Rat aufgenommen zu werden oder sich einem der Bürgermeister anzubiedern – sie wusste es nicht. Da ihr nichts anderes übrig geblieben war, als ihm zu vertrauen, hatte sie mit ihrem Gepäck bereitgestanden und war ihm gefolgt, als er sie durch die dunklen Gassen Lübecks hinunter zum Hafen geführt hatte. Plissen war es auch gewesen, der ihr mitgeteilt hatte, dass der Dolch, von dem Inger gesprochen hatte, spurlos verschwunden war. Damit war das letzte Beweisstück für Oxbows Schuld verloren.

Als eine Möwe schrie, schreckte Elise aus ihren Erinnerungen auf. Am Kai von Billingsgate herrschte eine rege Betriebsamkeit. Selbst im Lübecker Hafen sah man nur so viel Leben wie hier, wenn etliche Fernhandelsschiffe gleichzeitig entladen wurden. Kaum waren Elise und Anton Klüver von Bord gestiegen, wurden sie von Männern bedrängt. Aus dem Stimmengewirr hörte Elise heraus, dass ihnen jeder eine Fahrt in die Stadt aufdrängen wollte. Sie lauschte den Verhandlungen ihres Begleiters nur mit halbem Ohr. Stattdessen löste sie sich aus dem Pulk und sah sich staunend um.

Große Kräne hievten die Fässer von einem Schiff, Schauerleute be- und entluden eine Unzahl an Lastkarren, Dirnen gewährten Einblicke in ihre Ausschnitte, und streunende Kinder und Hunde stritten sich um die ihnen zugeworfenen Brotkanten. Darüber segelten Möwen, die es auf die stinkenden Fischreste abgesehen hatten, die die Luft mit ihrem Gestank anreicherten. Dazu mischten sich die Gerüche von Straßendreck und Schweiß.

Geduldig wartete Elise, bis die Formalitäten erledigt waren. Formalitäten hieß in diesem Fall, dass der örtliche Hafenmeister, der die Ankunft aller Schiffe überwachte, mit einem Säcklein Gold überzeugt wurde, nicht näher nachzuhaken, wer der Eigner des Schiffes war und warum es unter Kölner Flagge fuhr. Klüver hatte ihr erklärt, dass Graf Warwick, der Kanzler des Königs, den man wegen seiner Macht den »Königsmacher« nannte, seine Augen und Ohren überall hatte. Offenbar wollte der Kölner nicht, dass ihre Ankunft direkt bei Hofe ruchbar wurde.

Endlich führte Anton Klüver Elise mit einem Fahrer zu einem Karren, der mit einfachen Bänken ausgestattet war. In Gesellschaft weiterer Passagiere warteten sie, bis auch das Gepäck gebracht wurde, dann zuckelten sie los.

»The Three Craines?«, nuschelte der Mann, der auf dem Bock saß und die schweren Kaltblüter in Gang brachte.

»Nein«, erwiderte Klüver auf Englisch. »Stiliard.«

Elise ergriff eine merkwürdige Angespanntheit, als er den Stalhof erwähnte. Von dem berühmten Hof der Kölner und Lübecker Hanse hatte sie schon so viel gehört. Und dort würde sie endlich Klarheit über das Schicksal von Hinrich Lipperade erhalten – zumindest hoffte sie das inniglich.

Der Fuhrmann verzog das Gesicht und spie vor ihnen aus, als er das Ziel vernahm. »Mann, beherrsch dich«, wies Klüver ihn an, sodass er sich darauf beschränkte, sie zu ignorieren. Elise zog ein wenig den Kopf zwischen die Schultern. Wenn bereits die einfachen Leute so ihre Meinung kundtaten, war die Hanse hier wirklich nicht wohlgelitten.

Der Hafen am Billingsgate ging fließend in einen riesigen Markt über, auf dem die Karren nur langsam vorankamen. »Wenn wir einmal auf der Thames Strete sind, haben wir nur noch ein paar Blocks vor uns«, brummte Anton Klüver. Doch Elise hatte es nicht eilig, schließlich gab es so viel zu sehen. Die Gebäude aus Fachwerk gingen langsam in fest gemauerte Steingebäude über. Sie waren hoch, viel höher als die meisten Häuser in Lübeck. Bei manchen zählte sie sogar fünf vollständig ausgebaute Geschosse.

Klüver behielt recht – einmal über den Markt hinweg, dauerte es gar nicht lange, bis sie an ihrem Ziel angelangt waren. Der Fuhrmann warf ihr Gepäck mehr auf die Straße, als dass er es trug, und als er sein Geld erhalten hatte, machte er sich mit den restlichen Mitreisenden davon, ohne zu grüßen.

Elise stand vor einem großen Steingebäude mit drei runden Toren, über denen lateinische Inschriften eingemeißelt waren. Das mittlere Tor war deutlich größer als die beiden äußeren und erlaubte den Blick in einen Hof mit weiteren Häusern. Die Fenster, die zur Thames Strete wiesen, waren winzig und erweckten den Eindruck einer Festung. Wollte man sich nur gegen Diebe schützen oder sich auch gegen Bewaffnete verteidigen können? Über den Dächern ragte ein riesiger Lastkran auf, dessen Spitze sich langsam, beinahe schläfrig bewegte. Offenbar wurde ein Schiff be- oder entladen.

Die junge Frau wartete beim Gepäck, bis Anton Klüver mit einigen Männern zurückkehrte. Die Blicke, die diese ihr zuwarfen, spiegelten eine Mischung aus Anzüglichkeit und Abschätzigkeit wider, die Elise irritierte. Als sie endlich durch die Durchfahrt trat, stellte sich der Stalhof als riesiges und unübersichtliches Gelände heraus. Große Hallen aus Stein verstärkten den ersten Eindruck, dazwischen verlor man über kleinen Wohnbuden aus Fachwerk, Verkaufsständen mit Eisen, Korn, flandrischen Tuchen und Weinfässern aus dem Rheintal leicht die Orientierung. Elise erblickte sogar einen Garten mit Gemüse; weiter hinten hörte sie das Hämmern und Sägen, das man aus Werften kannte. Waren wurden über Flaschenzüge in die großen Lagerhallen gehievt, vor denen sehr zum Unmut der schimpfenden Lastenträger ein paar Jungen ein Ballspiel angefangen hatten. In der Mitte des ersten und zentralen Hofes stand ein hohes Gestell, das sie erst für einen Galgen hielt, bis sie die Glocke entdeckte, die an dem Arm baumelte. Insgesamt war das Gelände so groß wie in anderen Städten ein ganzes Viertel. Was Elise nicht sah, waren Frauen. Sie fragte Klüver, was es damit auf sich hatte.

»Nicht viele Frauen haben Zutritt zum Stalhof. Ein verheirateter Händler oder Sekretär muss mit seiner Familie außerhalb wohnen, und den Burschen ist es bei Geldstrafe verboten, Dirnen mitzubringen.« Er warf ihr einen pikierten Seitenblick zu. »Das hält sie allerdings nicht immer ab. Ich sag's nur, damit Ihr Euch nicht wundert, wenn sich jemand danebenbenimmt.«

»Und wie ist das mit Töchtern?«, fragte sie.

»Töchter werden in den Bestimmungen nicht erwähnt, weil die verheirateten Männer den Stalhof ja verlassen müssen.

Man wird Euch nicht gerne dulden, aber man wird auch keine Handhabe besitzen, Euch vor die Tür zu setzen.«

»Na immerhin. Wo sind die Gemächer von Herrn Hinrich?«

»Dort entlang.« Klüver wies auf das große Steingebäude, das die Straßenfront bildete. »Die Kammern dort sind mit die besten.«

»Warum wohnt er nach all der Zeit immer noch hier, wenn man sich diesem Trubel entziehen kann? Er ist doch recht empfindlich, was Geräusche angeht.«

»Weil dieses Haus besser zu verteidigen ist als viele der privaten Wohnhäuser in London. Und man legt sich gleich mit allen Städtehansen an, wenn man versucht, hier einzudringen. Würde er in einem Privathaus wohnen, wäre er ungeschützt.«

Elises Nackenhaare stellten sich auf. Sie hatte also tatsächlich richtig geraten, dass die Anlage des Stalhofs auch der Verteidigung diente. Offenbar traute man der Londoner Bevölkerung – oder ihren Herren – nicht über den Weg.

Ein Mann hielt die beiden an. »Kann ich Euch weiterhelfen?« Er wirkte sympathisch, sah sehr gut aus und sprach ein weiches Englisch mit einem melodiösen Akzent, der schwer zuzuordnen war. Den Lübecker Kleidungsvorschriften nach würde eine Schaube wie die dunkelgrüne, die er trug, und die gleichfarbige Samtmütze ihn als einflussreichen Sekretär oder jungen Kaufmann kennzeichnen. Seine wachen Augen blickten intelligent, das braune Haar reichte ihm beinahe auf die Schultern. Elise mochte ihn sofort.

»Ah, Schenk!« Klüver klopfte dem überraschten Mann auf die Schulter. »Elise, dies ist Isayas Schenk, der Zweite Sekretär des Stalhofs. Er macht seine Aufgabe gut, wenn ich das so sagen darf.«

»Klüver, seid Ihr das? Ihr wart lange nicht mehr hier. Warum ausgerechnet jetzt?« Er merkte offenbar zu spät, dass diese Frage nicht sonderlich taktvoll gewesen war. »Ich meine, unter den aktuellen politischen Umständen …«

Klüver strich sich schmunzelnd den Bart. »Lass gut sein, Junge. Du hast ja recht. Dies«, er wies auf Elise, »ist die Witwe von Hinrich Lipperades Sohn. Sie hält in Lübeck seit Jahren die Stellung für den Alten.«

Elise errötete unter diesem Lob und hörte kaum, was Isayas Schenk zur Begrüßung zu sagen hatte. »Ich danke Euch, Herr«, sagte sie auf Englisch und beugte höflich das Haupt.

»Ihr sprecht die Landessprache!«, rief Schenk erfreut aus. »Und das sehr gut. Ich bin beeindruckt.«

»Meine Mutter«, erwiderte Elise und musste ob seiner Begeisterung unwillkürlich lächeln. »Sie stammte von hier. Aber soweit ich weiß, gibt es hier keine Familie mehr. Darf ich … darf ich nun bitte die Kammer des Herrn Hinrich sehen?«

»Aber natürlich, Maid Elouise!«, erwiderte Schenk und grinste breit. Dann wechselte er die Sprache. »Der alte Herr wird erfreut sein, Euch zu sehen!«

Sie blieb stehen und starrte ihn an. »Herr Hinrich ist hier?«

»Natürlich ist er hier. Er ist einer von zwei Äldermännern. Wo soll er denn sonst sein?«, fragte Schenk in mildem Erstaunen.

»Ich hatte befürchtet …«, sie beendete den Satz nicht.

»Sagt Eurem Herrn Schwiegervater, dass ich ihn später aufsuche. Northoff hat mir eine Botschaft des Stadtrates für Äldermann Gerhard von Wesel mitgegeben, was auch immer die Lübecker mit ihm zu schaffen haben mögen.«

Klüver verabschiedete sich und ging, sich umschauend, über den Hof.

Elise blickte ihm nachdenklich hinterher. Was für eine Botschaft mochte das wohl sein? Vielleicht hätte sie mit dem Oheim doch über Northoffs Intrigen sprechen sollen … Doch dann reichte Schenk ihr schon die Hand und führte sie aus der Durchfahrt links in einen Eingang. Dahinter führte eine steile Holztreppe hinauf in das obere Stockwerk. Da es keine Fenster gab, beleuchteten Laternen die Stufen. »Die Treppe führt direkt über die Gildenhalle. Dieses Gebäude wurde früher Aula Theutonicorum genannt«, erläuterte er dabei. »Ursprünglich begannen wohl die Kölner und andere Rheinländer, hier ihre Waren umzuschlagen. Seit rund zweihundert Jahren steht das Haus aber allen Hansen offen. Natürlich ist es nicht mehr das Gleiche, es ist erneuert und mehrfach umgebaut worden. Unten in der Halle finden die Mahlzeiten und die Versammlungen statt. Gelagert wird heute in den großen Speichern am Fluss.« Elise war dankbar für die kleine Fremdenführung, doch je höher sie stiegen, desto weniger konnte sie sich auf seine Worte konzentrieren, sondern beschleunigte unwillkürlich ihren Schritt.

Als sich endlich die Tür zur Kammer auftat, hielt Elise den Atem an. Und tatsächlich – dort stand Hinrich Lipperade an einem Stehpult, in der einen Hand einen Griffel, die andere am Tintenfass. Das weiße Haar hing ihm wie immer zerzaust vom Kopf, das Gesicht war eingefallen und von Falten zerfurcht. Die nachdenklichen grünen Augen unter den buschigen Brauen waren von tiefen Schatten gerahmt. Der alte Herr sah von seiner Arbeit auf und starrte sie sprachlos an, als hätte er ein Gespenst erblickt. Dann fuhren die Augenbrauen in die Höhe, und er schaffte es, zugleich die Stirn zu runzeln. »Elise, meine Liebe!«

Elise flog ihm um den Hals. »Ihr lebt!«

Er legte zaghaft den Arm um sie, als könnte er nicht fassen, dass sie hier war. »Natürlich lebe ich, Kindchen. Was redest du denn da? Und was um Gottes willen *machst* du hier?« Dabei sah er Schenk an, als könne der ihm auf diese Frage eine Antwort geben.

Elise atmete erleichtert auf. Hendriks Großvater war am Leben. In einem Wechselbad der Gefühle folgte die Verwirrung. Warum bloß hatte der Hanserat dann die Familienbibel erhalten? »Wochenlang habe ich um Euch gebangt, weil ich fürchtete, dass Euch etwas zugestoßen sein muss, und hier steht Ihr vor mir, als wäre nichts geschehen.«

»Komm doch erst mal herein. Danke, Schenk.« Damit schloss der Schwiegervater hinter ihr die Tür und wandte sich zu ihr um. »Aber warum sollte mir denn etwas zugestoßen sein? Ich habe doch hier meine Pflichten.«

»Ich habe Ängste ausgestanden, seit man mir die Bibel zugestellt hat. Natürlich machte ich mir da Sorgen.« Sie setzte sich erschöpft auf einen Hocker. Sie war so erleichtert und zugleich ein wenig ärgerlich, dass sie nicht wusste, ob sie lachen oder weinen sollte.

Hinrich Lipperade legte ihr seine Hände auf den Scheitel. »Elise, meine Liebe, und deshalb nimmst du die weite Reise auf dich? In diesen Zeiten? Wie kommst du auf solche Gedanken?«

Sie öffnete die Augen und sah zu ihm auf. »Weil Ihr die Bibel wie Euren Augapfel gehütet und sie stets mit Euch geführt habt, sogar nach London. Was hätte ich denn sonst denken sollen, als sie eines Tages ohne Erklärung den Hanserat erreicht hat?«

Der Schwiegervater blickte sie erst verdattert an, dann huschte ein Schatten der Besorgnis über seine Züge. »Es war nicht mein Ansinnen, dich in Angst und Schrecken um mein Wohlergehen zu versetzten, Elise. Mein Ansinnen war ein anderes. Aber es ist ja kein Schaden entstanden. Mir ist nichts passiert – und dir offenbar auch nicht.«

Elise atmete ein paarmal ein und wieder aus, um den Knoten in ihrem Hals aufzulösen. Die widerstreitenden Gefühle rangen noch immer um die Oberhand. Warum machte sie ihm Vorwürfe? Weil er noch am Leben war? Sie erhob sich impulsiv und nahm ihn wieder in den Arm. »Das ist gut, Herr Hinrich. Ich bin so froh, Euch unbeschadet vorzufinden.«

Zaghaft schloss er ebenfalls seine Arme um sie. »Ich auch, Elise. Die Hauptsache ist doch, dass es uns gut geht und dass die Bibel in Sicherheit ist.«

Sie erblasste, als sie begriff, was er gerade gesagt hatte. »Ich bitte um Vergebung … Die Bibel befindet sich unten in meinem Gepäck.«

Der Schwiegervater löste sich von ihr. »Das ist … unerfreulich.« Sie hatte den Eindruck, dass er weitersprechen wollte, doch er beherrschte sich. »Aber nicht problematisch.« Er küsste sie auf die Stirn. »Ich freue mich, dass du mich endlich einmal besuchst. Bist du allein gekommen?«

»Nein, Herr Anton Klüver hat mich begleitet. Ich verdanke ihm viel.«

»In Zeiten wie diesen … in Zeiten wie diesen muss man mit Unannehmlichkeiten rechnen. Wo ist er denn, der alte Freund?«

»Im Hof«, erklärte Elise. »Er überbringt Äldermann von Wesel eine Nachricht aus Lübeck, wenn ich mich nicht täusche. Ich gehe ihn holen, wenn Ihr wünscht.«

»Nein, Schenk kann das tun, ich will dich bei mir haben.« Er rief den Sekretär, der in der Tat in der Nähe gewartet zu haben schien. »Seid Ihr auch so freundlich und veranlasst, dass Elises Gepäck heraufgetragen wird?«, rief Hinrich ihm noch hinterher. Seine Stimme wirkte ein wenig zu flach, um entspannt zu klingen, fand sie. Kaum entfernten sich Schenks Schritte auf den Holzbohlen, schob Hinrich Lipperade Elise wieder auf den Hocker zurück und ging vor ihr mühsam in die Knie. Dabei küsste er ihre Finger. »Ich bin sehr froh, dass es dir gut geht, Elise. Aber herzukommen war eine große Dummheit. Und die Bibel ... ich hatte sie nach Lübeck geschickt, damit sie in sicheren Händen ist.«

Elise schluckte, als sie die Dringlichkeit in seiner Stimme hörte. »Hättet Ihr das bloß geschrieben, Herr Hinrich. Dann hätte auch nicht jeder gemutmaßt, dass Euch etwas zugestoßen ist.«

Sie sah das Schuldbewusstsein auf seinem Gesicht. Er zögerte einen Augenblick, bevor er fortfuhr. »Ich wollte nicht zu viel Aufmerksamkeit darauf lenken. Wie dem auch sei, du musst sofort wieder abreisen.«

Entsetzt legte Elise die Hände auf die Brust. »Abreisen? Nach der mühseligen Reise gleich wieder gehen? Sicher kommt es auf ein, zwei Tage nicht an, Herr. Ich könnte mir die Stadt ansehen. Außerdem ...«, sie zögerte, fuhr aber trotzdem fort. »Ich hatte gehofft, dass Ihr mich begleitet.«

Hinrich Lipperade presste die Lippen zu einem Strich zusammen. »Das ist ganz ausgeschlossen. Ich werde hier gebraucht. Und du weißt selbst, dass dies kaum der rechte Zeitpunkt für einen Stadtbummel ist, Elise!«

»Herr, Euer Enkel braucht Euch in Lübeck«, drang sie in ihn. »Und ich auch ... Johann Northoff will Euch wegen der Bibel für tot erklären lassen und für Hendrik die Geschäfte übernehmen. Er ... er ist ganz gierig geworden.«

»Northoff?«, fragte Hinrich Lipperade erstaunt. »Der kleine, eifrige Johann?«

»Er wollte mich dazu pressen, ihn zu ehelichen, damit er seinen Anspruch auf Euer Kontor festigen kann.«

Die buschigen weißen Augenbrauen des Schwiegervaters schnellten in die Höhe. »Unglaublich. Wie er sich verändert haben muss. Du hast ihm sicher deine Meinung gesagt.«

»Ich habe es versucht«, erwiderte Elise. »Aber er bedroht Hendrik.«

Der alte Herr blickte sie entsetzt an. »Hast du Klüver davon erzählt?«

»Nein. Northoff ist zum Äußersten entschlossen. Bitte, Ihr müsst mich begleiten, um seinen Plan zu verhindern.«

»Elise, ich wünschte, das wäre so einfach. Aber diese Stadt ... der Hof des Königs ... die ganze Situation ist ein brodelnder Kessel, der jederzeit überkochen kann.« Er blickte zu seinen Papieren auf dem Stehpult hinüber und schüttelte den Kopf. »Ich kann hier nicht weg.«

Elise spürte, wie ihr das Blut aus dem Gesicht wich. Sie hatte mit allem gerechnet – damit, dass Hinrich tot war, verwundet oder verschollen, so wie sein Sohn einst. Aber dass er sich weigern könnte, mit ihr zurück nach Lübeck zu kommen, das hatte sie nie in Betracht gezogen. »Das ist bedauerlich. Dann lasst Ihr Euren Enkelsohn im Stich.«

»Elise, wie kannst du so etwas sagen. Du weißt, dass ich den Jungen liebe. Ich arbeite dafür, dass die Welt, in der er lebt, weiterhin sicher und friedlich bleibt. Hier steht vielleicht die Zukunft der Hanse auf dem Spiel!«

Elise spürte einen eisigen Knoten in ihrem Bauch wachsen. »Herr Hinrich, wenn Ihr jetzt nicht mitkommt ... wenn Ihr jetzt nicht mitkommt, dann wird die Welt zu Hause nicht mehr die sein, die Ihr kennt. Ihr könnt uns doch nicht alleinlassen!«

Der alte Herr hatte sich halb zum Pult gewandt, doch jetzt verharrte er. Er starrte sie über die Schulter an, das Gesicht bleich. »Liebe Schwiegertochter, warte draußen auf Schenk. Er soll eine Kammer freimachen lassen, in der du erst einmal bleiben kannst. So bald wie möglich verlässt du die Stadt.«

»Herr Hinrich, ich …«

»Lass mich bitte allein.«

»Aber es …«

»Später.« Der Tonfall von Hinrich Lipperade ließ keinen Raum für Diskussionen.

Elise wandte sich um und ging hinaus in den Flur. Hier hatten Arbeiter inzwischen ihr Gepäck abgeladen, und so setzte sie sich auf eine der Truhen und wartete auf Schenk. Sie begriff noch immer nicht, was in der kurzen Zeit alles geschehen war, und schloss die Augen, um ein wenig Ruhe in ihren Geist einkehren zu lassen.

»Frau Elise? Geht es Euch gut?«

Als sie die Augen öffnete, stand Schenk vor ihr. Sie musste ein paar Momente lang gedöst haben, denn sie fühlte sich so zerschlagen wie sonst nur, wenn sie am Nachmittag ein Schläfchen gehalten hatte. Sie war entsetzlich müde. »Es geht schon, danke.« Sie erhob sich und bereute es beinahe sofort, denn dunkle Punkte tanzten vor ihrem Auge. Sie blinzelte und atmete tief durch – und fühlte zu ihrem Erstaunen seine Hand leicht auf ihrem Ellenbogen liegen.

»Ich wollte nur …«, murmelte er und nahm die Finger wieder weg. »Ich dachte, Ihr fallt mir in Ohnmacht.«

»Danke, Herr Schenk, es geht schon. Wärt Ihr so freundlich, mir Platz in einer Gesindekammer räumen zu lassen? Es wird sicherlich nur für ein paar Tage sein.«

»Ihr seid kaum angekommen und wollt doch schon wieder

weg?« Das Bedauern in seiner Stimme war nicht zu überhören.

»So sieht es leider aus, Herr Schenk«, seufzte sie.

»Ihr seid sicher müde von der Reise. Ich werde alles in die Wege leiten.« Er verließ sie kurz und erteilte einige Anweisungen, nur um kurze Zeit später mit einigen Trägern zurückzukehren. Dann führte er sie den Männern nach über eine steile Gesindetreppe erst in den Hof und dann in eines der Nachbargebäude. Dort wurde ihr Gepäck drei Stockwerke hoch direkt unter das Dach gehievt.

Schenk zuckte bedauernd mit den Schultern. »Sie ist nicht groß, aber immerhin müsst Ihr die Kammer nicht mit den Knechten teilen.«

Elise ließ den Blick schweifen. Eine Wand bestand nur aus Dachschräge, sodass der Raum sehr beengt wirkte. Man konnte nur direkt bei der Bettstatt aufrecht stehen. Letztere füllte das Kämmerchen zusammen mit einer Truhe beinahe vollständig aus. »Sie wird genügen, Herr Schenk. Seid bedankt.«

»Habt Ihr eine Zofe, die ich herschicken kann?«

»Leider nein.«

»Ich würde Euch ja anbieten, behilflich zu sein, aber dann erschlägt mich Euer Herr Schwiegervater. Und ich habe nicht vor, ihn zum Mörder zu machen.« Der Sekretär des Stalhofs schmunzelte.

Auch Elise musste lächeln, dankbar, dass er sie aufheiterte. »Heute werde ich allein zurechtkommen, danke, Herr Schenk.«

Endlich schloss sich die Tür hinter dem Sekretär. Elise ließ sich auf das Bett fallen. Sie war so müde. Ihr Inneres fühlte sich so wund an, als wäre man ihr mit einer Raspel über die Seele gefahren, und je mehr sie über der Situation grübelte, desto weniger wusste sie, was richtig und was falsch war.

Nur eines wusste sie gewiss: So hatte sie sich ihren Aufenthalt in London nicht vorgestellt.

Kapitel 11

London, im Stalhof, zur Mittagszeit desselben Tages

Ein paar Stunden vergingen, in denen Elise niedergeschlagen ihr Gepäck sortierte. Vieles konnte den Wäscherinnen übergeben und manches musste ausgebessert werden. Bis die Wäsche gemacht und getrocknet war, musste sie eben doch in London bleiben, egal, was Hinrich Lipperade sagte. Sonst hätte sie auf der Rückreise nichts anzuziehen. Der einzige Lichtblick war ein kurzer Spaziergang über den Stalhof in Schenks angenehmer Gegenwart. Der Sekretär ließ sie ihre Bedrücktheit beinahe vergessen, indem er ihr die Wappen der Städte in der Aula Theutonicorum erläuterte, sie durch die ausgedehnten Speicheranlagen führte, in denen unermüdlich Fässer von Karren entladen wurden, erklärte, dass die Glocke in der hölzernen Aufhängung, die ein bisschen aussah wie ein Galgen, für den Feueralarm da sei und empfindliche Strafen für eine leichtsinnige Verwendung ausgesetzt seien. Danach zeigte er ihr sogar einen der großen hölzernen Kräne am Ufer der Themse, der gerade ein großes Netz mit Warenfässern aus der Ladeluke eines Holks hievte. Die junge Witwe kam aus dem Staunen nicht heraus und lachte schließlich erleichtert mit Schenk, der behauptete, in einem solchen Netz habe man schon einmal eine Meerjungfrau an Land gezogen, die unter großem Gezeter schließlich den Weg zurück ins Wasser gefunden habe. Ihrerseits berichtete sie ihm von der turbulenten Reise und ihrem Entschluss, in Brügge kurzerhand ein altes Schiff zu kaufen, und konnte sogar darüber schmunzeln, wie sehr sie auf der Überfahrt gebangt hatte, ob die »Sankt Severin« es überhaupt schaffen würde. Sie hatte sich lange nicht mehr so unbeschwert gefühlt.

Kurz vor dem Mittag ließ Hinrich Lipperade sie endlich wieder zu sich rufen. Nach der hellen Mittagssonne erinnerte die Kammer sie an eine Gruft, doch das mochte auch der merkwürdigen Spannung geschuldet sein, die zwischen ihnen herrschte. Der alte Herr stand mit hinter dem Rücken verschränkten Armen vor dem winzigen Fenster der Kammer. Als sie auf die Schwelle trat, drehte er sich nicht um. »Hast du dich beruhigt?«

»Ein wenig«, erwiderte sie. Sie blieb, wo sie war, denn sie wusste nicht so recht, wie sie mit ihm umgehen sollte. Die Worte, die am frühen Morgen gesprochen worden waren, hatten einen Graben zwischen ihnen eröffnet.

Sie ließ den Blick befangen durch seine Kammer schweifen. Der Raum war klein, allerhöchstens vier auf sechs Ellen, und hatte grob verputzte Wände. Die Außenwand war mit einem Teppich gegen die Kälte geschützt. Wie damals zu Hause, bevor sie aufgeräumt und ein bisschen Ordnung in die Dornse gebracht hatte, quollen Truhen, die beiden Pulte und ein Tisch nur so über vor Pergamenten, Papieren und Büchern. Da kein Bett zu sehen war, mutmaßte Elise, dass die Schlafkammer hinter der kleinen Tür in der rechten Wand lag. Das winzige Fenster zur Thames Strete war mit einem Gitterkreuz gesichert und besaß darüber hinaus innen liegende Fensterläden. Die Kaufleute wollten offenbar ganz sichergehen, dass sich keine Diebe Zutritt verschaffen konnten. Von draußen wehten die Geräusche der Straße herein: das Rollen von Karrenrädern auf der gepflasterten Straße, fremdsprachiges Stimmengewirr, Gelächter.

Auch der Schwiegervater wusste wohl nicht, wie er beginnen sollte, denn er kommentierte erst einmal die gute Lage des Stalhofs in London und die Betriebsamkeit auf der Straße. Endlich wandte er sich um, räusperte sich und schnitt mit rauer Stimme das eigentliche Thema an: »Ich habe mir deine Worte zu Herzen genommen. Ich habe das Amt des Äldermannes im Stalhof übernommen, weil ich hier etwas für die Hanse erreichen kann. Mir war durchaus bewusst, dass es mich von meiner Familie entfremden würde. Meine geliebte Johanna starb, als ich nicht da war … und Wilhelm …«, seine Stimme versagte ihm für einen Augenblick. »Vielleicht hat es mich Euch mehr entfremdet, als mir klar war.«

Elise verstand, dass dies auf die umständliche Art des Schwiegervaters eine Entschuldigung darstellte, und wusste das zu würdigen. Sie trat ganz in die Kammer hinein und spürte, wie sich ein Knoten in ihrer Brust auflöste, der dort seit dem Streit gesessen hatte. »Das ist alles nicht mehr wichtig«, erwiderte sie dann. »Aber es gibt noch jemanden, an dessen Leben Ihr teilhaben könnt.«

Jetzt drehte sich der Vater ganz um. Die buschigen Brauen zitterten leicht. »Wie geht es Hendrik?«

»Er wächst so schnell«, sagte sie zärtlich. »Ich bin immer ganz erstaunt und fürchte jeden Morgen beim Aufstehen, dass ich ihn nicht wiedererkenne.« Sie deutete mit der Hand seine Größe an.

Der alte Herr pfiff anerkennend. »So groß doch schon. Wie sein Vater – er will hoch hinaus.«

»Er versucht immer, sich vor der Lateinschule zu drücken, doch insgeheim mag er das Lernen, glaube ich. Besonders das Schreiben liegt ihm sehr.«

»Das ist gut«, murmelte Hinrich Lipperade abwesend. »Ist sein Haar immer noch goldfarben?«

»Das ist es. Und er hat die Augen seines Vaters, sturmgrau.«

Der Alte nickte und wackelte mit den Brauen. »Vermutlich wird es bald dunkel sein«, sagte er leise. »Wilhelm war auch golden, als er jung war.«

Elise erwiderte nichts. Sie hörte Zärtlichkeit und Stolz in der Stimme des Großvaters mitschwingen, wie er über seinen Enkel sprach. Diese Erkenntnis rührte sie. Sie hatte immer gefürchtet, sie und Hendrik seien Hinrich Lipperade neben der Trauer über den verlorenen Sohn nicht so wichtig gewesen.

»Es hat mir immer Kraft verliehen, weißt du«, bekannte er nun, »zu wissen, dass zu Hause alles seinen geordneten Gang geht.«

»Aber das tut es nicht mehr, Herr Hinrich«, erwiderte sie leise.

Er nickte traurig. »Ich bin froh, dass du gekommen bist«, sagte er dann. »Sehr froh.«

»Mir blieb keine Wahl – ich bin verzweifelt. Northoff will Haus, Hof und Kontor für Hendrik verwalten, nun, da er Euch tot wähnt. Und wenn ich nicht pariere, dann will er mich von meinem Sohn trennen und vor die Tür setzen. Ich bin schon ein Wagnis eingegangen, indem ich Hendrik in Lübeck ließ und hierherkam. Wenn Ihr nicht mit nach Lübeck kommt, dann ist alles verloren.«

Ein tiefer Schmerz zeigte sich in den Zügen des alten Herrn. Er zog die buschigen Brauen so weit zusammen, dass seine Augen in schattigen Höhlen lagen. »Aber ich kann hier nicht weg, Elise. Während die Königin ihre Günstlinge mit Ämtern und Würden überhäuft, würden andere Teile des Adels ihr am liebsten Schierling in den Wein mischen. Die Beziehungen zur dänischen Krone verfallen seit letztem Jahr mit jedem Tag ein bisschen mehr. Und die Hanse verlangt immer noch Reparationszahlungen für beinahe vergessene Ereignisse. Wenn wir nicht achtgeben, haben wir im Stalhof bald mehr Ärger am Hals, als wir bewältigen können – und ich bin einer der Verantwortlichen, die mit König Edward persönlich verhandeln.«

Elise schwieg betroffen. Natürlich hatte sie von den Spannungen zwischen dem Königshof und Dänemark gewusst und hatte selbst auf der Anreise darunter gelitten, wie schlecht die Hanse hier angesehen war. Aber was das für die Arbeit Hinrich Lipperades bedeutete, das hatte sie nicht geahnt. Trotzdem konnte sie ihre eigenen Probleme nicht einfach vom Tisch wischen. »Wenn es nur um mich ginge, könnte ich Northoff erdulden, Herr Hinrich. Aber Ihr müsst wissen, dass er sich irgendwann nicht mehr damit zufriedengeben wird, das Kontor für Hendrik zu verwalten.« Sie hörte ihre Stimme zittern. »Irgendwann wird er es ganz für sich haben wollen. Was das für Hendrik bedeutet …«, sie konnte den Satz nicht beenden.

»*Wenn* ich für tot erklärt werde. Das ist noch lange nicht sicher, oder? Northoff ist nicht so einflussreich im Rat, dass er das durchsetzen könnte.«

»Seit damals ist viel Zeit vergangen. Er behauptet, mächtige Freunde im Stadtrat, vielleicht sogar unter den Bürgermeistern zu besitzen. Ich persönlich habe Westfal im Verdacht. Und er steht im Briefverkehr mit Gerhard von Wesel, Eurem Mit-Äldermann.«

Die hochgezogenen Augenbrauen zeigten an, dass auch der Schwiegervater das merkwürdig fand. »Vielleicht war es nur private Korrespondenz, meine Liebe, das ist nicht unüblich.« Er wog den Kopf hin und her. »Und was stellst du dir vor, was ich nun tun soll?«

»Ihr müsst heim nach Lübeck kommen und dem Rat beweisen, dass Ihr nicht tot seid. Und dann müssen wir Northoff vor die Tür setzen – vor die Stadt jagen, wenn es nach mir geht.«

Hinrich senkte nachdenklich den Blick, der Ausdruck auf seinem Gesicht war noch ernster geworden. »Ist es wirklich so schlimm? Wenn ich jetzt meine Sachen packe und gehe, dann kann es sein, dass ich meine Stellung als Äldermann verliere. Gerhard von Wesel setzte in den letzten Monaten alles daran, Peter Bodenclop an meine Stelle zu setzen. Der ist auch ein Kölner und bereits Beisitzer im Rat des Stalhofs, obwohl das gegen die Bestimmungen verstößt, da keine zwei Männer aus einer Stadt diese Posten innehaben dürfen. Die Kölner sind ehrgeizig und wollen ihre Macht ausbauen. Sie werden nicht zögern, meine Abwesenheit zu nutzen. Und es wird selbst für mich schwierig sein, hierher zurückkehren. Meine Stimme beim König hat Gewicht. Wenn ich nicht mehr für die Hanse sprechen kann, befürchte ich Schlimmstes.« Er machte eine Pause und sah sie fragend an. »Reicht es nicht, wenn ich dir ein gesiegeltes Dokument für den Stadtrat mitgebe, aus dem eindeutig hervorgeht, dass ich noch am Leben bin?«

Elise erkannte die Zerrissenheit in Hinrich Lipperade, und er tat ihr herzlich leid. Doch bei dieser Entscheidung konnte sie ihm nicht helfen. Sie erwog, ihm von Northoffs schändlichem Verhalten gegenüber Ursula zu berichten, doch dann würde sie das Mädchen ganz entehren und ihr eine Rückkehr ins Haus der Lipperades unmöglich machen. »Das wird nicht reichen, Herr Hinrich. Wenn Ihr irgendwann einmal zu Heim und Familie zurückkehren möchtet, dann müsst Ihr jetzt dafür sorgen, dass es noch existiert. Ich habe Euch seit Wilhelms Tod nie um etwas gebeten, nicht wahr? Bitte vertraut mir, dass es nicht anders geht. Northoff kennt keine Skrupel und ist zum Äußersten entschlossen.«

Der alte Herr presste die Lippen aufeinander und sah sich um, als wäge er in Gedanken die Aufgaben ab, die ihn in London hielten. »Also gut. Wenn du meinst, dass kein Weg daran vorbeiführt, dann werde ich mit dir nach Lübeck zurückkehren. Dann sehe ich auch endlich meinen Enkel mal wieder.«

Elise fiel ein Stein vom Herzen, und sie küsste ihm die Hand. »Danke, Herr Hinrich.«

Er nickte bedrückt und entzog ihr die Hand. Dann wandte er sich mit gerunzelter Stirn seinen Dokumenten zu. »Ich muss dieses Schreiben fertig machen. Und ein paar Tage werde ich noch brauchen, um hier einige Sachen zu klären und die wichtigsten Habseligkeiten zusammenzupacken. Wer weiß, wann ich zurückkommen kann.«

»Ich habe etwa fünf Wochen gebraucht, bis ich London erreicht habe, Vater. Wie gesagt – auf ein paar Tage kommt es nun auch nicht an. Aber mein Schiff liegt im Hafen und kann uns direkt nach Hause bringen.«

»Dein Schiff?«, der Schwiegervater hob drohend die Brauen. »Du besitzt ein Schiff?«

Elise errötete, als sie erkannte, dass sie ihm das noch gar nicht gebeichtet hatte. »Ich … ja. Ich habe Euren Namen in Brügge bei Meister Derbergen belastet. Kein Hansekapitän wollte sein Schiff riskieren, indem er London anläuft. Die ›Sankt Severin‹ war der einzige Weg hierherzukommen.«

Doch die erwartete Schelte blieb aus. »Ein Kölner Schiff als Eigentum einer Lübecker Frau, wie passend«, sagte Hinrich und lächelte schmal. »Dann steht meiner Heimreise ja nichts im Wege.«

Der Gedanke, dass sie nun Eigentümerin der »Sankt Severin« war, erheiterte sie. »Wenn Ihr die Passage bezahlt«, erwiderte sie schalkhaft.

Er drohte ihr spielerisch mit dem Zeigefinger. »Werde mir

nicht zu übermütig, junge Dame.« Dann wurde er wieder ernst, als sei ihm etwas eingefallen. »Ach, Elise? Wo ist sie?«

»Sie?«

»Die Bibel.«

»In einer meiner Gepäcktruhen. Ich hole sie Euch gleich, wenn Ihr wünscht.«

»Das wäre gut, mein liebes Kind. Wir sollten sie sogleich auf dein Schiff bringen, damit wir sie nicht verg…«

Von draußen drangen Rufe und wütende Stimmen herein, hastige Schritte erklangen auf dem Pflaster. Elise tauschte einen fragenden Blick mit dem alten Herrn, doch der sah ebenso überrascht aus wie sie. Sie trat an das winzige Fenster, um hinauszuspähen, fand jedoch keinen Winkel, aus dem man die Ursache der Aufregung hätte sehen können. Also lauschte sie. Die Rufe vermehrten sich und wurden wütender. Erst, als sie etwas gegen die Wand unter ihr klatschen hörte, schreckte sie zurück.

»Das muss ich mir ansehen«, sagte der Schwiegervater und sprang auf. So schnell der alte Mann eben konnte, hastete er aus dem Raum. Elise folgte ihm auf dem Fuße.

»Wo steckt Klüver bloß? Er hat sich noch nicht bei mir blicken lassen!« Sie befanden sich auf der Treppe, die zu der Durchfahrt auf die Straße führte.

»Vielleicht ist er noch im Gespräch mit von Wesel, Herr Hinrich.«

Der Lärm von der Straße klang nun ganz nah. »Was geht vor sich?«, fragte der Schwiegervater keuchend, als er die letzten Stufen hinuntereilte und in die Tordurchfahrt trat. Hier hatten sich ob des Aufruhrs bereits viele Bewohner des Stalhofs versammelt. Klüver stand mit einem schwergewichtigen Kaufmann in einer Gruppe aus Kaufleuten beisammen.

»Von Wesel?«, fragte Hinrich Lipperade. »Was gibt es?«

Der Angesprochene wies auf das Tor. »Männer des Königs stehen vor der Tür. Bürgermeister William Taillour ist unter ihnen.«

»Taillour mit Männern des Königs?« Eine steile Falte entstand zwischen Hinrich Lipperades Brauen. »Was wollen die hier? Der Stalhof ist den Hansen vertraglich zugesichert!«

»Sie wollten uns ausrauben!«, keifte ein kleinerer Mann mit lockigem Bart und ebenso tiefen Sorgenfalten, der mit einem harten Akzent sprach. »Wir konnten uns gerade noch hierherretten!«

»Ausrauben?«, fragte Elises Schwiegervater skeptisch.

»Nun ja, Heweling übertreibt ein wenig«, erwiderte von Wesel. Er wirkte beunruhigt, aber nicht so panisch wie der andere Händler. »Sie haben Waren gefordert. Angeblich Reparationsleistungen für einen Schiffskonvoi, der im dänischen Sund von Hanseschiffen angegriffen worden ist.« Er musterte Lipperade intensiv. »Ihr wisst nicht zufällig etwas darüber, Hinrich?«

Elise musterte von Wesel. Der dicke und blasshäutige Kaufmann mit kurzem braunem Haar erinnerte sie mit den bis auf den Hals herunterhängende Wangen an einen schweren Hund. Sein Verhalten erweckte in ihr den Verdacht, dass er selbst von diesen Neuigkeiten keineswegs überrascht worden war. Vermutlich hatte Klüver die anderen Kölner gerade über die Ereignisse informiert.

Ein Bollern gegen das kleine Mannloch, das in das Tor eingearbeitet war, enthob Elises Schwiegervater einer Antwort. »Macht bloß nicht auf«, warnte Heweling. Doch das Klopfen, Rütteln und Rufen wollte nicht abreißen. »Ist das nicht Wittenberge?«, fragte Lipperade beunruhigt. »Und ob, das ist er! Lasst ihn herein!«

»Aber – die Männer des Königs stehen draußen! Wir können doch jetzt nicht die Pforte aufmachen! Dann sind wir alle dran!«, keuchte Heweling.

Doch Lipperade ignorierte ihn. Er winkte einige Knechte herbei. Elise sah mindestens einen, der sich davonstahl, vermutlich, um sich nicht in Gefahr begeben zu müssen. Doch vier Männer folgten der Aufforderung »Wir müssen Wittenberge hereinholen. Seht zu, dass ihr die Tür recht schnell wieder schließt und die Soldaten nicht mit hereinkommen!«

Elise legte vor Anspannung die Hände auf den Mund, während sie beobachtete, wie drei große Kerle sich an der Pforte positionierten und ein vierter den schweren Riegel zurückschob. Als die Tür aufging, stolperte ein Mann herein, der offenbar mit dem Rücken am Holz gestanden hatte. Dahinter wollten sich zwei Gardisten in den Farben des Königs hereindrängen. Es wurde geschlagen, geschubst und geflucht. »Vorsicht!«, rief Schenk und zog den Knecht, der versucht hatte, sich zu drücken, zur Tür. Gemeinsam packten sie den gestolperten Wittenberge am Kragen und zogen ihn aus der Menge. Die junge Witwe hielt den Atem an. Bis die Pforte endlich wieder geschlossen und der Riegel vorgelegt war, trug einer der Arbeiter blutige Wunden durch die Gardisten davon.

»Unerhört!«, murmelte Hinrich Lipperade mit einem Fluch.

Nachdem der Lärm und die Geräusche wieder ausgesperrt worden waren und das Schicksal des Verwundeten in die Hände zweier Männer gelegt worden war, befahl von Wesel den Knechten und Trägern, weiterhin die Tür zu bewachen. Schließlich sprach er: »William Taillour hat Heweling ein Schreiben gezeigt. Offenbar fordert der König tatsächlich Reparationen für den Überfall im Sund. Dabei soll es sich um

Hanseschiffe gehandelt haben«, erwiderte der Kölner. »Lipperade? Was haltet Ihr davon?«

Der Angesprochene runzelte die Stirn. »Angeblich waren es Danziger Schiffe, daher suchen sie die Verantwortlichen zuerst unter uns. Aber was für ein Schreiben war das? Mit dem Siegel des Königs?«

»Danzig?«, fragte von Wesel, ohne seine Frage zu beantworten. Sofort richteten sich aller Augen auf Heweling. »Aber selbst wenn es so ist – Köln ist nicht Danzig!«, schloss der Kölner.

»Und Brügge auch nicht!«, pflichtete ihm ein flandrischer Kaufmann bei.

»Köln, Brügge, Lübeck – wir alle sind in der Hanse, ebenso wie Danzig. Aber dass der König sich jetzt an unseren Waren schändlich halten will, ohne uns auch nur zu konsultieren, ist mehr als dreist.« Der alte Herr wirkte grimmig. »Er überlässt uns den Stalhof Jahr für Jahr nur noch widerwillig. Vielleicht ist ihm das ein Anlass, gegen uns vorzugehen.«

»Und Ihr wusstet nichts davon, Lipperade?« Von Wesels Stimme troff nur so vor Schadenfreude. »Ich dachte, Ihr seid der bestinformierte Mann des Stalhofs?«

»Alle Männer des Rates sind gut informiert, von Wesel, Ihr auch.«

Die Tür bebte unter harten Schlägen, die klangen, als gingen die Londoner nun mit einem Rammbock darauf los. Elise sah in den Gesichtern der Kaufleute dieselbe Befürchtung, die sie selbst hegte: Das Holz würde nicht ewig halten.

»Wir sollten ihnen die Danziger geben. Und die Dänen am besten gleich mit«, sagte ein anderer Kaufmann, der so lang war, dass Elise ihn sich nur schwer in der Kajüte eines Schiffes vorstellen konnte. »Es ist nicht gerecht, dass Köln dafür leiden muss!«

»Wie könnt Ihr das sagen, Bodenclop!« Heweling wurde blass. »Die zerreißen uns in der Luft, wenn sie uns kriegen. Das könnt Ihr nicht ernst meinen!«

»Besser sie hängen Euch, als uns alle!«, erwiderte von Wesel kühl. Seine hängenden Wangen wackelten bei jeder Bewegung wie die Lefzen eines Hundes.

»Aber der Stalhof ist Hansegebiet!«, wiederholte Heweling die Worte Hinrich Lipperades. »Der König hat es uns zugesprochen, und das Jahr ist noch nicht abgelaufen. Seine Männer dürfen hier gar nicht herein!« Die Stimme des Danzigers, der eine blaue Kappe auf dem Kopf trug, die zu seiner Schaube passte, überschlug sich vor Furcht.

»Sag das den Leuten da draußen, die scheren sich einen Dreck darum, was sie dürfen und was nicht!« Bodenclop wies mit einer wütenden Geste auf das Tor.

Elise fasste den Schwiegervater zaghaft am Arm. »Die Leute haben recht. Die Engelländer werden hereinkommen. Und was sollen wir dann tun? Die werden rauben und plündern. Und wer weiß, was sie uns noch alles antun!«

Er nickte. Auf seinem Gesicht spiegelte sich ihre Besorgnis wieder. »Was auch immer der König beabsichtigt – wir müssen uns schützen. Geh nach oben in meine Kammer und leg den Riegel um. Am besten schiebst du auch die Truhen davor, damit sie die Tür nicht aufbrechen können.« Dann hob er die Arme und mahnte die Kaufleute und Träger zur Ruhe. »Wir werden niemanden ausliefern. Wir werden uns darauf verlassen, dass die Menschen zu Verstand kommen. Bis dahin sollten wir uns verbarrikadieren und es ihnen so schwer wie möglich machen hereinzukommen. Ihr drei da – holt einen Karren, den wir vor die Tür kippen können. Ihr beiden dort sammelt alle Truhen und Balken zusammen, die ihr finden könnt.«

Elise hatte schon ein paar Stufen der Treppe erklommen, hielt aber noch einmal inne und sah sich um. Erleichtert registrierte sie, dass die Männer gehorchten, offenbar froh, dass jemand etwas unternahm. Sie selbst wusste, dass es besser wäre, wenn sie tat, was Hinrich Lipperade befohlen hatte, doch sie konnte sich nicht dazu durchringen, sich allein in der Kammer einzusperren. Immerhin eilte sie die Treppe weiter hoch, hockte sich auf die oberste Stufe und raffte ihre Röcke um sich. Wenn die Londoner unten durchbrachen, konnte sie jederzeit aufspringen und in die Kammer rennen. Die Angst trieb ihr den Schweiß auf die Stirn, doch sie zwang sich, ruhig abzuwarten. Sie schloss die Augen, um besser lauschen zu können.

Im Innern der Tordurchfahrt hasteten Männer hin und her, um die Barrikade aufzustapeln oder sich zu wappnen, und draußen brüllten und polterten die Gardisten. Dann wurde es stiller, und sosehr Elise lauschte, sie konnte die Geräusche nicht genau zuordnen. Sie nahm an, dass nun die Karren und Kisten vor der Pforte aufgebaut waren und die Hanseaten im Innern der Dinge harrten, die da kommen mochten. Die Stille stellte ihre Geduld auf eine harte Probe. Außer Flüstern oder einem leisen Gespräch, das sie hier oben nicht verstehen konnte, vernahm sie wenig. Schließlich hielt sie es nicht mehr aus. Sie raffte ihre Röcke und schlich die Treppe wieder hinab, um zu sehen, was unten vor sich ging. Die Pforte war mit allem beweglichen Mobiliar verstellt worden, das sich in der Eile hatte finden lassen. Die Hanseleute standen in Grüppchen zu mehreren beisammen und schienen selbst auf das zu horchen, was draußen vor sich ging. Elise trat hinter ihren Schwiegervater und legte ihm die Hand auf die Schulter, um ihm zu bedeuten, dass sie in der Nähe war – und um jemanden zu haben, an dem sie sich festhalten konnte. Er warf ihr einen grimmigen Blick zu und deutete mit dem Kinn nach oben. Er wollte sie wieder hinaufschicken.

Bevor Elise etwas erwidern konnte, klopfte in der Stille jemand an die Pforte. Das Geräusch kam so plötzlich, dass die junge Frau zusammenschrak. Dies war nicht das Rütteln und Bollern vieler Fäuste oder Knüppel, sondern ein einzelnes, gezieltes Pochen. »Aufmachen!«, befahl ein Engelländer auf der Straße vor dem Stalhof. »Aufmachen, dies ist Bürgermeister William Taillour mit der Garde des Königs! Im Namen Edwards von York, öffnet, Hanseleute! Oder es wird euch schlecht ergehen!«

Die Männer im Innern tauschten fragende Blicke aus, die sich mehr und mehr auf Hinrich Lipperade konzentrierten. Elise erkannte, wie schwer seine Meinung unter den Hansekaufleuten wog. Er erhob die Stimme. »Wenn Ihr vom König kommt – warum kommt Ihr auf diese Art und Weise? Dies ist Grund und Boden der Städtehansen; uns von selbigem Edward IV., dem Ihr dient, mit Brief und Siegel überlassen. Das Abkommen läuft noch sieben Monate. Was also will der Herr auf dem Land, das er uns zugestanden hat?«

»Edward von York hat befohlen, für das Gut, das englischen Mannen genommen worden ist und das nun auf dem Boden des dänischen Sundes schlummert, Reparationen einzufordern. Also öffnet die Tür, sonst stürmen wir sie mit Gewalt!«

»Niemand hier weiß von einem Befehl an hansische Schiffe, die englischen Kaufleute zu überfallen. Wir werden nicht die Schuld für etwas tragen, mit dem wir nichts zu schaffen haben.«

»Ich habe meine Befehle!«

»Taillour, heißt das, dass der König von England die Hansen für eine Tat, mit der sie nichts zu tun haben, schädlich halten will?«, fragte Lipperade. »Seid Ihr Euch im Klaren, dass es sich dabei um einen Akt des Krieges handelt?«

Draußen entstand eine kurze Pause. »Die Politik ist Sache der hohen Herrn. Der König von England hat befohlen, so viele Güter und Schiffe einzutreiben, wie nötig sind, um die Angehörigen und Geschädigten abzufinden. Also fordere ich Euch auf, mir die Türen zu öffnen!«, sagte der Bürgermeister.

»Das können wir nicht zulassen«, murmelte einer der Niederländer wütend. »Warum sollen wir für die Dummheit anderer Leute zahlen? Ich komme aus Antwerpen, ich habe mit den Danzigern nichts zu tun!«

Heweling schien dem Schlag nahe. »Ich komm ja aus Danzig, aber was habe ich damit zu tun? Ich sage Euch – wenn der Mob hereinkommt, dann ist hier nichts mehr niet- und nagelfest, egal, wem es gehört. Ich habe zwei Schiffsladungen voll feinsten Tuchs aus Brügge. Niemand kann behaupten, dass die Schiffe im Sund so viel wert gewesen sind!«

Hinrich Lipperade wollte offenbar etwas erwidern, doch ein neuerliches Krachen an der Tür unterbrach ihn. Das Holz krachte in den Angeln. »Öffnet! Sonst legen wir Feuer an diese Tür!«

»Wenn die erst einmal hier drinnen sind, dann zünden die eh alles an, was sie nicht brauchen können!«, zischte der Antwerper.

»Das müssen wir verhindern«, murmelte Hinrich Lipperade. »Da sind wir uns doch alle einig?« Die Männer nickten zustimmend.

Elise hielt den Atem an. Was hatte der Schwiegervater vor? Blieb den Kaufleuten denn überhaupt eine Wahl? Entweder man beraubte sie oder zündete ihnen das Haus über dem Kopf an. In jedem Fall würden alle darunter leiden – es war nur eine Frage, wie groß der Schaden wäre, der entstünde.

Der alte Herr legte nachdenklich die Stirn in Falten. »Wenn wir alle in einen Topf werfen, dann kommen wir vielleicht glimpflich davon«, meinte er dann. »Wir können das Problem für den Augenblick beseitigen, aber es wird uns etwas kosten.«

»Wie wollt Ihr das machen?«, fragte der Danziger.

»Und was dann?«, warf der Antwerper im selben Augenblick ein. »Wie geht es weiter? Wenn wir sie hereinlassen, enden wir alle als Geiseln!«

»Der König denkt noch, dass wir Angst vor ihm haben, wenn wir willfährig sind!«, ereiferte sich von Wesel. »Dann kommt er morgen oder übermorgen und nimmt uns den Rest!«

»Lasst uns erst einmal an die Herausforderungen denken, die uns heute erwarten, bevor wir uns über die Zukunft den Kopf zerbrechen«, bat Hinrich Lipperade. »Jetzt stehen die Leute vor unserem Haus und drohen, die Türen einzutreten. Wenn wir kooperieren, dann zeigen wir dem König, dass wir nicht der Feind sind, sondern seine Verbündeten, mit denen man verhandeln kann.«

Zögerlich brummten die Männer ihre Zustimmung. »Was habt Ihr vor?«, fragte Heweling noch einmal, doch ein neuerliches Bollern an der Tür unterbrach das Gespräch.

Hinrich Lipperade erhob die Stimme und rief so lange nach dem Bürgermeister, bis er eine Antwort erhielt. »Taillour, wenn wir Euch eine Anzahlung leisten, haltet Ihr dann die Menge davon ab, den Stalhof zu betreten?«

Erst dachte Elise, dass man die Frage wegen des Lärms draußen gar nicht hatte hören können. Endlich kam doch eine Antwort. »Die Hanse ist also bereit zu zahlen?«

»Nicht die Hanse. Die Danziger Kaufleute sind bereit, dem Druck des Königs von England nachzugeben, um den Schaden gering zu halten!«

»Seid Ihr wahnsinnig?«, zischte Heweling aufgebracht. »Warum sollen wir allein dafür zahlen, dass der Stalhof sicher davonkommt?«

»Wir alle werden Euch vergüten«, versprach Hinrich leise. »Aber Euch zu belasten ist erst einmal ein Kompromiss, der die Hanse schützt.«

»Mir schmeckt das nicht«, knurrte der Danziger. »Ich bin ebenso wenig schuld an dem Seegefecht wie Ihr!«

»Ich weiß, Heweling. Aber die einzige Alternative ist, dass uns der Pöbel die Tür aufbricht und das Dach über dem Haupt anzündet. Und nebenbei alle Waren und Schiffe stiehlt, die hier versammelt sind. Ich denke, das ist nicht in unserem Interesse, oder?« Der Mann zögerte, nickte schließlich widerwillig, und die anderen Betroffenen aus Danzig schlossen sich ihm nach und nach an.

»Hauptmann, wir öffnen die Tür, wenn Ihr sie frei haltet. Wir beladen Euch die Karren mit den Gütern der Kaufleute aus Danzig. Ich hoffe, dass der Gegenwert reicht, um Eurem König eine Anzahlung zu leisten, die ihn milde und verhandlungsbereit stimmt. Ist das akzeptabel?«

Draußen folgte eine kurze Pause, in der man ein Flüstern hörte. Vermutlich besprach sich der Bürgermeister mit seinen Beratern. »Auch die Waren der Kaufleute aus Dänemark!«, verlangte er dann. »Ich habe meine Befehle!«

»Dänemark?«, fragte sich Lipperade leise. Dann tauschte er kurze Blicke mit den anderen Kaufleuten und rief schließlich: »So soll es sein.« Er wandte sich an die Männer. »Macht das Tor frei, und stellt die Karren wieder auf, sodass wir sie beladen lassen können.« Die Lastenträger gehorchten, während die Kaufleute untereinander in eine wilde Diskussion verfielen.

Von Wesel schnaubte verächtlich. »Ihr tragt die Verantwortung, wenn die Gardisten hier einfallen und plündern und morden, sobald einmal die Tür offen ist. Ihr allein.«

Elise atmete auf, doch sie fand den Einwand des Kölner Äldermannes bedenklich. »Herr Hinrich«, sagte sie leise. »Wer sagt Euch, dass der Bürgermeister Wort hält? Er könnte die Gelegenheit nutzen, mit dem Pöbel den Stalhof zu stürmen. Was geschieht dann mit uns?«

Der Schwiegervater presste die Lippen aufeinander. Zwischen seinen buschigen Brauen entstand eine tiefe Furche. »Ich weiß es nicht, Kind. Aber ich bin bereit, das Risiko zu tragen. Zumindest für mich«, sagte er schließlich. Sein Blick wanderte über die Männer des Stalhofs und schließlich zur Tür, hinter der die Gardisten warteten. »Schenk, mein Freund«, sprach er und nahm den Zweiten Sekretär beiseite. »Wollt Ihr mir einen Gefallen tun?«

»Sicher, Lipperade. Welchen?«

»Nehmt meine Tochter, und rettet euch beide hier vom Gelände. Wenn dies eine Falle ist, werden alle darunter leiden, die sich im Stalhof befinden. Mir wäre lieb, wenn Elise nicht hier ist, wenn es so kommt.«

»Aber Herr Vater, ich gehe nicht ohne Euch«, protestierte Elise sofort.

»Kind, dies ist nicht der Moment für lange Diskussionen«, bat er. Er nahm sie beim Arm und schob sie aus der Menge. »Wir wissen nicht, mit welchem Auftrag die Gardisten hergesandt worden sind. Ich will nicht, dass du hier bist, wenn wir das herausfinden!«

Elise verstummte, in ihrer Kehle zog sich ein Knoten zusammen. »Also gut. Wenn Ihr Schenk vertraut, dann werde ich mit ihm gehen«, versprach sie.

Der Blick des Schwiegervaters streifte den Sekretär. Er zögerte kaum merklich, nickte aber. »In dieser Situation bist du nirgends sicherer als bei ihm.« Doch sie meinte, den Anflug eines Stirnrunzelns entdeckt zu haben.

»Wie meint Ihr das?«, fragte sie.

»Lass uns später reden. Geh schnell hoch, und hol die Bibel, Elise, und schlag sie gut ein. Zeige sie niemandem, gib sie nicht aus der Hand, und sorge dafür, dass sie irgendwo in Sicherheit ist. Kannst du das?«

Die junge Witwe nickte bloß, denn es schien dem Schwiegervater so wichtig und ernst zu sein. Sie schickte sich an, die Treppe hinaufzulaufen, doch er hielt sie noch einmal am Arm fest. »Zeige sie niemandem. Verstanden?«

»Ja, Herr Hinrich.« Sie wollte nach dem Grund fragen und ob dies auch für Schenk galt, doch da hatte er den Sekretär schon herbeigewunken. »Wollt Ihr meine Schwiegertochter in Sicherheit bringen, Meister Schenk? Was auch immer die Männer des Königs im Stalhof wollen, Ihr stimmt mir doch sicher zu, dass Elise besser nicht hierbleiben sollte, oder?«

Der Sekretär und der alte Mann tauschten einen wissenden Blick, der Elises Aufmerksamkeit erweckte. Etwas hing unausgesprochen im Raum, das sie nicht benennen konnte. Dann nickte der Sekretär. »Ich bin Eurer Meinung, Äldermann. Das ist keine Situation für eine Frau.«

Der Schwiegervater drückte ihm dankbar den Arm. »Sehr gut. Verbergt Euch in der Stadt. Ich will gar nicht wissen, wo Ihr seid. Kehrt erst zurück, wenn Ihr gesicherte Neuigkeiten von uns erhalten habt. Ihr besitzt ja gute Kontakte, Schenk.«

»Macht Euch keine Sorgen, Lipperade. Ich werde Eure Schwiegertochter behüten wie meinen Augapfel.«

»Dessen bin ich mir sicher. Sie wird noch etwas Gepäck holen. Aber um Himmels willen – beeilt Euch!« Lipperade drückte Elise innig die Hand, dann trennten sie sich.

»Trefft mich dort an der Ecke des Speichers«, bat Schenk und deutete auf ein Haus. »Schnell!«

Elise nickte, lief die Stufen zu ihrer Kammer hoch und wühlte in der Kiste, bis sie die eingeschlagene Bibel gefunden hatte. Sie schlug sie in ein weiteres Stück Stoff ein, schlang sie sich mit einem Gürtel um den Leib und deckte den Umhang darüber. Natürlich würde man das unförmige Ding bei näherer Betrachtung sehen, doch darum ging es nicht. So viel Aufhebens um dieses Buch – sie fand, sie hatte eine Erklärung verdient.

Dann verließ die junge Witwe das Haus und lief zu dem Speicher nahe der Themse, den Schenk ihr bezeichnet hatte. Der Sekretär wartete bereits ungeduldig und zog sie sogleich am Arm weiter zwischen die Häuser. Bevor sie in der schmalen Gasse zwischen den Gebäuden verschwanden, drehte sie sich noch einmal um. Sie konnte den Schwiegervater in der Menschenmenge nicht mehr sehen, doch sie hoffte, dass er mit seinen Verhandlungen Erfolg haben würde. Wenn Bürgermeister Taillour die Abmachung verriet, dann würde hier im Stalhof über kurz oder lang alles brennen, so viel war klar.

Als sie in den Schatten der hohen Gebäude eintauchte, schlang sie die Arme um den Köper, denn mit dem Schwinden der Sonne wurde es kühl. Ihr erster Abend in London stand bevor. Eigentlich hatte sie gehofft, ihn mit Hinrich Lipperade bei einem warmen Krug Met zu verbringen. Jetzt fragte sie sich, ob sie den alten Herrn bloß gefunden hatte, um ihn wieder zu verlieren.

Doch als Schenk sie durch eine Seitenpforte aus dem Stalhof hinaus auf die All Hallows Lane führen wollte, die sich im Osten an das Gelände anschloss, standen dort bereits weitere Gardisten mit Hellebarden und versperrten ihnen den Weg. Der Sekretär schlug die Tür gerade noch rechtzeitig zu, da polterten auch hier die Fäuste der Londoner gegen das Holz. Es gab keinen Ausweg mehr aus dem Stalhof.

Isayas Schenk sah sich gehetzt um. »Verdammt. Hier können wir nicht hinaus. Der einzige Weg …«, sein Blick schweifte zur Themse und dann zu Elise und ihrem Kleid. »Nein, das geht nicht.« Er stemmte sich mit dem Rücken gegen das Holz, das unter den Tritten der Gardisten in den Angeln bebte.

»Was nun?«, fragte Elise. Sie hatte sich nicht darauf gefreut, in die Straßen von London zu fliehen, doch hier darauf warten, dass die Meute eindrang, wollte sie auch nicht.

»Keller, in denen wir uns verbergen könnten, wird es so nahe der Themse kaum geben. In die Aula können wir nicht zurück, das Haus wird zuerst brennen, wenn es zum Konflikt kommt. In die Speicher werden die Gardisten sofort gehen, um die Waren zu begutachten.« Schenk runzelte die Stirn und sah sich mit klarem Blick um. Dann nickte er kurz entschlossen. Eine Hand lag auf ihrem Arm, mit der anderen wies er auf das Fachwerkgebäude mit drei Ebenen und einem Dachgeschoss, aus dem Elise gerade gekommen war. »Wir verbarrikadieren uns dort in Eurer Dachkammer. Zugegeben, es ist kein gutes Versteck, wenn es wirklich brennen sollte, doch wir wollen mal nicht hoffen, dass es so weit kommt.« Damit drehten sie um und liefen zusammen auf das Haus zu. Sie saßen mit den anderen Hanseaten in der Falle.

Kapitel 12

Am selben Tag, wenige Stunden später

Elise saß angespannt auf ihrem Schemel. Sie fror trotz des warmen Kleides in der frischen Luft der Dachkammer und schwankte zwischen Aufregung und Erschöpfung. Doch sie kam nicht zur Ruhe.

Ihr Raum war nicht groß, und das Einzige, was Schenk gefunden hatte, um es vor die Tür zu schieben, war Elises Kleidertruhe gewesen, in die sie die Bibel in einem unbemerkten Augenblick zurückgelegt hatte. Es gab zwei wackelige Schemel, auf einem hatte sie Platz genommen.

Besorgt blickte Elise zu der schmalen Wandluke, die knapp über dem Boden unter der Dachschräge lag und ein wenig Licht in den schummrigen Raum ließ. Wie viel Zeit mochte verstrichen sein? Sie hatte die Glocken der Kirchtürme mehrfach schlagen gehört. Schenk hatte ihr erklärt, dass es ein halb- und ein ganzstündiges Geläut gab. Nach ihrer Rechnung waren seit ihrer missglückten Flucht also mindestens zwei Stunden verstrichen, vielleicht sogar zweieinhalb. Sie sprang nicht zum ersten Mal vom Schemel auf, kniete sich vor das Fenster und versuchte hinauszuschauen. Wie in der Kammer ihres Vaters war die Mauer so dick, dass man nur einen kleinen Teil des Hofes erkennen konnte. Dort unten hatte sie vereinzelt Männer mit fremdem Wappen gesehen, doch was vorging, war nicht zu erkennen. Ob sich der Bürgermeister an sein Wort gehalten hatte? Wenn nicht, musste sie den Schwiegervater in Lebensgefahr wähnen. Die wohlvertraute Sorge kam wieder auf.

»Euch wird nichts geschehen, Frau Elise.« Schenk saß auf der Truhe an der Tür, vielleicht um es Eindringlingen schwerer zu machen, die Kammer gewaltsam zu betreten. Damit hockte er auch, hoffentlich ohne es zu ahnen, auf Lipperades Bibel.

Elise starrte noch ein paar Augenblicke lang aus dem Fenster, doch auf der Straße veränderte sich nichts. Dann kehrte sie zu ihrem Schemel zurück. »Danke für Eure gütigen Worte, Meister Schenk.« Sie seufzte. »Die Ungewissheit macht mir zu schaffen. Was, wenn Hinrich Lipperade schon etwas geschehen ist?«

»Dann sollten wir froh sein, dass die Männer des Bürgermeisters dieses Gebäude nicht anzünden, während wir uns darin befinden«, erwiderte er trocken. »Nein, dann können wir nur hoffen, dass unsere Barrikade sie aufhält oder wir ihnen ein wenig Vernunft einreden können, bis sie zu uns vorgedrungen sind. Bis das geschieht, werden wir wohl oder übel abwarten müssen.«

Ein Ruf drang durch das Fenster herein. Wieder sprang sie auf und versuchte, etwas zu erspähen, doch auf dem kleinen Fleck des Hofs war nichts zu erkennen. Müde rieb sie die Augen und wandte sich ab. »Es ist sehr freundlich, dass Ihr Euch so um mich kümmert, Meister Schenk. Es muss Euch schwerfallen, hier so still zu sitzen.«

Er stand auf und legte ihr beruhigend die Hände auf die Oberarme. »Macht Euch um mich keine Sorgen, Herrin. Es ist mir eine Ehre. Und Euer Herr Vater hat ein Händchen dafür, selbst die verfahrensten Situationen zu richten.«

Elise sah überrascht auf. Das tiefe Vertrauen in Lipperade überraschte sie. Sie erinnerte sich an den Blick, den die beiden Männer getauscht hatten. Der Zweite Sekretär war in London einer der wichtigsten Kontakte zwischen der Hanse und dem Königshof, vielleicht gar der wichtigste. Arbeiteten sie nur im Stalhof zusammen, oder waren sie gar Freunde? Sie mochte Schenk, er brachte sie zum Lachen und hatte etwas Weltgewandtes an sich, das sie bewunderte.

Offenbar interpretierte der Sekretär ihr Schweigen falsch, denn er hob nun ihr Kinn leicht an, um ihr in die Augen zu sehen. »Nicht, dass diese Situation zu verfahren ist, um gerichtet zu werden. Herrin, bitte vergebt mir. Ich wollte Euch nicht weiter ängstigen. Vermutlich wird alles gut ausgehen.«

Elise sah ihn überrascht an – die Geste wirkte so vertraut und selbstverständlich. »Ich – macht Euch keine Gedanken, Herr Schenk. Es geht mir gut. Ich sorge mich nur um den Vater.«

»Das tue ich auch.« Er ergriff ihre Hand und drückte sie tröstend. Beinahe erschien es ihr, als sende er ein Prickeln auf die Haut, das zugleich angenehm wie irritierend war. Doch bevor sie noch etwas sagen konnte, hatte Schenk die Finger schon zurückgezogen und drehte sich zum Fenster, um zu lauschen. Hatte er etwas vernommen?

Elise legte die Hand, die er berührt hatte, in die andere und verbarg sie unter ihrem Umhang. Die selbstverständliche Nähe, mit der Schenk sich ihr zuwandte, verwirrte sie. Ein ähnliches Gefühl hatte sie erst vor wenigen Wochen bei Herman Wanmate empfunden. Und auch wenn zwischen den beiden Männern Welten lagen, kam sie nicht umhin, sie miteinander zu vergleichen. Herman wirkte düster und in sich gekehrt, dabei aber zielgerichtet und kompromisslos. Trotzdem hatte sie in seiner Nähe eine innigliche Wärme empfunden. Schenk dagegen war charmant und fröhlich, er schien einen klaren Blick auf alles zu haben. Das bewunderte sie an ihm.

Ihre Gedanken kehrten zu Herman zurück. Er hatte gesagt, dass seine Familie in London ansässig war. Vielleicht gab es

Verwandte hier, die etwas über seinen Verbleib wussten? Wenn er einen Brief geschickt hatte, mochte dieser inzwischen hier eingetroffen sein. Elise hatte zwar keine großen Hoffnungen, dass der Sekretär die Familie persönlich kannte – immerhin war London groß –, doch sie fragte ihn trotzdem nach dem Sitz der Familie.

»Wanmate?« Er runzelte die Stirn. »*Die* Wanmates?«

»Ich nehme an, wir reden über dieselben, ja. Kennt Ihr sie?«

»Nicht sehr gut, ich vermeide den Kontakt, wo ich kann. Seit letztem Jahr verkehrt niemand mehr mit ihnen.«

»Wisst Ihr denn, wo sie wohnen?«

»Warum wollt Ihr das wissen, Herrin? Mit diesen Leuten hat man besser nichts zu schaffen. Sie haben ein Verbot des Königs ignoriert und ihm viel Schande bereitet. Es ist ein Wunder des Herrn, dass Seine Majestät sie nicht allesamt aufs Schafott gebracht hat. Man sollte keinen von ihnen mehr in Gesellschaft dulden.«

»Ich möchte es bloß wissen. Wir ... ich habe davon gehört, dass sie ein sehr hübsches Haus bewohnen, und wüsste gerne, wo es ist.«

»Ah, so. Das Kontor war ein schmuckes Haus, etwa dort, wo der Walbrook auf die Lombard Strete trifft, nicht weit von hier gen Norden«, entgegnete Schenk. Er stand mitten in der Kammer direkt unter dem Dachfirst, wo er sich nicht den Kopf stieß. »Sie wohnen dort nicht mehr. König Edward hat ihnen alles genommen, alle Schiffe, alle Güter, alle Wagen.«

Elise bedankte sich trotz ihrer Enttäuschung. Sie wusste ja nicht einmal, ob sich Herman in London aufhielt. Aufgewühlt ging sie an Schenk vorbei zum Fenster, um erneut hinauszublicken. Halb erwartete sie, dass das Bild draußen noch immer dasselbe wäre, doch sie täuschte sich. Der Hof lag im Dunkeln; die Nacht war hereingebrochen. Gerade marschierten

Menschen mit Fackeln durch den kleinen Ausschnitt, auf den sie Einblick hatte. Elises Hand fuhr erschreckt zum Mund. War die Aula Theutonicorum in die Hände der Garde gefallen? Oder war alles glimpflich verlaufen?

Jemand rüttelte an der Tür und versuchte, sie zu öffnen. Als das Holz gegen die Truhe bollerte, erklangen Rufe. Elise zuckte zusammen. Schenk trat neben sie und legte ihr beruhigend die Hand auf den Arm. Dann stellte er sich vor sie. »Nur keine Furcht, Herrin. Ich lasse nicht zu, dass Euch jemand ein Leid zufügt«, sagte er angespannt.

Beim nächsten Poltern wackelte die Kiste, die sie vor die Tür geschoben hatten. »Heda«, sprach jemand. »Aufmachen!«

»Herr Hinrich?«, fragte Elise. Das war doch nicht seine Stimme gewesen? Oder doch? »Seid Ihr das?«

Von draußen kam keine Antwort. Elise legte bangend die Hände vor den Mund. Schritte näherten sich auf dem Gang, es wurde geflüstert und gesprochen. »Elise? Bist du da drinnen?« Es war die Stimme Hinrich Lipperades.

»Ja«, rief sie erleichtert. »Mit dem Herrn Schenk! Lasst uns die Kiste wegnehmen, Herr.« Das Möbel wurde an die Wand geschoben. Hinrich Lipperade öffnete die Tür. Elise atmete erleichtert auf und ergriff seine Hand. »Geht es Euch gut?«

»Ja, mir schon. Und dir? Jemand hat gesagt, er hätte euch beide hier im Gebäude verschwinden sehen.«

»Alles in Ordnung, Herr Hinrich«, versicherte sie ihm. »Wir kamen nicht mehr vom Gelände, weil alles umstellt war. Daher mussten wir uns verbarrikadieren.«

»Ihr hättet doch durch den Keller im Kornspeicher gehen können.«

Der Sekretär runzelte die Stirn. »Dort gibt es einen Keller? Ist der nicht durch die Flut gefährdet?«

»Er befindet sich auf der Ecke zur Thames Strete. Der Weg ist eng und nicht ganz ungefährlich, denn er führt nur zu einem Kelleraufgang auf der gegenüberliegenden Straßenseite.« Dann winkte der Äldermann ab. »Aber vielleicht ist es besser, dass ihr dort nicht entlang seid, denn Ihr hättet meine Tochter immer noch an der geifernden Meute vorbeiführen müssen. Es ist ja nichts passiert.« Er wandte sich wieder Elise zu.

»Ich habe mir solche Sorgen gemacht. Ist alles friedlich geblieben?«, fragte sie.

»So friedlich wie eben möglich. Die Plünderer des Königs haben sich tatsächlich damit begnügt, uns gepflegt zu bedrohen und sich an unserem Hab und Gut zu vergreifen. Aber immerhin – sie sind wieder abgezogen. Sie hätten auch das Volk in den Stalhof lassen und sich die Hände von der Zerstörung reinwaschen können, die es angerichtet hätte.« Der Schwiegervater seufzte. Dann glitt sein Blick wie zufällig durch den Raum. »Und bei euch beiden ist auch alles glimpflich verlaufen?«

»Wie ich versprochen habe, Lipperade, ich habe die Herrin beschützt wie meinen Augapfel.« Schenk lächelte Elise an.

»Ich kann Euch nicht genug danken, Isayas.« Der Vater klopfte ihm dankbar auf die Schulter. »Ihr habt etwas gut bei mir.«

»Macht Euch keine Gedanken. Ich habe es gerne getan.« Schenk schenkte Elise ein Lächeln und einen innigen Blick, dann deutete er eine Verbeugung an und zog sich zurück.

Elise spürte, wie ihr Herz einen Satz machte, und erwiderte beides. Als er fort war, schlang sie die Arme um den Körper. Nun, da die Aufregung nachließ, merkte sie, wie kalt ihr war. »Vielleicht hattet Ihr recht, Herr Hinrich. Wir sollten wohl besser sofort nach Lübeck aufbrechen.«

Doch Hinrich Lipperade schüttelte nachdrücklich den Kopf. »Elise, es tut mir so leid. Ich kann hier nicht weg, bevor der Konflikt mit dem König beigelegt ist.«

»Aber der Bürgermeister ist mit seinen Leuten doch abgezogen?«

Der Vater nickte bitter. »Das ist er, aber damit enden unsere Sorgen nicht, sie beginnen erst. Unser einziger Sieg ist, dass wir nur zahlen und nicht bluten mussten. Ansonsten ist dies ein schwarzer Tag im Kalender. Der König hat den Vertrag verletzt, der den Stalhof zum Hansegebiet erklärt. Das ist ein Akt der Gewalt, der nicht unbeantwortet bleiben kann. Ich muss mit dem König sprechen.« Er öffnete die Truhe und begann, darin herumzuwühlen. »Wo ist die Bibel?«

Müdigkeit und Enttäuschung verbanden sich in ihrem Innern und machten Elise das Herz schwer. »Ihr werdet Hendrik und mir also nicht in Lübeck beistehen?«, sprach sie ihre Befürchtung aus.

Seine grünen Augen verengten sich traurig, während er sprach. »Entweder verliere ich dort alles oder hier. Man hat mir hier eine Verantwortung übertragen, die ich jetzt nicht ablegen kann. Es ist eine Frage der Prioriäten, Kind. Und der Zusammenhalt der Hanse und Lübecks Ansehen in der Welt ist wichtiger als mein Haus, mein Kontor ...«

»Wichtiger als Euer Enkelsohn?«, fiel Elise ihm betroffen ins Wort.

»Elise«, Hinrich Lipperade hatte die Bibel gefunden, holte sie aber nicht aus der Truhe. Dann trat er zu ihr, nahm sie bei den Schultern und sah sie ernst an. »Nichts ist mir wichtiger als mein Enkelsohn und auch dein Wohlergehen. Aber damit ihr auch morgen noch ein sicheres Leben führen könnt, muss die Hanse weiter bestehen. Du hast gesehen, was zwischen den einzelnen Vertretern der Städtehansen vorgegangen ist, als der Mob vor der Tür stand. Der Zusammenhalt, der uns hier sonst bindet, war sofort dahin. Die Männer aus Brügge und Köln haben sich bereits geweigert, den Danzigern ihren Teil des Ausgleichs für die Reparationsleistungen zu geben. Wenn der Wind ein bisschen rauer wird, zählen plötzlich nur noch die eigenen Interessen. Jemand muss sie an ihre Versprechen erinnern und die Leistungen einfordern! Die Hanse ist mehr als ein Haufen von Feiglingen, die beim kleinsten Sturm die Segel streichen. Sie ist eine Idee, die uns alle verbindet, ein Haus, in dem wir alle gemeinsam wohnen, ohne dass einer den anderen bestiehlt oder ihn übervorteilt. Das bedeutet auch, dass wir beim König von England die gleichen Bedingungen für alle aushandeln müssen. Er hat sich Zugang zum Stalhof verschafft. Damit das nicht wieder geschieht, müssen wir ihn an das Wort, das er uns gegeben hat, erinnern. Der Stalhof ist Hansegebiet, das er zu respektieren hat. Und wenn er das nicht kann«, er schob den Unterkiefer entschlossen vor, »dann müssen wir unsere Konsequenzen ziehen.«

Elise überschlug ihr Wissen über das Blutbad auf Island. Der Sekretär Plissen in Lübeck hatte angedeutet, dass hier mehr vorging, als es auf den ersten Blick den Anschein hatte; dass Einzelinteressen existierten, die dem Wohl der Hanse entgegenwirkten. Nun sagte ihr Schwiegervater dasselbe über die Kaufleute im Stalhof. Wie es schien, war diese unvergleichliche Vereinigung nicht mehr der Monolith, als der sie von den Repräsentanten gerne dargestellt wurde. »Wer sagt Euch, dass der Stalhof nicht längst verloren ist und Ihr Euren Enkelsohn für eine verlorene Sache im Stich lasst?«, fragte sie leise.

Er starrte sie stumm an und zögerte einen Augenblick. »Alles andere ist nicht akzeptabel.«

»Aber vielleicht sind die Zeiten der Hanse vorbei. An ihrer Stelle wird etwas Neues entstehen. Die Welt ist im steten Wandel. Ihr solltet das besser wissen als manch anderer.«

Der alte Herr schüttelte vehement den Kopf. »Das will ich nicht glauben. Die Hanse macht diese Welt sicherer. Der Zusammenschluss so vieler Städte ... Elise, das ist Gottes Werk! So viele Mächte, die an einem Strang ziehen! Das ist unerhört! Doch wenn wir es nicht pflegen, wenn wir nicht beständig darum kämpfen, dann wird dieses Gottesgeschenk zerfallen.« Wieder entstand die Falte zwischen seinen Brauen. »Das werde ich nicht zulassen! Ich muss herausfinden, was hinter diesen Dingen steckt. Und dann mit dem König verhandeln.«

Elise war nicht davon überzeugt, dass dies der beste Weg war. Aber sie begann zu begreifen, dass es der einzige Weg war, den Hinrich Lipperade beschreiten konnte. Bislang hatte sie stets akzeptiert, dass er die richtigen Entscheidungen für die Familie und das Kontor getroffen hatte. Doch jetzt wusste Elise ohne den Schatten eines Zweifels, dass sie seinen Weg nicht würde mitgehen können.

»Warum nur tragt Ihr immer das Gewicht der Welt auf den Schultern?«, fragte sie müde.

»Wenn mehr Menschen das Gewicht der Welt auf den Schultern trügen, wäre es für jeden Einzelnen nicht so schwer«, gab er fest zurück.

Elise versuchte nicht weiter, in ihn zu dringen. »Dann gebt mir ein Schreiben für den Lübecker Rat mit, in dem steht, dass Ihr wohlauf seid und die Gerüchte über Euren Tod bloß ein Missverständnis waren. Es wird gegen Northoffs Machenschaften wenig helfen, aber ich will zumindest nicht mit leeren Händen dastehen«, sagte sie mutlos.

Hinrich Lipperade legte ihr eine Hand auf die Schulter. »Elise, versteh doch ...«

Doch Elise schüttelte den Kopf. »Nein, Herr Hinrich, Ihr versteht nicht. Ich habe Verständnis für Eure Lage, aber hier geht es nicht nur um Euer Haus und das Kontor. Hier geht es auch um meine Heimat und das Erbe meines Sohnes. Ihr solltet diesen Kampf eigentlich kämpfen, doch da Ihr es nicht vermögt, muss ich das für Euch tun.«

Er nickte und schwieg für einen Augenblick. »Natürlich, das verstehe ich.«

»Danke. Sobald das Schreiben fertig ist, werde ich zurück nach Lübeck fahren.«

»Ja. Es tut mir leid, dass es so kommen muss.« Er wandte sich zur Truhe und holte die Bibel heraus.

»Mir auch, Herr Hinrich.« Sie atmete einmal tief durch, dann zwang sie sich, Pläne zu schmieden. Das Erste, was sie am morgigen Tag sicherstellen musste, war, dass ihr Schiff für eine Fahrt zum Festland vorbereitet wurde.

Kapitel 13

London, am einundzwanzigsten Juli 1468

»Wir machen die ›Severin‹ in zwei Tagen klar, Herrin«, erklärte Kapitän Verhaagen. Sein krummer Rücken ließ ihn kaum größer wirken als Elise selbst. Er trug einen strähnigen dünnen Bart, während am Kopf nur noch ein spärlicher Haarkranz wuchs. Die Frau fand, dass der alte bucklige Mann ganz wunderbar zu dem knorrigen Schiff passte. »Ich kann nich' versprechen, dass sie uns noch bis durch'n Sund trägt, aber wenn nich', isses wenigstens schnell vorbei.«

Elise sah ihn erschreckt an, doch er schenkte ihr sofort ein Grinsen, das vor Zahnstummeln nur so strotzte. »Nun lasst Euch mal nich' verschaukeln, nich'?«

»Und geht es nicht schneller als zwei Tage?«

»Bedaure, Herrin. Wir müssen Teile der Takelung ersetzen, und der Zoll will noch mal durch den Laderaum geh'n. Wenn Ihr nich' mit halbem Zeug fahr'n wollt, müsst Ihr Euch wohl gedulden.« Er runzelte die wettergegerbte Stirn und musterte Wendy, die Magd, die Elise begleitete. »Kommt die Frau da auch mit?«

»Nein. Seid bedankt, Kapitän«, erwiderte Elise. »Dann fahren wir in zwei Tagen. Komm, Wendy.«

Eilig schob sie sich durch die Menschenmenge, die am Kai von Billingsgate vor dem Schiff stand. Bei den meisten schien es sich um Händler zu handeln, die entweder Waren verschiffen wollten oder selbst eine Passage zu ergattern suchten. »Schon wieder warten«, seufzte sie.

»Sagtet Ihr nicht, Ihr hättet Wochen hierher gebraucht?«, fragte Wendy.

»Ja. Und?« Elise musterte die schlichte englische Magd, die einfache braune Gewänder über ihrer etwas plumpen Figur trug. Das längliche Gesicht wirkte müde, und die Augen waren mit dunklen Schatten versehen. Sie wirkte sicher zehn Jahre älter als Elise. Entweder war Wendy lange krank gewesen oder sie hatte ein kleines Kind und bekam wenig Schlaf. Das mochte ihre ständige Nörgelei erklären. Beinahe war Elise froh, dass sie Mühe hatte, den Akzent der Frau zu verstehen.

»Na ja, wenn Ihr Wochen hergefahren seid, dann schaden zwei Tage doch sicher auch nichts, Herrin.«

Die junge Witwe musste trotz ihrer Ungeduld lächeln, denn die einfache Frau traf den Nagel auf den Kopf – wie mit vielem, was sie sagte. »Weißt du, wo du die Zollmeisterei findest?«

»Aye. Warum?«

»Vielleicht kannst du das mit dem Prüfen der Ladung dort ein wenig beschleunigen. Geh bitte hin, und frage nach, was für ein Problem es gibt und ob man das durch Vorlage der Papiere ... und diesen Beutel ... nicht klären kann.« Sie überreichte einen kleinen Beutel mit Münzen.

Die Magd wog ihn und nickte. »Ihr meint, ich bekomme vielleicht eine andere Antwort als Ihr als Hansefrau, Herrin?«

»Möglich ist es.«

»Aye, Herrin.« Die plumpe Magd zog den Kopf zwischen die Schultern und wollte schon davonschlurfen, doch Elise hielt sie zurück.

»Und Wendy? Wenn es dir gelingt, erhältst du einen Schilling extra.« Da leuchteten die müden Augen der Magd freudig auf, und sie eilte mit neuem Eifer davon.

Elise zog den Schal enger um die Schultern. Der Himmel war wolkenverhangen und verhieß bald Regen. Doch das drohende Wetter schien niemanden zu stören. Die Londoner hatten sich in Tücher und Umhänge gehüllt und hielten ihren Blick gesenkt, während sie eilig ihrem Tagwerk nachgingen.

Die junge Witwe aus Lübeck musterte die Menschen um sich herum. Sie sah Mägde und Knechte, die im Dienst ihrer Herrschaften unterwegs waren, Schauermänner, die eilig die Ladung eines Schiffes löschten, Kaufleute, die aus den eben erst ausgeladenen Fässern bereits Stoffe und Gewürze verkauften, Huren, die die Schiffsknechte umgarnten, Sekretäre, die Zollgüter prüften, Betteljungen, die ihre Hände aufhielten, und dazwischen Hunde, Katzen und so manchen Vogel auf der Suche nach essbaren Resten. Die Masse der Menschen drohte Elise zu überwältigen.

Da Wendy für ihren Gang sicher eine Weile benötigen würde, schlenderte Elise ein paar Schritte die Straße entlang. Sie hatte ein ummauertes Gelände mit dem Weißen Turm erspäht, der weit über die umliegenden Häuser hinausragte. Neugierig näherte sie sich und erinnerte sich an das, was Klüver ihr von dem Turm erzählt hatte, als sie ihn mit dem Schiff passiert hatten. Es handelte sich um den Sitz früherer Könige – und um ihr Gefängnis.

Die Burg lag am Ufer der Themse und besaß einen eigenen Bootsanleger sowie einen breiten Graben, der sie vom Rest der Stadt abtrennte. Der Turm erschien bei genauerer Betrachtung gar nicht viel höher als die anderen Gebäude, doch durch den weißen Anstrich und die vier kleinen Ecktürmchen wirkte er viel wuchtiger und beeindruckender. Trutzige graue Mauern umfriedeten das Gelände hinter dem Wassergraben, und es schien nur wenige Brücken zu geben, die hineinführten. Insgesamt machte der Weiße Turm auf Elise einen düsteren, ja bedrückenden Eindruck. Wer dort eingesperrt wurde, hatte sicherlich keine Freude mehr am Leben. Vermutlich konnte man aus den winzigen Fenstern hinaus auf das Treiben der Stadt blicken, ohne jedoch daran teilhaben zu können. Hinrichtungen hochrangiger Gefangener fanden dort wohl auch statt; Spektakel, die zur Belustigung der Massen dienten.

Elise wandte sich ab und kehrte zu dem Ort zurück, an dem sie sich von der Magd getrennt hatte. Sie wollte nicht über Dinge nachdenken, die ihre Laune noch verschlechterten. Sie wünschte sich wenigstens ein bisschen Sonne herbei, doch der heilige Petrus wollte ihr diesen Gefallen nicht tun. Die Wolken zogen sich immer weiter zusammen und ließen London viel dunkler wirken, als sie bei der Anreise empfunden hatte.

Da Wendy noch nicht zurück war, presste sich Elise bei den ersten Regentropfen mit dem Rücken an die Wand eines kleinen Fachwerkhauses, dessen obere Geschosse über die Straße ragten. Schnell steigerte sich der Regen zu einem rechten Guss. Große Tropfen fielen so hart auf den Boden, dass sie in alle Richtungen spritzten und ihr Schuhe und Kleid von unten nässten, nicht von oben – ein Phänomen, das sie bislang noch nie beobachtet hatte.

Um sie herum hasteten die Menschen in die Hauseingänge oder unter die aufgespannten Planen einiger Buden. Immer, wenn eine vermummte Gestalt vorbeikam, versuchte Elise, unter die um das Gesicht geschlungenen Schals zu spähen, doch Wendy war nicht dabei. Wartete die gemächliche Magd den Schauer ab und kam erst zurück, wenn sich das Wetter gebessert hatte?

Doch je länger Elise wartete, desto mehr reifte ihre Erkenntnis, dass dieser Regenguss so schnell nicht enden würde und dass die Magd möglicherweise gar nicht mehr in der Nähe war.

Doch plötzlich stand Wendy tropfnass und mit hochrotem Gesicht vor ihr und schimpfte wie ein Ruderknecht über den verstockten Zollmeister und seine Gehilfen, darüber, dass die Welt schlecht sei und niemand jemandem einen Gefallen tun wolle. Elise hörte aus der Tirade heraus, dass der Zollmeister die »Sankt Severin« nicht früher fortlassen würde. Sie gab der Magd trotzdem einen halben Schilling.

»Weißt du, wo der Walbrook ist?«, fragte sie dann.

»Sicher, Milady. Warum?«

»Ich will zu einem Haus beim Walbrook, etwa dort, wo er auf die Lombard Strete trifft.«

»Jetzt?« Die Magd machte eine Geste, die das schlimme Wetter und ihren nassen Umhang einschloss.

»Ja, jetzt. Du erhältst noch einen Schilling«, seufzte die junge Witwe.

»Aye, Milady.« Damit ging Wendy voran. »Was wollt Ihr da?«

»Erkundigungen einholen«, erwiderte sie ausweichend.

Ein Donnern grollte durch die dunklen Wolken. Von der nachmittäglichen Sonne drang kaum Licht auf den Boden, und weitere Regenschauer ergossen sich über die Stadt. Auf den Straßen begegneten sie kaum jemandem, die Londoner kannten ihr Wetter offenbar besser.

Die Gegend veränderte sich mit jedem Schritt, den sie von der Themse wegtaten. An einer Kreuzung von vier Straßen hielt die Magd inne. Tiefe und schlammige Fuhrrinnen machten den gepflasterten Straßen Platz, und die reichen Steingebäude der Thames Strete wichen mehr und mehr gepflegten Fachwerkhäusern. An der nächsten Ecke ragten drei- und viergeschossige Fachwerkbauten so weit vor, dass sich die oberen Stockwerke über der Gasse beinahe berührten und die beiden Frauen weitgehend vor dem Regen schützten. Doch Elise fror in ihren nassen Kleidern erbärmlich. Sie hoffte, dass es im Stalhof eine Kammer mit befeuertem Ofen gab, an der sie sich und die Kleider später würde trocknen können.

Ein plötzliches Gefühl der Fremde bemächtigte sich ihrer, obwohl sie nicht allein war. Mit einem Mal kam sie sich in diesem fernen Land, in dem sie kaum jemanden kannte und nur eine grobe Ahnung von der Art und Weise hatte, wie man sich hier korrekt verhielt, sehr verloren vor. Wie anheimelnd wirkte da der Schein eines Herdfeuers, das aus einem der Fenster drang! Elise schluckte schwer, denn die Erinnerung an ihr Haus in der Mengstraße machte sie ganz wehmütig. Dort war Gertraut nun vermutlich dabei, für sich, Hendrik und die Knechte ein Abendessen zu bereiten. Wie sehr sie den kleinen wilden Burschen vermisste! Elise rekapitulierte die letzten Wochen und sehnte sich plötzlich sehr nach der kleinen Kammer unter dem Dach. Sie säße gern in der Kemenate, die direkt hinter der Stube lag, in der von Gertraut immer rege Betriebsamkeit, manchmal ein unterdrücktes Schimpfen und ab und an auch ein versonnener Gesang beim Arbeiten zu vernehmen war. Alles in allem verband sie mit diesen Erinnerungen ein Gefühl der Geborgenheit. Dagegen half auch nicht das Wissen darüber, wie trügerisch diese Empfindung dort im Augenblick sein würde.

Endlich fand die junge Witwe bei einem Haus einen Hinweis: Unter dem Fenster auf dem Boden lehnte ein Schild an der Wand. Darauf stand in abgeblätterter Farbe »Wanmate & Sons«. Sie klopfte einige Male und hörte schließlich aus dem Inneren Schritte, die sich näherten. Die grüne Tür öffnete sich, und im Halbdunkel erkannte sie den Mann, der vor ihr stand, nur schemenhaft. Die weißen Haare klebten ihm feucht am Kopf, als wäre er selbst eben erst aus dem Wetter nach Hause gekommen, der Bart stand ihm struppig im Gesicht, und tiefe Falten zerfurchten die Haut um Mund und Augen. »Ja?«

»Sir?«, fragte Elise. »Ist dies das Haus der Handelsfamilie Wanmate?«

»War es mal«, brummte der Alte und musterte sie von Kopf bis Fuß. »Wer will das wissen?«

»Elisabeth Lipperade, Herr.«

»Lipperade? Sagt mir nichts.«

»Aus Lübeck, Sir. Und Ihr seid?«

»Peter Royce, Buchhändler«, erwiderte er schmunzelnd. »Ein forsches kleines Ding seid Ihr. Klopft an meine Tür, und fragt mich aus, als wärt Ihr hier zu Hause, nicht ich.«

»Ich wollte Euch nicht beleidigen, Sir«, sagte sie eilig. »Ich wollte mich bloß nach den Wanmates erkundigen.«

»Ich bin nicht beleidigt, ganz im Gegenteil. Ich freue mich über mutige junge Frauen, die sich nichts vormachen lassen. Die Wanmates, eh? Die haben es sich ganz schön ruiniert. Habe das Anwesen für einen Apfel und ein Ei bekommen.«

»Wisst Ihr, wo sie jetzt wohnen?«

Der Buchhändler runzelte die Stirn. »Keine Ahnung, ich glaube, sie sind bei Verwandten am Ludgate vor der Stadt untergekrochen. Warum? Ihr kennt diese Leute doch nicht etwa persönlich?«

»Ich bedanke mich, Sir«, sagte Elise ausweichend und machte einen Knicks, der, so durchgeweicht wie sie war, sicher nicht sehr höflich aussah.

»Ich sag es doch. Ein forsches junges Ding«, lachte der Alte. »Geht mit Gott, Herrin.«

Elise schenkte ihm ein Lächeln und verabschiedete sich.

»Das war wirklich nicht sehr höflich, Milady«, merkte die Magd an. »Einfach an fremder Leute Türen klopfen und sie ausfragen und dann stehen lassen. Macht man das so in Lübeck?«

»Ja«, entgegnete Elise, die sich selbst nicht sonderlich mutig oder forsch fand. Sie zwinkerte der anderen Frau zu. »Dort weisen dreiste Mägde auch ihre Herrinnen zurecht. Du würdest dich dort wohlfühlen.«

Offenbar musste Wendy erst einmal darüber nachdenken, ob die Zurechtweisung nun ernst gemeint gewesen war oder nicht, denn sie hielt den Mund, bis sie den Stalhof erreicht hatten. Dort angekommen, zog es Elise in ihre Kammer, um endlich aus den nassen Kleidern herauszukommen. Nachdem die Magd ihr beim Ausziehen behilflich gewesen war und ein Leinentuch gereicht hatte, entließ die junge Witwe sie für den Rest des Abends. Das alte grüne Kleid mit den weiten Ärmeln, das sie bei dem nächtlichen Besuch bei Inger getragen hatte, konnte sie auch allein anziehen. Den Fleck hatte Ursula sorgfältig entfernt.

Als sie sich ausreichend am Ofen in der leeren oberen Herrenkammer gewärmt hatte und das Haar beinahe trocken war, wunderte sie sich doch darüber, dass sie hier allein war. Ein Gang zur Kammer des Vaters offenbarte, dass auch diese leer war. Also nahm sie die Treppe hinab zur Aula Theutonicorum, um zu schauen, wo die Kaufleute sich alle aufhielten. Die Einsamkeit im oberen Geschoss gab ihr zu denken.

Die Sonne ging bereits unter und tauchte den Stalhof in tiefe Schatten. Der Regen hatte sich zu einem zarten Nieseln abgeschwächt. Die Gruppe aus Knechten saß nun in der regengeschützten Hofdurchfahrt. Offenbar waren die Männer mit ihrem Tagwerk fertig, denn sie ließen einen dampfenden

Krug kreisen, vermutlich heißen Met. »Wo sind die Herrschaften?«, fragte Elise nach einem höflichen Gruß aus einigem Abstand. Sie ignorierte ein anerkennendes Pfeifen aus der Gruppe.

»Dort, Herrin«, sagte einer, der sie offenbar wiedererkannte, und deutete in Richtung der Aula Theutonicorum.

Sie bedankte sich und wandte sich ab. War bereits zum Essen gerufen worden? Doch warum versammelten sich die Herrschaften alle gleichzeitig dort?

»Setzt Euch doch!«, sagte einer der Knechte und klopfte auffordernd auf einen leeren Eimer, den man umgestürzt als Hocker aufgestellt hatte.

Elise wollte dem Kommentar keine Beachtung schenken und sich abwenden, doch der Knecht sprang auf und stellte sich ihr in den Weg. Er bot ihr den Krug an. »Auch 'nen Schluck?«

»Nein, danke«, flüsterte Elise und senkte den Kopf. Dabei versuchte sie, sich an dem Mann vorbeizudrängen. Der Knecht aber tänzelte hin und her, um sie aufzuhalten. Schließlich blieb sie stehen. »Bitte lass mich durch.«

»Nicht, bevor du nicht einen Schluck nimmst, Schönste!«

Die Knechte im Hintergrund lachten und pfiffen anerkennend.

»Und dann lässt du mich vorbei?«

Der Knecht zog die Hand in Kreuzform über das Herz und setzte einen würdigen Gesichtsausdruck auf. »Auf mein Wort.«

Also ergriff Elise den Krug und nippte an dem Inhalt. Bei dem starken Gebräu handelte es sich aber keineswegs um Met, sondern um Dunkelbier. Sie hätte das warme Zeug fast wieder ausgespien, doch sie beherrschte sich und schluckte es hinunter. Die Männer hinter ihr johlten. Sie reichte den

Krug zurück und wollte an dem Knecht vorbeieilen, doch der trat ihr wieder in den Weg. In gespieltem Bedauern sagte er: »Ich habe nicht gesagt, wann ich Euch durchlasse, Herrin.«

»Tom, was geht hier vor?«, erklang eine Stimme hinter ihnen.

Der Knecht drehte sich auf den Hacken herum, sodass Elise den Sprecher nicht sehen konnte, auch wenn die Stimme ihr sehr bekannt vorkam. »Nichts, Sir, alles in Ordnung.«

»Belästigst du diese Dame?«

Nun gab Tom den Weg frei. Elise ging dankbar an ihm vorbei und trat in den Schein der Laterne, die am Eingang der Aula hing und die den Sprecher, der ihr beigestanden hatte, so von oben beleuchtete, dass sie ihn nicht erkennen konnte.

»Danke, Sir«, sagte sie erleichtert. »Die Männer haben sich nur einen Scherz erlaubt.«

»Elouise?« Die Stimme klang verblüfft.

»Ja?«

»Erkennt Ihr mich nicht? Ich bin es.« Er bewegte sich so, dass ihm die Laterne ins Gesicht schien. Vor ihr stand Herman Wanmate.

Elise hielt vor Überraschung den Atem an. »Herman?« Sie wollte es erst nicht glauben, doch er war es: Die braunen Haare fielen ihm in langen Locken bis auf die Schultern, und der Bart bedeckte Wangen und Kinn nun vollständig. Insgesamt wirkte er kraftvoller, gesünder und aufrechter als vor Wochen. Seine Kleidung war sauber und gepflegt sowie prachtvoller als in Lübeck, entsprach aber nicht dem Rang eines Kaufmannes. »Ihr seid es wirklich!«, stieß sie aus und reichte ihm eine Hand. Ihr war, als spüre sie in ihrem Herzen eine verkümmerte Glut zur Flamme neu auflodern. »Was macht Ihr denn hier, in Gottes Namen?«

»Ich bin der Erste Sekretär des Stalhofs«, erwiderte er lächelnd und schenkte ihr einen tiefen Blick. Insgesamt schien er beinahe von innen heraus zu leuchten, als er sie ansah. »Ich sehe, Ihr habt es doch noch nach London geschafft. Ich bin sehr froh darüber.«

»Wie absonderlich – das habt Ihr mit keinem Wort erwähnt.«

Er entschuldigte sich bei ihr. »Ihr habt ja sehr schnell bemerkt, dass ich nicht wollte, dass mein Name in Lübeck bekannt wurde. Einige Leute aus dem Rathaus hätten etwas damit anfangen können, aber da ich nicht in offiziellen Geschäften des Stalhofs auf Reisen war …«

Elise verstand seine Zurückhaltung. Sein Name war bei vielen Leuten bekannt. Außerdem wäre er mit dem Blutbad in Verbindung gebracht worden. Beides zusammen hätte zu viel Aufsehen erregt, als dass er effektiv Nachforschungen hätte anstellen können. »Ich habe mir Sorgen um Euch gemacht, nachdem Ihr ohne ein Wort des Abschieds aus Lübeck verschwunden seid!«

Seine tiefen und unergründlichen Augen musterten sie, als er ihre Hand an die Lippen führte und küsste. »Das hatte ich befürchtet. Hat Euch der Mönch meine Nachricht nicht überbracht?«

»Nachricht?«, Elise versuchte, ihr schnell klopfendes Herz zu beruhigen, sie zog ihre Finger nicht zurück, doch sie wünschte sich, er hätte stattdessen ihre Lippen berührt. »Und welcher Mönch?«

»Der mit der Glatze im Spital. Ich hatte ihm ein Schreiben für Euch hinterlassen, damit Ihr wisst, dass mir nichts zugestoßen ist, zusammen mit einem Abschiedsgruß an Euch.«

»Der Halunke!«, stieß Elise entrüstet aus. »Er hat behauptet, er wüsste nichts. Er hat schon so tadelnd geschaut, als ich nach Euch fragte, und mich darauf hingewiesen, dass sich das nicht gehört. Vermutlich hat er das Schreiben einfach verschwinden lassen.« Hätte sie nur eher gewusst, dass Herman damals an sie gedacht hatte! Das hätte ihr viel Bangen erspart. Und doch änderte es nichts daran, dass er gegangen war.

»Ich hätte es meinem Bettnachbarn geben sollen«, erwiderte Herman. »Aber da Ihr nicht in den Herrentrakt des Langen Hauses gelassen worden wärt, hielt ich den Mönch für die bessere Wahl.«

»Aber warum seid Ihr bloß gegangen?«, rief sie aus. Dann dämpfte sie ihre Stimme, denn was sie besprachen, ging niemanden etwas an, nicht die Knechte und besonders nicht die Herrschaften. »Ich habe schon befürchtet, Euch wäre Schrecklichstes zugestoßen!«

»Das wollte ich nun wirklich nicht«, beteuerte er. »Ich habe Nachforschungen angestellt und muss dabei wohl einiges Aufsehen erregt haben. Jemand hat mir damit gedroht, Euch zu verletzen. Es geht Euch doch gut, oder?«

Seine Worte verschlugen ihr vor Entsetzen einen Augenblick lang die Sprache. »Mich zu verletzen? Ja, wer denn um Himmels willen?«

»Ein aalglatter dunkelhaariger Mann, der wirkte, als hätte er ausreichend Einfluss, um seine Drohungen wahr zu machen.«

Ihr stand sofort ein Bild vor Augen. »Northoff? Johann Northoff? Umständliche Sprache, kurzer Bart, hochgewachsen?«

»Das mag er gewesen sein«, bestätigte Herman grimmig. »Er sprach ein scheußliches Englisch. Da Ihr ihn kennt, bedeutet das wohl, dass seine Drohung nicht hohl war.«

»Oh ja, ich kenne ihn. Er ist ein ausgemachter Halunke,

der versucht, meinen Sohn um sein Erbe zu bringen. Er – er wollte mich zur Frau nehmen, um seinen Anspruch zu festigen.« Sie zog Herman bestürzt ein Stück von den Knechten weg. Ihr Herz schlug wild vor Freude, dass er gegangen war, um sie zu schützen, nicht etwa, um sie zurückzulassen – doch sie musste mehr darüber wissen. »Was genau hat er von Euch verlangt?«

»Ihr habt einen Sohn?«, fragte er statt einer Antwort.

»Ja. Habe ich Euch nicht von ihm erzählt?« Nein, sie musste zugeben, dass die Sprache wohl nicht darauf gekommen war. »Er heißt Hendrik und ist neun Jahre alt. Er wird das Kontor seines Großvaters erben, wenn er groß ist.«

»Das wusste ich nicht«, sagte Wanmate. Er musterte sie intensiv, als müsse er diesen Mosaikstein erst in das Bild einsetzen, das er sich von ihr gemacht hatte. Dann antwortete er auf ihre Frage. »Er wollte, dass ich Euch in Ruhe lasse, dass ich nicht weiter nach dem Zeugen forsche und Lübeck sofort verlasse.«

Mit einem Ruck holte Elise die Situation ein, die sie in Lübeck zurückgelassen hatte. »Das bedeutet ja, dass er von Inger wusste – warum man sie hergeholt hatte und vielleicht sogar, wo sie untergebracht war. Doch warum hat er verhindern wollen, dass Ihr von den Dingen erfahrt, die sie gesehen hat?«

»Ich weiß es nicht. Wieso ist das von so großer Bedeutung?«

»Weil sie umgebracht worden ist«, sagte sie und berichtete von all den Dingen, die sich seit seiner Abreise zugetragen hatten. Damit stachelte sie seine Wut auf Northoff noch weiter an. »Dieser Schurke!«, knurrte er. »Ich hätte ihm gleich vor Ort das glatte Lächeln vom Gesicht prügeln sollen!«

Elise stimmte ihm im Stillen zu, schüttelte aber den Kopf. »Das wäre nicht sehr weise gewesen. Northoff scheint viele Freunde zu besitzen, die Ihr gegen Euch – und mich – aufgebracht hättet.« Sie kehrte zu den Gründen zurück, aus denen Northoff gehandelt haben konnte. »Aber warum hat er verhindern wollen, dass Ihr Ingers Bericht hört? Wenn er ihre Spuren verwischt, bedeutet das doch, dass er an den Verwicklungen mit Island und den Engländern, die dort so gehaust haben, beteiligt gewesen sein muss, oder?«

»Möglich.« Herman wirkte nachdenklich. »Vielleicht wurde er auch nur von jemandem dafür bezahlt.«

»Ich glaube nicht, dass Northoff ein ahnungsloser Handlanger war. Er hat so schnell auf Eure Anwesenheit reagiert. Er muss gewusst haben, was es bedeutet, wenn Ihr gewisse Fakten in die Hände bekommt. Vielleicht wusste er, wer Ihr wirklich seid und dass Ihr Kontakte zum Stalhof besitzt.«

Wanmate nickte bedächtig. Sein Gesicht, das bei ihrer Begegnung vorhin beinahe geglüht hatte, verschloss sich zu einer Maske. »Ihr könntet recht haben. Wie man es dreht und wendet, er hätte den Strick verdient. Allein dass er Euch bedroht hat …«

Sein wütender Unterton löste einen Knoten in Elises Innerem. Er hatte Lübeck verlassen, um sie zu schützen. Dieses Wissen veränderte all ihre Gedanken so plötzlich, als hätte jemand einen Vorhang beiseitegezogen und die Sonne in einen schattigen Raum gelassen. Sie verspürte den Wunsch, sich an ihn zu lehnen, die Augen zu schließen und ihn zu bitten, die Arme um sie zu legen. Wehmütig unterdrückte sie diesen Impuls.

Konnte sie ihren Gefühlen denn trauen? Hatte sie nicht kürzlich noch ganz ähnlich empfunden, als sich Schenk ihr genähert hatte? Oder war ihr der Sekretär nur so nahe gekommen, weil sie sich von Herman verschmäht gefühlt hatte? Diese widerstreitenden Empfindungen verwirrten sie zutiefst. Welcher sollte sie nun trauen? Dieser Zuneigung oder der anderen?

Außerdem musste sie achtsam sein. Die Knechte dachten sich bestimmt ihren Teil und mochten sich bereits eigene Chancen bei ihr ausrechnen, wenn Herman nicht in ihrer Nähe war. Aus all diesen Gründen entzog sie ihm ihre Hand. Sie sehnte sich nach dem Mühlenteich in Lübeck, in dem sie als Mädchen oft gebadet hatte. Sie benötigte dringend eine Abkühlung, um den Kopf klarzubekommen. Ob Northoff ... ob er so weit gegangen wäre? War er es gewesen, der Inger zum Schweigen gebracht hatte?«

»Zumindest hatte er offensichtlich ein Motiv – er wollte nicht, dass ich ihr Zeugnis höre. Vielleicht wollte er ganz unterbinden, dass sie ihre Aussage zu Papier bringt?«

Der Verdacht ließ Elise beinahe verzagen. Hatte sie ihren Sohn in der Hand eines Mörders zurückgelassen? »Was können wir nur tun?«

Herman berichtete ihr von einer Begegnung mit Oxbow und wie dieser verraten hatte, dass er doch mehr wusste, als er zugab. »Ihr hattet also recht, was Ray betrifft. Wir müssen ihn zuerst überführen«, erklärte er. »Vielleicht kommen wir über ihn an seine Hintermänner heran. Und dann klärt sich auch auf, wer der wahre Täter des Blutbads auf Island war. Wenn wir dafür ausreichend Beweise finden, muss der König den Ruf meiner Familie wiederherstellen.«

»Aber wer kann das sein? Wem dienen Spannungen zwischen dem englischen König und der Hanse?«

Herman rieb sich grübelnd die Nasenwurzel. »Frankreich? Jemand, der mit Frankreich im Bunde ist? Jemand, der einen Nutzen daraus zieht, wenn die Beziehungen – oder der Handel – zwischen England und der Hanse zum Erliegen kommen? Die italienischen Städte vielleicht? Köln?«

»Aber Köln ist doch ebenfalls im Hansebund, Mister Wanmate, diese Leute sind unsere Freunde und Verbündeten. Meinem Vormund Klüver vertraue ich mit verbundenen Augen, ohne ihn hätte ich London nie erreicht. Nein, nach allem, was ich von Inger über den Brief, den sie bei Oxbow gesehen hat, weiß, muss es sich um jemanden aus London handeln. Vielleicht gar um jemanden, der Thron und Kanzler nahesteht. Fällt Euch da jemand ein?«

»Es gibt genug einflussreiche Männer des Hochadels, die einen Groll gegen die Hanse hegen. Oder Männer, die den schwachen König Heinrich den IV. aus dem französischen Exil zurückholen möchten, weil sie unter ihm mehr Einfluss haben als unter dem halsstarrigen König Edward.«

»Wenn wir konkrete Namen hätten, Mister Wanmate, könnten wir eine Spur verfolgen.«

»Wir werden sie finden. Oxbow ist im Augenblick unser bester Hinweis.« Er sah sie entschlossen an. »Wir müssen gemeinsam aufdecken, was dahintersteht.«

»Das geht nicht«, erwiderte Elise betrübt. »Ich muss, so schnell es geht, nach Hause. Mein kleiner Junge befindet sich in Northoffs Gewalt. Je mehr ich über diesen Mann erfahre, desto unruhiger werde ich. Ich muss wissen, ob es Hendrik gut geht.« Sie erklärte ihm den Plan, mit einem Brief des Vaters an den Rat der Stadt Lübeck heranzutreten und Northoffs Pläne zu durchkreuzen.

»Und warum begleitet Euch Lipperade nicht?«

Sie umschrieb mit der Hand den gesamten Stalhof, über den die Dunkelheit inzwischen vollends hereingebrochen war. »Weil er seiner Verantwortung als Äldermann nachkommt. Er will zum König.«

»Zu Recht. Was hier vorgefallen ist, ist ungeheuerlich. Ein Bruch sämtlicher Abkommen und mehr noch – des Vertrauens. Aber Ihr müsst natürlich zurück nach Lübeck.«

Elise wünschte, er würde mehr Bedauern darüber zeigen, dass sie fortging. »In zwei Tagen trägt mich die ›Sankt Severin‹ nach Hause.«

Der Blick, den er ihr nun schenkte, entschädigte sie für seine fehlenden Worte. »Dann sollten wir diese beiden Tage nutzen.«

»Was habt Ihr vor?«

Herman runzelte nachdenklich die Stirn. »Ihr vermutet das Dokument mit dem Siegel, von dem die dänische Magd sprach, in Raymond Oxbows Besitz?«

»Bei ihm hat sie es zumindest gesehen. Sie hatte den Eindruck, dass er sein schlimmes Handeln damit gegenüber den Mittätern legitimierte. So ein wertvolles Dokument, das im Zweifel seine Unschuld beweist, wird er sicher nicht aus der Hand geben, oder?«

»Vermutlich nicht. Dann wird jemand Raymonds Papiere durchstöbern müssen.«

Elise lächelte ihn aufmunternd an. »Wenn Ihr es finden könnt, lässt sich damit vielleicht wirklich beweisen, wer Oxbow zu den Gräueltaten aufgehetzt hat. Dann könnt Ihr den wahren Schuldigen benennen und Stevens Namen reinwaschen. Dann wird Eure Familie nicht länger für das Blutbad verantwortlich gemacht werden.«

Sie las einen Funken Hoffnung in Hermans Augen. »Meine Eltern würden ihren Besitz zurückerhalten. Oder doch zumindest eine Entschädigung für das Verlorene.«

Elise hoffte mit ihm, und einen Moment lang blickten sie einander tief in die Augen. Wie damals im Heiligen-Geist-Spital zu Lübeck war Herman Elise ganz nah. Er musste nur die Hand heben, um sie zu berühren oder gar zu küssen. Sie wollte seine Nähe spüren und seine Finger auf ihrem Haar fühlen, auf ihrer Haut, wollte wissen, wie seine Lippen schmeckten …

»Wir sollten zu Werke gehen.« Seine Stimme hatte einen spröden Klang angenommen. Dann machte er einen halben Schritt zurück, vielleicht um seinerseits zu vermeiden, dass die Knechte über sie herzogen. Oder gab es da noch einen anderen Grund? Im Zwielicht, das aus der Aula Theutonicorum herüberdrang, sah sie ein trauriges Lächeln über sein Gesicht huschen. »Es schmerzt mich, dass Ihr London so bald verlassen wollt. Aber vermutlich ist es besser so.«

»Ich verstehe«, erwiderte sie mit belegter Stimme, doch sie verstand überhaupt nichts mehr. Warum zeigte er sich plötzlich wieder so abweisend? Sie schluckte schwer, um ihre Enttäuschung zu verbergen und sich auf den Boden der Tatsachen zurückzuholen. »Zwei Tage habe ich noch. Vielleicht finden wir bis dahin etwas heraus?«

Er ließ den Blick über die Gebäude schweifen, wie es schien, mit den Gedanken längst woanders. »Die Herren hier verfügen über die besten Verbindungen in alle Welt – und einige auch zum Hochadel. Die obere Riege des Stalhofs ist darüber informiert worden – wie, weiß ich nicht. Daher wusste ich so früh, dass ein Zeuge nach Lübeck gebracht wird. Wenn wir jemanden finden, der entweder mit Oxbow oder mit Northoff Kontakt hält, dann sind wir schon ein gutes Stück weiter. Wenn Ihr hier im Stalhof die Ohren aufhaltet, dann erfahren wir vielleicht etwas. Seit meine Familie entehrt ist, spricht mit mir kaum noch jemand über Vertrauliches.«

Elise erschrak trotz ihrer verwirrenden Gefühle. Sie musste an das Schreiben denken, das Klüver Gerhard von Wesel, dem Kölner Äldermann des Stalhofs, überbracht hatte. Northoff hatte es angeblich im Auftrag des Stadtrates weitergeleitet. Sie hatte es dem Schwiegervater gegenüber erwähnt, der dem aber keine große Bedeutung beigemessen hatte. Ob von Wesel doch an dem Intrigenspiel beteiligt war? Oder sah sie bereits Schatten, wo keine waren? Sie beschloss, ihren Verdacht nicht auszusprechen – denn solche Worte konnte man nicht wieder zurücknehmen.

Ein Räuspern erklang hinter ihr. »Frau Elise?«, fragte Schenk in der Lübecker Sprache. »Störe ich?«

»Meister Schenk!« Elise fühlte sich ertappt und fuhr herum. Sie war froh über die Unterbrechung, denn im Augenblick wusste sie nicht, wie sie mit Wanmate umgehen sollte.

Der charmante Zweite Sekretär verneigte sich und lächelte sie an. Wieder zog ihr Herz sie in verschiedene Richtungen, doch sie hieß es schweigen. »Natürlich nicht. Was gibt es?«

»Ich hörte Eure Stimme und hatte den Eindruck, dass Ihr aufgebracht wärt. Ist alles in Ordnung?«

»Ja, danke«, erwiderte sie. »Ich habe mich nur gerade erkundigt, wo sich wohl mein Schwiegervater aufhält. Wisst Ihr mehr?«

»Allerdings. Er führt in der Aula Theutonicorum gerade eine hitzige Debatte mit den anderen Kaufherren des Stalhofs. Man bespricht, wie man mit der Situation verfahren will.« Sein Blick wanderte zwischen Herman und ihr hin und her. Sein Gesichtsausdruck machte mehr als deutlich, dass er begriffen hatte, dass zwischen ihnen mehr als nur eine höfliche Erkundigung stand – und es schien ihm nicht zu gefallen. »Ihr könnt Euch gerne dazusetzen, wenn Ihr möchtet.«

»Oh. Bin ich dort denn willkommen?«

»Natürlich, Herrin. Ich glaube, dass die Herrschaften momentan andere Probleme haben, als schöne junge Frauen von der Bank zu schicken.« Damit ergriff er ihren Arm und und starrte Herman herausfordernd an.

Wanmate, immerhin Erster Sekretär des Stalhofs, hob das Kinn, und Elise fürchtete schon, dass er dazwischengehen wollte. Doch sie wollte Schenk nicht noch mehr Grund zur Spekulation geben. Außerdem bot er ihr eine gute Gelegenheit, sich Wanmates sprunghaftem Verhalten zu entziehen. »Danke für die Auskunft, Mister Wanmate«, verabschiedete sie sich in der Sprache der Engelländer von ihm. Er zog die Brauen zusammen, verneigte sich aber leicht vor ihr. Die junge Frau folgte Schenk und war sich allzu deutlich bewusst, dass Herman mit ein wenig Abstand folgte.

Als sie in die Aula hineingingen, bat Isayas sie: »Ihr solltet den Knechten nicht so eine Vorlage geben. Wenn das Gerede erst einmal in Gang kommt, wird es für Euch hier nicht sicherer. Und Euer Ruf wäre auch dahin.« Sie versprach es ihm ehrlichen Herzens – sie wollte nicht, dass geredet wurde. Isayas setzte hinzu: »Ich … fände das auch persönlich sehr bedauerlich. Vielleicht solltet Ihr darüber nachdenken, ein festes Bündnis einzugehen, damit kein Raum für Spekulationen bleibt.«

Elise blickte ihn erstaunt an. »Was wollt Ihr damit sagen, Schenk?«, fragte sie, obwohl seine Worte schon so deutlich gewesen waren, wie es ihm Sitte und Anstand erlaubten.

Er blickte ihr nun so tief in die Augen, wie es Wanmate vorhin getan hatte. »Ich möchte damit sagen, dass ich Euch sehr schätze, Frau Elise, und gerne mehr Zeit in Eurer Gesellschaft verbringen würde. Wollt Ihr mir das gewähren?«

»Ich … ja, gerne«, erwiderte sie überrascht. »Ich bin gerne in Eurer Gesellschaft.«

»Wunderbar.« Er lächelte sie erleichtert an und führte sie zu einer Bank an der Wand der Aula, während Elise ganz aufgeregt erkannte, dass sie Isayas Schenk soeben die Erlaubnis gegeben hatte, ihr ganz offiziell den Hof zu machen. Bei dem Gedanken daran gerieten ihre Gefühle wieder in einen heftigen Widerstreit.

In dem Raum, der das Herzstück des Stalhofs war, ging es derweilen hoch her. Wütend riefen die Kaufleute durcheinander, ballten die Fäuste und beschuldigten sich gegenseitig der Spalterei. Am lautesten schimpfte, wie hätte es anders sein können, Gerhard von Wesel, der Äldermann aus Köln, der mit Hinrich Lipperade am Kopf der Tafel saß. »... kostet uns das alles Geld. Jeder einzelne Tag der Unstimmigkeiten mit dem Hof König Edwards kostet uns Unsummen! Ich weiß nicht, wie die Kassen in Lübeck und Brügge aussehen, aber Köln kann sich das nicht leisten!«

»Tut nicht so, als wärt Ihr arme Leute dort unten am Rhein«, beschwerte sich Heweling, der Kaufmann aus Danzig.

»Natürlich ist der Reichtum unserer Stadt unangefochten«, erwiderte von Wesel bissig. »Offenbar schaffen wir es eher, unsere Groschen beisammenzuhalten als andere Städte. Der Punkt ist doch aber ein ganz anderer.« Er nutzte eine bedeutungsschwangere Pause, um die Kaufherren an den Tischen der Reihe nach zu mustern. »Die Frage ist, ob der Hansebund seinen Städten hilft oder sie daran hindert, Geschäfte zu machen. Und das muss ich für die Kölner Kaufmannschaft im Augenblick eindeutig beantworten: Wir machen durch den Konflikt Lübecks mit dem englischen König Miese!« Eine Vielzahl von Rufen erklang, die teils Zuspruch und teils dezidierte Ablehnung enthielten.

Auch Schenk rief etwas. Er legte die Hand an den Mund, um die Unruhe zu übertönen. »Wollen die Kölner also die Danziger Kaufherren im Regen stehen lassen? Das ist mir eine Bündnistreue!«

Die Danziger, allen voran Heweling, sprangen auf die Füße und griffen diese Parole dankbar auf. Elise lächelte dem Zweiten Sekretär zu. Er schien ganz auf der Seite des Schwiegervaters zu sein. Der versuchte, die ausufernde Diskussion in halbwegs fruchtbare Bahnen zu lenken. »Ruhe doch!«, rief er gerade und warf Schenk einen finsteren Blick zu. »Niemand will einen der Unseren im Regen stehen lassen! Davon kann hier doch nicht die Rede sein. Wir werden einen gemeinsamen Weg durch diesen Sturm finden, das verspreche ich.«

»Gegen den König?«, fragte der hochgewachsene Kaufmann, den die junge Frau als Peter Bodenclop kennnengelernt hatte, einen der Beisitzer des Stalhofs und ebenfalls ein Kölner. »Welche Chancen haben wir denn, wenn Danzig und Lübeck sich ständig mit dem König anlegen? Dieser Konflikt schwelt nun schon seit Jahren und wird nicht besser, nein, er wird schlimmer! Was ist, wenn ein Krieg ausbricht zwischen der Hanse und England? Dann wird ein Handel unter Hanseflagge gänzlich unmöglich!«

»Der König will keinen Krieg«, versuchte Elises Schwiegervater zu beschwichtigen. »Niemand will Krieg, denn Krieg ist schlecht für den Handel und den Wohlstand der Menschen.«

»Ihr seid ein alter Idealist, Lipperade«, spottete von Wesel. »Jeder König will Krieg. Es ist das Königsrecht, Krieg zu führen, und mit jedem gewonnenen Krieg wächst ein Herrscher über seine Vorgänger hinaus.«

»Doch Edward will keinen Krieg mit der Hanse. Er hat eher Frankreich im Visier, dafür benötigt er Geld und Unterstützung. Beides kann er beim Hansebund finden, und das sollte ihm auch klar sein.«

»Aber was will der König denn?«, rief Bodenclop ungehalten. »Wenn Ihr sagt, dass er keinen Krieg mit der Hanse führen will, was will er dann? Warum schickt er uns seine Männer vor die Tore und lässt unsere Waren beschlagnahmen?«

Aller Augen richteten sich auf Hinrich Lipperade. »Das ist eine gute Frage, Bodenclop«, erwiderte der schließlich. »Eine, auf die wir hier keine Antwort finden können.« Er legte eine Kunstpause ein. »Deshalb werde ich schon morgen um eine Audienz ersuchen, um die Frage Seiner Majestät selbst zu stellen. Vielleicht wird er seine Position deutlich machen.«

Diese Ankündigung sorgte für Stille in der Aula Theutonicorum. Elise hörte eine Tür klappen und jemanden eintreten, doch sie war zu beschäftigt, um dem weitere Aufmerksamkeit zu schenken.

Mit kaum vernehmbarer Stimme ergriff Isayas Schenk das Wort, sodass die anderen um ihn herum leiser wurden, um ihn besser verstehen zu können: »Hat der König seine Position nicht mehr als deutlich gemacht? Mir scheint im Gegenteil, dass für ihn die Zeit des Redens lange vorüber ist.«

Hinrich Lipperade wandte sich Isayas Schenk zu. »Diese Angelegenheit ist zu wichtig, um leichtfertig das Tun eines so machtvollen Mannes zu interpretieren. Wer weiß, was da vorgegangen ist? Vielleicht habt Ihr recht, und Edward ist des Stalhofs und der Hanse überdrüssig. Vielleicht täuscht Ihr Euch auch, und bei dem ganzen handelt es sich nur um ein Missverständnis, oder, Gott bewahre«, seine Stimme wurde hart, »gar um eine Intrige. All das können wir erst sicher wissen, wenn wir mit dem König gesprochen haben. Meint Ihr nicht auch, Meister Schenk?«

Elise wunderte sich. Zuvor waren die beiden Männer so gut miteinander ausgekommen, jetzt schienen die Spannungen zwischen ihnen beinahe greifbar. Schließlich nickte

Schenk. »Ihr habt sicher recht, Äldermann. Wer will schon wissen, was im Kopf eines Königs vorgeht?«

Hinrich Lipperade nickte zufrieden. »Ich vertage diese Versammlung auf in zwei Wochen. Ich hoffe sehr, dass es mir in dieser Zeit gelingen wird, eine Audienz bei Hofe zu erwirken und mit dem König zu sprechen.«

»Dann könnt Ihr ihm auch die neuesten Erkenntnisse vorstellen«, erklang nun Wanmates Stimme. Elise hatte Herman unter all den Menschen aus den Augen verloren. Nun sah sie, dass er mit einem Mann im Türbereich stand, der staubige Kleider trug und müde aussah. »Dieser Bote ist gerade mit Kunde aus Danzig gekommen. In einem Schreiben teilt der Rat der Stadt mit, dass die Kaperfahrer im Sund gegen den ausdrücklichen Wunsch dieses Gremiums gehandelt haben. Offenbar ist der Auftraggeber für den Angriff auf die englischen Schiffe«, Herman Wanmate sah auf und musterte die Anwesenden bedeutungsschwanger, »König Christian I. von Dänemark.«

»Zeigt einmal her«, rief Schenk und eilte an seine Seite. Er nahm den Brief und studierte ihn lange. »Angeblich haben sich Schiffe aus Danzig der Kaperfahrt angeschlossen, zu der König Christian aufgerufen hat. Es wurde viel Gold versprochen!«

Das Getöse im Saal war groß. Auch andere Männer wollten sich selbst davon überzeugen, dass das Schreiben das Siegel des Stadtrats von Danzig enthielt, und so ging es durch viele Hände. Manche Herren mutmaßten, was der Anlass gewesen sein mochte, doch man hatte sich schnell geeinigt: König Christian musste an den Engländern Vergeltung für das Blutbad auf Island vor einem Jahr genommen haben.

Schließlich griff Hinrich Lipperade zu einer großen Steinkugel, die vor ihm auf dem Tisch lag, und schlug damit einmal laut auf das Holz der Tischplatte. »Ich werde diese neuen Informationen dem König unterbreiten.« Offenbar war die Debatte damit offiziell beendet, denn nun sprangen die Kaufherren erst recht auf und begannen, sich untereinander zu ereifern.

Elise tat ein paar Schritte zur Seite und wartete geduldig, bis ihr Schwiegervater die Fragen einiger Leute beantwortet und sich aus der Menge zu ihr vorgearbeitet hatte. Als er bei ihr angekommen war, nahm er sie fest in den Arm. Er war von Kopf bis Fuß klatschnass geschwitzt. »Gut, dass du hier bist, Kind.«

»Ihr habt das gut gemacht, Herr Hinrich. Ich bewundere, wie Ihr so mutig vor der ganzen Versammlung sprecht. Ich könnte das nicht.«

»Mutig?«, fragte er mit müdem Gesichtsausdruck. »So mutig fand ich mich nicht. Es kam mir eher vor wie eine Niederlage denn ein Sieg.«

»Ihr habt die Schlacht hinausgezögert«, erwiderte sie. »Aber das bedeutet auch, dass ihr das Schlachtfeld bestimmen werdet. Das ist, wie mir mein Schwiegervater mal erklärt hat, im Krieg ein großer Vorteil.«

»Hat er das?«, fragte Hinrich Lipperade schmunzelnd. »Einen närrischen Schwiegervater hast du da.« Er wurde wieder ernst. »Doch nach deinen Worten befinde ich mich im Krieg mit meinen eigenen Verbündeten. Das ist nie ein gutes Zeichen.«

»Nicht mit Euren Verbündeten, Herr Hinrich. Nur mit jenen, die so tun, als wären sie es.« Sie sah betont zu von Wesel hinüber.

Der Äldermann schenkte ihr einen langen, nachdenklichen Blick. »Du besitzt ein gutes Auge für Menschen, Kindchen. Vertrau auf dein Gefühl.«

»Ich versuche es«, erwiderte sie – er hatte ja keine Ahnung, wie ihre Empfindungen sie im Augenblick trogen. Trotzdem ließ sie den Blick durch den Saal schweifen und horchte dabei in ihren Bauch hinein. Erstaunt stellte sie fest, dass in ihr ein Entschluss heranreifte. »Ich werde bleiben«, sagte sie. »Ich werde bleiben, bis Ihr die Angelegenheit hier geklärt habt. Und dann fahren wir zusammen heim nach Lübeck und ziehen Northoff das Fell über die Ohren.«

Die buschigen Brauen ihres Schwiegervaters schossen erstaunt in die Höhe. »Bist du dir sicher, Kindchen? Willst du nicht nach Hendrik sehen?«

»Das will ich. Und es gefällt mir nicht, die Abreise zu verschieben«, bekannte sie. »Aber Hendrik wird in Northoffs Gewalt in den nächsten Wochen nichts Schlimmeres geschehen, als das, was er ihm jetzt schon hätte antun können. Da ich nicht mehr in der Stadt bin, hat er nur ihn, um seine Stellung als Leiter des Kontors zu legitimieren.«

Hinrich nahm ihre Hand in seine und drückte sie, um ihr Mut zu machen. Beinahe fühlte es sich an, als schlössen sie einen unausgesprochenen Pakt. »Jetzt bist du die Mutige von uns beiden, Elise. Ich wusste schon immer, warum Wilhelm dich geliebt hat.« Sie wusste vor Rührung keine Antwort. Stattdessen küsste sie den Schwiegervater auf die Wange.

Die Versammlung zerstreute sich langsam. Hier im Stalhof trafen einige der einflussreichsten Männer dieser Zeit zusammen. Sie alle brachten ihre eigenen Pläne und Absichten mit. Elise konnte nur ahnen, was für einen Kraftakt es für Hinrich Lipperade in den letzten Jahren dargestellt haben mochte, zwischen diesen vielfältigen Interessen eine gemeinsame Stimme herauszuarbeiten. Und doch erkannte sie, dass es sich genau dabei um sein Lebenswerk handelte.

Elise schwindelte beinahe von den Ereignissen des Tages.

So viel war geschehen! Und dann hatte sie Wanmate wiedergefunden – und kurz darauf hatte Schenk ihr seine Zuneigung bekannt. Trotz dieser unerwarteten Entwicklungen hoffte sie, dass sie die Entscheidung zu bleiben nicht bereuen würde. Allein der Gedanke daran, was Northoff in Lübeck während ihrer Abwesenheit für Schaden anrichten mochte, ließ sie bis aufs Mark erschauern.

Kapitel 14

London, am vierundzwanzigsten Juli 1468

Über London hatte es die folgenden drei Tage geregnet; drei Tage, die nicht dazu eingeladen hatten, auch nur das Haus zu verlassen. Elise Lipperade hatte die Gelegenheit genutzt, im Stalhof mit den Kaufherren zu sprechen. Dabei erfuhr sie keine aufsehenerregenden Neuigkeiten, musste jedoch feststellen, dass die Gräben zwischen den Kölnern und der Hanse, angeführt von Lübeck, größer waren, als sie angenommen hatte.

Sie wusste ja bereits, dass der Stalhof vor Jahrhunderten ursprünglich von Kölner Handelsherren begründet worden war. So hatten die ersten Privilegien auch nur den Kölnern gegolten. Die Stadt am Rhein war dann in die immer mächtiger werdende Hanse eingetreten, und irgendwann waren die Rechte auf sämtliche Hansestädte ausgedehnt worden, und der Stalhof wurde von verschiedensten Städten der Hanse geführt. Trotzdem schienen die Kölner den Handelshof immer noch als ihr eigenes Territorium anzusehen, in dem die anderen Städte nur geduldet wurden.

Dazu kam, dass die Hanse – und Lübeck als Haupt dieser Vereinigung – nun seit Jahrzehnten mit dem englischen Thron rang, und gerade in den letzten Jahren hatte sich die Situation noch weiter zugespitzt. Wie sie erfahren hatte, war es der jetzige Kanzler Graf Warwick gewesen, der vor zehn Jahren einen Kaperkrieg zwischen London und Lübeck ausgelöst hatte, indem er eine Baienflotte Lübecks hatte überfallen lassen. Als London sich geweigert hatte, Schadenersatz zu leisten, hatte Lübeck sämtliche englischen Kauffahrer in der Ostsee zu Freiwild erklärt. Seit König Edward vor sieben Jahren in England auf den Thron gestiegen war, hatte er der Hanse das Bleiberecht im Stalhof mit sämtlichen Handelsprivilegien immer wieder für ein bis fünf Jahre eingeräumt. Oft war das knapp vor Ablauf der Frist geschehen, doch die Privilegien waren niemals widerrufen worden. Vor vier Jahren hatte Edward den Waffenstillstand mit der Hanse auf fünf Jahre verlängert. Natürlich hoffte man darauf, dass dieser Zustand sich auch im nächsten Jahr nicht ändern würde, doch da Edward ein eigenwilliger Herrscher war, hatte er sich in der Vergangenheit mit solchen Entscheidungen viel Zeit gelassen und die Hanseleute in London zittern lassen.

Sie hatte einige angenehme Stunden in Gesellschaft von Isayas Schenk zugebracht, der sich große Mühe gegeben hatte, ihr den durch das Wetter erzwungenen Aufenthalt im Stalhof so angenehm wie möglich zu gestalten. Elise hatte seine Aufmerksamkeiten dankend entgegengenommen, denn er hatte sie von ihrem schlechten Gewissen darüber abgelenkt, dass sie nicht sofort nach Lübeck eilte, um Hendrik den Klauen Northoffs zu entreißen. Jede Faser ihrer Mutterseele zog sie nach Hause, um dafür zu sorgen, dass es ihrem Kind gut ginge.

Hinrich Lipperade bemerkte, dass sie mit Isayas so viel Zeit verbrachte. Er sprach sie nicht direkt darauf an, doch er schien mit einem wohlwollenden Auge zu Elise hinüberzublicken, wenn er sie mit Schenk antraf – stets in Gegenwart anderer und meist ihrer Zofe Wendy natürlich. Wanmate sah sie hingegen kaum, entweder arbeitete er viel oder ließ sich im Stalhof nicht sehen – sie wusste es nicht. Sie gewann den Eindruck, dass er ihre Gegenwart absichtlich mied.

Als am dritten Tag nach Elises Entschluss, in London zu bleiben, endlich die Vorladung zu Edward IV. eintraf, überraschte der Schwiegervater sie mit der Bitte, ihn zu begleiten. »Wir sollen die Handlungen der Hanse erklären«, las Hinrich Lipperade vor. »Das klingt mehr nach einer Einladung, uns zu rechtfertigen, als nach einer Audienz, um die Sache mit den beschlagnahmten Gütern zu klären.«

Daher stieg die junge Witwe am Morgen mit ihm in einen kleinen Einmaster. Der würde sie auf der Themse gen Westminster fahren. Sie setzte sich nahe der Bordwand auf eine Kiste, und die vier Ruderer legten sich ins Zeug.

Kalte Nebelschwaden zogen rechts vom Fluss in die Gassen und verbargen die Felder und Wiesen auf der anderen Themseseite. Die frühe Betriebsamkeit der Stadt wurde erstickt, beinahe, als läge ein Leichentuch über der Stadt. Elise erschauerte bei diesem Gedanken und bekreuzigte sich mehrfach, sie hoffte, dass dies kein böses Omen für die Zukunft war.

Der alte Herr erläuterte ihr die kaum sichtbare Silhouette der Stadt, zeigte ihr die Kuppel von St. Paul's, die hoch über die Dächer aufragte, beschrieb, wo die alte Mauer die Stadt umfriedete, die man auf dieser Seite durch das Ludgate verlassen konnte, und wies auf einen Kreuzweg, an dem die Straße nach Süden abbog. »Bei gutem Wetter kann man vom Fluss aus sogar das Eleonorenkreuz von Charing sehen«, sagte Hinrich Lipperade. »Fast zweihundert Jahre alt. Und vermutlich steht es noch in tausend Jahren, so solide, wie es gebaut ist. Vielleicht sehen wir es heute Mittag auf dem Rückweg, wenn die Sonne den Nebel aufgelöst hat.«

Elise erinnerte sich vage, schon von einer Königin Eleonore gehört zu haben. »Warum hat man es ihr gewidmet?«

»Man erzählt sich, ihr Mann, König Edward I., habe sie so

sehr geliebt, dass er nach ihrem Tod an jedem Ort, an dem ihr Sarg bei der Heimkehr nach London die Nacht verbrachte, ein Kreuz zu ihrem Gedenken errichten ließ.«

»Das muss wahre Liebe sein«, murmelte Elise beeindruckt. Woher dieser König wohl gewusst hatte, dass Eleonore seine wahre Liebe gewesen war?

»Nein, Kindchen«, sagte er lächelnd. »Wahre Liebe muss nicht durch Kreuze aus Stein ausgedrückt werden. Man sieht sie in den Augen der Frau, die man liebt, wie in einem Spiegel.«

»Oder des Mannes?«

»Oder des Mannes, schätze ich.«

Der Gedanke besaß etwas sehr Tröstliches, besonders, weil der Vater so klang, als spräche er aus eigener Erfahrung – er hatte sich zeit seines Lebens bloß zwei Frauen genommen.

Die Ruderer folgten der Flussbiegung nach Süden, während der alte Herr das Ufer betrachtete, an dem nun große Grundstücke mit prachtvollen Steinhäusern und Gärten zu sehen waren. »In diesen Anwesen wohnen einige der einflussreichsten Bischöfe des Landes.«

»Vor der Stadtmauer?«

»Die Stadt ist längst darüber hinausgewachsen.« Er schwieg einen Augenblick. Dann erklärte er: »Die Könige von England haben seit jeher eine gespannte Beziehung zu ihrer Hauptstadt. Es handelt sich wohl um dasselbe Problem wie zu Hause: Der Adel will sich vom Bürgertum nichts sagen lassen, aber die reichen Kaufleute und Handwerker sehen nicht ein, dass sie mit ihrem hart verdienten Gold dem Adel stets zur Verfügung stehen sollen, ohne dafür Gegenleistungen zu erhalten.«

»Verständlich«, erwiderte sie. Ihre Gedanken schweiften zu Hendrik. Sie betete zum Herrn, dass er auf ihn achtgeben möge, trotz der Situation, in der sie den Jungen zurückgelassen hatte. Ihre Einsilbigkeit fiel dem Schwiegervater offenbar auf, denn er sah zu ihr herüber und tätschelte ihr die Hand. »Machst du dir Sorgen?«

»Natürlich mache ich mir Sorgen. Ich habe Angst vor dem Tag, an dem ich nach Lübeck zurückkehre und den Schaden begutachten muss, den Northoff angerichtet hat.«

»Er wird dafür bezahlen.«

»Das macht den Schaden nicht geringer«, murmelte sie.

»Da hast du leider recht. Aber ich bin froh, dass du mich zum König begleitest. Du hast schon immer ein waches Auge und einen noch wacheren Verstand besessen, wenn es um andere Menschen geht. Außerdem macht die Anwesenheit einer jungen Frau den König sicherlich ein wenig ... umgänglicher, als wenn nur ich alter Knauser vor ihm stehe. Sieh nur zu, dass er keine Blicke oder Gesten missverstehen kann, ja?« Elise hörte die Besorgnis in seiner Stimme mitschwingen.

»Was wollt Ihr damit sagen, Herr Vater? Dass er sich mir unschicklich nähern könnte? Er wird doch die hansische Kaufmannschaft nicht verärgern wollen?«

»Der König hat schon ganz andere Leute verärgert, wenn es um die Frauen geht«, sagte Hinrich Lipperade seufzend. »Er hat vor vier Jahren Elizabeth Woodville geheiratet, nachdem sein Kanzler, Graf Warwick, sich über Jahre um die Hand einer französischen Prinzessin für ihn bemüht hatte. Unnötig zu sagen, dass Warwick nicht erfreut war, als er erfahren hat, dass Edward schon verheiratet war ...«

»Das klingt nicht so, als sei Edward ein sehr diplomatischer Mann«, bekannte Elise.

»Edward ist ein König.« Diese Aussage schien ihm Begründung genug. »Und noch dazu einer, der sich den Thron gegen große Widerstände selbst erfochten hat, denn der eigentliche Herrscher war Heinrich VI., der vor ihm nach Frankreich geflohen ist. Richard Nevilles, Graf Warwick, hat Edward als einer seiner engsten Verbündeten zur Krone verholfen. Daher nennt man Warwick auch den Königsmacher. Ohne ihn geht nichts in England.«

Elise lauschte seinen Worten aufmerksam. Nicht, dass sie sich mit der Politik der Engelländer gut auskannte oder allen Fakten folgen konnte; doch je mehr sie über die Menschen wusste, denen sie gleich begegnen würde, desto besser würde sie sie einschätzen können. Und umso eher könnten sie beide nach Lübeck aufbrechen.

Der Kahn hielt nun wieder auf das Ufer zu. Bei Westminster schien es sich um nicht viel mehr als eine einzige bebaute Straße mit vielen prachtvollen Häusern zu handeln – und dem Palast samt Abtei. Auch hier gab es einen eigenen Anlegesteg mit steinernen Stufen, die hinauf zum Ufer führten. Ein Torbogen wurde von Wachen in den Farben des Königs behütet.

Dahinter öffnete sich ein weiter Hof, auf dem die Menschen ihrem Tagwerk nachgingen. Über die hohen Mauern, die den Palast gen Themse abschirmten, ragten viele Gebäude weit hinaus. Elise erkannte im Hintergrund die alten grauen Mauern der riesigen Westminster Abbey sowie viele Türme die, manche kantig, andere spitz, entweder zu Verteidigungszwecken oder einfach zum Schmuck der Gebäude zu dienen schienen. Bei dem wehrhaften Gebäude aus großen Quadern ganz vorne, so erklärte der Vater, handelte es sich um den Westminster Palace. Dort wohnte der König, beriet sich mit seinem Rat und traf das Parlament. Elise nahm sich vor, Hinrich Lipperade noch einmal genauer dazu zu befragen, was das Oberhaus am Hof des Königs tat – sie fand aufregend, dass ein Raum voll Höflingen dem Regenten Vorschriften machen konnte.

Die hohe Halle mit ihren schmalen Fenstern besaß an beiden Enden Türme, die so spitz waren, dass sie wie Nadeln in den Himmel ragten. Offensichtlich teilten weitere Mauern das Gelände in ähnlich große Höfe wie den, der vor ihnen lag. Jetzt wusste Elise, was der Vater gemeint hatte. Westminster war kein Dorf, so wie sie gedacht hatte. Westminster war ein einziger Palast, der um ein Vielfaches größer wirkte als selbst der Stalhof – und den hatte sie schon als kleines Stadtviertel wahrgenommen.

Einer der Ruderknechte verhandelte mit zwei Wachleuten, die mit Hellebarden vor einem großen und prachtvollen Tor standen. Erst, als er das Schreiben vorzeigte, das Hinrich Lipperade erhalten hatte, nickten die Wachen und gestatteten, dass der Kahn am Steg festgebunden wurde. Hier erhielt offenbar niemand Zugang, der nicht explizit geduldet wurde. Als man ihr über die wackelige Bordwand half und sie die ersten schlammverkrusteten Stufen hinauf zum Palast von Westminster tat, hatte sie den Eindruck, eine fremde Welt mit eigenen Spielregeln zu betreten.

Der Schwiegervater ordnete noch einmal sein Gewand und sah sich nach ihr um. Offenbar zufrieden mit dem, was er sah, nickte er. Elise hatte sich auf seine Anweisung in kostbare, aber dezente Gewänder gehüllt. Sie trug ein schlichtes weinrotes Kleid mit perlenbestickten Bordürensäumen und einem plissierten Unterkleid. Dazu hatte sie das Haar im Nacken so zusammengesteckt, dass es ihr offen auf den Rücken fiel. So war sie elegant gekleidet, ohne über die Maßen herausgeputzt zu wirken oder sich zu sehr aufzudrängen.

Sie hatte sich genauestens beibringen lassen, wie sie sich in Gegenwart des Königs zu verhalten hatte. Isayas Schenk hatte ihr den tiefen Kniefall gezeigt, der für eine Bürgerliche angemessen war, und ihr strengstens eingeschärft, niemals das Wort an den König zu richten, sondern stets zu warten, bis sie angesprochen wurde. Wenn ihr gestattet wurde, mit dem König zu sprechen – was, wie Isayas ihr versichert hatte, höchst unwahrscheinlich war –, dann sollte sie jeden Satz mit »Sir« oder »Majestät« beenden, um Edward den nötigen Respekt zu erweisen. Der Sekretär hatte sie gebeten, den Blick gesenkt zu halten und dem König nur, wenn er mit ihr sprach, in die Augen zu blicken.

Lipperade ging voran und führte sie direkt zur hohen Halle, während Elise all diese Vorschriften im Geiste wiederholte, um auch keine zu vergessen. Die bevorstehende Begegnung mit dem König bereitete ihr Herzklopfen. »Und Ihr meint wirklich, dass ich mich vor Edward in Acht nehmen muss, Herr Vater?«, fragte sie sorgenvoll.

Hinrich Lipperade brummte etwas Unverständliches, blickte über die Schulter zu ihr zurück und verlangsamte seinen Schritt, um sie aufholen zu lassen. Er sprach leise und eilig. »Ich weiß es nicht … Sei einfach ein wenig auf der Hut. Immerhin ist er der Sohn eines Thronräubers – wie fast jeder König der letzten Generationen. Er hat mit achtzehn Jahren die Führung des so kämpferischen und ehrgeizigen Hauses York übernommen. Edward hat sich an der Seite von Richard Neville die Hörner im Gefecht gegen das Haus Lancaster abgestoßen. Das ging so weit, dass er schließlich selbst Heinrich den VI. entmachten konnte. Zwar hieß es über Heinrich, er sei schwachsinnig und unfähig zu regieren, doch niemand kann sagen, was an solchen Gerüchten wirklich dran ist.« Er verlangsamte seinen Schritt, denn sie näherten sich der Halle. »Unter dem Strich zählt doch nur das Ergebnis: Edward hält hier in Westminster Hof, und Heinrich sitzt im Weißen Turm.

Nein, Edward IV. ist einer der gefährlichsten Männer dieser Zeit. Er nimmt sich, was er will, und er schert sich dabei wenig um die Konsequenzen.«

Elise schwieg beeindruckt, ihr Blick huschte unwillkürlich zum Fluss, dorthin, wo der Weiße Turm stand, auch wenn sie ihn von hier aus natürlich nicht sehen konnte. Trotz Edwards Zielstrebigkeit schien er eine Schwäche für Frauen zu haben. Offenbar hatte er diese Elizabeth Woodville aus Liebe geheiratet, denn dynastisch schien die Verbindung keine Vorteile mit sich gebracht zu haben. Elise erinnerte sich an eine Bemerkung, dass die Gemahlin nun am Hof für dicke Luft sorgte, indem sie ihre Verwandten so offensichtlich den anderen Höflingen vorzog, dass Neid und Missgunst regierten. Und trotz dieser Liebesheirat stellte der König anderen Frauen nach und nahm sie sich ins Bett, ohne sich um die Wut der Familien zu scheren oder auf die politischen Konsequenzen zu achten? Vermutlich musste man ein König sein, um ein solches Verhalten zu verstehen.

Als Elises Blick auf die Abtei von Westminster fiel, vergaß sie ihre Grübeleien für einen Augenblick. Wie ein geduckter Riese lag das Gebäude in dem Hof. Rechts und links wurden die Kirchenschiffe von einer Reihe Strebepfeiler gestützt, die den Eindruck eines liegenden Kolosses noch verstärkten. Am anderen Ende ragten zwei quadratische Türme über die Kirche. Und trotz der Gewaltigkeit der Abtei fand Elises Auge immer mehr filigrane Details, an denen es sich erfreute.

In der riesigen Halle von Westminster hielt die junge Frau aus Ehrfurcht inne. Der Saal erstreckte sich vor ihr, größer und höher, als sie je einen gesehen hatte. Nirgendwo war eine Säule oder ein Pfeiler. Heller Stein mündete mit einem Treppenaufgang in einer chorähnlichen Apsis. Rechts und links ließen Rundbögenfenster frühe Sonnenstrahlen hereinfallen, und Statuen schmückten viele Nischen. Das Prachtstück der Halle aber eröffnete sich beim Blick nach oben. Die dunkle Hammerbalkendecke mit den wie frei schwebenden, spitz zulaufenden Holzträgern erweckte den Eindruck eines mit kunstvollen Ornamenten verzierten Schiffsskeletts. Entlang der Mitte hingen Kronleuchter mit Kerzen in den Raum, die jedoch so früh am Morgen nicht entzündet waren.

Hinrich Lipperade musste dieser Anblick längst vertraut sein, denn er schenkte der beeindruckenden Halle kaum Aufmerksamkeit. Sein Blick glitt von einem der Höflinge zum nächsten, als suche er jemanden. Junge Männer in engen Samtwämsern mit Pelzbesatz und Samtkappen eilten durch die Halle, sprachen mit älteren und gesetzteren Männern in Roben aus bedrucktem Samt oder Brokat. Viele trugen Pergamente oder gebundene Bücher mit sich, andere standen in Grüppchen beisammen und wirkten, als hielten sie ein Schwätzchen. Zwischen all den kostbaren Stoffen und Juwelen, die die Herrschaften trugen, fühlte sich Elise wie ein hässliches Entlein.

Kurz darauf folgten sie einem Sekretär durch einige Kammern. Elise konnte nicht umhin, sich von ihrer Umgebung beeindrucken zu lassen. Der Boden bestand meist aus blank gelaufenen Sandsteinplatten, manchmal aus dunklen Holzdielen, denen man ihre zweihundert Jahre ansehen konnte. Die Wände waren gegen die Kälte stellenweise mit Holzvertäfelungen verkleidet, andernorts mit dicken Teppichen oder goldenen oder roten Brokaten verhängt.

Je näher sie der Kammer des Königs kamen, desto größer wurden die Grüppchen von Menschen. Sie sah Boten, die so schnell durch die Gänge sausten, dass sie andere beinahe umrissen, Höflinge, die die Köpfe zusammensteckten, Damen, die, in prachtvolle Roben gehüllt, in einer Traube aus Zofen und Dienstboten einherschritten. Der Sekretär führte die beiden in eine große Kammer, in der Männer und wenige Frauen unterschiedlichen Alters und Standes warteten. Manche hatten Plätze auf den mit Holz und Kissen abgedeckten Fensterbänken ergattert, doch die allermeisten mussten stehen oder gingen unruhig auf und ab. Vor einer reich beschnitzten doppelflügeligen Tür mit kostbaren Eisenbeschlägen standen zwei Wachen in den Farben des Königshauses. Gerade wurden drei Namen aufgerufen, und drei Herren in der üppigen Kleidung der Mercer, der Londoner Kaufherrengilde, wie ihr der Vater erklärte, strebten erleichtert zu den Wachen hinüber und erhielten Einlass in die Empfangshalle des Königs dahinter.

Eine mulmige Aufregung erfasste Elise, als sie darüber nachdachte, dass hinter dieser Tür tatsächlich der König von England Audienzen gewährte. Sie linste zu Lipperade hinüber, der äußerlich ganz ruhig wirkte. Er mochte solche Würdenträger ja gewohnt sein, doch die junge Witwe spürte plötzlich, wie ihr ein feiner Schweiß die Stirn benetzte. Sie bereute, sich schlicht angezogen zu haben, um keine Aufmerksamkeit zu erregen. Würde König Edward über sie und ihre Garderobe lachen? Was würde er von ihr halten?

Wieder gab es rege Betriebsamkeit an der Tür, doch die Lipperades waren noch nicht an der Reihe. Ein langwieriger und zunehmend ermüdender Ablauf entspann sich. Die Leute horchten auf, wenn Namen aufgerufen wurden, dazwischen versanken sie in stillem Brüten oder plauderten gelangweilt, je nach Natur. Irgendwann wurde die Fensterbank frei, und Elise setzte sich. Sie war dankbar dafür, denn nicht nur wurde sie des Stehens müde, sie fühlte sich dort geborgener als mitten in der Menge.

Die Einstrahlung der Sonne durch die Fenster begann sie zu erschöpfen, und die Atmosphäre im Raum veränderte sich. Die Zeit schien hier langsamer voranzuschreiten als anderswo. Eine Trägheit bemächtigte sich der jungen Frau.

Die Mittagsstunde verstrich, und ihr Schwiegervater lief mit unwirschem Gesicht auf und ab. Der Raum hatte sich merklich geleert, und sie sah beinahe ausschließlich in neue Gesichter. Ein reicher Handwerker mit drei Gesellen wurde durch die Tür gerufen.

Offenbar bemerkten nicht nur die anderen Wartenden die Gereiztheit Lipperades, sondern auch die beiden herausstaffierten Wachen an der Tür. Während erstere die Laune eher amüsiert betrachteten, strafften sich letztere merklich. Mit jedem Halbstundenschlag der nahen Kirchturmglocken wurde der alte Herr ärgerlicher. Am Nachmittag schüttelte er wütend den Kopf und ging zur Wache an der Tür. Elise folgte ihm eilig, und sei es auch nur, weil sie ihn ja nicht aus den Augen verlieren wollte. Sie kam hinzu, wie Hinrich Lipperade mit dem Wachmann sprach. »Seht doch, ›in der Früh‹ steht hier. Vielleicht hat ein Sekretär vergessen, das in eine Liste einzutragen?«

»Dazu kann ich nichts sagen, Herr …«

»Lipperade aus Lübeck«, antwortete er mit Nachdruck. »Äldermann des Stalhofs.«

Der Titel machte offenbar ausreichend Eindruck, doch der Wachmann hob nur hilflos die Hand. »Ich entscheide hier nichts, Herr. Ich lasse nur jene durch, deren Namen aufgerufen wurden. Bitte um Vergebung.«

Als sie sich wieder gesetzt hatte, beschwerte sich Lipperade leise. »Ich weiß nicht, was die Herrschaften sich dabei denken. So etwas ist mir lange nicht passiert. Erst wartet man drei Tage. Dann wird man herbestellt und derartig geschmäht.« Er wedelte mit dem Schreiben vom Königshof. »Es ist gezeichnet vom Sekretär der königlichen Kanzlei!«

Elise nahm das Papier, auf dem in geschwungenen Lettern die unmissverständliche Einladung an Hinrich Lipperade, Äldermann des Stalhofs zu London, geschrieben stand. Tatsächlich wurde er in »aller Frühe« einberufen. Darunter prangte in rotem Siegelwachs das königliche Zeichen mit einer Signatur des Schreibers. »Beruhigt Euch, Herr Vater«, bat Elise und versuchte ein Lächeln. »Das ist sicher ein Missverständnis.«

Doch als langsam der Abend anbrach, war sie selbst durch Hunger und die lange Untätigkeit gereizt. Der Schwiegervater schimpfte inzwischen halblaut vor sich hin und hatte bereits zwei weitere Male bei der Wache gefragt, ob sie denn bald an der Reihe wären.

Gelangweilt beobachtete Elise, wie sich der Raum immer weiter leerte. Der König würde sie heute nicht mehr aufrufen lassen. »Verdammt noch eins!«, fluchte der alte Herr und wandte sich ruckartig den Wachen zu. Elise schrak zusammen und befürchtete, dass er sich ins andere Zimmer drängen wollte. Doch obwohl Hinrich Lipperade die Frustration deutlich anzumerken war, gewann der Diplomat in ihm dieses Mal schnell die Oberhand. »Komm, Kind, wir gehen. Das muss ich mir nicht bieten lassen. Wenn der König der Meinung ist, mit mir Spielchen treiben zu können, dann hat er sich geirrt.«

Sie nahmen denselben Weg, den sie gekommen waren. Hinrich Lipperade eilte so schnell voran, dass Elise beinahe laufen musste, um mit ihm Schritt zu halten.

»Und jetzt?«, fragte sie atemlos. »Was macht Ihr jetzt wegen der Angelegenheit? Wird der König Euch morgen empfangen?«

Er verlangsamte seinen Schritt. »Ich weiß es nicht, Kindchen. Entweder hat ein Schreiber einen kapitalen Fehler begangen, oder der König wollte uns vorführen. Ersteres kann ich mir, ehrlich gesagt, nicht vorstellen – dafür ist die Situation zwischen Hanse und Krone momentan zu angespannt. Wenn er mich vorführen wollte, dann weiß ich nicht, was er bezweckt. Will er uns aufzeigen, dass wir nicht tun und lassen können, was wir wollen?« Verärgert legte er die Stirn in Falten und schwieg einen Augenblick. »Will er, dass die Kaufleute der verschiedenen Städte sich im Stalhof gegenseitig an die Gurgel gehen, um einander zu schwächen? Dann spielt er mit dem Feuer. Die ganze Situation droht außer Kontrolle zu geraten. Und wenn der König den Stalhof nicht mehr als Hansegebiet anerkennt, dann müssen wir unsere Habe einpacken und die Leinen losmachen.« Hinrich Lipperade war während seiner Worte immer langsamer geworden, bis er an einer Ecke kurz vor der großen Halle schließlich zum Stehen kam. »In jedem Fall führt es dazu, dass die Hanse London meiden wird, denn wenn ein Händler um sein Hab und Gut fürchten muss, wird er nicht kommen.«

»Das heißt, wenn Ihr morgen nicht wiederkommt, dann wird die Hanse den Stalhof verlieren?«

Er nickte müde. »Aber das kann ich nicht zulassen. Also werde ich so lange wiederkommen, bis wir herausgefunden haben, was hier gespielt wird.«

»Nichts ist jemals einfach in der Hanse, oder?«, erkannte Elise bedrückt.

Lipperade presste bedauernd die Lippen aufeinander. Die Runzeln auf seinem Gesicht wirkten an diesem Abend viel tiefer als am Morgen und ließen ihn sehr alt aussehen. »Nein, Kindchen. Aber ich hatte um deinetwillen gehofft, dass wir die Angelegenheit schnell klären könnten.« Er nahm sie bei der Hand und führte sie weiter den Gang hinunter.

»Ich auch, Herr Hinrich«, erwiderte Elise bedrückt. Die baldige Abfahrt aus London rückte in weite Ferne. Was sollte sie tun? Sollte sie helfen, das Problem des Stalhofs zu lösen, um Hinrich Lipperade möglichst schnell in die Heimat zu begleiten? Aber konnte sie überhaupt helfen, wenn der Äldermann mit all seinen Verbindungen nicht weiterkam? Sie bezweifelte es. Bei diesem Gedanken fühlte sie sich schrecklich nutzlos. Und wieder einmal wusste sie nicht, wie sie sich entscheiden sollte. Es war tatsächlich so. Nichts war jemals einfach.

Kapitel 15

London, am selben Tage

Anne Chessex schrak zusammen, als der Mann von hinten die Finger der Rechten an ihren schutzlosen Hals legte. Der leichte Druck schnürte ihr die Luft bloß einen Hauch ab und ließ trotzdem das Gefühl aufkommen, dass nicht viel fehlte, um sie zu ersticken. Sie lehnte den Kopf zurück, um es ganz zu genießen.

Sie wusste nicht, warum es ihr so viel Vergnügen bereitete, wenn Raymond Oxbow sie auf diese Weise berührte, noch, warum er genau wusste, wie er sie anfassen musste, um ihre Lust zu steigern. Wie jetzt, als er die Finger seiner Linken in den Ausschnitt ihres Kleides schob und ihre Brustwarze schmerzhaft kniff. Und doch schien genau dieser süße Schmerz einen Blitz der Erregung in ihren Schoß zu senden und dort ein Feuer zu entzünden, das Anne beinahe um den Verstand brachte und sie um Dinge betteln ließ, die sie sonst nicht einmal auszusprechen in der Lage war.

Die beiden Liebenden standen in der Schlafkammer von Raymond Oxbows Fachwerkhaus an der Fleet Strete. Es gab eine schmale Bettstatt sowie eine Kleidertruhe, die viel zu klein für den vorgesehenen Inhalt zu sein schien, denn etliche Gewänder lagen wild im Raum verteilt oder häuften sich vor der Truhe, als hätte man sie nur knapp verfehlt. Die dunklen Deckenbalken hingen so niedrig, dass man meinte, sich beim Betreten des Raumes ducken zu müssen. Insgesamt war das Gebäude mit seinen krummen und schiefen Balken nur wenig repräsentativ und dem Stand seines Besitzers nicht mehr angemessen, der stets betonte, dass er mächtige Freunde besaß, mit denen man sich besser nicht anlegte.

Raymond Oxbow tauschte die Hände an Annes Hals und hielt sie so fest, dass sie sich ihm nicht entwinden konnte, ohne sich die Luft weiter abzuschnüren oder gar den Hals zu verletzen. Dann begann seine rechte Hand, ihr die Röcke zu raffen, und schlüpfte schließlich suchend unter den Stoff. »Da freut sich aber jemand über unsere Begegnung, was?«, brummte er, als er ihre Weiblichkeit erkundete.

Annes Körper reagierte auf seine Berührung, ohne dass sie darauf Einfluss hatte. Bauch und Brust streckten sich ihm entgegen, und ihre Beine öffneten sich ein wenig, sodass es ihm leichterfiele, sie zu berühren, so wie es ihm gefiel. Denn das war es, was sie erregte – wenn er mit ihr tat, was *ihm* gefiel. Wenn er ihr nur die Möglichkeit ließ, sich ihm zu ergeben, gab es nichts, was sie davon abbringen konnte, ihn in ihrem Schoß zu empfangen.

»Steven hat dich nie so berührt, nicht wahr?«, knurrte er ihr ins Ohr und biss ihr fest ins Läppchen. Dabei zog er sie mit den Armen an sich, sodass sie seine Erregung in ihrem Rücken spüren konnte.

Sofort schwand Annes Lust und wurde durch einen heftigen Widerwillen gegen Raymonds Berührung ersetzt. »Du sollst nicht von Steven sprechen«, brachte sie gequält hervor und versuchte, sich ihm zu widersetzen. Doch er hatte sie so fest im Griff, dass es ihr die Luft abdrückte, wenn sie sich bewegte. Sie bohrte ihre Fingernägel in seine Hand und wand sich keuchend, um freizukommen, doch er dachte nicht daran, sie loszulassen. Im Gegenteil, er zog ihren Kopf zurück und presste seine Zunge zwischen ihre Lippen, bis sie dunkle Sterne tanzen sah.

Endlich erwischte sie mit der Kante ihres Holzschuhs sein Schienbein. Der Tritt musste ihm wehgetan haben, denn er ließ sie los und fluchte ungehörig. Als er sie mit der Rückseite der Hand auf die Wange schlug, explodierten die Sterne vor ihren Augen zu einer grellen Sonne. Sie fand sich bäuchlings auf dem Lager wieder und rang um Luft. »Du sollst nicht von Steven sprechen, Ray!«, schimpfte sie. »Du weißt, dass ich es hasse!« Sie versuchte, sich herumzudrehen und aufzustehen, denn wie üblich hatte ihr die Erinnerung an ihren Verlobten jegliche Laune verdorben.

»Ich bin noch nicht fertig mit dir«, grunzte der Mann. Er griff ihr ins Haar, verdrehte ihr den Kopf und drückte sie aufs Lager nieder. Mit der anderen Hand zog er ihre Lenden hoch und die Röcke beiseite und schob schließlich ihre Beine auseinander. Dann stieß er seine harte Männlichkeit so grob in sie hinein, dass sie unter Schmerzen um Luft rang. Und während er sich in ihr abarbeitete, wand Anne sich unter seiner Hand. Schließlich spürte sie die Erregung in ihren Schoß zurückkehren. Nein, Raymond Oxbow ließ ihr keine Wahl, und genau das gefiel Anne so sehr an den Begegnungen mit ihm.

Erst, als sie schließlich beieinanderlagen und Anne ein wohliges Pochen in ihrer Körpermitte verspürte, kehrten die Erinnerungen an Steven und an das schlechte Gewissen zurück, das sie empfand, wenn Raymond von ihm sprach. Der Gedanke, dass sie mit dem Mörder ihres Verlobten in Untreue zusammen war, ja, dass er hatte sterben müssen, weil er ihre Abenteuer erschwert hatte, peinigte sie mehr, als sie ihrem Geliebten eingestehen wollte. Und doch gab es ein Stimmchen in ihrem Innern, das davon sprach, wie froh sie war, dass Steven Wanmate ihnen bei dem, was sie miteinander taten, nicht mehr im Wege stand.

Nicht, dass Anne sich nicht schämte. Ihre Lust war so groß und so unnatürlich, dass sie oft darüber nachdachte, bei ihrem Beichtvater um Absolution dafür zu bitten. Doch sie wagte es nicht, denn wenn sie von ihren widernatürlichen Vereinigungen mit Raymond Oxbow sprechen würde, dann mochte der Geistliche anfangen, sich über den Tod von Steven Wanmate Gedanken zu machen. Momentan gab es einfach zu viele Menschen, die Fragen stellen konnten. Nein, sie konnte keine Absolution erbitten, sie durfte mit niemandem darüber reden, was Raymond mit ihr tat und auch schon vor Stevens Tod getan hatte. Sie musste es in sich verschließen und darüber schweigen, bis sie auf dem Totenbett lag. Dann wäre der Zeitpunkt zur Beichte gekommen.

Neben ihr erklangen regelmäßige Atemzüge, wie so oft, wenn er mit ihr fertig war. »Ray, bist du wach?« Er grunzte bestätigend und regte sich ein wenig. Sie nahm das als Aufforderung weiterzureden. »Was mache ich bloß mit Herman?«

Die Atemzüge verstummten. »Sein Angebot war wohl sehr überraschend für dich, was?«, fragte er.

»Ja. Ich wusste gar nicht, was ich tun und sagen sollte.«

»Du hättest Nein sagen können, Anne.«

Die Frau richtete sich auf dem Ellenbogen auf und starrte ihren Liebhaber an, der ihr den Rücken zuwandte. »Wie hätte ich denn bitte Nein sagen sollen, Ray? Hätte er mich in einem Zwiegespräch gebeten, hätte ich ihm das vielleicht noch ausreden können, doch so, vor seinen Eltern – vor dir und dem alten Waldo …«, sie schüttelte den Kopf und stützte dann das Kinn in die Hand. »Nein, ich konnte nicht ablehnen. Nicht, ohne Misstrauen zu erwecken und Fragen erdulden zu müssen, auf die ich keine Antworten geben möchte. Außerdem hätte mich die Familie vielleicht vor die Tür gesetzt, wenn ich abgelehnt hätte. Und hättest du mich dann aufgenommen?«

Ray ignorierte die letzte Frage. »Dann musst du Herman Wanmate wohl ehelichen, Anne«, brummelte er und zog die Decke, auf der er lag, über Gesäß und Rücken.

»Ich will ihn nicht heiraten, Ray!«, protestierte Anne. »Er wird uns genauso im Wege stehen wie sein Bruder. Wenn ich jemanden ehelichen will, dann dich. Hättest du um meine Hand angehalten, säße ich jetzt nicht mit einem Eheversprechen da, das ich nicht einhalten will.«

»Ich wollte dich ja fragen, Anne«, erwiderte Ray seufzend. Er drehte sich zu ihr herum und nahm ihr Kinn zwischen seine Finger, während sein Daumen über ihre Lippen fuhr. »Das weißt du doch, oder? Aber ich fand es noch zu früh, um kein Aufsehen zu erregen. Und jetzt ist Herman mir zuvorgekommen, der verdammte Narr.«

»Ein süßer und anständiger Narr«, bekannte Anne. »Er nimmt das Versprechen, das er Steven gegeben hat, offenbar sehr ernst.«

»Nichtsdestotrotz ein Narr«, brummte Ray. »Aber wenn dir seine Geste so imponiert, dann musst du ihn eben doch heiraten. Vielleicht wirst du ja mit ihm glücklich, meine Liebe.« Er küsste sie grob. »Vielleicht kann er dich ja zufriedenstellen.«

Anne entzog sich seiner Berührung. »Ich will Herman Wanmate nicht heiraten«, wiederholte sie mit Nachdruck. »Er ist zu … nett. Er hat nicht, was du hast. Er nimmt sich nicht, was er will. Er denkt zu viel nach dabei.«

»Ja, er denkt definitiv zu viel nach«, stimmte ihr Liebhaber ihr zu. Er hob die Hand und strich ihr, dieses Mal zärtlich, über die Wange. »Aber keine Angst, mein Vögelchen. Ich werde nicht zulassen, dass Herman Wanmate uns auch noch im Wege steht. Ein Bruder ist mehr als genug.«

Ein Frösteln fuhr Anne den Rücken hinunter. Vor über einem

Jahr hatte Ray über Steven etwas ganz Ähnliches gesagt. Und dann war ihr Verlobter aus Island nicht zurückgekehrt. »Ray, was meinst du damit? Willst du damit sagen, dass du Herman auch ...« Sie konnte es nicht aussprechen.

»Beschwere dein Köpfchen nicht mit solchen Gedanken, mein Spatz. Ich will damit sagen, dass ich nicht zulassen werde, dass Herman uns im Wege steht. Mehr hat dich nicht zu interessieren.« Er griff ihr ins Haar und zog ihren Kopf zu sich. »Und jetzt halt den Mund, Weib, sonst muss ich ihn dir stopfen.«

Anne ließ ihn gewähren – er küsste sie wieder, zog sie an sich und barg ihren zarten Körper in seinen Armen. Sie lauschte auf seinen Atem, bis er so regelmäßig ging, dass sie sicher wusste, dass er schlief. Dann erst konnte sie sich entspannen und ihre Gedanken sortieren. Wollte Ray nun auch Herman töten? Und wenn ja – störte sie das? Wenn er starb, war sie an das Versprechen, das sie ihm gegeben hatte, nicht mehr gebunden. Und doch würde es Aufsehen erregen, wenn nun auch der zweite Bruder durch merkwürdige Umstände zu Tode kam. Die Situation war vertrackt. Hätte Herman doch bloß seinen Mund gehalten!

Schließlich gelang es Anne, sich aus Raymonds Armen zu winden, ohne ihn aufzuwecken. Sie kleidete sich leise an und schlüpfte aus dem Hinterausgang seines kleinen Fachwerkhauses in der Nähe von St. Paul's. Sie musste eines der westlichen Tore passieren, bevor diese zur Nacht geschlossen würden. Als sie durch die nachmittäglichen Straßen eilte, verfluchte sie ihre Situation. Sie hatte keine Lust mehr, sich wie eine Verbrecherin aus dem Haus schleichen zu müssen, um ihren Geliebten zu sehen. Hatte dies anfangs zu ihrer Erregung beigetragen, war es inzwischen nur noch eine Belastung.

Als sie draußen vor den Stadtmauern auf die kleine und ärmliche Hütte der Wanmates zuging, blieb sie unwillkürlich stehen und fasste einen Entschluss. Sie konnte die Armut und die Bedrücktheit in dem Haus kaum noch ertragen.

Nein, sie würde nicht die Frau eines abgewirtschafteten und in Ungnade gefallenen Kaufmannssohnes werden, der keine Mittel und keine Freunde mehr besaß. Was auch immer Raymond Oxbow für Pläne hatte, um sie aus ihrem Eheversprechen zu lösen, sie wollte es nicht wissen. Immerhin wusste sie ja gar nicht, was er vorhatte.

Der Gedanke, dass die Familie Wanmate nicht wusste, was auf sie zukam, trug wesentlich dazu bei, ihren Schritt zu beschwingen, als sie die Tür aufstieß und über die Schwelle trat. Sie musste nur noch ein wenig aushalten, dann wäre dieser Abschnitt ihres Lebens vorbei.

Herman Wanmate war in der Wandnische im Hause Raymond Oxbows zur Salzsäule erstarrt, als Anne, seine Verlobte Anne, auf dem Weg zur Türe unwissentlich an ihm vorbeigegangen war.

Während sich ihre Schritte draußen auf dem Pflaster entfernten, schloss der Sekretär des Stalhofs entsetzt die Augen. Was er eben hatte mit ansehen müssen, hatte ihn tief erschüttert. Schlimm genug, dass Anne sich, obwohl ihm anverlobt, einem anderen hingab. Sie hatte nicht nur geduldet, was Raymond Oxbow ihr für Scheußlichkeiten angetan hatte, sie hatte diese sogar genossen. Noch immer stand ihm vor Augen, wie der Verräter Anne auf dem Bett genommen hatte – so offensichtlich gegen ihren Willen, dass Herman ihr am liebsten zur Seite gesprungen wäre, obwohl sie ihn gerade mit einem angeblichen Freund betrog. Doch ihre Wangen hatten sich erregt gerötet, die Lippen waren geschwollen, und Herman würde die Lust, die in ihren Augen gestanden hatte, obwohl ihr Kopf schmerzhaft verdreht auf das Bett gedrückt wurde, bis an sein Lebensende nicht vergessen. Er schämte sich dafür, dass ein Mann so etwas mit einer Frau tat. Noch mehr aber schämte er sich dafür, dass ihn, obwohl er diesen Gewaltakt verabscheut hatte, der Anblick auch erregt hatte. Er war nur froh, dass er außer dem einen oder anderen lauten Stöhnen nicht hatte hören können, was die beiden sprachen.

Nachdem der Sekretär den Schrecken verwunden hatte, schob er sich leise aus der Wandnische vor, in die er sich, zum unfreiwilligen Zeugen geworden, gedrückt hatte. Er blickte durch die einen Spaltbreit offen stehende Tür in die Kemenate und stellte erleichtert fest, dass Raymond Oxbow immer noch zu schlafen schien. Die beiden Liebenden waren überraschend gekommen, als Herman das Haus des angeblichen Freundes heimlich durchsuchen wollte. Ihm war nichts anderes übrig geblieben, als das Schauspiel zu erdulden.

Herman tastete sich im nachmittäglichen Halbdunkel so leise wie möglich über die knarzenden Dielen des kleinen Fachwerkhauses und betrat schließlich die Schreibkammer, in der er früher so manche Stunde mit Ray und seinem Bruder Steven zugebracht hatte. Der doppelte Verrat des Freundes war hier ob der fröhlichen Erinnerungen noch schwerer zu ertragen. Er entzündete eine Kerze und sah sich um. In Truhen und Schränken stapelten sich Schriftrollen, lose Papiere und Pergamente sowie Tabellen, Kohlestifte, Tintenfässer und Federkiele in keiner erkennbaren Ordnung. Das kleine Fenster wies zur Straße hinaus, war aber mit verriegelten Läden verschlossen.

Nun musste der Kaufmannssohn tun, weshalb er eigentlich

gekommen war: in dem Durcheinander nach dem Schriftstück suchen, das die dänische Magd Inger bei Raymond Oxbow gesehen haben wollte, kurz bevor dieser Steven getötet hatte. Der junge Mann musste in seinem Werk innehalten, denn die Wut drohte, ihn zu übermannen. Nebenan schlief Ray, ermüdet von dem Liebesspiel mit Hermans Versprochener. Dieser Mann hatte der Familie Wanmate so viel Leid zugefügt, sie belogen und betrogen; und das, um das Werk eines unbekannten Herren auszuführen. Wer konnte es Herman übel nehmen, wenn er nun hinüberging und den schlafenden Mann in dem Bett, in dem er den Betrug begangen hatte, erschlug, hier und jetzt?

Doch Herman wusste sich zu beherrschen. Er würde seine Rache bekommen. Er würde seinem Bruder Steven und besonders seiner Familie keinen Gefallen damit tun, wenn er den einzigen Zeugen der Intrige tötete, bevor man ihn zum Hergang der Ereignisse befragen konnte. Nein, der Verräter Raymond Oxbow musste leben, damit der König Gerechtigkeit walten lassen konnte.

Also durchwühlte Herman die Unterlagen des falschen Freundes und fand schließlich, was er gesucht hatte: ein Schreiben mit einem großen Siegel darunter. Der junge Mann trat ins Licht der Kerze, um das Dokument näher zu betrachten.

Sein Herz schlug hart in der Brust, als er das Siegel erkannte. Auf dem Pergament prangte das Zeichen der königlichen Kanzlei. Sollten sich die Schuldigen wirklich so nahe beim König bewegen? War dieses Schreiben gar im Auftrag Edwards IV. aufgesetzt worden? Herman konnte im Kerzenschein nicht alles entziffern, doch er erkannte neben dem Siegel den Namen eines Schreibers. Enttäuscht suchte er eine offizielle Unterschrift, fand jedoch keine. Weder der König noch der Kanzler hatten das Schriftstück gezeichnet. Für den Konflikt mit Dänemark war es Beweis genug, doch Herman reichte das nicht – er musste wissen, wer den Tod seines Bruders verursacht hatte.

Die fehlende Unterschrift ließ auf die Weisheit des Auftraggebers schließen. Wer auch immer es hatte aufsetzen lassen, gab sich allein mit dem Dokument eine große Blöße. Offenbar hatte derjenige seine Schuld für den Fall, dass das Schriftstück in die falschen Hände geriete, nicht auch noch mit dem eigenen Namen verraten wollen.

Herman faltete das Schreiben sorgfältig zusammen und schob es in sein Wams. Dann blies er die Kerze aus und tastete sich zur Tür. Er wagte kaum zu atmen, als er den Riegel zurückschob und daran zog. Ein Quietschen erklang, das er vom Betreten des Hauses nicht in Erinnerung gehabt hatte.

»Wer da? Anne?« Oxbows Stimme klang schlaftrunken herüber. Geräusche aus der Kammer deuteten darauf hin, dass sich der kräftige Mann vom Lager erhob.

Herman wollte nicht darauf warten, dass Raymond bemerkte, dass Anne schon lange fort war. Er zog die Tür auf und lief die Fleet Strete hinunter. Immerhin war der Mann ein Mörder.

Hermans Gedanken kreisten um die Frage, was er nun tun sollte. Wer in seinem Umfeld besaß die Macht, mit dem Brief zu den entsprechenden Stellen zu gehen? Außerdem musste es jemand sein, dem er vertrauen konnte. Bei Hof steckten so viele Leute in den Taschen der unterschiedlichsten Würdenträger, dass man fürchten musste, dass der Falsche das Beweisstück unter einem Haufen Akten begraben würde, um den Schuldigen zu schützen. Leider hatten sich alle einflussreichen Freunde seines Vaters von der Familie zurückgezogen, und Herman selbst hatte nie genug Zeit darauf verwendet, Kontakte bei Hof zu knüpfen.

Der Einzige, der wahrhaftig genug Macht besaß, um das Schreiben dorthin zu bringen, wo man die Familie Wanmate entlasten konnte, war Elise Lipperades Schwiegervater.

Kapitel 16

Westminster Palace, am selben Abend

Elise eilte an der Seite Hinrich Lipperades durch die Gänge von Westminster Palace. Sie versuchte, mit ihm Schritt zu halten, doch schließlich bat sie den Vater, langsamer zu gehen, und hakte sich bei ihm ein. Sie verstand seine Frustration nur zu gut, teilte sie auch. Was sollten sie, was konnten sie nun noch tun, nachdem der König sich geweigert hatte, sie zu sehen?

Kurz vor dem Durchgang in die Halle von Westminster traten den beiden Lübeckern vier Wachen des Königs in den Weg. »Mister Lipperade und Tochter Elouise?«, fragte der Anführer, ein breiter und großer Mann mit kurz geschorenen Haaren und Hellebarde.

»Allerdings«, erwiderte der Angesprochene zögerlich. »Was gibt es?«

»Ihr seid angehalten, mir zu folgen, Sir!«

Der Vater warf Elise einen sorgenvollen Blick zu. »Folgen? Wohin? Wird uns etwas vorgeworfen?« Der Tochter stand sofort das Bild des wuchtigen Weißen Turmes vor Augen, des Gefängnisses der Stadt. Würde man sie in den Kerker werfen?

»Ich bin angewiesen, Euch zu St. Mary Undercroft zu führen.«

»Was ist das?«, fragte sie den Gardisten.

»Eine Kapelle.«

»In wessen Auftrag?«

»Der Kanzler, Graf Warwick, erwartet eine Stellungnahme von Euch.«

Elise wurde trotz des zermürbenden Tages wieder hellwach. Seit ihrer Ankunft hatte sie immer wieder über Graf Warwick gehört, den Königsmacher. Er stammte selbst aus einer der reichsten und mächtigsten Familien in England. Sowohl Anton Klüver als auch ihr Vater hatten ihr so viel vom Kanzler berichtet, dass ihr der Kopf schwamm. Doch sie war auf diesen Gang mitgekommen, um die Augen offen zu halten.

»Eine Stellungnahme«, stellte ihr Schwiegervater mit verärgertem Unterton fest. »Und haben wir eine Wahl?«

»Ich bin angewiesen, Euch dorthin zu bringen, Sir.« Die Männer sahen so aus, als würden sie diesen Befehl notfalls auch mit Waffengewalt durchsetzen.

»Das heißt dann wohl nein. Also, geht voran«, seufzte der Kaufmann.

Die vier Wachen gruppierten sich um sie herum, sodass an jeder Ecke einer von ihnen darauf achten konnte, dass sie nicht die Flucht ergriffen. Elise kam sich vor wie eine Verbrecherin, die man aufs Schafott geleitete. »Was soll das?«, fragte sie leise. Sie hielt sich an Hinrichs Arm fest, schon allein weil sie fürchtete, dass man versuchen könnte, sie zu trennen.

»Ein weiterer Zug in diesem kranken Spiel, nehme ich an«, knurrte er zurück. »Mir gefällt das gar nicht. Was auch immer geschieht, bleib bei mir. Und ich werde die Unterhaltung führen, verstanden?«

»Natürlich, Herr Vater«, bestätigte Elise. »Wo ist diese St. Mary Undercroft?«

»Sie befindet sich unter St. Stephen, der Kapelle des Königs.«

»Das ist ein ungewöhnlicher Ort für ein Treffen, oder?«

»Allerdings. Eines kann man Graf Warwick gewiss nicht vorwerfen – Berechenbarkeit.«

Sie folgten den Wachen hinaus aus dem Palast und betraten einen Hof. Hinter der großen Abtei zu ihrer Rechten senkte sich gerade die Sonne herab. Elises erster Eindruck von einer riesigen Kreatur, die sich lauernd auf dem Boden duckte, wurde noch stärker. Doch sie konnte nicht ergründen, wo dieses Gefühl seinen Ursprung hatte. Die Abenddämmerung überließ das Feld bereits wieder dem kühlen Dunst, der von der Themse herüberdrang.

Langsam bekam Elise einen Eindruck davon, was Hinrich Lipperade für ein Leben führte – ein Spielball der Mächte und Interessen fremder Herrscher und Länder. Mit einem Mal mutete es sie nicht mehr seltsam an, dass der Gedanke an häusliche Intrigen in Lübeck ihn kaum zu beeindrucken vermochte. »Was wisst Ihr über ihn, Herr Vater?« Sie wollte so viel wie möglich erfahren, bevor sie dem Mann leibhaftig gegenüberstand.

Er schürzte die Lippen und zog die Brauen zusammen. Er sprach so leise, dass nur sie ihn verstehen konnte. »Zu Beginn hat Warwick seinem König die Kampagnen finanziert und ist sogar des Öfteren selbst für ihn an der Spitze eines Heeres zu Felde gezogen. Mittlerweile stellt er die Macht hinter dem Königsthron dar. Bei ihm laufen alle Geheimnisse zusammen. Angeblich erfährt er in Windeseile, was im Königreich, ja, an anderen Höfen geschieht, und kann schon darauf reagieren, bevor sich die Nachrichten verbreitet haben. Er muss überall Spione haben.«

»Auch am Stalhof?«

»Besonders am Stalhof.«

Sie näherten sich dem zweigeschossigen Gebäude mit den vier spitzen Ecktürmchen, das Elise bereits vom Fluss aus gesehen hatte. Beide Etagen wiesen je fünf gedrungene Bogenfenster auf, die mit vielfarbigem Glas ausgestaltet waren. Aus der Ferne wirkte St. Stephen wie eine kleinere Kapelle, doch jeder Schritt ließ sie an Größe und Pracht wachsen. Schließlich erkannte Elise, dass das Gebäude nur klein ausgesehen hatte, weil die Abtei von Westminster dahinter so gewaltig aufragte.

Die Wachen geleiteten sie bis zu einer kleinen Pforte, die an der Seite des düsteren Gebäudes lag. Hier blieben sie zurück. Elise reichte dem alten Herrn zögerlich die Hand, um mit gerafften Röcken die Stufen hinabzusteigen. Unten schob sie eine abgerundete Holztür auf, die sich nur schwer in den Angeln bewegen ließ. Dies musste ein Nebeneingang sein. Im Innern blieb Elise überrascht stehen. Die Decke war erstaunlich hoch und bestand beinahe vollständig aus kompliziert verwobenen Spitzbögen. Fackeln an den Wänden erhellten die Fächer dazwischen, in denen florale Muster auf goldenem Hintergrund glänzten. Die Pracht der in verschiedenen Schattierungen von Gold und Braun schimmernden Decke, die das Licht hervorrief, überwältigte die junge Witwe für einen Augenblick. Wenn es eine Kapelle gab, die eines Königs würdig war, dann diese. Wie mochte dann erst die darüberliegende St. Stephen's Chapel ausgestattet sein? Ein niedriges Gitter aus Schmiedeeisen trennte den Eingangsbereich von dem beschnitzten Gestühl. Hinten, beim Altar, erblickte sie eine Gestalt, die ihnen den Rücken zuwandte.

Neben ihr straffte der Schwiegervater die Schultern und legte die Hände hinter dem Rücken zusammen. Dann ging er zielstrebig durch die schmiedeeiserne Pforte und zwischen den hölzernen Ständen hindurch. Die Geste ließ der jungen Witwe den Gaumen austrocknen – so benahm er sich nur, wenn er im Namen der Hanse repräsentieren musste.

Sie folgte ihm eiligen Schrittes. »Das, mein Kind, ist der *andere* gefährlichste Mann unserer Zeit«, sprach Lipperade warnend.

Der Herr, der beim Altar auf sie wartete, entsprach ganz Elises Bild eines Machtmenschen. Er war groß, wies an den Schultern die Breite eines Schwertkämpfers auf und trug das Haar an Stirn und Seiten so kurz, dass es ihm auch im Gefecht nicht die Sicht rauben konnte. Die schmalen Lippen waren zusammengepresst und malten mit den eng über den Augen stehenden Brauen einen Ausdruck beständiger Skepsis auf seine Züge, so als wäge er alles und jeden um sich herum auf seine Nützlichkeit ab. Seine dunklen Augen blickten entsprechend kühl.

Elise fand, dass er wie ein Raubtier wirkte – ohne Skrupel, seinen Machtanspruch durchzusetzen. Ihr fuhr ein Schauer den Rücken hinab. Kurz erwog sie ernsthaft, umzudrehen und die Kapelle zu verlassen. Doch das wäre ein Zeichen der Schwäche, und sie wusste, was Raubtiere taten, wenn sie ein schwaches Tier vor sich sahen. Also riss sie sich zusammen und hielt sich eng an der Seite ihres Begleiters. Als sie Warwick gegenüberstand, hielt sie wohlweislich den Blick zu Boden gesenkt und lugte nur selten durch die Wimpern, um ihn kurz zu mustern. Bei einem dieser Blicke sah sie eine Narbe, eine breite Furche, die sich auf seiner rechten Gesichtshälfte über die Wange bis hin zur Lippe zog. Vermutlich ein Relikt aus jenen Tagen, in denen er seine Schlachten nicht aus der Schreibkammer heraus, sondern zu Felde gefochten hatte.

»Lipperade«, begrüßte Warwick ihren Vater. »Und Schwiegertochter Elise. Eine halbe Londonerin, wenn ich mich nicht täusche. Willkommen.«

»Euer Gnaden«, erwiderte Hinrich Lipperade und neigte das Haupt tief. Er bedeutete ihr, es ihm gleichzutun.

Elise fiel in einen höfischen Knicks, wie Schenk es ihr gezeigt hatte, nur nicht mit ganz vollendetem Kniefall, wie sie es für die Begrüßung durch den König geübt hatte. Als sie sich erhob, verspürte sie ein leichtes Schwindeln. Warum kannte der Kanzler ihren Namen? Dieser Mann wusste nicht nur, wer sie war, sondern auch mehr über ihre Herkunft als jeder andere in dieser Stadt. Was hatten ihm seine Spione noch zugetragen? Etwa die verzweifelte Situation in Lübeck, wegen der sie aufgebrochen war?

»Eine Schönheit habt Ihr da vor dem Londoner Hof verborgen, Herr Lipperade.« Warwick sprach Englisch, doch Name und Anrede klangen so, als wäre er ein Lübecker. Beherrschte er gar ihre Sprache?

»Nicht mit Absicht, Euer Gnaden. Meine Schwiegertochter führt mir mit kühlem Kopf und wachem Auge in Lübeck Haus und Hof.« Dabei sah er Elise an und hob eine Augenbraue. Was wollte er ihr damit mitteilen? Sie möge einen kühlen Kopf bewahren und wachsam bleiben? Hatte er bemerkt, wie Warwick sie aus dem Gleichgewicht gebracht hatte? Sie atmete tief durch und bewegte die Beine ein wenig, um festen Boden unter den Füßen zu spüren. Und als sie wieder ganz bei sich war, dämmerte ihr, wie schnell und elegant Warwick sie mit dieser Eröffnung in die Enge gedrängt hatte. Sie warf Hinrich Lipperade einen dankbaren Blick zu und nickte leicht, um ihm mitzuteilen, dass er sich keine Sorgen um sie machen sollte. Sie würde sich von dem Politiker nicht ins Bockshorn jagen lassen.

»Stimmt, Euer ältester Sohn ist ja vor wenigen Jahren verstorben. Mein Beileid.«

Elise blickte betroffen zu Boden. Sogar von Wilhelms Tod wusste der Kanzler. Doch jetzt, da sie ahnte, welches Spiel er spielte, ließ sie sich ihre Überraschung nicht mehr anmerken.

»Ich danke Euch, Herr.« Lipperade neigte wieder den Kopf. Dann kehrte er in seine steife Haltung zurück und musterte sein Gegenüber, die buschigen Brauen zusammengezogen. »Aber meine Familie ist nicht der Grund, warum Ihr uns zu diesem Treffen geladen habt, oder?«

»Mir scheint, Ihr seid kein Freund von Höflichkeiten, Herr Lipperade.«

»Ich hatte einen langen Tag, und meine alten Knochen schmerzen vom vielen Stehen. Deshalb wäre ich dankbar, wenn wir nicht allzu viel Zeit auf Floskeln verwenden würden.«

Bei dieser brüsken Ansprache huschte Elises Blick von einem der Männer zum anderen. Eben noch hatte der alte Herr den Kanzler als einen der gefährlichsten Männer ihrer Zeit bezeichnet, jetzt schlug er einen beinahe beleidigenden Tonfall an? Erst als ein Lächeln über das Antlitz des Kanzlers huschte, entspannte sie sich ein wenig.

»Nachdem wir uns also gegenseitig klargemacht haben, dass wir keine jungen Heißsporne mehr sind und unser Geschäft verstehen, sollten wir tatsächlich zur Sache kommen. Ihr seid heute bei Seiner Majestät dem König vorgeladen worden, um das Vorgehen der Hanse im dänischen Sund zu erklären.«

»Das ist korrekt, Euer Gnaden. Mir wurde zu verstehen gegeben, dass ich heute damit rechnen könnte, Seine Majestät zu sprechen. Offenbar war das ein Irrtum.«

»Offenbar war es das«, wiederholte der Kanzler. Sein Blick schweifte durch die Bankreihen der Kapelle. »Ich habe Euch hergebeten, Herr Lipperade, weil Euch heute eine Unhöflichkeit geschehen ist. Ich möchte vermeiden, dass Ihr sie missversteht.«

Der Äldermann musterte ihn unter buschigen Brauen. »Ich

habe eher den Verdacht, dass Ihr verhindern möchtet, dass ich diese Unhöflichkeit *richtig* deute, Euer Gnaden. Und meine Konsequenzen für den Stalhof daraus ziehe. Ihr würdet hier nicht so freundlich mit mir reden, wenn London die Hansekaufleute nicht dringend benötigte, nicht wahr?«

Der Kanzler nickte mit einem säuerlichen Lächeln. »Ihr seid ein kluger Mann, Herr Lipperade. Ihr kennt Euren Wert und den Eurer Verbündeten.«

»Wie Ihr sagtet, Herr. Ich bin kein jugendlicher Heißsporn mehr, der sich schnell ins Bockshorn jagen lässt. Und Ihr werdet mir sicherlich gleich mitteilen, wie Ihr zu diesem Konflikt steht.«

»Werde ich das? Nun gut, vielleicht habt Ihr recht. Vielleicht ist die Zeit gekommen, die Karten auf den Tisch zu legen.«

Elise verfolgte das Gespräch der beiden Politiker fasziniert. Sie hatte beinahe den Eindruck, dem Duell zweier Schwertmeister beizuwohnen, die alle Tricks ihrer Kunst beherrschten und die Schwächen des Gegners abklopften, bevor sie zu einem möglicherweise tödlichen Stoß ansetzten. Diese Seite des Schwiegervaters kannte sie bislang kaum. Sie hatte ihn nie bei Verhandlungen im stillen Kämmerlein erlebt, die er mit anderen Würdenträgern geführt hatte. Und obwohl er ihr in dieser Rolle noch fremder erschien als sonst, erkannte sie, dass er diesem mächtigen Mann von Stand auf seinem Feld als Ebenbürtiger begegnete.

»Ich verstehe, dass die Situation um den Stalhof sehr gespannt ist?«

»Die Situation ist nur gespannt, weil die Wachen der Stadt London der Meinung waren, sich Zutritt zu jenem Gelände verschaffen zu müssen, das der König der Hanse auf ein weiteres Jahr zur Pacht überlassen hat.«

»Was wiederum daran liegt, dass die Hanse im dänischen Sund englische Kauffahrer überfallen hat und sich weigert, Seiner Majestät dafür Reparationsleistungen zu erbringen.«

»Wir haben gezahlt«, befand Hinrich Lipperade. »Gewaltsam, wie ich hinzufügen möchte, und ungerechtfertigt, denn es waren nicht die Kaufleute des Stalhofs, die diesen Überfall befohlen haben.«

»Längst nicht in ausreichendem Maße, mein Herr.«

Der Vater zog verärgert die Augenbrauen hoch. »Eure Leute haben Waren im Wert von zwei kleinen Landhäusern aus dem Stalhof getragen, Milord. Und Ihr meint, das reicht noch nicht? Die Schiffe und ihre Waren sind mehr als ausreichend vergütet.«

»Nicht aber die Gefühle Seiner Majestät des Königs sowie die jener Londoner, die ihre Angestellten und Anverwandten verloren haben!«

Hinrich Lipperade straffte die Schultern wieder und schwieg einen Moment, bevor er ruhiger fortfuhr. »Aber hier geht es doch nicht nur um den Stalhof, Euer Gnaden. Hier geht es um die Beziehung der englischen Krone zur Hanse, nicht mehr und nicht weniger.«

»So ist es in der Tat. Und Ihr versteht sicher, dass der König nicht dulden kann, dass die Städtehanse Schiffe englischer Kaufleute überfallen lässt.«

»Wollt Ihr für diese Tat die ganze Hanse zur Verantwortung ziehen?«

»Die Tat eines Mitgliedes der Hanse, das Ihr weiterhin in Schutz nehmt. Oder ist Danzig inzwischen aus dem Bund ausgetreten?«

»Nein. Doch dass Danziger Schiffe gekapert haben, heißt nicht, dass sie in Danzigs Auftrag fuhren. Ihr wisst ebenso gut wie ich, dass die Kaperfahrer im Dienste des dänischen

Königs standen, als sie die Kaufleute überfallen haben. Ein Überfall, der als Wiedergutmachung für die Bluttat englischer Kaufleute auf Island geschehen ist.«

»Die Tat eines einzelnen dummen Kaufmannes, der dafür Reichtum und Ansehen verloren hat«, winkte Warwick ab.

Elise ballte hilflos die Fäuste, denn hier war von niemand anderem als von Herman Wanmates Bruder und Familie die Rede. »Wenn er es denn wirklich war«, warf sie schüchtern ein. Sie biss sich sofort auf die Lippen. Warum hatte sie das getan?

Warwick wandte ihr seine ganze Aufmerksamkeit zu. »Fräulein Elise«, murmelte er. »Solltet Ihr über Informationen verfügen, die mir nicht vorliegen?« Auch der Schwiegervater warf ihr einen Blick zu, doch der wirkte eher ermahnend.

Sie senkte schnell den Blick und sah auf ihre Füße. Warum hatte sie gesprochen? Die Worte waren ihr entschlüpft, bevor sie es gemerkt hatte. Dabei gab es für sie nichts Schlimmeres, als vor Versammlungen oder hohen Würdenträgern zu sprechen! »Ich … glaube kaum, dass das möglich ist, Euer Gnaden.«

»Schenkt Ihr keine Aufmerksamkeit, Euer Gnaden«, warf Hinrich Lipperade abwiegelnd ein. »Meine Schwiegertochter hat eine lebhafte Einbildungskraft.«

»Ich glaube, da tut Ihr der jungen Frau unrecht, Meister Lipperade. Ich empfinde sie als eine sehr gebildete und intelligente Dame.« Die Stimme des Kanzlers nahm einen lauernden Unterton an. »Wie also kommt Ihr zu der Behauptung, dass Steven Wanmate nicht schuld an den Ereignissen in Island gewesen sein könnte? Und wer mag es dann gewesen sein? Vorausgesetzt, Ihr habt recht – dann hat jemand große Sorgfalt darauf verwendet, seine Spuren zu verwischen.«

»Elise?« Der halb erwartungsvolle, halb warnende Tonfall des Äldermannes war nicht nötig, um ihr aufzuzeigen, was auf dem Spiel stand. Ihre Gedanken überschlugen sich. Konnte, ja durfte sie von der Magd Inger berichten, die diesen Raymond Oxbow beschuldigt hatte? Da Inger tot war, konnte sie diese Behauptung nicht beweisen und würde sich im Zweifel vorwerfen lassen müssen, den Ruf eines anständigen Mannes in den Schmutz zu ziehen. Sie wählte ihre Worte sorgfältig und versuchte zu verbergen, dass sie am ganzen Leibe zitterte. »Ich habe in Lübeck gehört, dass einige Ratsleute diese Geschichte angezweifelt haben, Euer Gnaden«, sprach sie leise und unterwürfig. »Vermutlich bin ich bloß dummem Geschwätz aufgesessen.«

Der Königsmacher musterte sie eingehend, bevor er sagte: »Vermutlich.« Elise kam sich vor wie ein Kaninchen unter den Augen einer Schlange.

»Euer Gnaden«, sprang Hinrich Lipperade ein. »Ihr behauptet also, dass die Tat eines Einzelnen, wie dem schuldigen Kauffahrer auf Island, dem Sinne der Gesamtheit, in diesem Fall der Krone, zuwiderlaufen kann?«

Elise nahm mit einem vorsichtigen Blick unter den Wimpern hindurch zur Kenntnis, dass Warwick seine Aufmerksamkeit mit einem Stirnrunzeln von ihr abwandte. »Das tut sie in diesem Falle in der Tat.«

»Dann müsst Ihr, Euer Gnaden, mit aller gebotenen Bescheidenheit, doch auch erkennen, dass dies im Falle der Danziger Kaperfahrer genauso gelten muss, oder nicht?« Warwick starrte ihn stumm an.

Elise hielt den Atem an. Hatte ihr Schwiegervater gerade den Kanzler des englischen Königs in die Ecke gedrängt? Dem Mienenspiel des mächtigen Mannes nach erkannte der das ebenfalls und war nicht erfreut. »Von müssen kann hier keine Rede sein, Lipperade«, erwiderte er schließlich unwirsch. »Aber ich ahne, worauf Ihr hinauswollt. Wenn wir einmal annehmen, dass die Hanse nicht verantwortlich für den gemeinen Überfall ist …«

»… und möglicherweise auch Danzig nicht verantwortlich für die Taten einer Kaperflotte ist …«

»… die nichtsdestotrotz unter Danziger Farben gefahren ist! Dann wird hier vielleicht ein Ereignis aufgebauscht, das so viel Aufmerksamkeit gar nicht verdient.«

Diese Aussage sorgte für eine erwartungsvolle Stille in der Kapelle St. Mary Undercroft. Für ein paar Augenblicke waren nur das Rascheln von Seide, das Schaben der Schuhe auf dem Steinboden und sogar der Atem der drei Menschen zu hören.

»Und was bedeutet das nun für mich und den Stalhof?«, fragte Hinrich Lipperade sanft, als die Stille länger andauerte, als nottat.

Der Kanzler starrte an ihnen vorbei, die dunklen Augen in die Ferne gerichtet. Steile Falten auf der Stirn deuteten an, dass er im Geiste das Für und Wider der Situation gegeneinander abwog. Die Lippen waren nach wie vor aufeinandergepresst. Elise fragte sich, ob er zu einem echten Lächeln überhaupt fähig war. Schließlich sagte er: »Der König muss den Angriff auf die englischen Kauffahrer als Kriegsakt wahrnehmen und wird entsprechend reagieren, wenn er nicht kompensiert wird. Der Gesichtsverlust gegenüber der Kauffahrervereinigung ist hoch. Die Hanse sollte dem König entgegenkommen und freiwillig Reparationen leisten, sonst muss sie mit dem Äußersten rechnen.«

Elise sah, wie aus dem Gesicht ihres Schwiegervaters alle Farbe wich. »Das ist bedauerlich, Euer Gnaden.« Er runzelte wieder die Stirn, als überlege er fieberhaft. »Wie viel Zeit wird der Stalhof wohl haben, bevor sich der König zum Handeln entschließt?«

Der Kanzler blickte ihn ernst an. »Vor der nächsten Sitzung des königlichen Rates wird sicher nichts beschlossen.«

»Das ist in sechs Tagen?«

»Ihr seid gut informiert, Meister Lipperade.«

»Ich danke Euch, Euer Gnaden.«

Der Kanzler gab Elise mit einem hintergründigen Blick einen Handkuss, dann kehrten sie ihm den Rücken zu und verließen St. Mary Undercroft. Erst auf dem Hof des Westminster Palace blieb Hinrich Lipperade stehen und atmete ein paarmal durch. Er wirkte aufrechter, so als sei eine schwere Last von seiner Schulter gefallen. Elise verstand das nicht. »Warum seid Ihr erleichtert, Herr Vater? Hat Warwick uns nicht gerade mitgeteilt, dass der König von England in einer Woche der Hanse und damit dem Stalhof den Krieg erklären wird?«

»Ich bin erleichtert, weil ich endlich weiß, wer hinter all diesen Dingen steht«, erklärte Hinrich Lipperade.

Elise sah ihn unverständig an. »Wer?«

»Graf Warwick, der Königsmacher.«

Sie schwieg erstaunt. »Wie kommt Ihr darauf? Hat er uns nicht gerade gewarnt?«

Der Vater antwortete mit einer Gegenfrage. »Was war der Grund, aus dem Warwick uns herbestellt hat?«

Elise zögerte. »Ich weiß nicht genau. Er wollte uns warnen?«

Er nickte, als würde das seine Argumentation untermauern. »Genau. Er hat uns zu einem Treffen bestellt ohne ein konkretes Anliegen. Vermutlich hat er selbst unsere Vorladung verschicken lassen, nicht Edward. Glaub mir, der Königsmacher hat *immer* einen konkreten Anlass, sonst verschwendet er seine Zeit nicht an jemanden, schon gar nicht an einen

Bürgerlichen. Er hat versucht, uns auszuhorchen, Elise, und vorzufühlen, wie nachgiebig wir sind. Und ja, er hat uns gewarnt. Aber das ist meines Erachtens nur ein Vorwand.« Er seufzte. »Leider ist ihm das Aushorchen mehr als gelungen. Wie konntest du dich so verplappern?«

Elise wurde rot. »Meint Ihr, er hat mir geglaubt, das sei nur Geschwätz?«

»Um nichts in der Welt, Kindchen. Warum hast du das bloß gesagt? Es klang beinahe, als hättest du ein persönliches Interesse in der Angelegenheit.«

»Ich bin mit Herman Wanmate bekannt, Herr Vater. Ich habe doch erzählt, dass wir ihn auf der ersten Ausfahrt gerettet haben? Ich hatte Gelegenheit, ihn ein wenig kennenzulernen. Und ich hatte den Eindruck, dass es sich bei ihm um einen anständigen Mann handelt.«

Der Vater musterte sie eingehend. »Kennenzulernen, wie? Ich kenne den Herrn gut. Seine Familie ist letztes Jahr tief gefallen. Er selbst konnte sich nur mit Mühe in seinem Amt als Erster Sekretär des Stalhofs halten. Wie ich gehört habe, ist Wanmate schnell für eine Frau zu begeistern – und genauso schnell wieder gelangweilt. Du solltest dem, was er sagt, nicht trauen. Was hat er dir noch alles versprochen?«

»Nichts, Herr Vater. Er war ganz höflich. Und die Begegnung nur … kurz.«

»Dann bin ich ja froh. Das sollte auch in Zukunft so bleiben, denn wie ich gehört habe, hat er sich jüngst mit einer Frau verlobt. Man munkelt, es handele sich um die Witwe oder die Anverlobte seines toten Bruders – des Mannes, der für das Blutbad auf Island verantwortlich ist. In jedem Fall ist dieser Bund mehr als skandalös.«

»Der dafür verantwortlich gemacht wird«, korrigierte Elise tonlos. Sie konnte nicht glauben, was sie gerade gehört hatte. Herman war einer anderen Frau in die Ehe versprochen? Warum störte sie das so? Sie hatte ihn nach dem Gespräch im Stalhof kaum wiedergesehen und im Gegenteil viel Zeit mit Schenk verbracht. Es sollte sie nicht stören, dass er eine Heirat plante. Aber warum hatte er ihr nichts davon gesagt?

Währenddessen sprach Lipperade weiter. »Wie dem auch sei – wäre Warwick ein leichtgläubiger Mann, er säße nicht auf dem Kanzlerstuhl. Er ist wie ein Jagdhund. Hat er einmal eine Fährte aufgenommen, lässt er nicht locker, bis er das Wild aufgespürt hat.«

Elise schluckte ihren Schrecken hinunter. »Aber ... ich habe uns doch nicht geschadet und den Wanmates auch nicht?«

»Du hast Warwick verraten, dass wir Informationen darüber besitzen, dass der Vorfall auf Island provoziert worden ist.«

»Und Ihr meint ... dass Warwick derjenige war, der das Blutbad befohlen hat?«

Er schwieg. »Ich halte es im Augenblick für die naheliegendste Erklärung. Er ist ein alter Freund Frankreichs, Edward steht dem Kaiserreich nahe. Warwick spielt es wunderbar in die Hände, wenn er einen Keil zwischen den König und seine potenziellen Geldgeber und Alliierten treiben kann.«

Elises Gaumen wurde vor Furcht ganz trocken. »Und wenn er jetzt weiß, dass wir Bescheid darüber wissen, dass nicht Steven Wanmate der Schuldige an dem Blutbad ist ...«

»... dann wird er versuchen, uns so schnell wie möglich zum Schweigen zu bringen.«

Sie blickte ihn betroffen an. »Das wollte ich nicht.«

»Natürlich wolltest du das nicht, Kind. Deshalb hatte ich dich angewiesen, mich reden zu lassen.«

Sie wusste nicht, was sie sagen sollte. Sie hatte mit einem einzigen unbedachten Satz dafür gesorgt, dass der mächtigste Mann Englands ein Interesse daran hatte, sie mundtot zu machen. »Was sollen wir jetzt bloß tun?«

»Beweise finden und dem König vorlegen«, erwiderte er knapp. »Und dabei möglichst wenig den Stalhof und die Gegenwart anderer Hanseleute verlassen. Warwick hat seine Agenten überall – und besonders am Stalhof.«

Zwischen den prachtvollen Bauten und den mächtigen Menschen wirkten sie beide winzig klein wie Kiesel am Ufer der riesigen Themse. Und genau wie die kleinen Steinchen im seichten Wasser wurden sie von Ebbe, Flut und Strömung getrieben, mal landeinwärts, mal gen Meer. »Ist Schenk einer von ihnen?«, fragte sie unsicher. Sie wusste nicht, woher sie dieses Gefühl nahm, aber irgendwann in den letzten drei Tagen hatte sie diese Ahnung beschlichen.

»Du hast wirklich ein gutes Auge für Menschen, mein Kind.«

»Warum ... habt Ihr mir das nicht früher gesagt?« Elise schluckte ärgerlichere Worte hinunter. Sie schätzte Isayas, in den letzten Tagen war er ihr sehr ans Herz gewachsen. Warum hatte der Schwiegervater sie nicht gewarnt?

»Weil ich es begrüße, einen Mann des Königs näher an uns und den Stalhof zu binden, Elise. Denn Schenk ist in der Tat ein Mann des *Königs* – nicht des Kanzlers.«

»Ich kann immer noch nicht glauben, dass da ein Unterschied besteht.«

»Sollte es auch nicht. Aber im Augenblick besteht da ein sehr großer Unterschied, wie wir gerade feststellen durften.«

Elise spürte jene Gefühlsverwirrung, die sie erfasste, wann immer sie an Schenk dachte. Etwas an ihm sorgte dafür, dass sie nicht aufhören konnte, an ihn zu denken. Und doch gab es da etwas, das sie davon abhielt, ihn zu nahe an sich heranzulassen. Sie wusste nicht, ob diese neue Erkenntnis nun dazu angetan war, ihren Gefühlen in die eine oder andere Richtung zu verhelfen.

Inzwischen waren sie zu dem Boot zurückgekehrt, das sie hergebracht hatte. Einen Augenblick lang fürchtete sie, dass die Wachen am Steg sie von der Abreise abhalten oder gar in den Kerker abführen würden, und so war sie froh, als sie endlich ein paar Ellen Wasser zwischen Boot und Ufer gebracht hatten.

Je näher das kleine Boot dem Stalhof kam, desto tiefer wühlten die Worte Lipperades über Herman Elise auf, auch wenn dieses Thema im Angesicht der Lebensgefahr, in der sie sich nun befanden, nebensächlich sein sollte. Sie starrte auf die Laterne, die der Bootsführer im Bug entzündet hatte. Dann glitt ihr Blick über das nächtliche London, das selbst von unzähligen kleinen Lichtern übersät war.

Als das Boot mit einem leisen Geräusch an den Steg des Stalhofs anlegte, hatte sie einen Entschluss gefasst. Sie würde eine Anweisung des Schwiegervaters missachten müssen. Sie erinnerte sich an die Distanz zu Herman Wanmate, als sie ihr letztes Gespräch geführt hatten. Sie musste ihn zur Rede stellen und endlich Gewissheit über ihre Gefühle erlangen.

Kapitel 17

Im Stalhof zu London, am neunundzwanzigsten Juli 1468

Elise traf Herman Wanmate erst einige Tage später wieder, doch die Begegnung verlief unter den denkbar schlechtesten Vorzeichen. Sie saß in der Aula Theutonicorum mit Hinrich Lipperade, Anton Klüver, von Wesel und Bodenclop bei Tisch zum Nachtmahl. Vor ihnen standen Bretter, die vor guten Speisen nur so überquollen: Äpfel und Birnen vom Vorjahr fanden sich da, gestopftes Geflügel, gehackter Stockfisch mit Safran und Petersilienwurzeln, Lammbraten mit Honiggemüse … Doch Elise hatte in dem guten Essen nur gestochert, denn seit dem Treffen mit Graf Warwick begleitete sie ein flaues Gefühl im Magen. Ihre Gedanken kreisten wieder und wieder um den Fehler, den sie begangen hatte, der sie alle Kopf und Kragen kosten konnte. Als wäre die Situation der Kaufleute im Stalhof nicht schon verzweifelt genug! Doch der alte Herr Lipperade hatte versprochen, seine Kontakte spielen zu lassen und alles gut abzusichern. »Der Königsmacher wird nicht viel Aufmerksamkeit auf uns und diese Sache lenken wollen«, hatte er sie getröstet. »Ich denke, dass er vorsichtig vorgehen wird – und dagegen können wir uns schützen.«

In diesem Augenblick trat Isayas Schenk ein. »Wir haben einen Schnüffler erwischt, Herr«, sagt Schenk. »Wir haben ihn oben in der Kammer des Herrn von Wesel angetroffen.«

»Einen Schnüffler? Wer ist es?«

Auf einen Wink von Schenk zogen zwei Knechte Herman

Wanmate herein. Elise blieb das Wurzelgemüse im Halse stecken, und sie musste husten.

»Meister Wanmate? In der Kammer von Wesels?«, fragte Hinrich Lipperade. »Was hatte er da zu suchen?«

»Nichts«, erwiderte von Wesel. »Wenn er in meinen Sachen geschnüffelt hat, dann ohne meine Einwilligung.«

»Aber er hat doch sicherlich wegen seines Amtes als Sekretär des Öfteren mit Euch zu tun, Herr Äldermann?«, versuchte Elise zu vermitteln. »Vielleicht wähnte er Euch zu Hause und wollte etwas besprechen?«

»Wohl kaum«, sagte Isayas Schenk. »Ich habe ihn seit Längerem in Verdacht, dass er seine Stellung im Stalhof dazu nutzt, in den Papieren der Kaufherren zu schnüffeln. Vielleicht versucht er, seine ruinierte Familie mit Hinweisen zu versorgen. Oder den König. Immerhin ist er Engelländer.«

»Wanmate?«, fragte Hinrich Lipperade mit hochgezogener Augenbraue. »Ihr habt ihn schon länger im Verdacht, Meister Schenk?«

»In der Tat. Ich hatte ihn schon vor ein paar Monaten oben im Flur über der Aula Theutonicorum gesehen, als Ihr Herren alle in der Kirche wart.«

»Und warum habt Ihr nichts gesagt?«

»Ich konnte nicht beweisen, dass ihm etwas zum Vorwurf gemacht werden kann«, erwiderte der Sekretär mit einem bedauernden Ausdruck auf dem freundlichen Gesicht. »Immerhin ist er mir im Rang übergeordnet. Ich mochte nichts sagen, bis ich nicht ganz sicher war. Doch jüngst fiel mir auf, dass er es zudem gewagt hat, Eure Schwiegertochter zu belästigen. Ohne Zweifel wollte er ihre Gefühle ausnutzen, um Informationen in Erfahrung zu bringen. Da konnte ich nicht länger schweigen.«

»Meiner Schwiegertochter?«

»Er hat der Herrin schöne Augen gemacht!«, bestätigte auch einer der Knechte, die Wanmate festhielten, ein Mann mit roten Haaren und breitem Akzent.

»Elise?« Der Vater zog fragend eine Augenbraue hoch, als er sie ansah.

Die junge Frau zögerte. Konnte Schenk recht haben, was Wanmate anging? Oder wollte er nur einen lästigen Konkurrenten sowohl auf das Amt des Ersten Sekretärs als auch um ihre Hand aus dem Weg schaffen? Sie wusste nicht, welchem der beiden Männer sie Glauben schenken sollte. Also beschloss sie, bei der Wahrheit zu bleiben. »Der Herr hat mich nicht belästigt. Ich durfte ihn in Lübeck kurz kennenlernen und habe ihn hier wiedergetroffen und freundliche Worte mit ihm gewechselt.«

Der Schwiegervater zog skeptisch beide Brauen hoch. Sein Blick wanderte von Herman zu Elise und wieder zurück. »Trotzdem bleibt die Frage, was er in der Kammer des Herrn von Wesel zu tun hatte. Ihr habt ihn dort auf frischer Tat ertappt, Schenk?«

»So ist es.«

»Wanmate, was habt Ihr dazu zu sagen?«, fragte von Wesel. »Was macht Ihr in meinen Papieren?«

Herman sah zum ersten Mal auf, die Stirn ärgerlich gerunzelt. »Ich diene dem Stalhof seit fünfzehn Jahren, und Ihr habt noch immer kein Vertrauen zu mir?«

»Erklärt Euch, Wanmate«, bat auch Hinrich Lipperade.

»Die Anschuldigungen sind haltlos.«

»Und was habt Ihr dann dort oben gemacht?«

»Ich habe dem Herrn von Wesel eine Notiz auf das Schreibpult gelegt, nicht mehr.«

»Und warum hat Schenk Euch dann festnehmen lassen?«

Wanmate zögerte. »Was den Herrn Schenk hier bewegt,

vermag ich nicht zu beurteilen. Seine Motive sind seine eigene Sache.«

»Nun steht sein Wort gegen Eures«, sagte der Vater.

Von Wesel schlug mit der Faust auf den Tisch und erhob sich. »Mir reicht das von Schenk. Wenn der Mann in meinen Sachen herumgewühlt hat, dann ist er sicher ein Spion des Königs.«

»Das ist unmöglich!«, beteuerte Elise. »Seine Familie hat vom König nur Schlimmes erfahren. Warum sollte er das tun?«

»Um des Königs Gnaden zurückzuerlangen«, erklärte Schenk. »Anders kann ich mir nicht erklären, warum ein verdienter Sekretär so etwas tun sollte.«

Elise verstummte, denn sie wusste nicht, was sie noch sagen konnte, um den Verdacht zu zerstreuen. Im Gegenteil nahm das Gefühl, dass Schenk die Sache eingefädelt hatte, immer stärker Gestalt in ihr an.

»Da Ihr Euch nicht verteidigt, lasst Ihr mir keine Wahl«, sprach Hinrich Lipperade. »Wanmate, packt Eure Sachen. Bis diese Angelegenheit geklärt ist, werdet Ihr den Stalhof nicht mehr betreten.«

Die Männer gehorchten und führten Wanmate aus dem Raum.

Elise sah ihm bedrückt nach. Sie erhob sich und verließ die Gesellschaft, um sich draußen auf dem Hof wieder zu fangen. Die Sonne war bereits untergegangen. Da die Arbeit aber noch nicht beendet war, hatten die Knechte an verschiedenen Stellen Fackeln entzündet. Im Augenblick war die junge Witwe dankbar um die Schatten zwischen diesen Lichtkegeln, denn sie konnte darin eintauchen, um allein zu sein.

Kurz nach ihr wurde Herman mit seinen persönlichen Habseligkeiten von den Knechten aus dem Haupthaus Richtung

Hofdurchfahrt zur Thames Strete geführt. Elise eilte hinüber, denn sie musste Klarheit gewinnen. »Ich wünsche Euch und Eurer Verlobten einen guten Neuanfang, Mister Wanmate«, sagte sie stockend.

Herman öffnete den Mund, um etwas zu sagen, schloss ihn jedoch wieder. Sein Blick huschte zu den beiden Knechten, die sich bei Elises Worte ein Grinsen nicht verkneifen konnten. Dann erwiderte er leise: »Ich habe den Brief an jenem Ort gefunden, Herrin. Es ist schlimmer, als wir dachten.« Und noch leiser fügte er hinzu: »Wir müssen reden!«

»Genug!«, grunzte der Rothaarige und schleifte Herman am Arm in die Durchfahrt, offenbar froh, dass er einen der Herren herumschubsen durfte, wie es ihm gefiel. Der zweite Knecht öffnete die Pforte in dem großen Tor, und gemeinsam schoben sie ihn hinaus.

»Der kommt hier nicht wieder rein«, sagte der Rothaarige lachend. »Aber wenn Ihr einen Ersatz braucht, um Euer Bett zu wärmen, Milady, warte ich heute Nacht gerne im Fischspeicher.« Dann grinste er anzüglich.

»Ich denke, nicht«, erwiderte Elise gereizt. »Noch ein Wort, und auch du verlässt diesen Hof. Mein Herr Vater ist gerade in der rechten Laune dazu.« Dann kehrte sie aufgebracht in ihre Kammer zurück.

Hier drehte sie die Öllampe auf und setzte sich aufs Bett. Sie fühlte sich müde und einsam und sehnte sich nach ihrem Jungen. Sie nahm den Rosenkranz aus Bernstein hervor und betete zum wiederholten Male darum, dass es Hendrik gut ging. Die fremde und kahle Kammer ließ sie spüren, wie fern der Heimat sie war. Sie vermisste Caligulas Stimmchen im Hintergrund und sogar das stete Quasseln von Gertraut aus der Stube.

Doch sie kehrte gedanklich schnell zu dem Geschehenen zurück. Warum hatte Wanmate sich gegen ihren Vorwurf nicht verteidigt? Stattdessen hatte er die letzte Gelegenheit, mit ihr zu reden, darauf verwendet, ihr die wichtige Information zukommen zu lassen, dass er – offenbar bei Oxbow – das Dokument gefunden hatte, das sie benötigten, um ihn zu überführen. Sie war dankbar, doch einen Augenblick wünschte sie sich, er hätte ihr stattdessen versichert, dass das Verlöbnis eine Lüge war.

»Ah, hier seid Ihr, Herrin.« Wendy setzte sich zu ihr in die Kammer. Die plumpe Frau ließ den Kopf genauso hängen wie Elise selbst, die Schatten unter ihren Augen hatten bereits eine violette Tönung angenommen. Sie wirkte noch müder als sonst. »Ist dein Kind krank?«, fragte die junge Witwe alarmiert.

»Sie schläft nicht«, erwiderte Wendy, von der Frage offenbar etwas überrascht. »Sie schläft nie, sondern schreit aus vollem Halse.«

»Das muss sehr anstrengend sein. Tut ihr etwas weh?«

»Ich weiß es nicht, Herrin«, sagte Wendy bedrückt. Sie konnte nicht verbergen, dass sie sich mehr Sorgen machte, als sie zugeben wollte. »Vielleicht hat sie Bauchweh. Oder meine Milch reicht ihr nicht. Wer weiß – man kann ja nicht fragen.«

»Wie heißt es eigentlich?«, fragte Elise.

»Was?«, fragte Wendy überrascht.

»Dein Mädchen.«

»Sie hat noch keinen Namen.«

Jetzt schaute Elise erstaunt zu ihr hinüber. »Habt ihr euch noch nicht entscheiden können?«

»Nein, das ist es nicht, Herrin.« Wendys Gesicht wirkte in der flackernden Beleuchtung mit einem Mal noch grauer als zuvor. Sie winkte ab. »Lasst sie erst einmal ein halbes Jahr alt werden, dann bekommt sie einen Namen.«

Die junge Witwe nickte mitfühlend. Die einzige Erklärung für eine solche Vorsicht war, dass Wendy bereits ein Kind – oder gar mehrere – kurz nach der Geburt verloren hatte. Sie selbst hatte eine Fehlgeburt gehabt und wusste, wie schwer es war, ein Kind im Mutterleib zu verlieren. Doch wenn man es zur Welt gebracht, in Armen gehalten und ihm einen Namen gegeben hatte, wie heftig musste der Schmerz dann erst wüten … Sie beschloss, der Magd mehr Freiheiten bei der Zeiteinteilung zu geben.

Die kurze Unterredung mit Wendy hatte zumindest einem guten Zweck gedient: Elise gelang es, sich wieder auf das Wesentliche zu konzentrieren. »Geh nach Hause, Wendy«, bat sie sanft. »Du hast ein Kind zu versorgen, das seine Mutter sicher vermisst.«

»Aber Ihr braucht mich doch, Herrin«, erwiderte die Frau, das längliche Gesicht bekümmert. »Und ich brauch das Geld.«

»Du bekommst dein Geld. Mach dir man keine Sorgen.« Elise griff in ihre Börse und zog einen halben Schilling heraus. Dann steckte sie ihn zurück, ersetzte ihn durch einen ganzen und reichte ihn der Magd.

»Das geht doch nicht«, protestierte Wendy. »Ihr seid zu gut zu mir. Ihr könnt mich doch nich' bezahlen, wenn ich nichts tu.«

»Du hast eben etwas sehr Wichtiges getan, glaub mir. Ich bin sehr dankbar.« Damit drängte sie der Frau den Schilling auf. »Dreh die Laterne ein wenig runter, und geh nach Hause, ja?«

Kurz sah es beim Schein der Öllampe so aus, als würde Wendy in Tränen ausbrechen. »Danke, Herrin. Ihr seid so gut. Eine Hanseatin, wie sie im Buche steht.«

Elise lächelte. »Ich schätze, du meinst diesen Titel nicht als Kompliment.«

»Aber doch! Gebt nichts auf das Geschwätz der Leute. Seit Generationen kommen die Männer der Hanse nach London und bringen meist Wohlstand und schöne Güter. In jedem Fall aber bringen sie den Wind der weiten Welt mit hierher. Ihr seid die erste Frau, der ich begegne, die das auch tut. Also ist es ein Kompliment.«

Gerührt verabschiedete sich Elise. Als Wendy fort war, streifte sie das Übergewand mit dem Gürtel ab, legte sich ins Bett und umarmte die Wolldecke, die als Unterlage für den Kopf diente, denn sie musste nachdenken. Herman hatte also den gesuchten Brief bei Oxbow gefunden. Wie sollte sie nun dem Vater bei seinem Kampf für den Stalhof helfen, wenn sie nicht mehr mit Herman zusammenarbeiten konnte? Es half nichts, sie musste dem Vater morgen beichten, dass sie und den ehemaligen Sekretär mehr verband als bloß die kurze Begegnung auf der »Groten Maat« und in Lübeck. Dann könnten sie gemeinsam versuchen, die Wanmates zu finden, und sich den Brief anschauen, den Herman gefunden hatte.

Die junge Frau lag im schwachen Licht der heruntergedrehten Laterne auf dem Lager und versuchte zu schlafen. Als die Kirchtürme die nächste halbe Stunde anschlugen, wurde leise die Tür zu ihrer Kammer geöffnet. Erschreckt setzte sie sich in der Dunkelheit auf und wagte kaum zu atmen. Hatte ihre Ermahnung nicht gereicht, um den rothaarigen Knecht einzuschüchtern? Sollte sie schreien?

»Herrin?«

»Wendy? Was tust du denn hier? Wolltest du nicht zu deiner Kleinen gehen?« Elise war hellwach. Sie fühlte sich unschön an die Nacht erinnert, in der sie aus dem Schlaf gerissen worden war und von Ingers Tod erfahren hatte.

»Kommt Ihr mit herunter? Da will Euch jemand sprechen.«

»Mich sprechen? Ja wer denn?«

»Der junge Herr, der vorhin aus dem Hof geworfen wurde. Er sagte, es ist dringend, um Euch und Eurem Vater zu helfen, und hat mich gebeten, Euch zu wecken. Ihr seid immer so freundlich zu mir. Da dachte ich, wenn es wirklich so wichtig ist, sage ich Euch besser Bescheid.«

»Herman? Du hast recht daran getan, mich zu wecken.« Sie erhob sich schnell, warf das Gewand aus grüner Seide wieder über und band die Schnürung locker zu. Dann schlüpfte sie in ihre weichen Lederschuhe.

Sie eilte mit der Laterne in der Hand die Treppenstufen hinunter, die Magd folgte ihr. Der Hof lag inzwischen im Dunkeln, denn die Fackeln und Laternen, die hier hingen, wenn das Be- oder Entladen der Karren oder Schiffe bis nach Einbruch der Dunkelheit dauerte, waren inzwischen gelöscht worden. »Da drüben«, sagte Wendy und deutete auf die Nische zwischen einem Holzgebäude und dem Fachwerkspeicher in der Nähe der Seitenpforte zur All Hallows Lane, durch die Schenk sich mit ihr vor den Gardisten des Königs hatte retten wollen. Den Abschluss dieser kleinen Gasse bildete die Mauer zur Straße, an der eine Gestalt kauerte. Das Licht von Elises Öllaterne offenbarte unter dem Schlapphut Herman. Irgendwie musste es ihm gelungen sein, durch die niedrige Tür hereinzugelangen, die eigentlich stets verriegelt war. Ob Wendy ihm dabei geholfen hatte?

»Bleib bitte in der Nähe«, bat die junge Witwe, bevor sie in den kaum drei Ellen breiten Spalt zwischen den Häusern trat. Die Magd versprach es.

»Herrin«, begrüßte Herman sie förmlich und deutete eine Verbeugung an. Er hatte nicht nach ihrer Hand gegriffen, um ihr einen Kuss darauf zu geben, und Elise hatte sie nicht angeboten. Sie musterte sein Gesicht. Der Ausdruck war selbst bei dem schlechten Licht leicht zu lesen – er zeigte eine tiefe

Gefühlszerrissenheit. Er hatte sich den Bart abgenommen und nur am Kinn und über den Lippen stehen lassen. Das Haar war im Nacken gebunden.

»Mister Wanmate«, erwiderte sie zögerlich.

»Ich bin froh, dass Ihr hier seid, Herrin. Ich war nicht sicher, ob Ihr kämt.«

»Wir haben einige Dinge zu besprechen, nicht wahr?« Elise spürte, wie sie sich ihm gegenüber hinter einer Förmlichkeit versteckte, die sie selbst schmerzte.

»Sehr dringend sogar. Ich muss mich entschuldigen … Ich war in der Tat nicht ganz aufrichtig mit Euch.«

In ihrem Magen formte sich ein kalter Klumpen. »Mein Vater hat also recht – Ihr seid wirklich verlobt?«

»Ja und nein«, erwiderte er mit unglücklichem Gesicht. »Lasst mich erklären, ja?« Und dann breitete er vor ihr die ganze Geschichte mit der Frau seines toten Bruders aus, mit dem steten Vorwurf des Vaters an den jüngsten Sohn, nicht zu genügen, und dem Versuch, das Richtige für die Familie zu tun. »Und Euch wähnte ich nicht nur weit weg, sondern für mich auch unerreichbar.«

Elise ließ seine Erzählung auf sich wirken. »Unerreichbar? Warum?«

»Wegen der Situation, in der sich meine Familie befindet.«

Sie schwieg bestürzt, denn er hatte natürlich recht. Zwar war sie nach ihrer ersten Ehe ein wenig freier, was die Wahl eines zweiten Gemahls anging, trotzdem würde ihr Schwiegervater den Sohn einer entehrten Familie nicht gerne in seinem Haus begrüßen, egal, ob er Sekretär des Stalhofs war oder nicht. Und selbst wenn die Ehre der Wanmates wiederhergestellt wäre – Hinrich Lipperade hatte mehr als deutlich gemacht, was er von Herman hielt.

Elise ließ das Gehörte auf sich wirken. Sie musste respektieren, dass er ein Versprechen an seinen toten Bruder hatte einlösen wollen. Und spätestens bei dieser Erkenntnis spürte sie, wie sich ihre Wut auflöste und einer tiefen Traurigkeit Platz machte. Sie liebten einander, das wusste sie nun, doch sie hatten keine gemeinsame Zukunft.

»Ihr habt recht«, bekannte sie leise. »Ich bin Euch nicht gram wegen dieses Gelöbnisses. Ihr habt ein Versprechen gegeben und müsst dazu stehen.«

Doch das Gesicht des englischen Sekretärs nahm einen entschlossenen Zug an. »Das muss ich nicht«, sagte er ärgerlich. »Ich werde Anne nicht heiraten. Nicht nach allem, was sie mir angetan hat.«

Überrascht zog Elise die Brauen hoch. »Was wollt Ihr damit sagen?«

»Sie verkehrt mit Oxbow. Fleischlich, wie eine Ehefrau, oder besser, wie eine Straßendirne. Und ich glaube ... ich glaube, dass sie das schon länger tun.«

»Oh nein, wie entsetzlich!«, rief Elise aus. Fleischlicher Verkehr mit einem anderen Mann reichte aus, um Herman die Möglichkeit zu geben, von seinem Eheversprechen zurückzutreten. Mehr musste sie nicht wissen. Also war er verlobt, und doch wieder nicht. Allerdings änderte das an der Stellung seiner Familie und der Ablehnung ihres Vaters nichts. »Warum hat sie dann eingewilligt, Euch zu heiraten?«

»Vielleicht wollte sie abgesichert sein. Vielleicht wusste sie nicht, wie sie ablehnen sollte, ohne Verdacht zu erwecken. Oder es passt den beiden in ihren Plan.«

»Plan? Was für einen Plan?«

Herman beugte das Haupt, sodass sein Gesicht unter der Hutkrempe ganz im Schatten lag. Seine Stimme klang gepresst. »Nun, Oxbow ist derjenige, der meinen Bruder auf dem Gewissen hat. Er hat den Auftrag aus der Kanzlei des

Königs erhalten. Das beweist das Schreiben, das ich bei ihm fand.« Er zog ein Pergament aus seinem Wams und reichte es ihr. »Leider belegt es nicht, wer dahintersteckt – ob die Anweisung direkt vom König oder jemand anderem kam.«

Elise faltete das große Blatt auseinander und betrachtete es, soweit die Öllaterne es zuließ. Es war in Form und Größe dem ganz ähnlich, das ihr Schwiegervater als Vorladung zum König erhalten hatte. Das Schreiben enthielt, soweit sie das förmliche Englisch verstand, den Auftrag, einen Zwischenfall auf Island zu provozieren, der »ausreicht, den dänischen König zum Handeln zu zwingen, ohne den Verdacht auf die englische Krone zu lenken«. Dort stand natürlich nicht, dass Steven Wanmate getötet oder ein Blutbad unter den Menschen auf Island angerichtet werden sollte, doch spätestens, wenn man darüber nachdachte, was für ein Zwischenfall einen König wohl »zum Handeln« zwingen würde, lagen beide Ereignisse nah. Steven Wanmate hatte sterben müssen, damit es einen Sündenbock gab, der von den wahren Schuldigen ablenkte.

Elises Blick wanderte mehrfach über das Schriftstück, um weitere Hinweise zu finden. Doch weder das Siegel der Kanzlei noch die kleine, beinahe verschämte Unterschrift eines Sekretärs ließen Aufschluss darauf zu, wer den Auftrag tatsächlich erteilt hatte. Die Schrift kam der jungen Witwe vertraut vor, doch sie wusste nicht, woher. Sie berichtete Herman also im Gegenzug von ihren Erlebnissen am Hof des Königs und der Begegnung mit dem Kanzler sowie dem Verdacht des Vaters, dass dieser hinter all den Intrigen stünde. »Aber beweisen können wir es nicht«, schloss sie und wollte das Dokument zurückreichen.

»Nein, das können wir nicht. Und ehrlich gesagt, ist allein der Gedanke ungeheuerlich, dass der Mann, der Edward auf den Thron gebracht hat, nun hinter seinem Rücken die Fäden gegen ihn zieht.«

Dem musste Elise zustimmen. Sie dachte unwillkürlich an das Gespräch mit Hinrich Lipperade direkt nach der Audienz in St. Mary Undercroft. Dort hatte er gesagt, der Kanzler würde vielleicht versuchen, sie zum Schweigen zu bringen, weil sie ihm unwillentlich verraten hatte, dass sie von den Hintergründen um das Blutbad auf Island wusste. Noch etwas fiel ihr ein: der Aufmarsch des Bürgermeisters vor dem Stalhof. Diente Taillour nicht eigentlich dem König und nicht dem Kanzler? Diese Frage stellte sie auch Wanmate.

»Natürlich dient der Bürgermeister mit seinen Leuten dem König. Aber dessen Geschäfte werden vom Kanzler verwaltet. Niemand außer uns unterscheidet zwischen beiden Parteien. Und da der Kanzler des Königs rechte Hand ist, wird Taillour seinen Willen durchsetzen.«

»Und wir können nicht einwandfrei beweisen, dass Warwick gegen Edward intrigiert.«

»Nein, denn alles, was wir haben, ist die Signatur eines kleinen Sekretärs.«

Diese Formulierung ließ Elise aufhorchen. Sie klappte das Pergament noch einmal auf und versuchte, in dem undeutlichen Licht die Unterschrift zu erkennen. Sie reichte Herman die Laterne und hielt die Schrift so nahe heran, dass sie Sorge hatte, das Material zu versengen. Doch schließlich war sie sich ganz sicher, dass die Unterschrift des Sekretärs »Tottington« lautete – genau wie jene auf der Vorladung, die Hinrich Lipperade erhalten hatte. Aufgeregt berichtete sie Herman von dieser Übereinstimmung und reichte ihm das Dokument zurück.

»Das ist zwar nicht die Unterschrift von Graf Warwick selbst«, erwiderte dieser hoffnungsvoll, »doch es beweist immerhin, dass der Befehl aus dem innersten Kreis des Kanzlers stammt und nicht von König Edward.«

Elise wog den Kopf bedächtig hin und her. »Ein halber Beweis, ja. Der Brief wird genügen, den Hanserat in Lübeck davon zu überzeugen, dass König Edward einer politischen Intrige des Königsmachers aufgesessen ist.«

»Wir können damit nicht zum Hanserat gehen, Herrin. Wir müssen den König davon überzeugen, dass nicht mein Bruder das Blutbad in Island verursacht hat, sondern Oxbow im Auftrag von Graf Warwick. Damit wird meine Familie von den Vorwürfen freigesprochen werden müssen, ihr Hab und Gut zurückerhalten und ich …«, Herman nahm nun doch Elises Hand in seine und drückte sie so fest, dass ihr die Finger schmerzten, »ich werde, wenn alles geklärt ist, wieder über einen Namen verfügen, mit dem ich …«, er zögerte kurz und schenkte ihr einen verletzlichen Blick, »mit dem ich um die Hand einer freien jungen Witwe anhalten kann.« Er zögerte, offenbar auf eine Antwort wartend, und setzte dann schnell hinzu: »Aber natürlich nur, wenn Euch das recht ist.«

Die Aufregung bildete einen Kloß in Elises Hals und hinderte sie daran, sofort zu antworten. Sie wünschte, sie könnte sein Gesicht besser sehen. Sie wusste nicht, woher ihr Herzklopfen rührte. Aufregung, eine zärtliche Ergriffenheit, Überraschung – sie alle vermischten sich zu einem Strudel der Gefühle. Sie wollte Ja sagen, wollte es rufen – doch sie musste noch eines wissen.

»Warum?«

Er blickte sie erstaunt an. »Warum? Was meint Ihr?«

»Warum haltet Ihr um meine Hand an? Dies ist der dritte Antrag innerhalb weniger Wochen, und alle Männer haben einen anderen Grund. Ich möchte den Euren hören, bevor ich Euch eine Antwort gebe.«

Weiterzusprechen fiel ihm offenbar sehr schwer, sie hatte ihn aus dem Konzept gebracht. »Weil … weil mir Eure Augen eine Heimat verheißen, die ich niemals gekannt habe. Wo auch immer Ihr hingeht, dort wird mein Herz wohnen.«

Der Knoten in ihrem Hals löste sich und ließ den Sturm der Gefühle langsam abklingen. Mehr und mehr kristallisierte sich eines heraus: eine Gewissheit, die sie zuvor nicht verspürt hatte. Was auch immer sie in der Vergangenheit getrennt hatte – politische Ziele, Ehrenversprechen, das Meer zwischen England und Hansegebiet –, sie liebte Herman Wanmate. So sehr, dass sie Angst vor diesem Gefühl bekam, das, so wusste sie, ihr Leben völlig verändern und sie selbst zu einer anderen machen würde. Sie führte seine Hand an ihre Brust, um das plötzliche Sehnen, das darin entstanden war, ein wenig zu lindern. »Ich kann mir nichts Schöneres wünschen, Herman.«

In seine Augen trat ein Strahlen, das sie vorher nie gesehen hatte. Der Gedanke, dass sie der Grund dafür war, ließ ihren Kopf vor Freude schwindeln. Doch die Umstände holten Elise schnell wieder ein. »Aber erst, wenn alles geklärt ist. Nicht vorher.«

Sie wussten beide, dass bis dahin noch viel geschehen musste – unter anderem, Anne der Unzucht zu überführen. »Dazu müssen wir meinen Schwiegervater einweihen. Wir beide haben keinerlei Aussicht, zum König vorgelassen zu werden. Hinrich Lipperade allein kann das mit seinen Beziehungen vielleicht erreichen – und selbst er wird, wie man gesehen hat, gegen Warwicks Einfluss ankämpfen müssen. Vielleicht kann man mit Isayas Schenk verhandeln, immerhin soll er ein Mann des Königs sein …«

»Ich habe es geahnt«, stieß Wanmate aus. »Vermutlich tut er es für Geld. Und dass er auf mein Amt aus ist, wusste ich auch. Aber bei all den Geschehnissen habe ich ihn aus den Augen verloren.« Er seufzte. »Ihr habt recht, Elouise. Allein können wir nichts bewegen. Wenn wir zu Edward vorgelassen werden wollen, dann benötigen wir Verbündete, und Euer Herr Schwiegervater ist sicherlich die bessere Wahl als Schenk.«

»Vielleicht benötigen wir beide. Vertraut Ihr mir?«

»Was für eine Frage ist das? Natürlich vertraue ich Euch«, erwiderte er.

»Dann überlasst mir das Schreiben, das Ihr bei Oxbow gefunden habt, und ich will damit Hinrich Lipperade von Eurer Aufrichtigkeit überzeugen und ihn bitten, uns zu helfen.«

Herman zögerte, dann nickte er und übergab ihr wieder den Brief. »Tut, was Ihr vermögt, Elouise. Ich lege mein Schicksal und das meiner Familie in Eure Hände.«

Elise versprach es bei ihrem Leben. Sie vereinbarten, dass Herman nach Hause gehen sollte, da es dauern könnte, bis sie mit Lipperade geredet hatte. Man verabredete sich für den morgigen Tag und trennte sich schweren Herzens.

Also eilte Elise zu Wendy zurück, die geduldig an der Hausecke gewartet hatte, und reichte ihr die Laterne. »Ich muss meinen Schwiegervater sprechen. Weißt du zufällig, ob er schon schläft? Oder beraten sich die Herrschaften noch?«

»Ich glaube, die meisten Herren sind bereits zu Bett gegangen, Herrin.«

»Dann werden wir ihn wecken müssen«, beschloss Elise und eilte voran auf das Haupthaus zu. Sie hatte gerade die Durchfahrt erreicht, von der die Treppe hinauf über die Aula Theutonicorum führte, da hielt sie jemand am Arm zurück.

Die junge Witwe erstarrte und unterdrückte einen Schrei. Hatte sich einer der Knechte dazu entschlossen, ihre Drohung vom Abend zu ignorieren? »Herrin Elise?« Es handelte sich um Schenk.

Sie atmete erleichtert aus. Aber was hatte der Sekretär um diese Stunde hier im Dunkeln zu schaffen? Und warum hatte er sich ihr so genähert? »Meister Schenk, was gibt es? Lasst mich bitte l...«

»Ihr müsst gehen«, fiel ihr der Sekretär ins Wort. »Sofort.«

Elise wand sich in seinem Griff. Sie fühlte sich unliebsam an ihre schlimme Begegnung mit Johann Northoff erinnert. »Lasst mich los, Ihr tut mir weh!«

»Bitte, Elise, Ihr müsst den Stalhof verlassen. Es ist mir ernst!« Doch er ließ ihren Arm los und trat einen halben Schritt zurück, sodass sein Gesicht vom Licht einer Fackel beschienen wurde.

»Meister Schenk, was soll das?«, fragte sie. Sein Mienenspiel ließ eine böse Vorahnung in ihr wachsen. »Warum soll ich gehen?«

»Vertraut mir einfach«, bat er eindringlich. »Bitte glaubt mir, dass mir Euer Wohl von Anfang an sehr am Herzen gelegen hat, und geht. Jetzt sofort und nicht durch die Vordertür.«

Das üble Gefühl in Elises Magengegend verstärkte sich noch. »Ich werde nicht ohne meinen Schwiegervater gehen. Und er wird nicht gehen, wenn er nicht genau weiß, warum ...«

Lautes Hämmern war an dem Mannloch des Tors zur Thames Strete zu hören. Elise erinnerte sich an den letzten Aufmarsch der Stadtgarde vor dem Stalhof. Doch heute wurde nicht bloß an das Holz gebollert, die Tür wurde gewaltsam aufgestoßen und krachte gegen die Wand. Jetzt musste sie zuschauen, wie Bewaffnete hereinströmten, die das Georgskreuz auf dem Wappenrock trugen. Der Stalhof war gefallen, ohne dass es auch nur den geringsten Widerstand gegeben hatte. »Schenk«, flüsterte sie entsetzt. »Was habt Ihr getan?« Doch sie ließ ihm keine Gelegenheit zu einer Antwort. Sie entriss Wendy die Laterne und stürmte die dunkle Treppe hoch. Sie musste Hinrich Lipperade wecken.

Kapitel 18

London, wenige Augenblicke später

Elises Warnrufe hallten von den Wänden der Gänge wider. Sie riss die Tür zur Kammer ihres Schwiegervaters auf und fand ihn, bereits halb angezogen im Raume stehend, vor. Das zerzauste weiße Haar wirkte noch wirrer als sonst. »Was soll der Krach da unten, mein Kind? Das klingt ja, als wären die wilden Wenden hinter dir her.«

»Männer, vor der Tür, Herr Hinrich. Sie sind bereits im Stalhof!«

Hinrich Lipperade raffte mit grimmigem Gesicht seine Schaube aus einer Kiste und warf sie über sein Nachtgewand. »Wie konnte das geschehen? Ich habe die Knechte zu doppelten Nachtschichten eingeteilt, um sämtliche Eingänge zu bewachen!«

»Ich vermute, dass Schenk ihnen die Tore geöffnet hat«, erwiderte Elise. »Ich glaube, es sind wieder die Männer des Bürgermeisters.«

»Ich vermute, der Königsmacher hat sie vor der Zeit ausgesandt, um uns unvorbereitet anzutreffen. Ich hätte es wissen müssen.«

»Macht schnell, wir müssen hier raus!« Hastig fasste sie die Neuigkeiten über den Brief zusammen, den Wanmate bei Oxbow gefunden hatte, und dass dieser zumindest auf die Kanzlei verwies. »Wir können damit zum König gehen!«, schloss sie und hielt ihm das Dokument hin.

Doch der Schwiegervater schob ihre Hand zurück. »Das ist

gut, Elise, sehr gut! Aber dafür ist es jetzt wohl zu spät.« Er kramte in der Kleidertruhe und reichte Elise ein altvertrautes Bündel. »Du weißt, was darin liegt. Sorge dafür, dass Bibel und Schreiben niemandem in die Hände fallen! Ich werde versuchen, da unten ein Blutbad zu verhindern.« Damit übergab er ihr die schwere Bibel und eilte zur Tür.

Verzweifelt sah sie ihm nach. »Herr Hinrich, was hat es mit diesem Buch auf sich, dass Ihr es sogar über Euer eigenes Wohlergehen stellt?«

Hinrich Lipperade blickte noch einmal zurück. »Darin sind Informationen enthalten, über die nur wenige Männer in der Hanse verfügen. In jeder Stadt hat ein Äldermann eines dieser Bücher, die alle aus derselben Druckerpresse stammen. So können wir Nachrichten verschicken, die nur jene lesen können, die ein identisches Buch ihr Eigen nennen. Der englische Kanzler, der dänische König sowie der von Frankreich – sie alle versuchen, unseren Schlüssel in die Hände zu bekommen. Dass es sich dabei um diese Bibel handelt, wissen sie noch nicht, und das muss auch so bleiben. Hast du mich verstanden, Elise?«

»Ja, lieber Hinrich.«

»Gut. Dann sorge dafür, dass das Buch und dieser Brief nicht in die falschen Hände geraten. Und du ebenfalls, meine Liebe. Hendrik und du … ihr seid das Einzige, was mir an Familie noch geblieben ist.« Er lächelte sie väterlich an, dann eilte er davon.

Die junge Frau klammerte sich an das Buch und überlegte fieberhaft, wie sie es in Sicherheit bringen sollte. Sie kannte die Stadt doch kaum! Sie lief auf den Gang, nahm jedoch die andere Richtung als Lipperade. Ihr liefen halb angezogene und verschlafene Kaufleute entgegen, die sich erkundigten, was das Geschrei auf dem Hof zu bedeuten hatte.

Doch Elise blieb ihnen die Antwort schuldig. Vielmehr lief sie zu der Treppe der Bediensteten, die zu steil war, um sie eilig hinunterzurennen. Also drehte sie sich um und balancierte vorsichtig rückwärts hinunter. Als sie den Boden erreicht hatte, war es stockfinster, doch immerhin würde man sie im Dunkeln nicht so schnell finden. Sie tastete sich durch eine Kammer, stieß mit dem Bein mehrmals an Kisten. Der Geruch nach Seife ließ sie auf eine Zeugkammer schließen. Endlich fand sie eine Tür und schob sie mit zitternder Hand einen Spaltbreit auf. Dann hielt sie Ausschau, was draußen vor sich ging.

Männer mit Fackeln und Schwertern jagten fliehende Hansekaufleute über den Hof. Gruppen von Bewaffneten hatten Männer in die Enge gedrängt und hieben auf sie ein, dazwischen fanden Zweikämpfe statt. Wut- und Schmerzensschreie gellten durch die Nacht, sowie Klirren, Stöhnen und Schimpfen. So musste das Blutbad auf Island ausgesehen haben, das Inger überlebt hatte, schoss es ihr durch den Kopf. Würde diese Nacht einen ähnlichen Ausgang nehmen?

Als die Lähmung von Elise abfiel, beobachtete sie, dass die Kämpfe eher im vorderen Bereich bei der Aula Theutonicorum und der Schiffsanlegestelle stattfanden. Also schlüpfte sie durch die Tür der Zeugkammer und drückte sich in der Dunkelheit an die Mauern der Häuser, die gen All Hallows wiesen. Wenn sie bloß die Gasse erreichen konnte, in der sie mit Herman gesprochen hatte, und dort die Pforte noch unverschlossen fände … Außerdem hatte der Schwiegervater doch etwas von einem Kellergang berichtet, oder nicht? Doch von dem wusste nun auch Schenk, und damit war er nicht mehr sicher. Sie bedauerte bitterlich, dass sie Herman Wanmate vorhin weggeschickt hatte, denn mit ihm wäre die Flucht durch die dunkle Stadt ein Leichtes gewesen. Nun war Vorsicht ihr oberstes Gebot, wichtiger noch als Schnelligkeit. Also achtete sie sorgsam darauf, dass niemand sie sah.

Der Weg hinüber zu der Gasse, den sie vorhin geflogen war, schien nun eine Ewigkeit zu dauern, während sie die Bibel fest an den Leib presste und an den Gebäuden entlangschlich. Endlich erreichte sie die schmale Häusernische.

Plötzlich stand eine dunkle Gestalt vor ihr, und Elise entfuhr ein Schrei. »Elise, es tut mir leid«, stammelte Herman. »Was geht hier vor?«

»Herman!«, stieß Elise erleichtert aus und lehnte sich zitternd an ihn. »Gut, dass Ihr hier seid. Die Männer des Königs stürmen den Stalhof. Gott weiß, was sie meinem Schwiegervater und den anderen Hanseleuten antun!«

»Da kommt jemand«, erwiderte er leise und deutete auf zwei Männer mit Fackeln, die genau auf sie zuhielten und vermutlich die Seitenpforte sichern wollten. »Ihr müsst hier weg! Gott weiß, was sie *Euch* antun, wenn sie Eurer habhaft werden.«

»Nein.« Elise spürte keine Tapferkeit in sich, nur lähmende Angst. Doch jetzt, da es eine Alternative gab, wusste sie, was zu tun war. Sie drückte Herman eilig die eingeschlagene Bibel in die Hände. »Nehmt dies, Geliebter«, sprach sie leise. »Ihr gabt mir das Pfand, an dem Euer Leben hängt, nun gebe ich Euch meins. Nehmt dieses Buch, und bringt es in Sicherheit. Es ist mehr wert als unser aller Leben, und möglicherweise ist es eines der Dinge, die die Männer des Königs hier vor allem anderen suchen. Verbergt es gut, bis …«, ihre Stimme versagte beinahe, »bis Ihr einen Hanseaten, dem Ihr sicher vertraut, findet und es ihm aushändigen könnt.«

»Ich lasse Euch hier nicht allein zurück. Wer weiß, was Euch geschehen wird!«

»Ihr müsst, bitte! Ihr habt doch mit der Hanse nichts zu schaffen. Und dieses Buch muss hier raus!«

»Was ist mit dem Brief? Ist der bei Euch sicher?«

»Die Männer des Bürgermeisters gehen so gezielt vor – ich weiß nicht, ob sie sich dieses Mal noch von Worten besänftigen lassen. Falls nicht, ist Herr Hinrich der Letzte, der uns dabei helfen kann, den Brief zum König zu bringen.« Sie hielt inne, als ihr eine Idee kam. »Aber vielleicht gibt es da noch jemanden. Ich kann nichts versprechen, aber ich muss es versuchen.«

»Ich vertraue Euch. Aber sonst niemandem. Sagt mir, was Ihr vorhabt!«

»Wir haben keine Zeit! Tut das für mich, Herman«, bat sie eindringlich. Sie erhob sich auf die Zehenspitzen und küsste ihn zärtlich auf den Mund. Als sie seine Lippen an ihren fühlte, schienen die Hanse, der König und die Männer des Bürgermeisters bedeutungslos, so wertvoll und zerbrechlich war dieser Moment. Für einen Augenblick war sie zuversichtlich, dass alles gut ausgehen würde, dass sie einander bald wiedersehen würden. Herman erwiderte ihren Kuss zunächst überrascht, dann hielt er sie wie ein kostbares Gut in seinen Armen.

Elise löste sich widerwillig von ihm. »Wenn wir einander wiedersehen und die Pfänder wieder austauschen können, dann hoffe ich, dass wir darauf eine gemeinsame Zukunft bauen können.« Er nahm ihr Gesicht in seine Hände und lehnte seine Stirn gegen ihre. »Das hoffe ich mit Euch. Aber versprecht mir, vorsichtig zu sein.«

Ihr wurde ganz bang, und sie schluckte schwer. »Ich verspreche es. Betet für mich und meinen Schwiegervater. Und bedenkt, dass dies nicht das Werk Eures Königs ist, sondern das seines Kanzlers, der seinen eigenen Herrn hintergeht.«

»Obwohl es unglaublich klingt. Doch sagt mir noch eines: Wem kann ich das Buch aushändigen?«

Das Echo von Schritten und Rufen drang zu ihnen in die Gasse. Elise schrak zusammen. »Die Männer sind gleich da. Vertraut meinem lieben Vormund Anton Klüver, wenn Ihr ihn findet. Bloß nicht dem Äldermann von Wesel oder Sekretär Bodenclop – und natürlich nicht Schenk. Nun muss ich gehen.«

»Wenn Ihr es heute Nacht mit Eurem Schwiegervater hinausschafft, trefft mich in St. Paul's beim Altar der heiligen Maria«, sagte er mit rauer Stimme und blickte sie wehmütig an. »Ich werde dort drei Tage lang bei Sonnenuntergang auf Euch warten. Seid dort!«

»Das werde ich. Danke«, hauchte sie. Dann ließ sie Herman stehen und schlich davon, bevor die beiden Männer mit den Fackeln zu nahe waren. Sie musste ihren Vater suchen. Sie blickte nicht zurück, aus Furcht, es sich womöglich anders zu überlegen und in den Schutz der Arme jenes Mannes zurückzukehren, den sie liebte.

Elise verharrte am Ende der Gasse und lauschte, denn die Schritte kamen näher. Als sie einen Blick hinauswagte, sah sie zwei Männer mit Fackeln, die jede Häusernische sehr sorgfältig zu untersuchen schienen. Als die Männer gerade in die Dunkelheit hinter zwei Fässern leuchteten, beschloss sie zu handeln. Sie betete, dass die beiden nicht ausgerechnet jetzt in ihrer Sorgfalt erlahmen mochten, und huschte auf die gegenüberliegende Seite, wo ein Speicher mit tiefem Türschlag stand. Dorthinein presste sie sich und nestelte so schnell sie konnte die Schnürung an ihrem Kleid auf. Sie durfte sich nicht mit dem Brief in der Hand erwischen lassen.

Glücklicherweise war das Gewand aus grünem Samt, das sie trug, ursprünglich für Wilhelms Mutter gemacht worden, die nach mehreren Schwangerschaften deutlich fülliger gewesen war als Elise. Damit die Schnürung über Brust und Bauch nicht weit auseinanderklaffte, war ein Stück Stoff vom Saum in Keilform hinter die Schnürung gelegt worden, um den entstehenden Spalt von innen zu füttern. Elise hatte Ursula oft aufgetragen, eine Seite der Nähte aufzutrennen und einen Teil des überflüssigen Stoffs herauszunehmen, doch die Zofe war nie dazu gekommen – oder hatte es vergessen.

Jetzt war Elise froh über diese Nachlässigkeit, denn so entstand eine Tasche direkt am Leibe, die unter der Schnürung verborgen war. Das Schreiben aus der Kanzlei des Königsmachers war schnell hineingesteckt, der Stoff darüber zusammengerafft und das Band verknotet. Jetzt konnte man ihr sämtliche Habseligkeiten abnehmen, ohne dass dieses wertvolle Gut verloren ginge. Und sie betete, dass ihr niemand die Kleider ausziehen würde, um sie zu durchsuchen …

Vorsichtig blickte sie sich um. Die beiden Männer waren in die Gasse getreten, in der sie eben noch Herman gesprochen hatte. Obwohl sie vor Furcht am ganzen Leibe zitterte, nutzte sie den Augenblick, um leise ihr Versteck zu verlassen. Sie musste den Sekretär Schenk finden. Doch wie sollte sie das anstellen – des Nachts und bedroht von Gardisten? Sie vermutete ihn und den Schwiegervater beim Haupthaus, wo sich der Konflikt zu konzentrieren schien. Hinrich Lipperade versuchte bestimmt, den Männern des Königs mit Argumenten beizukommen, denn das entsprach seinem Wesen – der Glaube, dass man über jedes Problem sprechen konnte und jeder Streit sich beilegen ließ, im besten Fall zu beiderseitiger Zufriedenheit.

Als Elise näher kam, erkannte sie, dass sich ein Teil der Hanseaten wohl in der Aula Theutonicorum verschanzt hatte und die Gardisten drohten, sie mit Fackeln in Brand zu stecken. Und tatsächlich befand sich dazwischen ihr Schwiegervater, beide Hände ausgebreitet wie Moses, der die Fluten des Schilfmeeres zurückhielt. Mit dem Unterschied, dass Hinrich Lipperade kein Wasser schied, sondern die Männer auf beiden Seiten davon abhielt, sich gegenseitig an die Gurgel zu gehen. »Kein Blutvergießen!«, rief er immer wieder beschwörend, auch wenn es ganz offensichtlich längst zu spät dafür war.

Elise hielt sich unbemerkt im Hintergrund und sah sich nach Schenk um, doch der Sekretär war nirgends auszumachen. Die Männer des Königs hatten ihre Schwerter gezogen und sich um Fenster und Türen gruppiert, die von den Bewohnern verbarrikadiert worden waren. Mancherorts fanden Schlägereien oder Kämpfe mit dem Schwert statt, zwei Gardisten schleiften einen Kaufmann gegen seinen Widerstand hinter sich her zum Tor. In der seitlichen Maueröffnung der Durchfahrt stand Hinrich Lipperade. Er versuchte vergebens, gegen all den Krach einen Dialog herzustellen. Von Schenk fand sich keine Spur. Entweder hatte er sich abgesetzt oder hielt sich im Hintergrund, um nicht von einer der Parteien zu Recht oder Unrecht für einen Feind gehalten zu werden.

Nur aus dem Augenwinkel heraus bemerkte die junge Witwe, dass sich mit einem Mal die Schatten im hinteren Bereich des Hauptgebäudes zu bewegen schienen. Zunächst dachte sie, dass sich dort Gardisten an die Fenster der Aula schlichen. Doch die dunklen Schemen sammelten sich nicht an den Fenstern. Schließlich trennten sich einige von der Gruppe und eilten just auf das Haus zu, hinter dessen Ecke Elise sich presste. Sie konnte nicht mehr fliehen, denn dann würden die Leute sie ebenso bemerken wie umgekehrt. Sie musste darauf hoffen, als Teil der Umgebung wahrgenommen zu werden.

Sicher ein halbes Dutzend Gestalten eilten an ihr vorbei. Elise erkannte, dass sie im Schatten der Häuser ungesehen in den Rücken der Gardisten gelangen wollten. Es musste sich um Männer des Stalhofs handeln, die die Gardisten offenbar von zwei Seiten in die Zange nehmen wollten, um den Konflikt auf blutige Weise zu beenden.

Verzagt ließ Elise die Männer an sich vorbeiziehen. Was sollte sie nun tun? Wenn den Männern ihr Unterfangen gelang, würde es ein Blutbad im Stalhof geben, das selbst jenes auf Island in den Schatten stellte. Nur die wenigsten hier würden die Nacht überleben. Und selbst wenn Elise und ihr Schwiegervater unter ihnen sein sollten – die Hoffnung auf eine friedliche Einigung mit Edward IV. war dann völlig zunichte. Das würde das Ende des Stalhofs bedeuten, wie er in den letzten Jahrhunderten bestanden hatte, und der Königsmacher hätte sein Ziel erreicht.

Mittlerweile hieben einige Gardisten mit ihren Waffen auf Fensterläden ein. Elise vermutete, dass man einen Warnruf oder ein Kreischen bei dem Krach gar nicht hören würde. Und sie wagte es nicht, im matten Schein des Mondes zu den Männern des Königs zu laufen und sie zu warnen. Wenn diese sie für einen Angreifer hielten, und mit der Spitze eines Schwertes begrüßten, dann war niemandem geholfen.

Mit wachsender Verzweiflung beobachtete Elise, wie die heimlichen Angreifer sich in Position brachten. Lange konnte es nicht mehr dauern, bis sie zuschlugen. Dann blieb ihr Blick an dem Galgen hängen, der wie ein düsteres Omen mitten auf dem Hof in den Nachthimmel ragte. Doch der Galgen war ja gar keiner, erinnerte sie sich, er war eine Aufhängung für die Feuerglocke.

Das brachte Elise auf eine Idee. Sie prüfte, ob jemand in der

Nähe war, doch sie sah niemanden. Dann lief sie los, mitten auf den vom Mond leicht erhellten Platz. Die ersten paar Schritte waren die schlimmsten. Sie kam sich vor wie ein kleines Ruderboot, das einem viermastigen Kraweel mit vierzig Kanonen auf offenem Meer direkt vor die Bordwand trieb. Elise eilte weiter zum Holzgestell, tastete nach dem Strick, mit dem man die Glocke betätigen konnte, und fand ihn mehrfach um den senkrechten Pfosten geschlungen und fest verknotet. Das Herz schlug ihr bis zum Halse, als sie daran herumzufingern begann. Jetzt sah sie, dass die dunklen Schemen sich links von ihr bewegten. Die Angreifer begannen ihren heimlichen Vorstoß auf die Eindringlinge. Fieberhaft zog und zerrte Elise an dem Knoten, obwohl sie fürchten musste, dass ihr Signal zu spät käme. Dann, endlich, hatte sie das Ende des Seiles in der Hand und zog kräftig.

Ein leises »Kleng« erschallte, denn die Glocke war schwerer, als Elise vermutet hatte. Ein weiteres Mal hängte sie sich mit vollem Körpergewicht daran. Und endlich kippte der Schlägel gegen die Metallwand und schallte heller als eine Kirchenglocke durch die Nacht.

Die Gardisten, von denen einige Fackeln in den Händen trugen, fuhren herum und erblickten die Angreifer gerade noch rechtzeitig, ehe diese sich zum Vorstoß bereit machen konnten. Der folgende Kampf war kurz, denn die Überraschung war nicht gelungen. Statt im Rücken der Garde fanden sich die Leute vom Stalhof vor deren Klingen wieder und streckten die Waffen. Elises Plan war aufgegangen.

Doch ihre Freude wurde gedämpft, als sie zwei Männer mit Fackeln auf sich zukommen sah. Sie machte einen unsicheren Schritt von dem Glockengestell weg, doch sie versuchte nicht zu fliehen. Ein Entkommen war aussichtslos.

Die beiden englischen Gardisten sahen sie überrascht an.

»Eine Frau – hier? Habt Ihr die Glocke geläutet?«, sagte ein stämmiger Rothaariger mit breitem Akzent.

»Ja. Ich wollte verhindern, dass ein …«

»Haltet den Mund und kommt.«

»Lasst mich los! Ich bin Hinrich L…«

»Es ist mir egal, wer Ihr seid. Kommt mit, habe ich gesagt!« Die beiden nahmen sie zwischen sich und geleiteten sie zu den anderen Gefangenen.

Bei der Hofdurchfahrt angekommen, sah sie, dass die meisten Kaufleute des Stalhofs ihre Waffen fortgeworfen hatten. Ihr Vater trug sogar bereits Fesseln an den Händen. Sie schluckte, als der Rothaarige sie zu einem Mann in wallenden dunklen Gewändern führte. Der sah sie mit kaltem Blick abschätzig an und bellte seinen Leuten ein paar Befehle zu. Daraufhin brachte der Gardist sie zu den Kaufleuten, denen man die Hände gebunden hatte – ihr ersparte man diese Prozedur, doch der Rothaarige hielt sie weiterhin fest. Nur Hinrich Lipperade sah sie nicht.

Stattdessen kam sie neben Heweling zu stehen, der sich mit leichenblassem Gesicht den Arm hielt. Elise erkannte, dass Blut an seiner Hand herabtropfte. »Ihr wart das, nicht wahr? Ihr habt die Glocke geläutet! Ihr seid genauso verbohrt wie Euer Vater. Unverbesserlich dem großen Ganzen verpflichtet, sodass Ihr nicht seht, wer dabei auf der Strecke bleibt.« Er spie vor ihr auf den Boden.

Elise sah sich schweigend um. Einige Hanseaten mochten durch ihr Eingreifen verletzt worden sein – sie hoffte, dass niemand getötet worden war. Doch sie wusste, dass sie die richtige Entscheidung getroffen hatte.

Als sie der Gardist am Arm zog, sah sie sich besorgt um. »Wohin bringt Ihr mich? Wo ist mein Vater?« Sie hatte Schwiegervater sagen wollen, doch es war anders herausgekommen.

»Lasst das Mädchen«, bat jemand und hielt den Rothaarigen auf.

»Schenk!«, stieß sie erleichtert aus. Endlich hatte sie ihn gefunden – auch wenn es fast zu spät war.

»Sie hat mit den Hanseaten nichts zu schaffen«, sagte der Sekretär, der sich offenbar bislang im Hintergrund gehalten hatte.

»Was macht sie dann hier?«, fragte der Gardist. »Ist sie eine Kebse?«

»Nein.«

»Ich habe Befehl, sie fortzubringen.«

»Wohin?«

»Das geht Euch nichts an, Herr«, schnaufte der Gardist.

»Dann gebt mir wenigstens einen Augenblick.« Schenk zog sie in den von einer Laterne erhellten Treppenaufgang hinein, der sich in der Durchfahrt befand, und Elise ließ ihn gewähren. Dort angekommen, streifte sie seine Hand von ihrem Arm. »Da habt Ihr ja etwas angerichtet«, entfuhr es ihr wütend.

»Ich habe gar nichts angerichtet. Hätten sich die Männer des Stalhofs mit dem König gut gestellt, wäre es nie so weit gekommen.«

»Überzogene Forderungen für etwas, das wir nicht zu verantworten haben«, erwiderte sie. »Aber Ihr wisst ja nicht einmal, welchem Herrn Ihr hier wirklich dient.«

Er zog seine Augenbrauen hoch, sein sonst so freundliches Gesicht wirkte verschlossen. »Und was würdet Ihr darüber wissen, Frau Elise?«

»Anfangs dachte ich, Ihr dientet dem Stalhof. Dann habe ich erfahren, dass Ihr dem König dient. Heute Nacht aber tut Ihr das Werk des Königsmachers, auch wenn ihr es vielleicht nicht wisst.«

Schenk reagierte verhalten. »Und was macht das für einen Unterschied?«, fragte er. »Kanzler und König sind nicht immer einer Meinung, aber schlussendlich handelt der eine im Namen des anderen.«

»In diesem Falle nicht. Der Königsmacher hat vor, sich seinen Namen neu zu verdienen.«

Jetzt zog Schenk die Augenbrauen hoch. »Ihr wollt mich doch nicht ernsthaft glauben lassen, dass Graf Warwick gegen den Thron intrigiert? Das wäre Hochverrat!«

Elise zögerte kurz. Wusste Schenk, dass Warwick hinter den Ereignissen stand? Sie musste das Risiko eingehen und ihm einen Teil ihres Wissens anvertrauen. »Genau das, Schenk. Warum sonst sollte Warwick jemanden damit beauftragt haben, das Blutbad auf Island auszulösen?«

Schenk starrte sie an, die Miene unleserlich. »Das ergibt erschreckend viel Sinn, wenn man darüber nachdenkt …«, sagte er dann.

»Ihr arbeitet dem Königsmacher direkt in die Hände!«, fuhr Elise fort. Sie schöpfte Hoffnung, dass er sich überzeugen ließe, dem König eine Nachricht zu bringen. Doch als seine Mundwinkel leicht zuckten, kam ihr ein schlimmer Verdacht. »Das interessiert Euch gar nicht, oder? Das ist Euch alles herzlich egal.«

Er senkte den Blick. »Ihr sagt das, als sei es etwas Schlimmes. Ist Euch die Politik nicht auch herzlich egal? Ich habe noch gut in den Ohren, wie Ihr darüber fluchtet, dass Euer Schwiegervater nur seinen Stalhof sieht und die Familie außer Acht lässt.«

»Das habe ich wohl gesagt und auch gemeint«, erwiderte Elise ein wenig perplex. »Aber das ist doch kein Grund, das Vertrauen, das andere Leute in einen gesetzt haben, so schändlich zu missbrauchen!«

»Ihr klingt beinahe, als hätte ich Euch verletzt«, stellte er mit einem Unterton der Verwunderung fest.

»Das habt Ihr auch, Meister Schenk. Ich habe Euch für einen besseren Mann gehalten.«

»Einen Mann wie Wanmate, der Schatten hinterherjagt? Ich habe ihn wirklich beim Spitzeln beobachtet. Mag sein, dass er sein Wissen nicht verkauft, sondern für sich selbst genutzt hat. Wo ist da der große Unterschied? Es bleibt ein Unrecht.«

Sie schüttelte vehement den Kopf. »Ihr bereichert Euch bloß. Herman versucht, ein begangenes Unrecht wiedergutzumachen.«

»Herman, wie? Ihr nennt ihn schon beim Vornamen. Und Ihr meint nicht, dass das Ziel von Herman Wanmate ist, sich und seine Familie wieder in die Gunst des Königs zu bringen und sich darüber zu bereichern?«

»Er will zurückerlangen, was man ihm durch schändlichen Verrat aberkannt hat!«

»Mir scheint, Ihr habt eine sehr enge Vorstellung von Moral, Frau Elise.« Isayas Schenk betrachtete sie mit einem sehnsüchtigen Blick. Dann verengten sich seine Augen. »Verrat?«

Elise sprach eilig weiter. »Es gibt einen Auftrag von der Kanzlei. Er ist nur von einem Sekretär gezeichnet, aber er trägt das Siegel. Den Rest kann man sich denken.«

Schenk verschränkte die Arme vor der Brust. »Und an wen war dieser Auftrag gerichtet?«

Elise ging in sich, ob es Schaden verursachte, wenn sie Oxbows Namen preisgab, oder ob es besser wäre, diese Information für sich zu behalten. Wenn Schenk aufseiten des Kanzlers stand – sie traute ihm momentan jede Lüge zu –, dann könnte er leicht einen Unfall arrangieren, um diesen letzten Zeugen aus dem Weg zu schaffen. »Das ist jetzt nicht wichtig«, sagte sie also. »Der König muss von den Machenschaften seines Kanzlers erfahren.«

»Dafür muss ich den Beweis sehen. Ist er hier?«

Elise legte unwillkürlich die Hand auf den Bauch, um zu prüfen, ob die Schnürung geschlossen war. Doch sie durfte ihm nicht so weit vertrauen. »Nein, natürlich nicht«, log sie dann. »Das Dokument ist zu wertvoll, um es hier aufzubewahren. Ich habe es verborgen. Verschafft mir und meinem Vater das Gehör des Königs, und Ihr erhaltet Euren Beweis. Es soll Euer Schaden nicht sein.«

Der Mann studierte ihr Gesicht, als suche er nach etwas. »Ihr wollt mich kaufen, Frau Elise? Ist das nicht ebenso unmoralisch?«

Sie schwieg, denn sie hatte genug von seinen Spielchen.

»Woher weiß ich, dass es diesen Beweis überhaupt gibt?«

Sie schüttelte traurig den Kopf. »Ein Schuft, wer Böses dabei denkt«, schloss sie. »Wenn Euch mein Wort nicht reicht, kann ich Euch auch nicht helfen. Aber bedenkt, dass ich diejenige von uns beiden bin, die weiß, auf welcher Seite sie steht.«

Ein schmerzerfüllter Zug stahl sich auf sein Gesicht. »Und ich weiß das Eurer Meinung nach nicht? Ich behaupte das Gegenteil. Ihr steht ständig auf der Seite von jemand anderem – der Eures Schwiegervaters, Wendys, Wanmates ... Ich hingegen stehe fest auf meiner Seite.«

»Das reicht aber in Zeiten wie diesen nicht, Meister Schenk. Mein Schwiegervater versucht, den Frieden zu bewahren! Wenn er scheitert, leidet nicht nur der Handel. Allein Warwick sieht sein Heil im Krieg. Er ...«

Der Gardist, der Elise eben schon so grob angefasst hatte, kam herein. »Das war lange genug, meint Ihr nicht? Kommt mit.« Er fasste sie am Arm und zog sie in die Hofdurchfahrt.

Sie redete weiter auf Schenk ein. Sie wusste, dass sie nicht versuchen musste, ihn zu überzeugen, und sie glaubte auch nicht, dass er sich von ihr bestechen ließe. »Bitte, Isayas, lasst nicht zu, dass alles zerstört wird, woran mein Schwiegervater glaubt.«

Der Gardist mit dem roten Kreuz auf der Brust zog sie so ruppig herum, dass sie verstummte. »Kommt, sonst werf ich Euch über die Schulter und trage Euch.«

Isayas hielt den Wachmann am Arm zurück. »Wartet«, und an Elise gewandt: »Warum sollte ich für ihn einstehen?«, fragte er mit rauer Stimme. »Ihr hattet die Macht, seine Angelegenheit zu meiner zu machen. Allein durch Eure Zuneigung.«

Elise verzog angewidert das Gesicht. »Ihr hättet Euch für den Stalhof kaufen lassen – und ich wäre Euer Lohn gewesen? Ihr sagt, Ihr steht allein auf Eurer Seite, aber das stimmt nicht. Ihr steht auf niemandes Seite und sucht verzweifelt danach, dass Euch jemand aufnimmt.« Sie schüttelte den Kopf. »Ich bevorzuge jemanden, der weiß, wofür er kämpft! Tut doch einmal im Leben etwas, woran Ihr glaubt, ohne eine Gegenleistung dafür zu erwarten!«

Schenk war so bleich wie ein Laken. »Danke für die klaren Worte.«

Als der Gardist Elise abführen wollte, hielt der Sekretär ihn noch einmal zurück. »Was ist das?« Er deutete auf die Schnürung ihres Kleides.

Elise betastete den Stoff mit den Fingern und betete, dass alles noch richtig saß und der Brief in ihrem Futterstoff gut verborgen lag. Doch sie spürte, dass das Papier unter der Schnürung hervorlugte.

»Ihr habt sie so grob angefasst, dass ihr Kleid verrutscht ist. Man sieht ja schon das Untergewand. Seid gefälligst ein wenig vorsichtiger, Mann! Wir haben es hier mit einer ehrbaren und moralischen Frau zu tun.« Die Worte Schenks troffen nur so vor Sarkasmus.

Doch der Rothaarige schien das nicht zu bemerken. »Ja, Herr. Wenn die Frau freiwillig mitkommt, gerne.«

Elise ließ sich ohne Widerstand von ihm fortziehen, froh, dass man nicht entdeckt hatte, dass der helle Fleck unter dem Schnürband kein Hemd war, sondern der Brief. Niedergeschlagen wandte sie Schenk den Rücken. Sie hatte ehrlich gehofft, ihn für sich und Wanmates Sache gewinnen zu können, doch er hatte recht – warum hätte er ihnen helfen sollen? Damit sie mit Wanmate glücklich werden konnte? Das zu denken war sehr naiv von ihr gewesen.

»Wohin bringt Ihr mich?«, fragte sie den Rothaarigen, als sie auf der Straße angelangt waren.

»Ins Newgate-Gefängnis am Ludgate«, erwiderte der Gardist.

Ihr stellten sich die Haare im Nacken auf. »Und warum nur ich? Was ist mit den anderen? Was ist mit meinem Schwiegervater?«

»Keine Ahnung. Ich habe meine Befehle.«

»Herr Hinrich!«, rief Elise, doch sie hatten den Stalhof längst verlassen. »Herr Hinrich!«

Sie vermeinte, über dem allgemeinen Tumult die Stimme des Schwiegervaters zu hören, doch sie verstand nicht, was er rief oder ob es ihr galt. Dann führte der Gardist sie auf der Thames Strete nach Westen, zum Gefängnis.

Kapitel 19

London, im Newgate-Gefängnis am Ludgate,
am einunddreißigsten Juli 1468

Elise hockte zitternd auf einem Schemel. Sie hatte ihn ganz an die Wand gestellt, um im Sitzen darauf schlafen zu können, denn auf dem Boden lag altes, besudeltes Stroh, das von Ungeziefer, Ratten und Mäusen bewohnt wurde. Die kleine Turmkammer mit den rauen Wänden und den winzigen Fensterschlitzen enthielt sonst keine Möbel. Der Ausblick zeigte bloß Dächer und Hauswände der anliegenden Gebäude.

Wie zu erwarten, hatte sie in dieser Position in den letzten beiden Nächten kaum geschlafen, auch, weil sie stets auf die raschelnden Geräusche um sich herum gelauscht hatte. Inzwischen tat ihr jeder Muskel im Leibe weh. Die Augen fielen ihr immer wieder zu, wenn sie in einen wenig erholsamen Dämmerschlaf glitt. Ihre gesamte Habe trug sie am Leibe, namentlich das an der Brust geschnürte grüne Seidenkleid samt dem Hemd. Auch der Brief, den sie von Herman erhalten hatte, lag glücklicherweise noch genau dort, wo sie ihn versteckt hatte: zwischen Futter und Schnürung ihres Gewandes.

Elises Magen knurrte. Sie wusste weder, wie regelmäßig hier etwas gebracht wurde, noch konnte sie ermessen, wie viel Zeit vergangen war, denn die Stunden schienen zu kriechen. Das Einzige, was sie erkennen konnte, waren die Tag- und Nachtwechsel, und sie war erstaunt, wie lang ein Tag plötzlich dauern konnte und wie lang eine Nacht.

Elise hatte anfangs darauf gelauscht, ob sie Geräusche aus

anderen Zellen hörte. Doch die Mauern waren so dick, dass kaum ein Laut hereindrang. Die altvertraute Sorge um Hinrich Lipperade kehrte zurück. Sie hielt sich vor Augen, wie wertvoll er für die englische Krone war und dass ihm schon niemand etwas antun würde. Doch die Unwissenheit nagte an ihr und gaukelte ihr in mancher verzagten Stunde vor, dass er bereits im Hof am Galgen baumelte.

Zu Beginn hatte sie sich gefragt, wie viele Stunden es wohl dauern würde, bis man die Kaufmänner und sie wieder freiließ, um das Verhältnis zwischen Hanse und König geradezurücken und an den Verhandlungstisch zurückzukehren. Als die Stunden verstrichen, hatte sie sich darauf eingerichtet, mehrere Tage bleiben zu müssen. Heute, am zweiten Tag, begann sie zu fürchten, dass man sie monatelang als Geisel halten würde, um Druck auf ihren Schweigervater auszuüben. Sie hatte auch aufgehört zu hoffen, dass Schenk zu ihren Gunsten eingreifen würde. Und ein weiterer erschreckender Gedanke begann, sich einzunisten: Was, wenn die Männer, die dafür gesorgt hatten, dass sie hier war, irgendwann einfach vergaßen, dass es sie gab?

Warum hatte man sie überhaupt eingekerkert– und warum allein? Man konnte vermutlich nicht für jeden Gefangenen eine Einzelzelle bereithalten. Oder war dies bereits die Vorbereitung für eine Befragung?

Schritte auf dem Gang kündigten eine Wache an. Elise schreckte auf und blickte zum Fenster. Die Strahlen der Sonne standen schon tief und hatten an Kraft verloren. Wurde eine Mahlzeit gebracht? Doch es ging nicht die Klappe auf, durch die man ihr das Essen hereinreichte. Stattdessen klimperten große Schlüssel, und das Schloss knirschte laut, dann schabte das Holz grob auf dem Steinboden. Ein Wächter stand in der Tür. »Mitkommen.«

»Wohin?«, fragte Elise misstrauisch. Sie kannte die Sitten im Land der Engelländer nicht, doch immerhin war sie Lübeckerin, Hanseatin. Man konnte sie nicht behandeln wie Dreck. »Und wo ist mein Vater? Sein Name ist …«

»Mitkommen, hab ich gesagt.« Der Mann im dunklen Wams war mit einem Schwert bewaffnet. Er zog es nicht, doch allein der Anblick machte Elise wachsam. Sie versuchte vergeblich, ihr völlig zerknittertes Seidenkleid mit ein, zwei Strichen glatt zu streichen, bevor sie gehorsam aus der Zelle trat. Der breite Gang führte an je drei mit kleinen Sichtfenstern versehenen Türen vorbei, die rechts und links wohl in weitere Kammern wiesen. Aus einer hörte sie ein leises Wimmern, aus den anderen leise Stimmen. Sie mochte sich nicht ausmalen, in welcher Verfassung sich dort weitere Gefangene befanden. »Wo geht es denn hin, Sir?«, fragte sie, während der Wachmann die Tür am Ende des Ganges aufschloss. Doch der antwortete nicht, sondern brachte sie hinauf in den roten Backsteinhof.

Man sperrte die junge Frau in einen geschlossenen Kastenwagen, in den nur durch wenige Schlitze im Dach das schwindende Tageslicht hereinfiel. Elise gegenüber saß eine Frau in dunkler Witwentracht, die sie nicht aus den Augen zu lassen schien, die drängenden Fragen, die Elise ihr stellte, jedoch ignorierte. Schließlich gab sie auf und hörte auf das Holpern und Rattern der Räder auf dem Pflaster, das immerhin anzudeuten schien, dass sie den Innenstadtbereich Londons nicht verließen.

Als der Karren endlich zum Stehen kam und die Türen geöffnet wurden, erkannte sie erst auf den zweiten Blick, wo man sie hingebracht hatte. Wallanlagen und Mauern umschlossen einen Hof mit Galgen und Richtblock, dahinter lag die Themse mit einem Anlegesteg. In der Mitte all dessen erhob sich ein hoch aufragender riesiger Bergfried aus weiß verputzten Steinen – der Weiße Turm! Sie befand sich im vermutlich bestbewachten Gemäuer ganz Englands. Eine kalte Hand schien nach ihrem Herzen zu greifen, denn plötzlich fürchtete sie um ihr Leben sowie um Hinrich Lipperade und Anton Klüver. Was würde mit ihnen geschehen? Doch es gab niemanden, der ihr Rede und Antwort stehen wollte oder konnte, und so folgte sie der Witwe durch eine niedrige Pforte in das Gebäude hinein und durch enge Gänge, einige kahle Treppen hinauf an eine doppelflügelige Tür. Dort wandte sich die Frau endlich zu Elise um und legte einen Finger an den Mund. »Wenn Ihr durch diese Tür geht, solltet Ihr sehr genau abwägen, welche Worte über Eure Zunge kommen«, riet sie. Dann stieß sie die Türflügel auf und trat zur Seite.

Voll Verwunderung blickte Elise in einen mit Teppichen und Wandverhängen prachtvoll ausgestatteten Raum. Darin befand sich eine kleine Gruppe von Männern, die mit dem Rücken zu ihr standen und einen Halbkreis zu bilden schienen. Das Zentrum konnte sie nicht einsehen, und so ging sie über den leicht knarrenden Dielenboden näher. Erst das leise Geräusch der hinter ihr zufallenden Türflügel schien Aufmerksamkeit zu erregen, denn zwei Wachen mit Hellebarden, die hinter der Menge standen, wandten sich nun zu ihr um. Niemand hielt Elise davon ab, sich weiter zu nähern. Schließlich verstummte das Gespräch, das innerhalb der Gruppe stattfand, die Männer wandten sich um, öffneten ihr eine Gasse, und so konnte sie endlich sehen, was hier vorging.

Ein junger Mann, nur wenige Jahre älter als sie, saß auf einem mit Brokat gepolsterten Stuhl, davor stand ein steif wirkender Mann mit schwarzer Kappe und schwarzem Gewand – der Bürgermeister, der die Stadtwache zum Stalhof geführt hatte! Doch der Jüngere bildete ohne Zweifel das Herz des Halbkreises. Über einem schwarzen Wams trug er einen Mantel aus rotgoldenem Brokat, der auf der Brust mit einem halben Dutzend Ketten und Gemmen geschlossen war und am Rücken bis zum Boden fiel. Auf dem dunkelbraunen Haar saß eine schwarze Kappe, die mit Juwelen und Fasanenfedern geschmückt war. Der junge Mann trug einen kühlen und hochmütigen Zug um die Augen; das Gesicht selbst wirkte leicht rundlich wie bei jemandem, der plötzlich aufhört, ein aktives und gesundes Leben zu führen. Der Blick, der Elise nun traf, barg aber eine Entschlossenheit, die sie an die Mahnung der Witwe erinnerte. Und während sich auch die Augen der anderen Männer ihr zuwandten, machte sie einen ehrfurchtsvollen Knicks.

»Ist das die junge Frau, deren Anwesenheit Ihr als so wesentlich erachtet habt?«, fragte der Mann in die Runde, die ihr beinahe ausnahmslos bekannt war – es handelte sich um Kaufleute aus dem Stalhof. Jetzt fiel ihr auch auf, dass die Gewänder der Männer in ähnlichem Zustand waren wie ihre eigenen. Offenbar waren sie alle ebenfalls ins Gefängnis gesteckt worden.

Der kleine Mann mit dem lockigen Bart aus Danzig – Haweling hieß er, der lange Peter Bodenclop, der beleibte Gerhard von Wesel mit dem Doppelkinn, Anton Klüver und schließlich Hinrich Lipperade, der nach den wenigen Tagen Gefangenschaft bereits mager und zerbrechlich wirkte.

Sie legte die Hände auf den Bauch, dort, wo das Schreiben ruhte, und wartete ab. Offenbar hatte die Unterhaltung einen gewissen Verlauf hinter sich, und niemand schien bereit, ihr zu erklären, was nun von ihr erwartet wurde.

»Ja, Eure Majestät«, bestätigte Anton Klüver und winkte sie herbei. »Elise, tritt nur näher, scheu dich nicht.«

Doch die junge Frau tat genau das Gegenteil. Sie versank noch tiefer in eine zweite Verneigung und versuchte krampfhaft, sich an die Lektionen zu erinnern, die man ihr für die Audienz bei Edward IV. vor einer Woche gegeben hatte. Es wollte ihr nicht gelingen. Ihr Herz klopfte schneller – dies war das erste Mal, dass sie vor einem König stand! Erst, als ihr Vormund sie erneut rief, wagte sie, sich zu erheben und mit gesenktem Kopf näher zu treten.

Dabei spürte sie den Blick Edwards auf sich ruhen. Sie rief sich ins Gedächtnis, was der alte Herr über ihn erzählt hatte. Besonders, dass er keine Scheu hatte, wenn ihm der Sinn nach einem Weibe stand, egal, wessen Eheweib oder Tochter sie war. Deshalb hielt sie den Blick gesenkt und hoffte, dass sie sein Interesse gar nicht erst weckte. Immerhin musste sie nach den letzten Tagen im Gefängnis aussehen wie eine Bettlerin.

»Ich weiß nicht, was das Mädchen hier soll«, ereiferte sich Gerhard von Wesel. Seiner rauen Stimme nach war eine hitzige Diskussion im Gange, die er nun wieder aufnahm. »Aber ich stimme Eurer Majestät insofern zu, als dass seit Jahrhunderten exzellente Beziehungen zwischen London und Köln bestehen. Das ist eine Basis, auf der man auch in Zukunft bauen kann. Wir bitten daher um eine Freilassung sämtlicher Kölner Kaufleute, denn wir haben mit dem Überfall durch die Danziger nichts zu schaffen.«

»Niemand bezweifelt, dass Köln sich mit London stets gut gestellt hat«, erwiderte Elises Schwiegervater. Er stand stocksteif mit hinter dem Rücken verschränkten Armen da, als wäre er dem Anlass entsprechend gekleidet und sähe nicht aus wie ein Bettler. »Doch gute Beziehungen führen alle Hansestädte mit London und der englischen Krone. Die jüngsten Missstimmungen beruhen auf den Handlungen des Königs von

Dänemark. Als Äldermann muss ich Protest gegen die Beschlagnahmung von Waren, Schiffen und Karren, die Verhaftung der Hanseleute sowie die Besetzung des Stalhofs einlegen, dessen Nutzung Ihr, Eure Majestät, den Hansen erst letztes Jahr wieder eingeräumt habt. Die Hanse kann nicht für etwas haften, das sie nicht begangen hat!«

»Da stimme ich vollen Herzens zu«, fiel von Wesel ihm ins Wort. »Auch wenn ich ergänzen möchte, dass ich die Wut Eurer Majestät gegen Danzig und seine Kaufleute nachvollziehen kann. Ich bin sicher, dass Ihr in Eurer Weisheit erkennt, dass weder Brügge noch Hamburg noch … irgendeine andere Stadt etwas dafürkann, dass Danzig sich mit dem dänischen König eingelassen hat.«

»Danzig hat nichts dergleichen getan!«, beschwerte sich Heweling mit hochrotem Kopf, doch er hielt seine Stimme ehrfurchtsvoll gedämpft. »Es mögen wohl Schiffe gewesen sein, die aus Danzig kamen, die aber keinesfalls vom Danziger Rat beauftragt waren! Kaperfahrer waren es, die im Dienst König Christians standen, so sagt man. Deshalb muss Dänemark den Kopf hinhalten! Ich sehe nicht ein, warum ausgerechnet die Danziger Kaufleute es tun sollen.«

Elise kannte all die Argumente und merkte, wie sich die Diskussion im Kreise drehte. Nur in einem war man sich einig: dass man nicht für Taten haften wollte, die man nicht begangen hatte. Dankbar, dass sie nicht im Mittelpunkt der Aufmerksamkeit stand, ließ sie ihren Blick über die kleine Menge im Raum schweifen. Neben den wenigen Kaufleuten gab es noch ein paar Männer, der Kleidung nach Höflinge, die den König begleiteten, sowie Wachen mit Hellebarden und Schwertern, die sich um ihn herum gruppiert hatten. Sie sah auch Schenk. Er hielt sich ein wenig abseits von den Stalhof-Männern. Seine Kleider wirkten neu und frisch, und er machte keinen Hehl daraus, dass er nicht verhaftet worden war. Sie runzelte ärgerlich die Stirn darüber, dass dem Einzigen hier, der das Gefängnis wirklich verdient hatte, genau das erspart geblieben war.

Gerhard von Wesels Stimme forderte ihre Aufmerksamkeit zurück. »Wenn hier jemand etwas nicht einsieht, dann ist es Köln! Wir haben unsere guten Handelsbeziehungen nach London mit unseren Freunden in der Hanse geteilt. Wir haben sogar unseren Handelshof mit der Hanse geteilt! Doch wie haben sie es uns gedankt? Sie greifen unsere englischen Freunde an und machen uns den Handel kaputt. Ich denke, ich spreche hier nicht nur für mich, wenn ich sage, dass Köln das nicht länger hinnehmen wird!« Bodenclop murmelte zustimmend.

»Was wollt Ihr damit sagen, Gerhard?«, fragte Hinrich Lipperade. »Wenn Ihr Drohungen aussprechen wollt, dann tut das offen. Die Zeit der Hinterzimmergespräche ist vorbei, meint Ihr nicht?«

»Muss ich das näher ausführen? Wenn die Hanse einen Strauß mit der englischen Krone hat, dann ist das ihr Problem, nicht unseres. Köln hält sich da raus.«

»Und wie wollt Ihr das anstellen?«, bohrte Klüver nach. Der Alte hatte die buschigen Brauen gerunzelt und sah nicht glücklich aus – immerhin war auch er ein Kölner Kaufmann.

»Wir haben die Hanse einst in den Stalhof hineingelassen – wir können ihn auch wieder alleine betreiben«, warf Peter Bodenclop grimmig ein. Er überragte die Männer um sich herum beinahe um einen ganzen Kopf.

»Das ist ungeheuerlich!«, rief Hinrich Lipperade. »Das wäre ein Bruch der Hansestatuten!«

Eine wirre Diskussion entbrannte unter den Kaufmännern, die schnell in einzelne Streitigkeiten zerfiel. Der König wirkte gelangweilt und besprach sich mit dem schwarz gekleideten Bürgermeister neben ihm.

Elise konnte beinahe dabei zusehen, wie der Herrscher die Geduld verlor. Dabei war die Ursache all dieser Streitigkeiten doch ganz absichtlich von einem Mächtigen am englischen Hof ausgelöst worden, und sie konnte das beweisen. Sie begegnete dem Blick Schenks. Der Mann hatte wohl schon länger versucht, ihre Aufmerksamkeit zu erlangen, denn jetzt sah er erleichtert aus und hob auffordernd die Augenbrauen, so als wolle er ihr etwas sagen. Überrascht musterte sie ihn. Er machte eine präsentierende Geste, die sie erst beim zweiten Mal verstand. Konnte er dafür gesorgt haben, dass sie herbeigeholt worden war? Hatte er sich doch überzeugen lassen, ihr zu helfen? Sie schenkte ihm ein unsicheres Lächeln.

Doch Elise zögerte, das Wort zu ergreifen. Bei dem Gedanken daran, vor all diesen Herrschaften den Mund zu öffnen und den Kanzler Englands anzuklagen, brach ihr der Angstschweiß aus. Verzagt rekapitulierte sie, dass die Beweise dürftig waren, denn um eine offizielle Anklage zu führen, galt die Unterschrift des Sekretärs auf dem Schreiben zu wenig. Warwick konnte immer noch behaupten, der Befehl sei ohne sein Wissen ergangen. Aber hatte Herman ihr das Dokument nicht anvertraut, um genau jetzt und hier Gerechtigkeit einzufordern?

Mit einem Male erhob sich der König und wechselte mit seinem Ratgeber einige Worte. Er machte Anstalten, sich zurückzuziehen.

Elises Herz hämmerte ihr hart im Leibe. Sie konnte diese Chance nicht verstreichen lassen, sie musste sprechen! Verzweifelt eilte sie in die Menge der streitenden Hanseaten. Sie sah, dass auch Hinrich Lipperade und Anton Klüver aufgesprungen waren und den König mit geneigten Häuptern ansprachen. Doch es sah nicht so aus, als hätte er ein Einsehen, denn er ignorierte sie und wandte sich ab. Die junge Frau erreichte die Gruppe in dem Moment, in dem Schenk dem König beinahe den Weg versperrte und ihn bat: »... die Herren anzuhören, Majestät, denn mir scheint, es gibt Fakten, die für Euch und Euren Thron von Bedeutung sind.«

Elise stellte sich atemlos hinter den Vater und Klüver und konnte beobachten, wie der Herrscher sich umdrehte und die beiden musterte – und sie, die sie ihm nun so unmittelbar unter die Augen getreten war. Wie zuvor senkte sie die Lider und neigte den Kopf. Dann aber konnte sie sich einen flehentlichen Blick nicht verkneifen. Ob er ihre Verunsicherung sah, ihre Furcht? Sicherlich wusste ein König den Charakter der Menschen um sich herum zu deuten, musste er doch ständig zwischen Speichelleckern und ehrlichen Ratgebern entscheiden.

In seinen Augen las sie eine gewisse Ungeduld, die durch die Arroganz schimmerte. Darunter jedoch konnte Elise umgekehrt eine Unsicherheit erahnen, die vorher nicht da gewesen war. Sie schenkte ihm ein beruhigendes Lächeln. Vielleicht ging es ihm ebenso wie ihr, vielleicht mochte er Versammlungen gar nicht? Dafür benahm er sich allerdings sehr souverän.

Edward verharrte und erwiderte ihren Blick. Dann sprach er Bürgermeister Taillour einige leise Worte ins Ohr und setzte sich wieder auf seinen Lehnstuhl.

»Die Fronten sind klar«, verkündete der Bürgermeister. »Seine Majestät König Edward IV. bedankt sich für Eure Worte und wünscht nun Ruhe. Eine Entscheidung über Euren Verbleib im Gefängnis und das Schicksal Eures beweglichen Hab und Guts wird in den nächsten Tagen gefällt.« Die Gardisten brachten die Menge zum Schweigen und geleiteten die Höflinge und einige der Kaufleute hinaus. Die kleine Menge im Raum bestand nun neben dem König, dem Ratgeber und den Wachen nur noch aus Elise, ihrem Vater und dem Vormund sowie von Wesel, Bodenclop und Schenk. »So ist es viel besser«, sagte der König leise und ließ die fünf Männer schmoren, während er Elise mit unverhohlenem Interesse musterte. »Die Anwesenheit einer Frau ziert jede Versammlung.«

Elises Zunge drohte am Gaumen festzukleben, so trocken war ihr Mund. Sie erinnerte sich an die Benimmregeln immerhin so weit, als dass unaufgefordertes Sprechen nicht erlaubt war. Doch sie musste sprechen. Niemand konnte ihr das abnehmen. Irgendwie musste sie ihm klarmachen, dass der Konflikt mit der Hanse von Warwick fabriziert war. »Mit Eurer Erlaubnis, Majestät ...«, flüsterte sie.

»Nur zu.«

»Ich bin nicht zur Zierde hier.« Ihr Herz raste in der Brust.

Er zog die Augenbrauen hoch, wirkte aber eher belustigt als verärgert. »Nicht? Ihr seid noch nicht lange bei Hofe, nehme ich an.«

»Ich ... bin gar nicht bei Hofe, Majestät.«

Hinrich Lipperade stellte sie dem König als Frau seines dahingeschiedenen Sohnes vor.

»Und warum ist sie nun hier, wenn nicht deshalb, dem Auge eine Freude zu bereiten? Nein, wartet, ich will es von ihr selbst hören.«

Obwohl sie die Befürchtung hatte, etwas Falsches zu sagen und alles nur noch schlimmer zu machen, zwang sie sich weiterzureden. »Wir sind gekommen, um Euch zu warnen, Eure Majestät.«

»Zu warnen?« Jetzt zuckten beide Mundwinkel des Königs – vielleicht betrachtete er sie als einen willkommenen

Zeitvertreib. »In Wahrheit seid Ihr die Hofnärrin des Stalhofs und gekommen, um mich zu erfreuen, was?«

Elise lief rot an – sie hatte es gewusst, sie machte alles falsch. »Es war Warwick, der das Vorgehen gegen den Stalhof empfohlen hat, oder?«, fragte sie mit beinahe versagender Stimme.

Die Belustigung des Königs machte Interesse Platz. Sie sprach schnell weiter. »Und Warwick hat auch die Kompensation für die im Sund versenkten Schiffe gefordert, oder?«

»Warwick ist kein Freund der Hanse. Und er hatte ein Schiff in dem Konvoi, der überfallen wurde. Aber was soll mir das?«, fragte Edward, doch seine Langeweile war nur aufgesetzt, das erkannte sie.

Gerhard von Wesel schnaufte belustigt. »Dieses Mädchen spricht nicht für die Hanse, Eure Majestät, oder ich lege mein Amt als Äldermann mit sofortiger Wirkung nieder.«

Hinrich Lipperade nahm Elises Argument auf. »Warwick ist ein Freund Frankreichs, nicht wahr? Er hat ein Interesse daran, Euch der Hanse zu entfremden.«

Bodenclop runzelte die Stirn. »Ich hoffe, eine solche Anschuldigung könnt Ihr mit harten Fakten untermauern, Lipperade. Man bezeichnet einen Kanzler nicht leichtfertig des Verrates. Manch einer ist für eine geringere Beleidigung einen Kopf kürzer gemacht worden.«

»Eure Sorge um mein Wohlergehen ehrt Euch«, erwiderte Lipperade. »Doch es gibt einen Beweis. Elise?« Er blickte sie hoffnungsvoll an. Sicher betete er insgeheim, dass der Beweis, von dem sie vor der Verhaftung gesprochen hatte, aussagekräftig genug und zwischenzeitlich nicht verloren gegangen war.

Elise war froh, dass er sie unterstützte. Sie drehte den Männern den Rücken zu. Dann zupfte sie an der Schnürung ihres

Kleides und wandte den Kopf über die Schulter, sodass sie einerseits den König ansehen konnte und gleichzeitig von Wesel im Blick hatte. Dabei sprach sie flach und hastig weiter, um es hinter sich zu bringen.

»Nicht Steven Wanmate ist schuld an den Ereignissen auf Island, Eure Majestät. Jemand wollte, dass Euer unsicheres Bündnis mit dem dänischen König zerbricht. Dass die Hanse dabei zwischen die Fronten geraten würde, war wohl anfangs nicht beabsichtigt, kam später aber jemandem sehr zupass.« Bei diesen Worten beobachtete sie von Wesel und erkannte eine schmale Falte der Verärgerung, die sich auf seiner Stirn bildete. Das bewies natürlich gar nichts, doch sie war fest davon überzeugt, dass er dem Königsmacher ebenso wie Raymond Oxbow in die Hände gearbeitet hatte, weil es ihm und den Interessen Kölns in den Kram passte. Er war zumindest ein Mitwisser, der mit Johann Northoff in Lübeck in Verbindung stand, vielleicht war er gar ebenso schuldig am Tode Ingers wie dieser.

»Ich hoffe bei Gott, dass Ihr das belegen könnt, Lipperade«, stellte von Wesel kühl fest und verschränkte die Arme vor dem Leib. Dabei ließ er Elise nicht aus den Augen.

Die zog den Brief aus dem Futter des Kleides und schnürte das Gewand sorgfältig zu, bevor sie sich umwandte. Das Schreiben reichte sie König Edward mit den Worten: »Dies stammt aus dem Besitz von Raymond Oxbow. Er ist ein Kaufmann, der die Schiffe der Wanmates nach Island begleitet hat. Er hat das Blutbad überlebt und angeblich nichts von den Ereignissen mitbekommen. Dieser Brief ist von der Familie Wanmate bei ihm gefunden worden. Sie überlässt ihn Euch zur Verwendung, mit der Bitte um Gnade.«

Edward gab Taillour ein Zeichen. Der schwarz gewandete Bürgermeister blickte Elise streng an, nahm den Brief entgegen, klappte ihn auf und reichte ihn an den König weiter. Doch bevor dieser danach griff, fragte er, ohne den Blick von Elise abzuwenden: »Und was hofft Ihr mit diesem Schreiben zu erreichen, Frau …?«

»Elise.« Sie zögerte. Konnte sie einem König Forderungen stellen? Sie wagte es nicht. »Nichts. Ich hoffe nur, dass Ihr so handelt, wie es Euer königliches Gewissen und Eure Sorgfaltspflicht für Eure Lehnsleute von Euch verlangen.« Damit schlug sie die Augen nieder und schob sich hinter Hinrich Lipperade zurück, froh, ihren Auftritt hinter sich zu haben. Jetzt spürte sie, welche Kraft sie die Aufregung gekostet hatte.

Edward benötigte nicht lange, um den Schrieb zu lesen. Dabei verhärteten sich seine Gesichtszüge. Elise hoffte, dass ihm die Formulierungen eindeutig erscheinen würden und der Ursprung des Papiers aus der Kanzlei Warwicks ebenfalls.

»Ich werde diese Angelegenheit durchdenken müssen«, sprach er leise. Er gab das Schreiben nicht weiter, wenngleich von Wesel und Bodenclop vor Neugier beinahe zu platzen schienen. »Doch was hat dieser Brief mit dem Stalhof zu tun, Frau?«

»Nichts«, stotterte Elise überrascht. Warum sprach er nicht mit Lipperade? »Nicht direkt«, korrigierte sie sich schnell. »Aber der Brief hat zum Blutbad auf Island geführt. Dieser Zwischenfall ist die Ursache aller weiteren Konflikte zwischen dem Stalhof und Eurer Verwaltung. Ist es nicht wichtig, dass die Ursache auf einer Intrige beruht? Dass jemand versucht, Euch und uns zu entfremden?«

»Träumereien und Rätsel – wir sind hier nicht am Brunnen der Waschweiber, sondern in der Gegenwart des Königs von England, Kind!«, polterte von Wesel.

»Ihr habt recht, von Wesel, es lässt sich wenig beweisen«, mischte sich Hinrich Lipperade ein. »Aber wenn man sich das große Bild anschaut, muss man feststellen, dass sämtliche Bündnisse, die Seine Majestät in den letzten Jahren geschmiedet haben, langsam zerbrechen. Der fragile Frieden mit Dänemark ist unrettbar dahin. Der vorläufige Bund mit der Hanse steht vor dem Aus. Wenn man den Ereignissen um den Stalhof keine Bedeutung beimisst, dann doch vielleicht dem politischen Wandel, der gerade geschieht. Warum sind die einzigen Bündnispartner, die Euch, Majestät, im Augenblick noch attraktiv erscheinen müssen, Euer erklärter Feind Frankreich ... und die Stadt Köln?«

»Ist das eine Anklage, Lipperade?«, knurrte von Wesel. »Eine, die Ihr untermauern könnt?« Er begann, sich wie ein kampfbereiter Hahn aufzuplustern.

»Reg dich nicht auf, Gerhard. Demnächst gibt Lipperade dem Wetter die Schuld«, beruhigte ihn Bodenclop. »Ihr solltet Euren Sitz wahrhaftig frei machen, Äldermann, und jüngeren Männern eine Chance geben, Eure Arbeit besser zu tun!«

Von Wesel lachte zustimmend. »Eure Majestät, Köln distanziert sich aufs Entschiedenste von diesen Rategeschichten. Gleichzeitig bekräftige ich das Angebot, das ich vorhin gemacht habe. Köln steht London und der englischen Krone weiterhin als Bündnispartner zur Verfügung. Das hat nichts mit Intrigen oder Verschwörungen gegen Euch zu tun, sondern damit, dass wir eine Brücke des Friedens zwischen der Hanse und England schlagen wollen. Euer Konflikt mit der Hanse ist, wie Meister Lipperade so treffend festgestellt hat, tief. Lasst Köln vermitteln, so wie wir es seit Jahrhunderten tun. Immerhin liegt Köln ebenso im Krieg mit Dänemark wie Ihr.«

Hinrich Lipperade hob an dagegenzusprechen, doch König Edward hob stirnrunzelnd die Hand, und so verstummten sie. »Diese ungezügelte Diskussion hatten wir eben schon«, stellte der König fest. »Ihr beleidigt Eure Intelligenz und meine, wenn Ihr sie jetzt wiederholt.« Er erhob sich und wanderte in der entstandenen Stille auf und ab, die Hände hinter dem Rücken gefaltet, den Kopf nachdenklich gesenkt. Schließlich ergriff er das Wort.

»Äldermann von Wesel, ich werde Euer erfreuliches Angebot, einen zweiseitigen Handel zwischen Köln und London zu eröffnen, gerne wohlwollend erwägen. Als Zeichen meines guten Willens entlasse ich die Vertreter Kölns in die Freiheit. Sprecht mit Eurem Stadtrat, und teilt mir die Konditionen mit, die dort beschlossen werden. Ich werde entscheiden, ob sie tragbar sind.«

Von Wesel bedachte Elise, Lipperade und Klüver mit einem triumphierenden Lächeln, bevor er sich tief verneigte. »Ich danke Euch für diese vorzügliche Ehre, Eure Majestät! Ihr werdet …«

Der König sprach weiter, als hätte er nichts gehört, dieses Mal wandte er sich der anderen Partei zu. »Auch Euch entlasse ich aus der Haft. Seht es als Zeichen des guten Willens gegenüber der Hanse an – und als Dank für die Dinge, über die ich nun nachdenken kann.«

Elises Herz schlug schneller, doch ihr Schwiegervater schien ihre Freude nicht zu teilen. Er stand gebeugt in dem großen Saal und wirkte mit einem Mal sehr alt. »Bedeutet das, dass die anderen Kaufleute der Hansestädte, die verhaftet worden sind, nicht freigelassen werden?«

»Sie bleiben meine Gäste. Was immer die Gründe sein mochten, es ist englischen Kaufleuten und Schiffseignern großer Schaden entstanden. Es steht eine Forderung von zwanzigtausend Pfund Sterling gegen den Stalhof im Raum. Solange nicht geklärt ist, wer für diesen Schaden geradesteht, kann ich die Herrschaften nicht freilassen.«

»Ihr wisst, dass dieser Akt von der Hanse entsprechend beantwortet werden wird?«, fragte der Vater.

Der König wandte ihm seine Aufmerksamkeit zu wie ein Falke auf der Jagd. »Und was für eine Antwort wird das wohl sein, Meister Lipperade?«

Es entstand eine kurze Pause, in der alle Blicke zu dem Äldermann wanderten. »Ihr habt Eure Männer auf den Boden des Stalhofs geschickt, unsere Schiffe und Waren beschlagnahmt und unsere Kaufleute gefangen genommen. Lasst Ihr sie nicht gehen, muss dies als Akt des Krieges wahrgenommen werden. Und ein Akt des Krieges wird entsprechend beantwortet.«

Der König kniff die Lippen zusammen. »Von Euch etwa?«

Von der Frage sichtlich irritiert, erwiderte Hinrich Lipperade: »Natürlich nicht. So etwas beschließt der Hanserat zu Lübeck, Euer Gnaden.«

Der König zog verärgert die Brauen zusammen. »Ein Haufen Krämersleute, die sich anmaßen, einem König den Krieg zu erklären? Ist es so weit schon gekommen? Das Recht, einen Krieg auszurufen, das Ius Bellum, ist das Vorrecht eines Souveräns. Wer seid Ihr, dass Ihr Euch das Recht eines Herrschers von Gottes Gnaden anzueignen wagt?«

Hinrich Lipperade war bleich geworden, die Schwiegertochter konnte nur mutmaßen, was in ihm vorging – einerseits wollte er sicher die Hanse verteidigen, andererseits aber den König nicht verärgern. »Wir sind nicht Eure Feinde, Euer Gnaden. Unser Wunsch ist es, die Häfen für alle offen zu halten. Das entspricht unser aller Interesse, meint Ihr nicht?«

»Darum geht es hier nicht, Lipperade. Hier geht es um Lübecks Hoffart. Zu lange haben Männer wie Ihr mit gekrönten Häuptern an einem Tisch gesessen und Verhandlungen geführt. Wie heißt das Sprichwort? Schuster, bleib bei deinen Leisten. Ihr seid ein Kaufmann. Fangt nicht an, das Spiel von Königen zu spielen.«

Der Äldermann blickte betroffen zu Boden. »Ich bedauere, dass Ihr das so seht, Euer Gnaden. Denn die Zeiten ändern sich. Wenn Ihr glaubt, den Wandel verhindern zu können, dann täuscht Ihr Euch, fürchte ich. Wer weiß, vielleicht sitzen eines Tages nur noch Kaufleute am Verhandlungstisch.«

»Das möge Gott verhüten«, erwiderte der König. »Doch ich stehe zu meinem Wort. Mein Angebot an Euch gilt noch. Ihr könnt gehen.«

»Ich muss ablehnen, Eure Majestät«, sagte Hinrich Lipperade mit bebender Stimme. »Ich kann mich nicht als Äldermann des Stalhofs bezeichnen, wenn ich nicht das Schicksal seiner Kaufleute teile.« Damit trat er einen Schritt zurück. »Für meine Schwiegertochter möchte ich allerdings sprechen. Lasst sie frei. Sie ist keine Hanseatin. Sie ist eine junge Frau, die nicht ins Gefängnis gehört.«

Edwards Blick wanderte zwischen ihnen hin und her. »Euer Wunsch ehrt Euch, Meister Lipperade. Für einen Pfeffersack habt Ihr einen starken Sinn für Ehrenhaftigkeit. Euer Wunsch sei gewährt. Damit haben wir wohl alles geklärt.« Er winkte den Bürgermeister herbei, der mit dem Stab auf den Boden klopfte und verkündete, dass sie nun gehen könnten.

Das taten sie allesamt, wie es sich gehörte rückwärtig, damit sie dem König nicht den Rücken zuwandten. Doch der König rief sie noch einmal an, als sie schon an der Tür waren. »Ach, Meister Lipperade und Tochter, auf ein Wort noch.«

Auch die anderen Kaufleute und Schenk hielten inne, doch

der König bedeutete ihnen mit der Hand, sich zu entfernen. »Nur ihr beiden.«

Und so blieben Elise und Hinrich Lipperade, während sich die Kölner mit recht säuerlich verzogenen Gesichtern entfernten und die Türen geschlossen wurden, einen Moment in dem Saal zurück und warteten, was der König wohl noch auf dem Herzen hatte. »Was auch immer sonst zwischen uns steht – ich danke Euch für diesen Brief«, sagte er und hob das Schreiben hoch.

»Dankt es besser den Wanmates«, bat Elise mit trockenem Mund. »Bitte, werdet Ihr ihren Ruf wiederherstellen?«

Es entstand eine kleine Pause. »Ich weiß nicht, ob das möglich sein wird«, erwiderte Edward dann nüchtern. »Wie Ihr selbst mir gerade bewiesen habt, hegen einflussreiche Leute ein Interesse daran, dass der Familie die Schuld zugewiesen wird. Wenn ich die Wanmates nun plötzlich wieder am Hof willkommen heiße, werden meine Gegner darüber informiert sein, dass ich von der Intrige gegen mich weiß, vielleicht sogar den wahren Schuldigen kenne. Das möchte ich noch verhindern.«

»Ihr meint Warwick«, schloss Hinrich Lipperade aus seinen Worten. »Ist Euch nicht egal, was der Kanzler denkt? Immerhin intrigiert er hinter Eurem Rücken gegen Euch, Majestät.«

»Das tut er, solange ich ihn kenne. Sein Spitzname ist mir wohlvertraut, immerhin hat er ihn sich verdient, als er mir auf den Thron half. Aber wer weiß – vielleicht ist er es inzwischen leid, andere Leute zu Königen zu machen. Ehrgeizig genug ist er.«

»Oder er wünscht sich einen König, der eine weniger eigenständige Meinung besitzt«, sagte Lipperade.

Elise ärgerte sich über die Worte des Königs. War sie vorhin so eingeschüchtert von seinem Stand und seiner Majestät gewesen, erschien er ihr nun reichlich kleinlich. Sie konnte nicht mehr an sich halten. »Aber es war ein Wanmate, der Euch die Beweise für diese Intrige geliefert hat. Und jetzt wollt Ihr es ihm nicht danken?«

»Elise!«, ermahnte der Vater sie, doch es war zu spät.

»Wenn Euch nicht Dank genug ist, einem König geholfen zu haben, dann ist es vielleicht Eure Freiheit?«, entgegnete der König.

»Mit Verlaub, Eure Majestät, unsere Freiheit habt Ihr uns geraubt, als Ihr gegen Euer eigenes Wort den Stalhof besetzt habt.« Elise konnte nicht aufhören zu sprechen. Hilflosigkeit und Enttäuschung schienen ihre Zunge zu dirigieren, ihr Herz, nicht ihr Verstand sprach hier. »Wir stünden nicht schlechter, wenn wir uns um Eure Angelegenheiten einen feuchten Kehricht geschert hätten. Wenn die Hanse so schlimm ist, wie Ihr sagt – warum haben wir Euch dann geholfen?«

»Ich bitte um Vergebung, Majestät«, eilte sich der Vater zu sagen. »Sie ist ein junges Ding und zum ersten Mal in der Gegenwart königlichen Blutes …«

Edward schwieg. Das Gesicht, von dem dunklen Haar gerahmt, wirkte noch blasser als zuvor, er hatte die Lippen wie immer aufeinandergepresst. »Weiber …«, murmelte er. Dann wurde seine Miene milder. »Lasst Eure Tochter, Lipperade. Von schönen Frauen kann man nichts anderes erwarten.« Er machte wieder eine Pause, die Stirn grübelnd gefurcht, den Blick in die Ferne gerichtet. »Die Hanse, Frau Elise, ist eine famose Idee gewesen. Eine Vereinigung, die den Handel zwischen Städten und ganzen Reichen sicherer macht – das ist eine wunderbare Erfindung, nicht wahr? Bündnisse mit Fürsten und Landesherrschern sicherten die Routen, Konvois die Seelinien … Das ist in unser aller Sinne, oder?«

Elise erwiderte nichts, denn sie hatte nicht den Eindruck, dass eine Antwort erwünscht war. Und tatsächlich sprach Edward ohne Pause weiter. »Das Bündnis war ein Erfolg. So groß, dass immer mehr Städte sich anschlossen. So viele, dass man auf See kaum außer Sicht eines Hansehafens kommen kann. Und zu Lande ist es ganz ähnlich. Doch wisst Ihr, was mit diesem Erfolg kam? Macht.« Er blickte Elise und Lipperade bestimmt an. »Und diese Macht konzentriert sich dort, wo die Beschlüsse gefasst werden. In Lübeck. Seit Jahrzehnten nutzt Lübeck diese Macht nicht mehr nur dafür, den Handel zu erleichtern und alle beteiligten Städte reicher zu machen. Lübeck nutzt sie wie jeder Emporkömmling dazu, die eigene Stellung zu erhalten und weiter auszubauen. Sagt mir, dass ich mich irre, Lipperade.« Elises Vater schwieg, beinahe ebenso bleich wie der König. »Köln sieht das seit einer Weile und kämpft dagegen, wo es vermag. Andere Städte sind machtlos, weil sie nicht so reiche Ressourcen besitzen oder nicht so günstig gelegen sind. Aber wenn es um ihr Geld geht, dann reagieren die Kaufleute, wie sie es immer tun: Sie kümmern sich um ihre eigenen Interessen. Der Bund zersplittert. Weil es keine Seele dahinter gibt. Keinen Glauben.« Er hielt inne und seufzte. »Ja, Frau Elise, Ihr habt vermutlich recht mit der Intrige. Jemand will das Bündnis zwischen der Hanse und mir endgültig zerstören. Doch den Keil dafür hat Lübeck selbst geschnitzt. Hier geht es nur um den Erhalt der Macht und den Ausbau derselben. Ich kann und werde dafür nicht noch den Steigbügel halten.«

Schweigen herrschte im Saal, nachdem Edward seine Rede beendet hatte. Schließlich nickte Lipperade müde. »Aus Eurer Sicht mag das so wirken. Was meine Schwiegertochter mir gerade bewiesen hat, Eure königliche Majestät, ist, dass die Zeiten sich wirklich ändern.« Er lächelte sie schwach an.

»Könige sind auch nicht mehr das, was sie einmal waren.« Bevor der König verärgert auffahren konnte, sprach der alte Herr weiter. »Es mag sein, dass die guten Zeiten der Hanse längst vorüber sind, in denen sie Wege gebahnt und Bündnisse geschmiedet hat, Majestät. Aber eines ist sicher. Die Zeit, in denen Städte sich das Recht von Königen anmaßen, wird so schnell kein Ende finden. Im Gegenteil, ich fürchte für Euch, dass wir dabei erst am Anfang stehen. Ich zumindest werde dafür weiterhin kämpfen.«

Edward senkte den Kopf, sodass sein Gesicht hinter seinem Haar verborgen war. »Das mag sein. Aber so wie Ihr um die Hanse kämpft, Lipperade, kämpfe ich um mein königliches Recht.«

»Dann finden wir wohl nicht zusammen, Eure Majestät.«

»Wohl nicht. Und Frau Lipperade? Ihr behaltet in noch einem Punkt recht. Undankbarkeit ist eines Königs unwürdig. Ihr sollt den Lohn ernten, der Euren Taten und Worten angemessen ist. Damit ist wohl alles gesagt.« Elise und der Schwiegervater verneigten sich wiederum, und bevor sie den Raum verließen, winkte der König William Taillour herbei, den Bürgermeister Londons. »Lasst mir die Familie Wanmate vorführen.« Dann schlossen sich die Türen hinter ihnen.

»Vater, was meinte der König damit – angemessener Lohn?«, fragte Elise bedrückt, sobald sie auf den Hof traten, doch er schüttelte den Kopf und nahm ihre Hände zwischen seine knorrigen Finger. »Mein Kind, dafür haben wir jetzt keine Zeit. Hör mir genau zu, denn wir haben viel zu besprechen, bevor einer Wache einfällt, dass ich in die Kerker zurückgebracht …«

Isayas Schenk trat an Elise heran, und Hinrich fuhr ihn an. »Ihr habt uns verkauft, Schenk! Damit ist Eure Karriere am Stalhof beendet.«

»Ich fürchte, wer am Stalhof noch eine Karriere hat, werdet in Zukunft nicht Ihr befinden, Herr Lipperade«, erwiderte Schenk.

»Wart Ihr das, Isayas?«, fragte Elise. »Habt Ihr dafür gesorgt, dass der König uns anhört?« Als er nickte, fragte sie: »Warum?«

Er zögerte, sein charmantes Gesicht wirkte verschlossen. »Ihr wisst, warum, Frau Elise. Ich wollte Euch zeigen, dass ich an Euch glaube.«

»Aber Ihr wisst, dass … mein Herz einem anderen gehört, Isayas. Und trotzdem habt Ihr Euch für mich eingesetzt?«

»Ich erwarte keine Gegenleistung. Ich wollte einfach … ich wollte, dass Ihr wisst, dass ich Euch nicht als Bezahlung angesehen habe.«

Bei diesen Worten wurde Elise warm ums Herz. »Ich danke Euch, Isayas.«

Doch Lipperade mischte sich wesentlich unfreundlicher ein. »Und jetzt macht, dass Ihr davonkommt, Schenk! Ihr seid ein Söldner, der seine Fahne nach dem dicksten Geldbeutel hängt. Ich will Euch nie wieder sehen.« Elise wollte ihm widersprechen, doch Lipperade zog sie beiseite, weg von dem verräterischen Sekretär. »Ich muss wissen, ob die Bibel sicher ist.«

»Herman Wanmate hat sie. Und bevor Ihr etwas sagt, Herr Vater – ich vertraue ihm. Er hat den Brief gefunden, mit dem die Männer in Island aufgewiegelt worden sind.«

Auf Hinrich Lipperades schmalem Gesicht wechselten sich Verärgerung und Erstaunen miteinander ab. »Dann müssen wir dem König irgendwie zuvorkommen, damit Wanmate die Bibel nicht in Feindeshand gibt, wenn nach ihm geschickt wird.«

»Das würde er nie tun!«

Lipperade schien nur halb überzeugt. »Wollen wir hoffen, dass er dein Vertrauen auch noch verdient, wenn es um seine Familie geht. Aber wir haben wenig Zeit. Es gibt ein paar Dinge, die du wissen musst, und einige mehr, die du tun musst. Die Hanse muss versammelt werden. Bislang dachte ich, dass nur Warwick gegen den Bund intrigiert, doch jetzt müssen sich die Städte versammeln und einig beisammenstehen. Wir befinden uns kurz vor Ausbruch eines Krieges. Die Bibel ist ein Schlüssel, mit dem die Äldermänner mit dem Hanserat geheimen Schriftverkehr halten können. Es gibt nur wenige Exemplare, und jedes ist wie das andere, alle Worte stehen an exakt derselben Stelle. Man braucht diese Bibel, um die Nachrichten entschlüsseln zu können. Warwick hat versucht, meine zu stehlen, und daher wollte ich sie in Sicherheit in Lübeck wissen. Genau dorthin, zu Bürgermeister Hinrich Castorp, musst du sie bringen. Er weiß um ihre Bedeutung, denn er hat auch eine davon. Wenn du ihm sagst, was du weißt, dann wird er die Städte damit zum Hanserat einberufen.«

»Aber als ich Lübeck verließ, da war Castorp in Dänemark bei König Christian! Was, wenn er noch nicht zurück ist?«

Hinrich Lipperade verkniff sich eine Antwort, denn in diesem Augenblick näherten sich die Wachen auf Befehl des Königs, um ihn fortzubringen. Stattdessen stieß er eilig eine Warnung aus. »Elise, mein Kind, gib auf dich acht, wenn du nach Lübeck kommst. Jemand dort wusste, was Inger für eine Gefahr darstellte.«

Erschrocken starrte sie ihn an. »Was wollt Ihr damit sagen?«

»Jemand in Lübeck wusste davon, dass das Blutbad nicht von den Wanmates ausging. Du weißt, was das bedeutet?«

Der Schwiegervater hatte recht. Wie hatte sie das übersehen können? Wenn Inger in Lübeck ermordet worden war, weil sie wusste, dass Wanmate unschuldig war, dann musste der Mörder in Lübeck ein Handlanger von Oxbow und vielleicht dem Königsmacher selbst sein! Und das bedeutete, dass sie mit ihrem Wissen in Gefahr schwebte – und wenn es wirklich Northoff war, vielleicht auch Hendrik. »Ich gebe auf mich acht!«, versprach sie schnell.

Dann wurde Hinrich Lipperade in den Weißen Turm geführt. Elise hoffte inständig, dass sie ihn am Ende dieser Entwicklungen lebendig wiedersehen würde. Dann wandte sie sich ab, denn sie hatte so viel zu tun. Als Erstes musste sie Herman und die Bibel finden, und dann wollte sie endlich nach Hause zu Hendrik zurückkehren.

Kapitel 20

Brügge, am elften August 1468

Die Wellen plätscherten sanft gegen den Schiffsrumpf der »Sankt Severin«. Ein leichtes Wiegen brachte die Kerzenlaterne in ihrer Halterung zum Schwanken, und ihr Lichtkegel wanderte sachte über die Dokumente, die Elise auf dem Tisch ausgebreitet hatte. Darauf fanden sich Reihen von Buchstaben, Zahlenkolonnen, hingekritzelte und wieder durchgestrichene Worte. Obenauf lag die Bibel des Vaters, aufgeschlagen im zweiten Buch Mose, Exodus 3,7. Wieder las sie den Text, dieses Mal schon flüssiger.

> »7 Und der Herr sprach: Ich habe gesehen das Elend meines Volks in Ägypten und habe ihr Geschrei gehöret über die, so sie treiben; ich habe ihr Leid erkannt. 8 Und bin herniedergefahren, dass ich sie errette von der Ägypter Hand und sie ausführe aus diesem Lande in ein gut und weit Land, in ein Land, darinnen Milch und Honig fließt, nämlich an den Ort der Kanaaniter, Hethiter, Amoriter, Pheresiter, Heviter und Jebusiter. 9 Weil denn nun das Geschrei der Kinder Israel vor mich kommen ist und habe auch dazu gesehen ihre Angst, wie sie die Ägypter ängsten, so gehe nun hin, ich will dich zu Pharao senden, dass du mein Volk, die Kinder Israel, aus Ägypten führest.«

Sie schlug das Dokument auf, das sie in dem Einband gefunden hatte. Die Buchstabenfolge ergab ebenso wenig Sinn wie damals in Lübeck.

qqecqqonklapnkhsmftcemnvm
zmqsoyeqfofaeydqpyoyhmcmffm
qmccehoydmcveyfm

Sie hatte Buchstabenkombinationen aneinandergereiht, in denen sie mögliche Bedeutungen herzuleiten versuchte, doch bislang hatten ihre Bemühungen keinen Erfolg gehabt. Besonders die beiden q-Kombinationen am Anfang gaben ihr ein unlösbares Rätsel auf, denn welcher Buchstabe kam doppelt am Anfang wie in der Wortmitte vor? Auch der Hinweis des Vaters, die Bibel sei der Schlüssel, hatte sie nicht weitergebracht, denn der notierte Psalm existierte nicht. Selbst wenn sie 3,795 in 3,7 und 9,5 zerlegte, weil sie mutmaßte, dass ein Komma fehlte, sowie die Worte in diesen Versen so zusammenstrich, dass sich keine Buchstaben wiederholten und den Rest des Alphabetes hinzufügte, um einen Schlüssel zu erhalten, war das Ergebnis ungenügend.

Elise erhob sich und trat an das kleine Fenster der Koje, die sie schon auf dem Hinweg bewohnt hatte. Im Hafen von Brügge schrien die Möwen, und der Fischgeruch war allgegenwärtig. Trotz ihrer Frustration ließ sie die Hand in einem Anflug von Stolz über die Holzwand ihres Schiffes gleiten. Ob der Kauf vom kaufmännischen Standpunkt aus sinnvoll gewesen war oder nicht, es hatte ihr bislang gute Dienste geleistet. Und es handelte sich wahrhaftig um ihr eigenes Schiff.

Wie es wohl Hinrich Lipperade gehen mochte? Besorgt überschlug sie, dass seine freiwillige Gefangenschaft im Weißen Turm von London nun schon zwei Wochen währte. Sie hoffte, dass man ihn besser untergebracht hatte, damit er nicht noch schwächer wurde. Beinahe zärtlich wünschte sie sich für einen Augenblick nach London zurück, um ihm ab und an eine Suppe oder ein nährendes Mahl vorbeibringen zu können. Die gemeinsame Zeit im Stalhof hatte dazu geführt, dass sie den alten Herrn noch fester ins Herz geschlossen hatte und schmerzlich vermisste. Wenn all das vorbei war –

und sie hoffte, dieser Tag käme eher früher als später –, wollte sie mit ihm und Hendrik gern eine ruhige Zeit in Lübeck verbringen, damit Enkel und Großvater einander besser kennenlernten.

Elises Gedanken wanderten zu Herman. Als sie nach der Audienz bei König Edward mit Anton Klüver in den Stalhof zurückgekehrt war, um ihre Sachen zu packen und Herman zu suchen, da hatte sie dort kein vertrautes Gesicht angetroffen. Der Stalhof war von Männern des Bürgermeisters besetzt worden, die grimmig Wache hielten und sogar Anton Klüver erst durchlassen wollten, als er das Schreiben des Königs vorzeigte. Elise war zu St. Paul's geeilt – immerhin war es die Nacht des dritten Tages, den Herman dort auf sie warten wollte –, doch sie hatte ihn nicht angetroffen. Ob er auf sie gewartet hatte oder nicht, wusste sie nicht, aber sie befürchtete, dass die Männer des Bürgermeisters schneller gewesen waren als sie.

Sie hatte sich an die einzige Hoffnung gewandt, die ihr blieb: Wendy. Die Magd hatte mit ihrem Kind an der Brust im Bett gelegen und sich darüber gefreut, dass Elise auf freiem Fuß war. Doch dann hatte sie ihr tränenreich davon berichtet, dass Herman auf der Flucht sei! Männer des Königs hätten seinen Vater und seine Mutter abgeholt und seien ihm auf den Fersen. »Und für Euch hat er mir das hier gegeben«, hatte Wendy gesagt und die in Wachspapier eingeschlagene Bibel aus einer Kleiderkiste geholt.

Dankbar hatte Elise das Buch entgegengenommen und sich schnell vergewissert, dass die geheime Botschaft noch darin lag. Doch zu der Sorge um ihren Vater kam nun auch noch die um Herman hinzu. Hatte sie den König mit ihren kritischen Worten so sehr verärgert, dass er sich an der Familie Wanmate rächte? Dann wäre Elise schuld an den Geschehnissen.

Leider wusste auch Wendy nicht, wo die Wanmates wohnten. Elise trug ihr trotzdem eine Botschaft auf – für den Fall, dass Herman doch noch einmal vorbeikäme. Dann war sie zum Billingsgate geeilt, denn Kapitän Verhaagen hatte die »St. Severin« klargemacht.

Ein Klopfen kündigte den verabredeten Besuch ihres Vormunds an. Der öffnete die niedrige Tür in die Kajüte und trat ein. Er strich sich in der altvertrauten Geste über den Bart und zwirbelte ihn dann mit dem Zeigefinger, sodass eine widerspenstige Locke entstand. »Es ist so weit.«

»Jetzt schon?« Elise runzelte die Stirn. Sie fühlte sich nicht bereit, ohne Anton Klüver an ihrer Seite weiterzureisen.

»Meine Abreise ist längst überfällig. Ich muss nach Köln, das haben wir doch besprochen. Ich werde dort mein Bestes tun, um den Rat der Stadt davon abzubringen, ein eigenes Bündnis mit Edward einzugehen. Köln in Lübeck wieder an den Tisch zu bringen ist unsere einzige Chance, die Hanse erneut zu vereinen.«

Er trat heran und betrachtete die Notizen auf dem kleinen Tischchen. »Warum versuchst du, den Schlüssel darin zu finden? Meinst du, die Botschaft ist von Interesse für uns?«

»Vermutlich nicht. Aber was ist, wenn ich jetzt nach Lübeck fahre und dort feststellen muss, dass Hinrich Castorp noch nicht aus Dänemark zurück ist? Dann muss ich die Arbeit von vorne beginnen, und wir haben wertvolle Wochen verschwendet.«

Er runzelte die Großvaterstirn. »Das heißt, du willst den Schlüssel benutzen …?«

»Hier in Brügge sind so viele Kaufleute aus aller Herren Länder, denen man die Botschaft sofort mitgeben könnte. Wir sparen viel Zeit, wenn wir den Hanserat bereits jetzt zusammenrufen.«

»Und du willst die Hanse im Namen von Hinrich Castorp nach Lübeck holen?«

»Ich dachte eher an den Namen von Hinrich Lipperade …«, erwiderte sie zögerlich. War ihr Plan so verwegen?

Der skeptische Blick des alten Mannes sprach Bände. »Der in London im Weißen Turm sitzt.«

»Meint Ihr, das sei schlimm? Die Hanseaten werden früh genug davon erfahren«, erwiderte Elise. »Lipperades Name hat Gewicht in der Hanse. Aber dafür benötige ich eine Liste sämtlicher Hansestädte und der Hansevertreter dort. Wärt Ihr so freundlich?«

Klüver schmunzelte endlich und nickte. »Du bist wie der alte Lipperade. Er hätte auch nicht gezögert.«

Elise nahm seine Hand und küsste sie wie eine Tochter. »Mir wäre aber wohler, wenn er hier wäre. Oder Ihr bei mir bliebet.«

Er strich ihr bedauernd über den Kopf. »Ich wünschte auch, dass das möglich wäre.« Er schnaufte müde. »Welches Datum willst du für den Hansetag ansetzen?«

»Ich hatte an September gedacht …«

»Lege es noch in den August. Zwei Wochen vielleicht.«

»Schafft Ihr es denn in dieser Zeit nach Köln und zurück?«

»Im Zweifel komme ich später hinzu. Aber wie du schon sagtest – es eilt. Wir dürfen nicht zögern.«

»Dann sagen wir … der neunundzwanzigste August?«

»So sei es. Umso dringender ist meine Abreise. Ich wünsche dir eine erfolgreiche Weiterfahrt, mein Kind.« Er küsste sie auf den Scheitel, bevor er ging.

So blieb Elise mit ihren Unterlagen allein zurück und wandte sich wieder dem Knobelspiel mit den Buchstaben zu, das auf sie wartete. Sie hatte immerhin eine gewisse Regelmäßigkeit entdeckt. Zum Beispiel hielt sie das »m«, so oft, wie es auftrat, für einen Vokal – ein »a« oder »e« vielleicht. Außerdem vermutete sie, dass es sich bei den langen Wörtern eigentlich um mehrere handelte, die man ohne Leerstelle aneinandergehängt hatte. Sie blätterte in der Bibel und entzifferte ein paar der lateinischen Verse. »Asperges me, Domine, hyssopo, et mundabor: lavabis me, et super nivem dealbabor«, las sie laut vor. »Entsündige mich mit Ysop, Herr, dann werde ich rein; wasche mich, dann werde ich weißer als Schnee.«

Natürlich! Elise musste über ihre eigene Dummheit lächeln. Das lateinische Alphabet verfügte ja nur über dreiundzwanzig Buchstaben! Zum Beispiel gab es kein »u« und kein »w«, sondern bloß das einfache oder verdoppelte »v«! Sie betrachtete die verschlüsselte Botschaft noch einmal. War das vielleicht die Erklärung für das doppelte »q« im ersten Wort? Mochte es sich dabei um ein »w« handeln? Und wenn das »k«, das sich daran anschloss, vielleicht ein echtes »k« war, dann passten die Buchstaben mit dem Wort »Warwick« überein …

Elise setzte sich mit neuem Eifer an das Dokument. Sie versuchte es ein weiteres Mal mit dem Vers 2,3 aus Exodus 3, strich die Wörter so zusammen, dass sich die Buchstaben nicht doppelten. Es dauerte Stunden, doch schließlich glaubte sie, die Lösung vor Augen zu haben. Wenn sie im Vers ab dem neunten Wort die nächsten fünf – »Elend meines Volkes in Aegypten« – zur Bestimmung des Schlüsselwortes zusammenzog und den Rest des lateinischen Alphabetes anfügte, dann ergab sich: elndmisvokagyptbcfhqrxz. Sie legte das Alphabet von a bis z darunter – ohne die Buchstaben, die es im Lateinischen nicht gab, also abcdefghiklmnopqrstvxyz – und ersetzte systematisch die falschen Buchstaben durch die richtigen.

Als sie fertig war, konnte sie es selbst kaum glauben. Sie starrte auf die Botschaft, die nur von ihrem Vater kommen konnte:

> warwickblocktgespraeche
> zeuginausislandvoninteresse
> verratinderhanse

Sie interpretierte die Botschaft so, dass der Schwiegervater schon vor Wochen, noch bevor sie auf ihre erste Fahrt gen London aufgebrochen war, vom Königsmacher ins politische Aus geschoben worden war. Hinrich Lipperade hatte mit seinem Gespür und seinen Informanten herausbekommen, dass für Warwick die Zeugin aus Island von Interesse war. Vielleicht hatte jemand im Stalhof neugierige Fragen gestellt oder in seinen Dokumenten gewühlt. Entsetzt erkannte Elise, dass diese geheime Botschaft möglicherweise Ingers Leben hätte retten können, wenn sie rechtzeitig in die richtigen Hände gelangt wäre. Die Magd war gestorben, weil Hinrich Castorp auf Verhandlungen in Dänemark gewesen war und niemand anders im Lübecker Rathaus etwas mit der Bibel hatte anfangen können.

Von besonderer Bedeutung aber war der letzte Satz. »Verrat in der Hanse«. Elise musste sofort an von Wesel denken. Hatte der Schwiegervater den Namen dem Pergament bewusst nicht anvertrauen wollen, verschlüsselt oder nicht? Doch das war jetzt nicht mehr wichtig.

Rufe am Kai brachten die junge Witwe ins Hier und Jetzt zurück. Offenbar war bei einem Schiff ein Ladenetz gerissen und hatte seinen Inhalt ins Becken entlassen. Elise war trotz der traurigen Gedanken ein wenig stolz, dass sie den Schlüssel gefunden hatte. Jetzt konnte sie nach dem gleichen Muster einen eigenen erstellen, um den Äldermännern in den Hansestädten eine Botschaft zu senden. Sie machte sich sofort ans Werk, so viele Schreiben zu erstellen, wie es Hansestädte gab, und arbeitete die Liste ab, die Klüver ihr übergeben hatte. Sie würde sie noch heute zu den anderen Hanseschiffen im Hafen tragen. Die Nachricht vom Hansetag in Lübeck würde sich in die ganze Welt verbreiten. Elise hoffte nur, dass die Städte ihre Vertreter auch wirklich entsenden würden.

Als sie spätabends von ihrem Gang zurückkehrte, fiel sie erschöpft in die Koje. Setzte sie in diesem Sturm der Ereignisse die richtigen Segel? Sie wusste es nicht. Doch der Kurs war gesetzt, es gab kein Zurück mehr. Sie hatte Kapitän Verhaagen angewiesen, am nächsten Morgen so früh wie möglich nach Lübeck aufzubrechen. Sie wollte nicht, dass die Nachricht vom Hansetag Lübeck erreichte, bevor sie den Rat dort selbst davon hatte informieren können.

Kapitel 21

London, am vierzehnten August 1468

Herman hatte aufgehört, sich zu wehren, als die Wachen die Tür seiner Zelle öffneten und ihn herausschleiften. Er hatte keine Kraft mehr, denn er war hungrig und müde. Er hatte seit zwei Tagen nichts zu essen bekommen und hatte, von Sorgen geplagt, kein Auge zugetan. Was mochte mit seinen Eltern geschehen sein? Was mit Elise? War dies eine Folge davon, dass sie Oxbows Brief weitergereicht hatte?

Herman hatte gerade noch rechtzeitig erfahren, dass man seine Eltern und Anne abgeholt hatte, und war selbst den Wachen entkommen. Eilig hatte er die Bibel Wendy anvertraut und war untergetaucht. Ein paar Tage lang war es ihm gelungen, sich bei den letzten Freunden zu verbergen, die er besaß – allesamt Seeleute, die er von seinen Fahrten kannte und die mit ihm durch Sturm und Hagel gesegelt waren. Doch auch eine von den Urgewalten des Meeres geschmiedete Verbundenheit hatte ihren Preis. Es war einer seiner ältesten Gefährten gewesen, der ihn schließlich für einen Sack Gold verkauft hatte. Männer des Bürgermeisters waren in die kleine Kammer am Billingsgate eingedrungen und hatten Herman verschleppt.

Er wusste nicht, zu welchem Gebäude die grob gemauerten Gänge gehörten, durch die man ihn jetzt zerrte. Er hatte weitere Kerkerzellen und Wachen gesehen. Dass er nicht zu einem freundschaftlichen Stelldichein am Themseufer eingeladen worden war, deutete der Gestank von Kot, Schweiß und geronnenem Blut an, der sich zu einem unheilvollen Ruch vermengte.

Ein Schlüsselbund klapperte gegen ein metallenes Schloss, eine schwere Tür quietschte in den Angeln – Herman konnte in der Dunkelheit vor sich nichts ausmachen, weil einer der Männer eine blendende Fackel trug.

Er wurde durch die Öffnung gestoßen, stolperte und fiel. Der Boden, auf dem er sich wiederfand, war mit verrottendem Stroh bedeckt. Als er sich aufstützte, klebten seine Finger von einer dunklen, feuchten Flüssigkeit – Blut, wie er am metallischen Geruch erkannte. Hermans Herz setzte vor Furcht einen Schlag aus.

Der Raum, in dem er sich befand, war rund. Zwei Fackeln steckten in Halterungen an den Wänden; in der Raummitte stand eine Streckbank mit Ketten. Die grobe Bruchsteinmauer wurde von schweren Eisengittern unterbrochen, die Türen sein mochten. Herman hatte das deutliche Gefühl, nicht allein in der Kammer zu sein.

Und tatsächlich – aus dem Schatten der Wand trat ein Mann, der in einen Kapuzenumhang gehüllt war. Der Folterknecht? Was hatte man Herman vorzuwerfen? Hatte er seine Erkenntnisse in die Hände der Falschen gespielt? Angst wühlte so stark in seinem Innern, dass er würgen musste, doch er beherrschte sich.

»Mister Wanmate«, sagte eine kalte Stimme. »Wie erfreulich, dass Ihr meiner Einladung endlich nachkommen konntet. Man hat Euch bereits schmerzlich vermisst.«

Herman erkannte die Stimme nicht. Der Mann war groß und breit – also doch ein Folterknecht? Aber nein, für einen tumben Handlanger sprach er zu feines und zu gutes Englisch. »Ich bin froh, dass ich Euch gefunden habe und nicht …

jemand anders. So können wir endlich einmal ein Gespräch unter vier Augen führen. Na ja, fünf.«

Mit zitternden Händen schob Herman sich erst auf die Füße und stand dann unter Mühen auf. Die Schulter, die er sich bei dem Schiffsuntergang vor etwas über zwei Monaten geprellt hatte, schmerzte; das tat sie immer, wenn sie in klammer Umgebung steif geworden war. Schließlich stand er dem Unbekannten gegenüber, die Streckbank zwischen ihnen, und zu der Angst in seinem Magen gesellte sich eine üble Vorahnung.

Endlich streifte der Mann die Kapuze ab. Er trug das Haar kurz, die Lippen bildeten einen skeptischen Strich. Die Brauen ragten so tief über die Augen, dass sie dem Gesicht einen verkrampften Zug verliehen. Die Augen konnte Herman nicht sehen, denn sie lagen im Schatten der Höhlen. Doch er erkannte den Mann. Er hatte ihn einmal gesehen, inmitten einer Schar Höflinge. Er stand vor Warwick, dem Königsmacher. Herman verneigte sich nicht. Dies war weder der Ort noch die Gelegenheit für Manieren. »Was wollt Ihr?«, fragte er. Seine Stimme war heiser, und seine Unterlippe platzte durch die Bewegung auf. Er schmeckte Blut, seine Kehle war so rau wie sprödes Holz. Er hatte seit etlichen Stunden nichts getrunken.

»Was haltet Ihr von Genugtuung?«, fragte der Kanzler des englischen Königs. In der Hand hielt er einen Gehstock, mit dem er gegen die Gitterstäbe zu seiner Rechten klopfte. Dahinter war ein erschrecktes Keuchen zu hören.

Herman kniff die Augen zusammen, um erkennen zu können, was sich dort befand. Es musste sich wohl um eine Zelle handeln, die von dem runden Raum nur durch das Gitter getrennt war. Endlich konnte er eine Gestalt ausmachen – nein, zwei; die eine stand aufrecht an der Wand, die andere hockte daneben. Er wagte ein paar Schritte um die Streckbank herum, um besser zu sehen. Er wünschte sofort, er hätte es nicht getan.

An die Wand gekettet, hing ein Mann mehr, als dass er stand. Daneben kniete eine Frau, deren Hände ebenfalls zusammengebunden waren. Beide waren mit Tüchern geknebelt und starrten mit aufgerissenen Augen zu ihnen herüber. Herman fröstelte, als er die beiden erkannte. Es handelte sich um Raymond Oxbow und Anne, nominell noch immer Hermans Anverlobte. Zumindest Oxbow war gefoltert worden. Herman entfuhr ein Keuchen, als er sah, dass eine Höhle unter der Braue leer war. Man hatte ihm das Auge ausgestochen.

»Was soll das?«, fragte er den Königsmacher nun atemlos. Er versuchte zu erkennen, ob man auch Anne etwas angetan hatte. Der Schatten auf ihrem Gesicht mochte ein blauer Fleck sein, die Haare standen ihr wirr vom Kopf, die Kleider wirkten dreckig und besudelt. Doch er sah keine offenen Wunden. »Was wollt Ihr?«

»Ich möchte Euch Genugtuung geben, Herman Wanmate. Ihr sollt sehen, dass der Mörder Eures Bruders seine angemessene Strafe erhalten hat.« Er deutete auf Raymond Oxbow. »Seid Ihr der Meinung, dass er genug gelitten hat?«

Herman stockte. Elise und er waren sich einig gewesen, dass Oxbow im Auftrag des Königsmachers gehandelt hatte, und nun bestrafte der seinen Handlanger, um ihm, dem Geschädigten, Genugtuung zu bereiten? »Wenn Euer Spiel nicht so grausam wäre, würde ich annehmen, dass Ihr beliebt zu scherzen, Euer Gnaden.«

»Was erscheint Euch daran komisch, Mister Wanmate? Wollt Ihr nicht, dass der Schuldige zur Rechenschaft gezogen wird?«

Herman wandte den Blick von Oxbow ab und begegnete

dem des Kanzlers. »Doch, das will ich. Aber er steht nicht in dieser Zelle.«

Der Raum zwischen den beiden Männern schien durch diese Worte zu schrumpfen, und Herman wünschte sich hinter die Streckbank, als könne sie ihm Schutz bieten. Was Warwick ihm mit diesem Schauspiel deutlich machen wollte, war, dass Herman ihm genauso hilflos ausgeliefert war wie Anne und Oxbow. »Und genau deshalb sind wir hier, mein lieber Herman. Um Euch zu zeigen, dass dies die einzige Genugtuung sein wird, die Ihr und Eure Familie erhalten werdet.« Die Stimme des Kanzlers klang nüchtern. »Ihr habt einen Sieg gegen mich errungen. Gebt Euch damit zufrieden.«

»Einen Sieg ...? Ich verstehe nicht.«

»Während wir uns hier unterhalten, empfängt König Edward Euren Vater und Eure Mutter bei Hof, eignet ihnen ihre Schiffe und Anwesen zurück und entschädigt sie für die beweglichen Güter, die eingezogen und veräußert worden sind.« Der Königsmacher sog scharf die Luft ein und ließ für einen kleinen Augenblick die Maske aus Arroganz und Gleichgültigkeit fallen. Darunter blitzte Wut hervor. »Wie ich bereits sagte. Ihr habt gewonnen.«

Herman konnte sein Glück kaum fassen. Konnte er dem Wort des Königsmachers trauen? Oder spielte dieser nur ein weiteres seiner Spielchen mit ihm? »Deshalb bin ich noch am Leben«, erkannte er. »Ihr könnt mich genauso wenig berühren wie ich Euch. Deshalb muss Oxbow leiden.«

»Oxbow leidet, weil er ein Idiot ist, der die Briefe, die man ihm schreibt, nicht, wie angewiesen, vernichtet. Zudem ist er ein triebgesteuerter, dummer Klotz«, erwiderte Warwick mit einem Anflug von Ärger. »Genauso wie seine Kebse. »Herman wandte das Gesicht ab, und der Königsmacher nickte zufrieden. »Ihr wisst, wovon ich rede. Und, ja, ich kann Euch nicht berühren. Das Augenmerk des Königs ruht auf Euch.« Der Kanzler trat langsam näher. Herman musste sich zusammenreißen, um nicht instinktiv zurückzuweichen. Er wollte dem Mann keinen Zoll Boden schenken.

»Aber schaut sie Euch genau an«, fuhr der Mann fort und deutete wieder auf die Zelle und ihre Gefangenen. »Damit Ihr im Gedächtnis behaltet, was mit Menschen geschieht, die mir in die Quere kommen.«

Herman konnte nicht anders, er gehorchte. Er betrachtete Oxbow, der halb bewusstlos in den Ketten hing und trotz des Knebels leise stöhnte. Sein Blick glitt über die Wunden, die man ihm zugefügt hatte, die leere Augenhöhle, die von den Ketten blutig aufgeschürften Handgelenke. Dann zwang er sich, Anne anzuschauen, auch wenn es ihm widerstrebte. Der Knebel in ihrem Mund war dunkel vor Speichel und Dreck, ihr Brustkorb hob und senkte sich hektisch, ihre Augen flehten ihn panisch an. Herman kam der schreckliche Verdacht, dass sie Oxbows Qualen hatte mit ansehen müssen. Vermutlich hatte man sie sogar im Glauben gelassen, sie würde ihm auf die Folterbank folgen. »Was geschieht mit ihr?«, fragte er heiser.

Warwick verschränkte die Hände mit dem Gehstock im Rücken und schürzte die schmalen Lippen. Er wirkte wie ein Viehhändler, der den Wert einer Stute abschätzte. »Sagt Ihr es mir, Wanmate. Ist sie Euch etwas wert? Sonst können wir sie hier auch einfach in einer Zelle verrotten lassen. Sie hat Euch nicht eben gut behandelt – und Euren Bruder auch nicht. Wollt Ihr, dass sie hier verreckt?«

Herman verspürte eine neue Welle der Übelkeit, doch er beherrschte sich. Er konnte sehen, wie sich der Angstschweiß auf Annes Stirn ausbreitete und ihr Brustkorb sich noch schneller hob und senkte. Sie sah aus, als befände sie sich einer Ohnmacht nahe.

»Nein«, sagte Herman. »Lasst sie gehen.«

Der Kanzler nickte zufrieden. »Ihr seid ein guter Mann, Wanmate. Zu gut, meines Erachtens. Hätte sie *mich* hintergangen, ich ließe sie hier verkommen. Aber Ihr seid ein Mann von Ehre, nicht wahr? Deshalb werdet Ihr Euch auch an den Handel halten, den wir heute abschließen. Ich verliere nicht gerne, aber ich bin bereit anzuerkennen, dass wir ohne Zwist auseinandergehen. Das Leben der Frau soll den Waffenstillstand zwischen uns bekräftigen. Einverstanden?«

Herman knirschte mit den Zähnen. »Einverstanden.«

Warwick klopfte an der Tür, durch die man Herman hereingestoßen hatte. Ein Mann – vermutlich der Folterknecht – kam herein und öffnete auf Geheiß des Adligen die Gittertür, band Anne los und zerrte sie auf die Beine. Da sie nicht alleine stehen konnte, stützte er sie und half ihr dabei, aus der Zelle zu treten. Dann verschloss er das Gitter hinter sich wieder, während Anne zu Boden sackte. Ihre Augen flossen über vor Tränen, doch Herman wusste nicht zu sagen, ob vor Erleichterung oder vor Trauer über das Schicksal ihres Gefährten.

»Jeremy wird Euch beide hinausführen«, befahl der Königsmacher dem Knecht. Der nickte diensteifrig. »Wir werden uns hoffentlich nie wiedersehen. Und wenn doch, werden wir uns das erste Mal begegnen, Mister Wanmate. Ich wünsche Euch ein erfülltes und langes Leben.« Damit zog sich der Kanzler die Kapuze über den Kopf. Bevor er den Raum verließ, wandte er sich noch einmal um und hielt inne. »Mister Wanmate – wollt Ihr mich denn gar nicht um das Leben von Mister Oxbow bitten?«

Unwillkürlich wanderte Hermans Blick zu dem Mann in

der Zelle, der offenbar ausreichend bei Bewusstsein war, um zu verstehen, dass man über ihn sprach. Er sah auf und flehte mit dem verbliebenen Auge ebenso um sein Leben, wie Anne es gerade getan hatte. Doch Herman schüttelte den Kopf. »Nein, Euer Gnaden, das will ich nicht.«

Ein unangenehmes Lächeln huschte über Warwicks schmale Lippen, bevor er sich ganz umwandte und die Kammer verließ. Mit dem Königsmacher wich auch die Atmosphäre der Bedrohung aus dem düsteren Raum. Der Knecht zog Anne auf die Beine und schleifte sie hinaus. Herman folgte ihm zwischen den groben Mauern den dunklen Gang entlang. Nach verwirrend vielen Abzweigungen sah er endlich einen Lichtstrahl unter einer Tür schimmern. Die Mauern schienen sich auf den letzten Fuß Boden um ihn herum zusammenzuschieben, als wollten sie ihn erdrücken, doch er zwang sich, ruhig weiterzugehen.

Der Folterknecht öffnete die Tür, die in eine schmutzige Gasse führte, und stieß Anne achtlos hinaus. »Sir«, bedeutete er Herman mit einem Nicken. Dann zog er sich ins Gebäude zurück und schloss hinter sich ab.

Herman atmete erleichtert auf. Er hob den Blick zum Nachmittagshimmel und erkannte an den umliegenden Häusern, dass er sich im Newgate-Gefängnis am Ludgate befunden hatte. Das ärmliche Haus seiner Eltern lag nicht weit von hier. Er zog seine Kleider gerade und rieb die Hände aneinander, doch der Dreck haftete fest daran. Dann schritt er die Straße hinauf gen Norden. Er wollte nachsehen, wie es seinen Eltern ging und ob der Kanzler ihm tatsächlich die Wahrheit gesagt hatte.

»Herman?« Annes Stimme erklang leise und rau, mehr wie das Wimmern eines Hundes.

Er blieb stehen und wandte ihr den Kopf zu, doch er drehte

sich nicht um. Sie saß noch immer im Dreck der ungepflasterten Straße und hatte sich offenbar gerade den Knebel heruntergezogen.

»Was?«

»Helft Ihr mir nicht auf?«

Herman hörte den hoffnungsvollen Ton in ihrer Stimme. Doch wenn er sie anblickte, sah er nur die Verbündete im Mord an seinem Bruder und nicht die Frau, der er ein Heiratsversprechen gegeben hatte.

Er wandte die Augen ab. »Nein.« Ohne zurückzublicken, ging er weiter. Er verspürte das überwältigende Bedürfnis, sich zu waschen und neue Gewänder anzuziehen.

Herman eilte trotz seiner Müdigkeit in die kleine Seitengasse nahe dem Ludgate, in der das Haus der Eltern stand. Nur die Häuser direkt an der Straße gen Charing bestanden aus Fachwerk mit gemauertem Sockel. Die meisten anderen Gebäude waren aus Holz gebaut, das umso verkommener wirkte, je weiter man sich vom Fluss mit den von Gärten umgebenen Prachtbauten entfernte. Im Gegensatz zur Hauptstraße, die mit dicken Wackersteinen gepflastert war, glichen die Seitenstraßen tief gefurchten Schlammlöchern.

Marktschreier priesen ihre Ware in den höchsten Tönen, Hunde bellten, ein paar Kinder stritten um einen Apfel. Doch der Kaufmannssohn nahm das alles nur am Rande wahr. Er musste wissen, ob es Vater und Mutter gut ging. Wenn dem so war, dann konnte er den Stalhof betreten und sich dort um den Schaden kümmern, den die Männer des Bürgermeisters angerichtet hatten. Das Leben im Stalhof befand sich durch die Verhaftung sämtlicher Kaufleute sicherlich im Ausnahmezustand, sodass man sich kaum daran erinnern würde, dass er zuletzt des Hauses verwiesen war.

Endlich daheim, riss er die Tür mit Schwung auf. »Mutter? Vater? Geht es Euch gut?« Er erhielt keine Antwort. Erst suchte er in der Kammer, dann im Obergeschoss, doch das Haus war leer. Der Verdacht, dass der Königsmacher ihn nach Strich und Faden belogen hatte, wurde immer stärker.

»Master Herman!«

Der Angesprochene fuhr herum. Vor ihm stand, wie üblich gebeugt und auf seinem zahnlosen Gaumen herumkauend, Waldo, der Knecht der Familie. In der Hand hielt er einen leeren Korb. »Waldo! Gut, dich zu sehen. Was ist geschehen? Wo sind meine Eltern?«

»Zu Haus sind sie, Master Herman, wo denn sonst. Habt Ihr's nicht gehört?«

»Was gehört?« Herman wollte es aus Waldos Munde hören.

»Der König hat Eure Eltern empfangen. Man hat Euch gesucht, aber schließlich sind sie alleine gegangen. Das war ein Aufsehen, kann ich Euch sagen – sie mussten sich Gewänder borgen, weil sie ja nichts mehr anzuziehen hatten. Und jetzt bin ich hier, um die Räume zu lee…«

Der junge Mann hörte nicht weiter zu. Die gute Nachricht verlieh ihm neue Kraft, doch er musste mit eigenen Augen sehen, was ihm berichtet wurde. Herman lief hinaus und die Straßen zurück durch das Ludgate, vorbei an den riesigen Mauern von St. Paul's und stürmte in das deutlich vornehmere Viertel am Markt von Cheapside. In der Straße nahe dem Walbrook und kurz vor der Lombard Strete lehnte eine Leiter an der Hauswand, und ein Knecht befreite das Schild »Wanmate & Sons« vom Dreck. »Sir?«, fragte er, als Herman an ihm vorbei ins Haus trat. Er durchmaß den repräsentativen Eingang, aus dem sie vor etwas über einem Jahr vertrieben worden waren, mit langen Schritten und stieß die Tür zur Kemenate auf.

Seine Mutter stand in einem geliehenen alten Gewand am Tisch und bewunderte mit kostbaren Goldfäden gewebte Brokatstoffe. Derweil maß ein schief gewachsener älterer Mann die Länge ihres linken Armes mit einer Knotenschnur. »Herman«, begrüßte sie ihn freudig, rührte sich jedoch nicht, da der Schneider an ihrem Arm zugange war. »Da bist du ja endlich. Wir haben dich suchen lassen, mein Junge.«

»Ist es wahr? Hat der König Euch rehabilitiert?«

»In der Tat, so wie es recht und billig ist. Offenbar hat er eingesehen, dass die Situation unhaltbar war. Er hat uns empfangen – ich musste mir ein altes Kleid von Lizzy Strong borgen, stell dir das vor, bei ihrem peinlichen Geschmack! – und uns alles an festen Gütern zurückgegeben, das uns einmal gehört hat. Für den Rest sind wir entschädigt worden.« Sie sah mit vor Schalk blitzenden Augen zu ihm hinüber. »Stell dir vor, wir haben exakt die Summe für die Waren erhalten, die wir genannt haben, ohne dass er gefeilscht hätte. Und das Verkaufen haben wir uns so auch gespart!«

»Wunderbar«, erwiderte Herman erleichtert. Er konnte es nicht fassen – er hatte so lange gekämpft und hatte tatsächlich gewonnen! Nicht nur war die Familie versorgt, Stevens Name war von den Gräueltaten reingewaschen. Dagegen zählte alles andere kaum. »Das ist so wunderbar.«

Langsame Schritte auf der Treppe aus dem ersten Obergeschoss kündigten den Vater an. Jonathan Wanmate kam in den Raum, in der Hand einen Gehstock mit Silberknauf. Offenbar hatte er mehr Glück mit dem geliehenen Gewand gehabt, denn das dunkle Samtgrün kleidete ihn sehr ordentlich. »Wo hast du dich wieder herumgetrieben, Sohn?«, schnaufte er gut gelaunt. »Du hast etwas verpasst, ich sage es dir! Wir haben vor dem König gekniet! Ich habe ja immer gewusst, dass er ein Einsehen haben muss und alles gut wird. Steven ein Mörder – dass ich nicht lache!«

»Mitnichten«, erwiderte Herman stirnrunzelnd. »Ich habe bei Oxbow ein Dokument gefunden, das beweist, dass er Schuld an dem Blutbad hatte, und Elouise – Elouise Lipperade aus Lübeck – muss es dem König übergeben haben.«

»Unsinn, schmücke dich mal nicht mit fremden Federn!«, sagte der Vater, sichtlich belustigt. »Was soll denn jemand aus Lübeck mit dem König zu schaffen haben? In diesen Zeiten und noch dazu eine Frau? Und was für ein Interesse sollte sie wohl haben, uns einen Gefallen zu tun? Gleich sagst du uns noch, dass wir das bei ihr wiedergutmachen sollen? Das würde aber teuer werden, ich sage es dir!« Er lachte. »Nein, mein Junge, der König ist wankelmütig. Mal befindet man sich auf seiner schlechten, dann wieder auf seiner guten Seite. So ist das mit gekrönten Häuptern – kriecht man ihnen nicht in den Allerwertesten, ist man verloren. Das sollten wir in Zukunft niemals vergessen. Du hast halt noch viel zu lernen, Junge!«

»Glaubt mir, oder glaubt mir nicht«, erwiderte Herman missmutig. »Oxbow hatte den Brief, und ich habe ihn aus seinem Haus geholt, um damit ...«

Doch der Vater schnitt ihm das Wort mit einer bestimmenden Handbewegung ab. »Ich weiß, du willst dich beweisen. Das kannst du ja auch. Wirf dich fleißig in die Geschäfte, statt dich mit fremden Lorbeeren zu schmücken.« Er wandte sich kopfschüttelnd zu seiner Frau um. »Ausgerechnet Oxbow, der so viel für uns getan hat. Zu viel Fantasie im Kopf, der Bursche. Das hat er nicht von mir. Steven stand immer mit beiden Beinen fest auf der Erde – oder auf dem Deck eines Schiffes. Ach, was gäbe ich, wenn er noch unter uns weilte ...« Er nickte dem Sohn wieder zu. »Aber das lernst du schon noch.«

Herman schüttelte den Kopf. Weder der selbstgefällige Tonfall noch die Worte des Vaters schmeckten ihm. »Wie meint Ihr das?«

»Nun, du wirst natürlich die Geschäfte führen, auf Reisen gehen, neue Kontakte zu den Kontoren in der ganzen Welt knüpfen. Steven ist ja nicht mehr da, um den Schaden zu reparieren, den uns das letzte Jahr zugefügt hat. Wir müssen handeln!«

Herman hob die Augenbrauen. Hatte er sich verhört? »Ich habe bereits eine Stelle, Herr Vater.«

»Die im Stalhof? Pah, den wird es ohnehin nicht mehr lange geben. Die Hanseleute sitzen alle hinter Schloss und Riegel, verdammte Halsabschneider, die sie sind. Edward hätte das schon vor langer Zeit tun sollen – wir können die englischen Städte selbst mit allen Gütern versorgen, die gebraucht werden. Das ist unsere Chance, neue Waren aufzunehmen und zu liefern!«

Herman schüttelte den Kopf. »Wie ich sagte, ich habe bereits eine Stelle. Und ich halte den Stalhof nicht nur für überlebensfähig, sondern sogar für überlebensnotwendig. London wird ohne ihn ärmer sein, und einen Konflikt mit der Hanse können wir uns auf Dauer nicht leisten.«

»Wir brauchen dich hier, in unserem Haus, Herman! Tu einmal im Leben etwas Sinnvolles. Tu das, was Steven getan hätte. Zeig deiner Familie endlich, dass du zu etwas nutze bist!«

Mit einem unwillkürlichen Schritt war der Entschluss gefasst. »Ohne die Hanse wäre diese Familie noch dort, wo sie vor einer Woche war – in der Gosse. Elouise Lipperade hat das Schreiben zum König gebracht, das beweist, dass Steven unschuldig war. Und Oxbow hat Steven kaltblütig ermordet. Nebenbei hat er Anne hinter seinem – und meinem – Rücken in sein Bett genommen. Diesen Mann wollt Ihr noch Euren Freund nennen?« Er schüttelte den Kopf und wandte sich zum Gehen. »Ich habe im Stalhof zu tun. Jemand muss sehen, was für ein Schaden dort entstanden ist.«

»Das akzeptiere ich nicht!«, schimpfte der Vater. »Du bleibst hier, das sage ich dir. Wenn du aus dieser Tür gehst, dann brauchst du gar nicht wiederzukehren, Herman!«

»Dann lebt wohl. Ich habe damals die Arbeit bei der Hanse gewählt und wähle diese auch heute.« Damit wandte er sich trotz der Rufe seiner Eltern um und verließ das Haus. Seine Trauer war groß, doch seine grimmige Entschlossenheit war größer. Er wusste jetzt, wohin er gehörte. Er hatte eine Aufgabe. Und wenn er diese beendet hatte, würde ihn sein Weg vielleicht auch in seine wahre Heimat führen. Er wusste, dass dieser Ort nicht im Lande Edwards des IV. lag. Man konnte ihn auf keiner Karte finden, denn er lag in den Augen einer Frau.

Kapitel 22

Lübeck, am sechsten September 1468

Eine frische Septemberbrise wehte durch die Gassen der Stadt Lübeck, als Elise Lipperade mit Hinrich Castorp zum Rathaus schritt. Sie betraten das Gebäude durch das prachtvolle schwarze Portal, an dem sich Lübecks Glanz und Reichtum ablesen ließen, waren die Ziegelsteine doch mit kostbarem Salz dunkel gebrannt worden, das man einst mit Gold aufgewogen hatte. Die Versammlung hatte sich seit Tagen immer und immer wieder verschoben, aber heute, am sechsten September, war es so weit – die Städte würden darüber entscheiden, ob es Krieg oder Frieden mit König Edward geben sollte.

Seit ihrer Abreise aus London hatte sie keine Nachricht erhalten – weder von Hinrich Lipperade noch von Herman Wanmate. Sie wünschte, sie wüsste, wie es um ihn und seine Familie bestellt war, denn jeder Tag ohne Kunde ließ ihre Befürchtungen wachsen.

In einem Anflug von Wehmut vermisste sie Hendrik, obwohl er doch bloß einige Hundert Ellen entfernt, von Gertraut behütet, am Tisch sein Mittagessen zu sich nahm. Sie hatte ihn seit ihrer Ankunft nur ungern aus den Augen gelassen. Johann Northoff hatte ihm nichts getan, im Gegenteil versucht, ihn mit Geschenken auf seine Seite zu ziehen – vergebens, wie Elise stolz erfahren hatte.

Elise hegte inzwischen einen regelrechten Hass gegen Johann Northoff. Als hätten seine Drohungen gegen sie selbst und Herman sowie die Zusammenarbeit mit Köln gegen die Hanse nicht gereicht, hatte er sich während ihrer Abwesenheit noch mehr angemaßt: Er hatte beim Stadtrat vorgesprochen, um Hinrich Lipperade für tot erklären zu lassen. Glücklicherweise war sie rechtzeitig zurückgekehrt, um mit dem Schreiben Lipperades Schlimmeres zu verhindern. Northoff war fuchsteufelswild geworden und hatte behauptet, ihre Geschichte sei erstunken und erlogen, um den Tod von Hendriks Großvater zu verschleiern. Da Klüver nicht hier war, um ihrem Wort mehr Gewicht zu verleihen, hatte der zuständige Ratssekretär die Entscheidung an die nächsthöhere Ebene weitergeleitet – die Bürgermeister. Nun lag es an Castorp und Johann Westfal, darüber zu urteilen. Ersterer glaubte ihr und wollte die Entscheidung hinauszögern, immer in der Hoffnung, dass Hinrich Lipperade selbst auftauchte und den Gerüchten um seinen Tod entgegentreten konnte. Da Castorp wieder in der Stadt war, hatte sich das Gleichgewicht auf der Bürgermeisterbank zu Elises Gunsten verändert, denn Castorp verband mit Hinrich Lipperade ein freundschaftliches Verhältnis. Elise hatte ihm alle Ereignisse aus Lübeck und London treu berichtet – auch, dass sie aus Brügge die Einladungen verschickt hatte.

Westfal hingegen stand offenbar auf Northoffs Seite und wollte den Fall beschleunigen. Seit seiner Entlassung ließ Northoff sie und Hendrik in Ruhe, und das war ihr nur recht, denn ihr wurde übel vor Wut, wann immer sie ihn erblickte.

Elise blickte zu dem älteren Mann an ihrer Seite und musterte ihn. Eine reich verzierte Schaube aus purpurrot gefärbtem Samt mit Pelzbesatz über einer schwarz-goldenen Brokathose sprach ebenso von seinem Rang wie die mit Federn verzierte und juwelengeschmückte Mütze. Um den Hals hing ihm die vielgliedrige schwere Kette, die ihn als Bürgermeister auszeichnete. Das breite Gesicht war von einem wohlgestutzten Bart gerahmt, das Gesicht wirkte kompakt und entschlossen. Hinrich Castorp beliebte nicht zu scherzen, sondern war ein Mann der Tat. Man merkte ihm an, dass er bei den mächtigsten Männern der Welt ein- und aus ging; das verlieh ihm eine Selbstverständlichkeit im Umgang mit Menschen, die nur wenige besaßen.

»Wollen wir?«, fragte er Elise nun. »Bitte bedenkt, dass Ihr nur ein Gast seid. Das wird schon Aufsehen genug erregen.«

»Natürlich«, versprach Elise. Sie war froh, dem Hanserat beiwohnen zu dürfen. »Wie wird die Versammlung ablaufen? Werden die Vertreter der Städte dafür sorgen, dass mein Vater freikommt? Meint Ihr, dass es Krieg mit England geben wird?«

»Ersteres wollen wir hoffen, auch wenn wir das nicht über Nacht durchsetzen können. Letzteres ebenfalls. Euren Worten nach will Edward IV. so viel Druck aufbauen, dass die Hanse an dieser Entscheidung zerbricht. Unsere Aufgabe ist es, dafür zu sorgen, dass sie einig zusammensteht und ihm die Stirn bieten kann.« Castorp musterte Elise mit einem hintergründigen Blitzen in den Augen. »Das ist wohl der erste Hansetag, der von einer Frau einberufen wurde. Hoffen wir, dass nie jemand davon erfährt und alle denken, dass ich es war.«

»Ich werde es niemandem verraten, Herr Castorp«, erwiderte sie schmunzelnd. Dann sah sie sich suchend um. »Habt Ihr Anton Klüver schon gesehen? Ich hatte gehofft, er würde es rechtzeitig aus Köln schaffen, aber bislang habe ich ihn nicht zu Gesicht bekommen.«

»Ich auch nicht, Herrin. Wir müssen uns wohl mit dem Gedanken anfreunden, dass er noch nicht da ist. Überhaupt«, er runzelte die Stirn, »vermisse ich einige andere Herrschaften ... Aber wir werden sehen. Bitte folgt mir.«

Elise war dankbar. Jetzt ging alles seinen Gang. Wenn die Hanseaten aus aller Welt erst einmal davon erfuhren, was in London geschehen war, würden sie sicher nichts unversucht lassen, um die Gefangenen zu befreien. Immerhin war Hinrich Lipperade einer der angesehensten Männer der Hanse. Sie strich sich aufgeregt das kostbare Kleid aus blauer Seide glatt, auf das Blütenmuster aus Silberfäden und Edelsteinen gestickt waren. Es handelte sich um das prachtvollste Gewand in ihrer Kleidertruhe.

Dann fasste sie sich ein Herz, straffte sich und schritt an Castorps Seite durch die Vorhalle und die geöffneten Flügeltüren hinein in den Hansesaal. Es schien nur richtig, dass die Ereignisse, die vor Monaten hier begonnen hatten, auch hier enden sollten.

Im Gegensatz zu der damaligen Gruppe von etwa zwei Dutzend Ratsherren und Kaufleuten barst der große Saal heute aus allen Nähten. Die schweren Holztische waren rundum besetzt mit Männern, viele davon aus Lübeck, andere mit Abgesandten aus aller Herren Länder. Angeregte Gespräche erfüllten die Mauern mit einem Lärm, der nur wenig abklang, als Hinrich Castorp sich mit Elise an der Seite durch die Menge zum anderen Ende des Saales drängte. Dort befand sich am Kopf der hufeisenförmigen Tafel der Bereich für die vier Lübecker Bürgermeister. Johann Westfal und Bertold Wittik hatten bereits Platz genommen, in ihrer Mitte aber den Ehrenplatz für Castorp freigehalten. Der vierte Stuhl blieb leer.

Oberbürgermeister Castorp griff nun zu einer kleinen Handglocke auf dem Tisch und rief die Versammlung mit schrillem Geläut zur Ruhe. Elise blieb abseits hinter dem Tisch der Bürgermeister stehen. Sie war nur als Beobachterin hier, auch wenn ihr so mancher Anwesende neugierige oder verwunderte Blicke zuwarf. Sie war froh darüber, dass sie nichts sagen musste.

Elise ließ den Blick über die Menge gleiten. Die meisten der Herren kannte sie nicht, doch man hatte kleine Wimpel mit den Städtewappen aufgehängt, anhand derer sich die Herkunft erkennen ließ. An einem Tisch saßen einige Vertreter westfälischer Städte – Wilhelm hatte ihr einmal berichtet, dass Dortmund, Soest, Münster und Osnabrück sowie einige kleinere Städte zum Hansebund gehörten. Den Mann aus Dortmund erkannte sie flüchtig von Besuchen bei Hinrich Lipperade, bevor dieser nach London gegangen war. Reihum saßen die Vertreter Lüneburgs, Hamburgs, Bremens, Wismars, Rostocks und Stralsunds an den Tischen, die aus Braunschweig und Magdeburg kannte sie ebenfalls.

Trotz der Fülle bemerkte sie, dass viele Städte fehlten. Sie hatte von ihrem Vater gelernt, dass die Hanse beinahe zweihundert Mitglieder umfasste, und Anton Klüvers Liste hatte ungefähr so viele Einträge gehabt. Ihr schien, dass nicht einmal die Hälfte der Vertreter gekommen war. Ein mulmiges Gefühl breitete sich in ihrem Magen aus, doch sie ermahnte sich zur Geduld.

Als die Glocke ein zweites Mal erklang, wandte sie ihre Aufmerksamkeit dem Tisch des Vorstands zu. Es begann ein langwieriger Prozess, in dem jeder Vertreter seinen Namen und seine Herkunftsstadt benannte. Ein Sekretär notierte alles haarklein in einem dafür angefertigten Buch. Nachdem die Formalitäten geklärt waren, erhob sich Hinrich Castorp.

»Diese Versammlung ist vermutlich eine der wichtigsten der letzten Jahre, wenn nicht gar der letzten Jahrzehnte. In der Einladung ist Euch mitgeteilt worden, weshalb dieser außerordentliche Hansetag so kurzfristig einberufen worden ist. Es hat einen Affront gegen die Hanse gegeben, der seinesgleichen sucht.« Er breitete den Anwesenden die ganze Geschichte von der Besetzung des Stalhofs und der Verhaftung seiner Mitglieder sowie der Beschlagnahmung sämtlicher Hansegüter durch den englischen König aus. »Wir sind also nicht nur angehalten, eine Strategie zu entwerfen, wie wir die Befreiung unserer Vertreter in London erzielen. Wir müssen auch Maßnahmen entwickeln, wie wir dem englischen König und seinem Reich in Zukunft begegnen wollen. Unsere Möglichkeiten reichen von harmlosen Bittschriften über ein Handelsboykott bis hin zu Krieg.« Er blickte schweigend in die Runde. Seine Worte verfehlten ihre Wirkung auf die Anwesenden nicht, die Männer wirkten beunruhigt, als er fortfuhr. »Die politischen Auswirkungen sind nicht zu unterschätzen. Wir befinden uns an einem Punkt, an dem wir nicht zurückweichen dürfen. Edward muss verstehen, was es bedeutet, der Hanse die Stirn zu bieten! Dies ist nicht nur ein Missverständnis oder eine Meinungsverschiedenheit. Edward will uns zerstören, daran darf es keinen Zweifel geben!« Er nahm einen Schluck aus einem Weinkelch, der vor ihm auf dem Tisch stand. »Wenn wir also einen Beschluss fassen, dann müssen wir uns im Klaren sein …«

»Apropos. Sind wir denn überhaupt beschlussfähig?«, fragte jemand dazwischen. »Ich sehe, dass viele Städtevertreter fehlen.«

Elise suchte den Sprecher. Er war ihr allzu vertraut: Heinrich von Hachede, der dicke Ratsherr mit dem gestutzten Bart und der Halbglatze. Neben ihm stand Johann Northoff. Die Kontakte des ehrgeizigen Mannes reichten offenbar bis in die obersten Reihen des Rates von Lübeck.

Unruhe erfasste den Raum, bis Castorp mit der Glocke zur Ruhe rief. »Was meint Ihr damit, von Hachede?«

»Nun, soweit ich weiß, steht in den Statuten, dass Städte,

die nicht anwesend sind, einen Syndikus beauftragen, ihre Stimme zu vertreten. Wenn ich mich hier umsehe, dann fehlen beinahe die Hälfte der Städtevertreter.«

Elise suchte in Castorps Zügen nach einer Reaktion und fand sie. Eine kaum verhohlene Besorgnis lag in seinen Augen. Er ließ noch einmal durchzählen und verglich die Anwesenheitsliste mit den Sollzahlen. »Wie es scheint, habt Ihr nicht ganz unrecht, von Hachede. Wo sind die Vertreter aus den Städten ...«, Bertold Wittik schob ihm ein Buch vor, aus dem er eine lange Reihe von Namen vorlas, »sowie Wesel, Nimwegen und Köln? Hat einer der Anwesenden Nachricht über ihren Verbleib? Sind Syndizi benannt worden?«

Die Männer im Raum raunten sich zwar Dinge zu, doch mit einer Antwort rückte niemand heraus. Jetzt wandte sich Castorp an Wittik. »Wie viele Stimmen fehlen?«

Der Angesprochene nahm sich das Buch wieder und zählte einmal durch. »Etwas mehr als dreißig Städte fehlen.«

»Damit ist der Hansetag nicht beschlussfähig, nicht wahr?«, fragte von Hachede. Das satte Grinsen auf seinem Gesicht zeugte davon, dass er diese Rechnung bereits selbst angestellt hatte.

Elise fragte sich verzagt, was seine Beweggründe sein mochten. Neidete er Hinrich Lipperade die Stellung in der Hanse? Wollte er Castorp schädigen? Oder wurde er schlicht bezahlt? Northoff durfte seine Stimme in diesem Rat genauso wenig erheben wie sie, denn er war kein Ratsmitglied. Hatte er sich den Unkenrufer mit Kölner Geld gekauft? Sie traute ihrem ehemaligen Sekretär inzwischen alles zu, auch, dass er hier auf dem Hansetag noch Englands Werk tat. Vermutlich frohlockte er darüber, gleichzeitig im Namen der Feinde Lübecks Sand in die Mühlen des Hanserats streuen und Elise ganz persönlich in die Suppe spucken zu können.

Als Fragen und Rufe den Saal zu füllen begannen, klingelte Castorp erneut. »Heinrich von Hachede hat leider recht, dieser Hansetag ist nicht beschlussfähig. Die Stimmen von über dreißig Städten fehlen.« Er warf Elise einen bedauernden Blick zu. »Also vertage ich diesen Rat auf …«, die weitere Rede ging in dem Tumult aus Protest und Beschwerden unter.

Auch Elise hörte nicht weiter zu. Sie setzte sich mit wackeligen Beinen auf eine Kiste hinter ihr. Mit halbem Ohr hörte sie, dass manche darüber schimpften, dass sie immerhin gekommen waren und ihnen das Recht gestohlen bleiben könne, andere verkündeten, wer auch immer nicht gekommen sei, habe eben seine Stimme verschenkt, und so ging es weiter.

Elise beschlich Angst. Der Plan, den sie nach ihrer Abreise aus London gefasst hatte, war zunichtegemacht worden. Ihr Schwiegervater würde auf absehbare Zeit nicht aus dem Newgate-Gefängnis befreit werden, und König Edward behielt recht: Die Hanse zersplitterte unter seinem Daumen wie eine Muschel. Wie lange würde Lipperade noch die Unbill des Kerkers ertragen? Er war alt und gebrechlich, und um seine Gesundheit war es nicht gut bestellt.

Endlich hatte sich der Saal fast vollständig geleert. Hinrich Castorp versuchte, sie zu trösten. »Frau Elise, es tut mir leid. Ich hatte gehofft, dass die geringe Zahl der Abgesandten niemandem auffällt. Jemand muss die Städte aufgewiegelt haben, nicht zu kommen. Aber ich dachte nicht, dass sich jemand so gut mit den Hansestatuten auskennt. Ich vermute, die Kölner stecken dahinter.«

»Wie geht es jetzt weiter?«, fragte sie.

»Wir versuchen es noch einmal. Wir berufen einen neuen Hansetag ein und verhängen ein Strafgeld für Nichtanwesenheit. Eines, das sich gewaschen hat. Man muss die Leute am Säckel packen, dann kommen sie schon.«

Doch Elise glaubte nicht, dass ein weiterer Hansetag anders verlaufen würde als dieser. »Edward hatte recht. Die Hanse kann ihm nicht standhalten. Die Leute sind sich selbst am nächsten.«

»Sagt so etwas nicht«, erwiderte Castorp. »Das ist nur ein kurzzeitiger Rückschlag. Beim nächsten Mal kommen sie sicher alle.«

»Und dann lassen sich Northoff und von Wesel etwas Neues einfallen, um gegen uns zu arbeiten?«, fragte Elise traurig. »Nein, ich fürchte, die Hanse, an die mein Vater glaubt, die gibt es längst nicht mehr.« Damit stand sie auf und bat Castorp, sie nach Hause zu bringen. Sie versuchte, ihre Sorgentränen vor ihm zu verbergen, doch es wollte ihr nicht gelingen.

Kapitel 23

Lübeck, am dritten Dezember 1468

»Die Ruhr holen werdet Ihr Euch an dem Zeug«, schimpfte Gertraut, die ein paar Schritte hinter Elise schnaufend die Treppen vom Hafen zur Stadt hinaufstieg. Im Arm trug sie einen vollen Weinkrug.

Die junge Witwe hatte in den späten Nachmittagsstunden die Arbeit im Kontor beendet und befand sich nun auf dem Heimweg. Sie hatte Listen aufgesetzt, Waren gezählt, Papiere ausgestellt und war ganz erschlagen. Bis vor drei Monaten hatte Johann Northoff all diese Dinge erledigt. Natürlich hatte sie längst nach einem neuen Sekretär gesucht, doch niemand wollte in ihren Dienst treten, ohne den Handschlag von Hinrich Lipperade oder wenigstens Anton Klüver zu erhalten.

Ersterer befand sich noch immer in englischer Gefangenschaft. Der englische König hatte die Hanseaten allerdings in eine gefälligere Unterkunft verlegen lassen als das Gefängnis von Ludgate. Mit großer Freude hatte sie einen Brief von Herman Wanmate aus London gelesen. Er war als einer der letzten Vertreter des Stalhofs nach Flandern gereist, um dort an den Fürstenhöfen für Unterstützung zu werben. Er wollte den Herzog von Cleve und Geldern sowie den Herzog von Burgund dazu bewegen, sich beim englischen König für die Freilassung der Gefangenen zu verwenden. Doch soweit Elise wusste, hatten all diese Bemühungen bis heute nicht gefruchtet. Im Gegenteil, die Spannungen wuchsen weiter.

Der Brief selbst allerdings erfreute Elise weitaus mehr als in einer Hinsicht. Nicht nur, dass Wanmates Familie jetzt wieder abgesichert war und gesellschaftliches Ansehen genoss. Sie selbst war es gewesen, die König Edward davon überzeugt hatte, wie ein König zu handeln, und das machte sie froh.

Sie hatte Herman Wanmate nun fast drei Monate nicht mehr gesehen, doch ihre Gefühle für ihn hatten nicht nachgelassen. Im Gegenteil – je mehr sie aus der Ferne über ihn erfuhr, desto tiefer wurde ihre Zuneigung. Die Trennung von ihm, die anfangs bloß ein zärtliches Sehnen gewesen war, hatte sich über die Wochen zu einem Dauerschmerz vertieft, der sie begleitete, wo auch immer sie hinging. Sie hoffte, dass ihn seine Wege baldmöglichst nach Lübeck führen würden.

Anton Klüver hatte ihr aus Köln geschrieben, dass sich seine Ankunft weiter verzögern würde. Bis heute war er noch nicht eingetroffen. Doch das war auch nicht nötig, denn ein neuer Hansetag stand nicht an. Elise hatte bei Bürgermeister Castorp, der sie stets auf dem neuesten Stand hielt, nicht darauf gedrängt, denn sie bezweifelte, dass man etwas bewirken würde.

Gerade erst waren Schiffe preußischer Hanseaten in London, Hull, Lynn und Newcastle festgesetzt worden. Seit Wochen rieten sämtliche Hansestädte ihren Kaufleuten, England nicht mehr anzufahren, doch die jüngsten Vorfälle zeigten, dass es immer noch unvorsichtige Männer gab, die ihr Glück in diesen unsicheren Zeiten versuchten, um einen unvergleichlichen Profit zu erzielen. Denn der Unfriede zwischen England und der Hanse sorgte auf dem ganzen Markt für deftige Preise. Besonders rar und daher begehrt waren englische Tuche und Wein aus Köln, denn der Sommer war verregnet gewesen und die Ernte dementsprechend klein.

Die Fässer, die sich auf der »St. Severin« befunden hatten, waren im Warenhaus der Lipperades zwischengelagert. Dort standen sie nun, bis Elise einfiele, was sie mit ihnen tun sollte. Niemand kaufte Wein aus dem Vorjahr, denn er galt als verdorben. Weil Elise sich den teuren auf dem Markt nicht mehr leisten mochte, hatte sie beschlossen, eines der Fässer im Lagerhaus anzustechen und nach Hause zu bringen, um den Inhalt zumindest zu probieren. Wegschütten konnte sie ihn immer noch.

Als die beiden Frauen beim Tor zur Braunstraße anlangten, schlug Elise einen schnelleren Schritt an. Hier standen üblicherweise die Huren, die versuchten, sich an die Seeknechte und Schauerleute zu verkaufen. Auch heute lungerten dort trotz des kalten Wetters fünf junge Weiber herum, deren dreckige und zerschlissene Gewänder ihre Leiber nur unzulänglich bedeckten. Vier der Frauen beschimpften Elise und Gertraut, als sie an ihnen vorbeigingen. Die fünfte blieb still und hielt sich im Hintergrund. Vielleicht war das der Grund, warum die junge Witwe ihr einen zweiten Blick schenkte. Es handelte sich um Ursula, ihre ehemalige Zofe. Als sie sich der Umstände bewusst wurde, in denen sich das junge Mädchen befand, blieb sie stehen und sprach sie an.

»Ihr solltet Euch nicht mit uns sehen lassen«, erwiderte Ursula ausweichend. »Das ist nicht gut für Euren Ruf.«

»Was ist dir nur geschehen?«, fragte Elise, ohne ihren Worten Beachtung zu schenken. »Will Northoff dich nicht mehr sehen? Hat er sein Versprechen nicht gehalten?«

Die blonde Hure lachte bitter auf. »Ja und nein. Sehen will er mich noch – und zahlen tut er dafür nicht. Und sein Versprechen …«, sie senkte den Kopf vor Scham. »Sagen wir einfach, dass Ihr recht hattet, Frau Elise. Er hatte nie vor, mich zu einer ehrbaren Frau zu machen.«

»Glaub mir, noch nie hat es mir so wenig Freude bereitet, im Recht zu sein«, erwiderte Elise.

Das Mädchen war noch dünner als sonst. Sie hatte tiefe Schatten unter den Augen, von denen mindestens einer ein blauer Fleck zu sein schien. Sie trug nur ein Unterkleid, das so geschnürt war, dass es die Brust prall emporhob und nur spärlich bedeckte. Schlimmer als ihr Äußeres aber war der Ausdruck in ihren Augen, der von zerschmetterten Hoffnungen und einer verlorenen Zukunft sprach.

»Ursel«, höhnte eine der anderen Huren, eine Rothaarige mit üppigen Kurven. »Hast du eine Verehrerin? Willst du uns die junge Herrin nicht vorstellen?«

»Frau, lasst uns gehen«, bat Gertraut.

»Sofort«, erwiderte Elise. »Ursel, es tut mir so leid. Ich mache dir ein Angebot. Ich will beim Magdalenenkonvent für dich um einen Platz bitten. Wenn du dort eintrittst, dann kannst du all das hinter dir lassen und ein neues Leben beginnen.«

»Ein Konvent?«, fragte Ursula zögernd. »Nehmen die mich denn überhaupt?«

»Ich kann die Frauen dort ja mit einer kleinen Spende bedenken. Das Leben in einem Gotteshaus ist nicht jedermanns Sache, zugegeben, aber dort hast du wenigstens ein Dach über dem Kopf und etwas zu essen. Und wer weiß, vielleicht findest du irgendwann einen Mann, der dich dort herausholt. Überleg es dir«, bat sie.

»Hört Euch die reiche Frau an!«, spottete die Rothaarige wieder. »Sieht auf uns herab in ihrem reichen Kleid und mit ihrer Zofe. Glaubt, wir sind nicht gut genug! Dabei ist sie es, die nicht gut genug für die Herrschaften ist!« Sie machte eine unzüchtige, ruckartige Bewegung mit der Hüfte. Die Huren lachten.

Als Gertraut an ihrem Gewand zog, folgte Elise gerne.

»Komm vorbei, und wir besprechen es, Ursel! Northoff hat dich zu dem gemacht, was du jetzt bist. Aber das musst du nicht erdulden! Du kannst dein Schicksal wieder in die eigenen Hände nehmen.« Dann hasteten sie die Straße hoch, denn die Huren sammelten hinter ihnen Dreck und Steine auf, um damit zu werfen.

»Meint Ihr, sie wird kommen?«, fragte Gertraut.

»Ich weiß es nicht«, erwiderte Elise. »Das hängt davon ab, wie viel Schaden Northoff ihrer Seele zugefügt hat. Ich fürchte, es steht ziemlich schlimm um die Arme.«

Zu Hause wartete Hinrich Castorp bereits auf sie. Der alte Mann flachste mit Hendrik, und die beiden ließen einen Kreisel auf dem Tisch drehen. »Das war gut!«, rief der Bürgermeister gerade, als Elise durch die Tür, an der Dornse vorbei und in die Stube trat. »Ah, Frau Elise, da seid Ihr ja! Es gibt Neuigkeiten!«

Sie begrüßte Hendrik mit einem Kuss auf den goldenen Schopf. »Von Hinrich Lipperade?«

»Ja. Aber ich fürchte, es sind keine guten.«

»Lebt er noch? Ist er krank?« Sie wünschte sich, dass sie Hendrik diese Dinge ersparen könnte, doch der Junge folgte dem Gespräch bereits mit großen Ohren, dass man ihn nicht gut wegschicken konnte.

»Soweit ich weiß, geht es ihm gut. Aber leider hat der englische König die Männer allesamt wieder in das Gefängnis stecken lassen.«

»Ja, warum denn?«, fragte Elise entsetzt. »Mein Schwiegervater ist alt und gebrechlich, er erträgt die Kerkermauern nicht lange.«

»Es herrscht immer noch Uneinigkeit über den Schadenersatz für den Schiffsüberfall der Danziger im Sund. Der

König lässt von seiner Forderung über die zwangigtausend Pfund Sterling nicht ab.«

»Ja, dann zahlt sie ihm doch einfach!«, rief sie. »Es kann doch für die Hanse nicht so schwierig sein, das Geld aufzubringen!«

»Natürlich seid Ihr in Sorge. Aber die Sache mit dem Schadenersatz ist nicht so einfach. Würden wir bezahlen, käme dies einem Schuldeingeständnis der Hanse gleich – für etwas, das ganz allein der dänische König zu verantworten hat. Aber wem erzähle ich das, Ihr kennt die Situation ja.«

»Und dafür muss Hinrich Lipperade leiden.« Elise winkte Gertraut und bat um einen Kelch Wein für sich und Herrn Castorp. »Hat er nicht genug für die Hanse getan?«

»Die ganze Angelegenheit hat solche politischen Dimensionen entfaltet, wie es niemand von uns geahnt hat«, beteuerte Castorp. »Inzwischen geht es um den Fortbestand der Hanse in ihrer jetzigen Form.«

Doch Elise schüttelte ärgerlich den Kopf. »Politik hat zu der Situation geführt, und schaut Euch an, wie verfahren sie ist. Ich möchte doch bloß, dass mein Sohn seinen Großvater zurückbekommt.« Sie nahm einen Schluck Wein, um ihre trockene Kehle zu befeuchten.

»Natürlich wollt Ihr das. Aber König Edward kennt kein Einlenken. Er will das Geld in der dritten Woche nach dem Dreikönigstag sehen. Er sagt, das sei seine letzte Frist.«

Elise graute der Gedanke daran, was mit ihrem Vater wohl geschähe, wenn die Hanse sich weiterhin weigerte zu zahlen. »Was passiert sonst?«

Castorp strich sich zunächst wortlos über den Bart. Auch Hendrik schaute ihn mit erwartungsvollen Augen an. »Ehrlich gesagt, kann ich Euch das nicht sagen. Edward ist ein unberechenbarer Mann.«

Elise erbleichte. »Das heißt, Ihr haltet für möglich, dass er seine Wut an den Hansevertretern auslässt?« Konkreter wollte sie nicht aussprechen, was sie befürchtete: dass Edward die Männer hinrichten lassen mochte.

»Ich will es nicht hoffen.« Castorp griff nach seinem Weinkelch und trank ebenfalls.

»Und wir können nichts tun«, fasste Elise zusammen. Das war das Ärgste an ihrer Situation: das ewige Warten. Sie erinnerte sich mit Wehmut an die Zeit in Brügge und danach, wo sie ein festes Ziel vor Augen gehabt und daran geglaubt hatte, dass ihr Plan aufginge. Wie sie sich getäuscht hatte!

»Der Wein ist ganz fantastisch«, sagte Castorp in die Stille, die sich über die Diele gelegt hatte. »Nennt Ihr mir Eure Quelle? Ich habe dieses Jahr nur verregnete Tropfen erwischt. Außerdem brauchen wir für den Ratskeller noch einen Schwung Fässer.«

Elise horchte auf. Sie hob den Kelch vor die Nase und schnupperte daran. Sie hatte beim Trinken vor Besorgnis kaum auf den Geschmack geachtet, doch Castorp hatte recht. Geruch, Farbe und auch der Geschmack waren ganz vorzüglich. Konnte es sein, dass der Wein, den sie seit Brügge nur als Ballast empfunden hatte, gar nicht verdorben war? Doch auf den Fässern stand das Winzerjahr, sie konnte diese nicht einfach als Ware aus diesem Jahr ausgeben. Sobald der Bürgermeister erführe, dass es sich um alten Wein handelte, würde er nichts mehr dafür bezahlen.

»Bedaure«, sagte sie enttäuscht, »es war das letzte Fass.«

Spät in der Nacht – Castorp hatte das Haus längst verlassen, und Hendrik war widerwillig, aber müde zu Bett gegangen – klopfte es leise an der Tür. Elise hörte es nur, weil sie bei Kerzenschein in der Dornse saß und ein Schreiben an Herman

Wanmate in London verfasste. Das Rappeln an der Vordertür riss sie aus dem Ringen mit den Worten.

Elise stutzte, legte schließlich die Feder beiseite und trat zum Eingang, ohne den Riegel aufzusperren. Sie wartete einige Herzschläge lang, ob etwas geschah, doch es blieb still. Sie wollte sich schon abwenden, da klopfte es erneut. Ganz zaghaft nur. »Wer da?«, fragte Elise leise, denn sie wagte nicht, die Tür zu öffnen, um nachzusehen.

»Ursula, Herrin!« Die Stimme war kaum zu vernehmen. »Bitte, wollt Ihr aufmachen?«

Elise zögerte. Sie traute Northoff alles zu. Mochte sein Einfluss auf das Mädchen so groß sein wie früher, dann konnte es sich um eine Falle handeln, um sich Zugang zu ihrem Haus zu verschaffen.

»Bitte!« Dieses eine Wort klang so flehentlich, dass Elise nicht länger zweifelte und der ehemaligen Zofe öffnete. Was sie sah, entsetzte sie.

Ursula wies eine geplatzte Wange und ein tiefschwarzes und beinahe zugeschwollenes Auge auf. Sie trug einen Arm in einer Schonhaltung an den Leib gepresst, auch wenn nicht genau zu unterscheiden war, ob die Gliedmaße schmerzte oder vielleicht die Rippen darunter. Sie zitterte am ganzen Leib.

Elise zog das Mädchen in die Diele und setzte sie auf die Holzbank am Tisch. Ungeachtet der Tatsache, dass dies der Ort war, an dem sie sich zuletzt im Streit getrennt hatten, heizte sie den Herd an und half der jungen Frau dann aus den Kleidern, um sie zu untersuchen. Entsetzt stellte sie fest, dass eine der Rippen gebrochen sein musste. Ursula weinte bei der Prozedur unablässig. Als Elise fragte, was es mit den Wunden auf sich hatte, schluchzte sie nur: »Er hat mich getreten!« Die junge Witwe fuhr stumm und wütend in ihrer Arbeit fort, denn sie musste nicht fragen, wer »er« war. Unzweifelhaft handelte es sich um Northoffs Werk.

Als Ursula schließlich einen angewärmten Krug Met in Händen hielt und die Kälte aus ihren Gliedmaßen gewichen war, begann sie zu sprechen. »Ich – ich möchte in den Magdalenenkonvent gehen.« Sie brach erneut in Tränen aus. »Ich will nicht länger auf der Straße sein. Und ich will diesen Schuft nie, nie wieder sehen!« Bei diesen Worten überschlug sich ihre Stimme, und sie konnte vor Weinen nicht mehr sprechen.

Elise nahm die ehemalige Zofe in die Arme und strich ihr über das Haar. Sie versprach ihr nicht, dass alles gut werden würde, denn das konnte sie nicht. Niemand konnte den Makel, der Ursula angetan worden war, wieder aufheben. Aber sie versprach, dass sie helfen wollte, damit alles besser würde als jetzt, und dass sie zunächst im Keller unter der Kemenate wohnen konnte. Der lag zwar direkt an der Kloake und stank, doch er besaß vom Hinterhof aus einen eigenen Eingang und wäre eine halbwegs warme Unterkunft für die nächsten Nächte. Das allein genügte, dass Ursula ihr vor Dankbarkeit die Hand küsste.

»Urselken, sag mal … warum hat Northoff dich eigentlich so zugerichtet?«, wagte Elise schließlich zu fragen. »Du siehst aus, als hätte er dich richtig zusammengeschlagen.«

Die Hure senkte den Kopf, sodass ihr ungepflegtes blondes Haar beinahe das ganze Gesicht verdeckte. »Weil ich gesagt habe, dass er das mit Euch nicht machen kann.«

»Dass er was nicht machen kann? Ursel, sprich!«

»Er sagte, er wollte Euch für unfähig erklären lassen, die Geschäfte zu führen. Wegen irgendetwas mit einem alten Schiff, das nichts wert sei, und einer verdorbenen Ladung. Er könne beweisen, dass Ihr eine so dumme Entscheidung getroffen hättet, dass man Euch nicht länger die Geschäfte führen lassen dürfe, sonst wäre das Kontor Eures Schwiegervaters bald kaputt. Und ich – ich hab gesagt, das kann er nicht machen.«

»Das – das hättest du nicht tun sollen«, erwiderte Elise. »Aber ich danke dir dafür, dass du versucht hast, mich in Schutz zu nehmen.«

Trotz ihres aufmunternden Tonfalls hatten die Worte des Mädchens eine schlimme Angst in Elise ausgelöst. Die Ladung Wein im Lagerhaus würde ihr zum Verhängnis werden, wenn ihr nicht rasch etwas einfiel. Wenn Northoff diesen Antrag an den Rat stellte, würden sicher ihre Bücher geprüft, und dann müsste sie für den Kauf der »St. Severin« geradestehen. Ob sie Castorp doch einige Fässer verkaufen sollte? Was, wenn er krank wurde und starb und man es auf ihren Wein zurückführte? Dann hätte sie alles noch viel, viel schlimmer gemacht. Doch blieb ihr eine Wahl?

Sie verabredeten die nötigen Dinge für den Gang zum Konvent, dann führte Elise das Mädchen in den Keller. Die Decke war niedrig, die Ecken waren mit altem Stroh ausgelegt, und eine schlichte Feuerstelle in der Mitte diente als Heizung. »Ich bringe dir gleich noch einige Decken«, versprach Elise. »Und Gertraut wird dir warme Suppen und Met bringen, damit du schnell gesund wirst.« Sie wandte sich um und wollte die paar Stufen zum Innenhof emporsteigen, doch Ursula begann erneut, heftig zu schluchzen. »Warum helft Ihr mir? Ich hab so hässliche Dinge zu Euch gesagt!«

Elise kehrte um und strich ihr über den Kopf. Die vertraute Umgebung, die Zuwendung, die sie erhielt, Wärme, ein wenig Sicherheit – das alles führte bei Ursel zu einer großen Erleichterung. »Ich glaube fest daran, dass du kein Verbrechen begangen hast. Es erscheint mir ungerecht, dass du für Northoffs Schuld die Buße trägst.«

»Aber so ist es doch schon seit ewigen Zeiten. Und sonst schert es auch keinen.« Elise wusste nicht, was sie darauf antworten sollte. Für sie war es selbstverständlich, dem Mädchen zu helfen. Sie konnte nicht dulden, dass es für Northoff den Kopf hinhielt. »Zeiten ändern sich«, sagte sie. »Und die Menschen müssen sich mit ihnen ändern. Daran glaube ich. Männer wie Northoff werden nicht immer Recht bekommen.«

Erstaunt erkannte sie, dass sie wirklich den festen Glauben hegte, dass man auf lange Sicht das Wesen der Menschen verändern konnte. Auch ihr Schwiegervater glaubte, dass die Hanse gegen die Macht der Herrschenden bestehen konnte – vielleicht nicht auf dieselbe Art wie zuvor, vielleicht musste sie sich anpassen. Doch überleben würde sie. Das war auch der Grund, warum Castorp nicht dulden wollte, dass Lübeck und die Hanse die Schuld für König Christians Taten übernahmen – und dass er darauf bestand, die Ablösesumme für die gefangenen Hanseaten nicht zu zahlen.

Elise biss sich auf die Unterlippe. Warum waren ihr all diese Dinge nicht vor dem Hansetag eingefallen? Genau dieser Glaube an die Zukunft war es, der den Leuten fehlte. Sie sahen ins Angesicht des Löwen von England und verzagten. Sie musste mit Castorp sprechen.

Ursulas Worte waren vor Schluchzen kaum zu verstehen. »Ich habe gedacht, der Northoff bringt mich um – wär ja nicht die Erste gewesen …«

Elise horchte auf. Die Worte der Hure ließen ihr Herz aufgeregt schlagen. »Wie kommst du darauf, Ursel?«

Das Mädchen schüttelte sich vor Angst. »Ich habe den Dolch gesehen, Herrin«, flüsterte sie. »Mit Buchstaben am Knauf. In einer Kiste. Ich hab Euch belauscht, bevor Ihr nach London gegangen seid. Da ging es doch um diesen Dolch, dass ihn jemand genommen hat – jemand, der diese Magd ermordet hat! Ich hatte solche Angst!«

Elise setzte sich neben die dürre Frau und nahm sie erneut in den Arm. »Er wird dir nichts mehr tun, Ursel. Erzähl mir, wo du den Dolch gesehen hast, und ich verspreche dir, dass Northoff dir nie wieder schaden wird!«

Als Elise schließlich den Kellerraum verließ, da wusste sie, dass sie wieder kämpfen würde. Zum einen musste Hinrich Castorp einen neuen Hansetag einberufen, um die Städte gegen Edward IV. zu vereinen – egal, wie lange es dauerte. Und zum anderen hatte Ursel ihr gerade das Werkzeug in die Hände gegeben, sich ein für alle Mal an Johann Northoff zu rächen. Da dieser Mann immer noch versuchte, ihrer Familie alles zu nehmen, was sie besaß, beschloss Elise, dass sie es nutzen würde. Für Hendrik, für Hinrich Lipperade, vor allem aber für Ursel und die arme tote Inger.

Kapitel 24

Lübeck, im April 1469

Die Luft war stickig im Hansesaal des Lübecker Rathauses. Die Vertreter der Hansestädte drängten sich um den Tisch und standen im hinteren Bereich so eng gepackt, dass die Mägde mit den Krügen kaum durch die Reihen kamen, um den Wein in den Kelchen nachzufüllen. Die Stimmung war angespannt, denn der Tonfall der Einladung hatte deutlich gemacht, was der Hanserat von den letzten Ausflüchten gehalten hatte. Ein Strafgeld von fünfundzwanzig Gulden war verhängt worden, falls eine Stadt keinen Vertreter schickte. Die Möglichkeit, einen Syndikus aus einer anderen Stadt mit der Stimmabgabe zu betrauen, war für diese Versammlung ausgesetzt worden. Und Hinrich Castorp hatte es gewagt, einen Passus in die Einladung zu schreiben, der den Hansetag unabhängig von den erscheinenden Mitgliedern für beschlussfähig erklärte. Das alles hatte dazu geführt, dass man Entscheidungen nicht blockieren konnte, indem man der Versammlung fernblieb, und die Städte hatten sich gezwungen gesehen zu erscheinen, und sei es nur, um gegen diese brüsken Maßnahmen zu protestieren.

»Was Lübeck sich herausnimmt, ist unerhört!«, schimpfte gerade ein Mann im bodenlangen, pelzbesetzten Kaufmannsgewand. Er war als Vertreter der Stadt Dortmund angekündigt worden. »Darüber hinaus verstoßen diese Änderungen gegen alle Absprachen, die die Hanse bislang getroffen hat. Unerhört!«

Elise hörte ihm nicht weiter zu. Sie hielt sich mit Anton Klüver im Hintergrund und beobachtete das Geschehen. Unablässig suchte sie die Menge nach einer vertrauten Gestalt ab. Castorp hatte ihr Herman Wanmate angekündigt – er sollte vor dem Hansetag über die Geschehnisse in London sprechen. Sie hatte ihn seit London nicht gesehen und sah der Begegnung mit frohlockendem Herzen entgegen.

»Er kommt bestimmt noch«, munterte Klüver sie auf. Der alte Freund war vor ein paar Tagen endlich nach Lübeck zurückgekehrt, doch noch hatte sich keine Gelegenheit zu einem intensiven Gespräch ergeben. Nur so viel war klar: Köln hatte nicht ihn, sondern Gerhard von Wesel zum Vertreter bestimmt. Das verhieß nichts Gutes.

»Er muss kommen«, erwiderte Elise mit Nachdruck. »Nur Wanmate weiß, wie es den Gefangenen in den letzten Monaten ergangen ist. Ich sehne mich so nach Neuigkeiten vom Schwiegervater. Ich hoffe, es geht ihm gut.«

Klüver drückte ihr aufmunternd die Hand, sagte jedoch nichts.

Nach einem nicht enden wollenden Hin und Her kam schließlich Bewegung in die Versammlung: Hinrich Castorp, der dem Dortmunder eine gesittete, aber deutliche Antwort auf seine Vorwürfe gegeben hatte, bat die Menge um Ruhe und verkündete: »Herman Wanmate ist gerade eingetroffen, um uns von den Ereignissen um den Stalhof in den letzten Monaten zu berichten. Bitte, mein Lieber, kommt herein, und erzählt, was es Neues gibt.«

Elise fühlte ihr Herz in der Brust vor Freude schneller schlagen, als Herman eintrat und den Hut zog. Sein erster Blick galt ihr, dann fasste er mit kräftiger, ernster Stimme zusammen, wie sich der Konflikt mit Edward entwickelt hatte. Er ließ nichts aus, nicht die nächtliche Verhaftung der Hanseaten im Stalhof, die Audienz beim König, bei der dieser noch einmal die immense Summe von zwanzigtausend Pfund Sterling gefordert hatte, die Tatsache, dass er von dieser Forderung immer noch nicht Abstand nahm. Im Gegenteil, der König hatte die zwischenzeitlich erleichterten Haftbedingungen wieder verschärft, um das Geld zu erpressen. »Die Kaufleute der verschiedenen Städte sitzen nun seit beinahe einem Dreivierteljahr in Haft«, schloss er. »Um die Gesundheit einiger ist es nicht gut bestellt. Sie baten mich wieder und wieder, bei den Fürsten der flandrischen Herzogtümer und dem König von Dänemark um Einflussnahme gegen Edwards harte Politik zu bitten. Doch jetzt sind wir an einem Punkt angelangt, an dem wir eine Entscheidung treffen müssen. Entweder bieten wir Edward die Stirn, oder wir unterwerfen uns ihm. Einen Weg dazwischen gibt es nicht mehr.«

»Sagt wer?«, fragte Gerhard von Wesel. »Ich denke, dass sich Edward durchaus besänftigen lässt. Alles, was er fordert, ist, dass man den erlittenen Schaden wiedergutmacht. Das ist das Recht eines jeden Souveräns.«

»Aber König Christian von Dänemark hat Edward längst geschrieben, dass der Überfall im Sund allein in seiner Verantwortung lag und mit Danzig nichts zu tun hatte«, warf Castorp ein. »Warum also fordert Edward immer noch das Geld der Hanse?«

Elise sprach sich Mut zu. Hatte sie nicht einen König mit ihren ehrlichen Worten zur Einsicht gebracht? Sicherlich musste sie sich nicht davor fürchten, vor einer so großen Versammlung die Stimme zu erheben. Trotzdem stand ihr der Schweiß auf der Stirn, als sie sprach. »Weil er die Hanse zerbrechen will!« Ihre helle Stimme war trotz der Unruhe im Saal gut zu hören. Als sich aller Herren Augen auf sie richteten, verzagte sie beinahe. Doch jetzt konnte sie nicht schweigen, sie musste sprechen. »Edward will die Hanse bestrafen. Dafür, dass sie sich das Recht herausnimmt, einem König die Stirn zu bieten. Er will den Bund zerbrechen, um seine eigene Macht zu stärken und die Souveränität der Herrscher wiederherzustellen.«

»Wieso spricht dieses Gör schon wieder in einer Versammlung, in der sie nichts zu suchen hat?«, ereiferte sich Gerhard von Wesel. »Du hast es gewagt, vor dem König das Maul aufzureißen, Weib, du solltest endlich lernen, wann du zu schweigen hast!«

Der Dortmunder hingegen fragte stirnrunzelnd: »Sie war also wahrhaftig beim König?« Ein anderer Mann fragte: »Wer ist sie überhaupt?«

Mit neuem Mut erwiderte sie: »Ich bin Elise Lipperade, Schwiegertochter von Hinrich Lipperade, der in England den Stalhof führt. Oder geführt hat, bis Edward ihn sich mit Gewalt zurücknahm und die Männer dort verhaften ließ.« Der Name hatte offenbar Gewicht bei den Hanseaten.

»Ihr lasst hier eine Frau sprechen, gegen die ein Antrag vor dem Lübecker Rat vorliegt. Man will ihr die Geschäfte des Vaters aus der Hand nehmen, weil sie sein Geld in ertraglosen Investitionen verschleudert.« Elise musste nicht schauen, um zu wissen, dass es Johann Northoff war, der das Wort erhob. »Zum Beispiel hat sie sich übers Ohr hauen lassen, als sie ein marodes Schiff mit einer Ladung verdorbenen Weines erstand, den man nur in die Gosse kippen kann.« Er grinste Elise unfreundlich an. Die Männer raunten untereinander und schüttelten die Köpfe – für sie gab es nichts Schlimmeres als Erben, noch dazu Frauen, die das angehäufte Vermögen ihrer Väter verschleuderten.

»Das Schiff benötigte ich für eine dringende Reise nach London, um Kunde von meinem Vater zu erhalten«, entgegnete Elise. »Und den Wein findet Ihr in den Kelchen, aus denen Ihr trinkt. Northoff hat recht, er ist aus dem Vorjahr. Aber habt Ihr je einen so leckeren Tropfen getrunken? Ich habe Erkundigungen beim Kloster Eberbach im Rheingau eingeholt. Die behaupten, dass der Wein mit längerer Lagerungszeit zu einem besonders edlen Tropfen heranreift.« Elise konnte sich ein Lächeln nicht verkneifen, als die Hanseaten ihre Kelche nahmen und misstrauisch schnupperten. Doch dann verwandelte sich das Raunen in ein zustimmendes Gemurmel. »Ich habe die ganze Ladung an das Rathaus verkauft. Der Preis hat den des Schiffes mit Reparatur bei Weitem übertroffen. Ich hatte sogar noch etwas übrig, um einer armen Frau, die in die Ehrlosigkeit abgerutscht ist, einen Platz im Magdalenenkonvent zu sichern.« Sie sah, dass diese Spitze, die allein für Northoff bestimmt war, ihr Ziel fand. Doch sie war noch nicht fertig mit ihm. Ihre Stimme zitterte vor Wut und vor Aufregung, als sie weitersprach. »Außerdem lässt diese Versammlung hier ja auch Mörder sprechen, wie man sieht.«

Bei diesen Worten wurde es ganz still im Raum. »Was wollt Ihr damit sagen, Frau?«, fragte Gerhard von Wesel leise. »Seit Ihr den Mund aufgemacht habt, gebt Ihr Anschuldigungen von Euch. Bislang ist keine davon bewiesen. Auch nicht jene bodenlose Frechheit, Köln treibe die Hanse in einen Krieg mit Edward. Und jetzt bezichtigt Ihr jemanden des Mordes?«

»Das solltet Ihr besser belegen können«, murmelte Klüver neben Elise besorgt, und die Kaufleute im Saal begannen, wild durcheinanderzureden. Sie blickte zu Hinrich Castorp. »Herr Bürgermeister, sind die Männer schon zurück?«

Hinrich Castorp räusperte sich, um die Aufmerksamkeit der Anwesenden zu gewinnen. Da das nur unzureichend funktionierte, läutete er die Glocke. Als schließlich Ruhe eingekehrt war, winkte er den Sekretär Plissen heran. Elise stellte erfreut fest, dass der ein kleines, in Stoff eingeschlagenes Bündel in der Hand hielt. »Meister Plissen, Ihr dient dem Rathaus seit Jahren und habt heute einen Gang in das Haus Schönesicht in der Engelsgrube getan, nicht wahr?«

»Das habe ich, Bürgermeister Castorp. Für jene, die nicht aus Lübeck stammen – es handelt sich um das Haus des Herrn Johann Northoff, ehemals Secretarius und Kontorleiter im Hause Lipperade.« Die Anwesenden blickten sich um; viele kannten Northoff gar nicht, doch jene, die wussten, wer er war, runzelten die Stirn. Heinrich von Hachede schien unwillkürlich von ihm abzurücken.

»Was habt Ihr im Hause Johann Northoffs gefunden, Meister Plissen?«

»Ich fand diesen Dolch.« Er schlug den Stoff des Bündels zurück und reichte den Dolch an Castorp weiter, gemeinsam mit einem zusammengefalteten Schreiben. »Bei der Waffe handelt es sich um eines der Beweisstücke des Blutbads, die mit der Magd Inger aus Island kamen. Inger war als Zeugin nach Lübeck geladen worden, um über dieses Ereignis zu berichten. Sie wurde hier in Lübeck ermordet.« Ein Raunen ging durch die Menge. »Seit diesem Mord gilt der besagte Dolch als vermisst. Genau dieser Dolch beweist, dass ein Engländer seinen Landsmann Steven Wanmate erstach und das Blutbad auf Geheiß des Kanzlers von England entfachte. Er trägt die Initialen R.O. – Raymond Oxbow.«

Elise tauschte bei diesen Worten einen Blick mit Herman Wanmate. Sie lächelte ihn an, und er erwiderte das mit einem Nicken. Nun war Steven Wanmates Ruf auch in der Hanse wiederhergestellt, und Inger konnte in ihrem Grab hoffentlich ruhig schlafen.

Unter den Hanseaten löste die Nachricht Unmut und Entsetzen aus. Um Johann Northoff hatte sich eine Lücke gebildet, da niemand neben ihm stehen und mit ihm assoziiert werden wollte.

»Verleumdung!«, rief er nun. »Alles Lüge! Eine Intrige, geboren im Hirn dieser Frau!« Er stach mit dem Zeigefinger förmlich nach Elise.

Hinrich Castorp las das Schreiben, das Plissen ihm gereicht hatte. Dann antwortete er kühl: »Macht Euch nicht lächerlich, Northoff, ein Hansesekretär und die Büttel Lübecks haben diesen Dolch bei Euch gefunden. Oder traut Ihr dieser Frau zu, heimlich in Euer Haus eingebrochen zu sein, um die Waffe dort zu platzieren? Dann hätte sie mehr in der Hose als so mancher Kerl, den ich kenne!« Viele der Kaufleute lachten trotz der ernsten Situation. Der Bürgermeister fuhr fort. »Ihr habt Inger getötet und den Dolch an Euch genommen, weil er so wertvoll ist in diesem Spiel. Damit lässt sich jemand in London erpressen, der für einen Konflikt zwischen Königen gesorgt hat. Doch dieses Instrument wird Euch nun zum Verhängnis. Plissen, holt den Fron, und lasst Northoff in den Kerker auf dem Schrangen bringen.«

»Der Fron ist schon hier«, entgegnete Plissen und winkte einen breiten Mann mit Glatze und einigen Narben herbei. »Meister Konrad Brigen, wollt Ihr wohl so freundlich sein?«

Während Johann Northoff unter Protesten vom Fron und seinen Bütteln abgeführt wurde, zerfiel die Stimmung im Saal. Verwirrung, Entsetzen, Unschlüssigkeit führten zu vielen Gesprächen, die den Hansesaal erfüllten wie das Summen der Bienen ihren Stock, bis Hinrich Castorp wieder die Glocke läutete und Ruhe einkehrte. Doch Heinrich von Hachede fuhr auf, bevor Castorp das Wort ergreifen konnte.

»All diese schrecklichen Dinge ändern nichts an der Tatsache, dass noch nie eine Frau vor dem Hanserat gesprochen hat, und mit Verlaub, sie hat hier nichts zu suchen!«

Elise spürte ihre Nervosität zurückkehren. Doch sie würde nicht schweigen. Es gab noch etwas, das die Hanse verstehen musste. »Es ist wahr, dass nie eine Frau zu Euch gesprochen hat. Und doch tue ich das heute. Die Welt befindet sich im steten Wandel. Hier in Lübeck, in London am Königshof, in der ganzen Welt – und wir müssen mit diesen Veränderungen Schritt halten oder zurückbleiben.« Wie früher wurde ihr Mund ganz trocken und ihre Stimme brüchig. Verunsichert warf sie Hinrich Castorp einen fragenden Blick zu, ob sie weiterreden solle. Der alte Bürgermeister nickte ihr freundlich und merklich zu, damit jeder im Saal sah, dass er ihre Worte anerkannte.

Also schöpfte Elise neuen Mut. Sie legte sich ihre Worte sorgfältig zurecht. »Die Hanse ist vom Königsmacher, dem Grafen Warwick, sowie Vertretern der Stadt Köln in den Konflikt mit England getrieben worden.« Sie ignorierte die wütenden Ausrufe, die aus den Reihen der Kölner kamen. »Warwick wollte Edward und die Hanse entzweien. Das ist ihm gelungen, Edward sieht die Hanse nicht mehr als würdigen Partner an. Hoffärtige Pfeffersäcke hat er uns genannt!« Sie merkte, wie sie sich in Rage redete. Ihr half, dass sie in den Gesichtern der Männer die Empörung aufkeimen sah. »Edward sieht die Hanse bereits auf den Knien, weil die einzelnen Städte nur noch ihre eigenen Interessen vertreten und nicht mehr zusammenstehen, wenn es Ärger gibt. Er hat den Stalhof besetzt, die Kaufleute dort gefangen genommen und die Güter beschlagnahmen lassen. Und was tut die Hanse?« Sie blickte die Männer herausfordernd an. »Nichts tut sie. Briefe schreiben. Eine Versammlung platzen lassen. Natürlich muss König Edward denken, dass die Einzigen, die noch an die Hanse glauben, jene sind, die er bei sich im Newgate-Gefängnis eingekerkert hat!«

Elise machte eine kleine Pause, um den Kaufleuten Zeit zum Nachdenken zu geben. »Edward muss den Beweis erhalten, dass er im Unrecht ist. Ihr Herren, ich weiß nicht, mit welchem Entschluss Ihr heute diesen Saal verlassen werdet – das liegt ganz bei Euch. Aber ich beziehe hier und heute Position. Für den Fortbestand der Hanse und dessen, wofür sie steht: für eine neue Zeit, in der Frauen bei den Versammlungen der Männer sprechen dürfen und Kaufleute einem König die Stirn bieten können. Ob ihm das gefällt oder nicht!«

Sie schloss ihre Rede mit einer Verneigung ab und trat zurück. Sie wollte nicht, dass die Herrschaften sahen, dass ihr die Hände zitterten.

Überrascht sah sie auf, als Plissen ihr einen Brief reichte. »Das hat man bei dem Dolch gefunden«, sagte er dazu. »Castorp will, dass Ihr das lest.«

Sie schlug das Papier auseinander und überflog mit wachsender Bestürzung die Worte. »Schafft den Zeugen aus dem Weg«, las sie da. »Vernichtet dies Schreiben, aber behaltet das Beweisstück. Es wird uns gegen Oxbow und seine Hintermänner als Druckmittel dienen.« Unterzeichnet war der Brief mit G.v.W.

»Von Wesel hat tatsächlich den Mord an Inger in Auftrag gegeben«, hauchte Elise entsetzt. »Warum tut Castorp nichts gegen ihn, wenn dies Schreiben doch der Beweis dafür ist?«

Plissen schmunzelte. »Ihr versteht von Politik immer noch nicht sehr viel, oder?«

Elise schüttelte den Kopf. Dann zog sie sich aus dem Saal in die leere Vorhalle zurück. Sie ertrug das Gehabe der Männer nicht, die über Hinrich Lipperades Freiheit beschieden. Man brauchte sie dort nicht mehr – alle Fakten lagen auf dem Tisch, und was die Hanseaten nicht wussten, das konnten Hinrich Castorp und Anton Klüver ihnen noch mitteilen.

Bald trat Herman Wanmate hinter ihr durch die Tür. Er legte ganz unzeremoniell den Arm um sie und zog sie an sich. Dankbar lehnte sie sich an ihn.

»Das hast du sehr gut gemacht«, murmelte er. »Wenn sie jetzt nicht gegen König Edward aufbegehren, dann macht sie das zu Zögerern und Feiglingen.«

»Und mich zur letzten Hanseatin«, erwiderte Elise müde. Sie musste über diese Tatsache lächeln. »Wer hätte das gedacht.«

Epilog

An Frau Elise Wanmate, geborene Pritzwall,
verwitwete Lipperade, London, Kontor Wanmate

Meine geliebte Frau Mutter!
Lange habe ich nichts mehr von Dir gehört. Du vernachlässigst doch nicht Deine Pflichten gegenüber Deinem Sohn, nur weil Du nun eine neue Familie hast? Das gehört sich nicht, wie Du weißt, einen Brief im Monat kann man wohl schreiben und über das Meer senden.

Hier in Lübeck geht alles seinen gewohnten Gang. Die Arbeiten am neuen Holstentor kommen kaum voran, das Totentanzgemälde von Bernt Notke zieht viele Besucher nach Sankt Marien, und Gertraut schimpft über ihre Arbeit. Aber da sie das in den drei Jahren, die Du schon fort bist, immer getan hat, wundert Dich das sicher nicht. Wenn es nach ihr geht, war früher, als Du in Lübeck warst, alles besser. Aber ich glaube, sie ist Dir noch immer gram darüber, dass Du sie nicht als Amme nach London geholt hast. Wie geht es dem kleinen Steven? Er kann sicher längst laufen, und ich habe ihn noch nicht gesehen.

Großvater trägt mir auf, Dir das Geschäftliche mitzuteilen. Das Tuch ist gut angekommen; allein zwei Fässer waren undicht und sind auf der Überfahrt gründlich verdorben. Ich habe sie dem Heilig-Geist-Spital gespendet, denn als Leichentücher taugen sie allemal. Großvater sendet mit diesem Schreiben eine neuerliche Ladung russischer Pelze und venezianischer Seide und hofft, dass es ihr nicht ebenso ergeht; wir haben die Fässer dieses Mal ausgesprochen dicht verteert. Wenn Herman und Du auf Eurer Seite ebenfalls darauf achten mögt, können wir noch ein wenig Ausschuss sparen. Die Abrechnung liegt auf dem gesonderten Blatt bei.

Oheim Klüver schrieb aus Köln. Er ist mit von Wesels Hilfe endlich Äldermann geworden und versucht, auf den Rat im Sinne der Hanse einzuwirken. Doch bis Köln seinen Sonderweg aufgibt, vergehen sicher noch einige Jahre, schreibt er.

Sage Herman bitte, dass ich Euch bald besuchen werde, um zu überprüfen, ob er meine Frau Mutter auch recht gut behandelt. Was den Großvater angeht: Dem alten Herrn geht es nicht besser. Seit seiner Zeit im Gefängnis von London hat er sich nie recht erholt, aber in den letzten Wochen mache ich mir besondere Sorgen. Er bringt mir alles bei, was ich im Geschäft wissen muss, doch er wird langsam vergesslich. Gertraut verwöhnt ihn, wo sie nur kann, doch er schimpft sie aus, wo er nur kann.

Komm uns bald besuchen, Mutter, der Großvater würde sich sehr freuen, Dich zu sehen. Oder nein, komm uns nicht besuchen; sonst hält er mir wieder vor, wie Du alles viel besser gemacht hast, als Du ihn vor fünf Jahren mit Deiner Rede vor dem Lübecker Hansetag aus dem Gefängnis von London geholt hast. Nein, komm doch lieber her, Mutter, ich vermisse Dich.

Sende mir bald ein paar Zeilen, damit ich weiß, dass es Dir gut geht. Ich weiß, Du hast ein schönes Leben in London, doch ich möchte es von Dir lesen. Schreibe auch an Großvater, er wird sich so freuen. Und an Gertraut. Am besten mit der Bitte, dass sie tun möge, was ich sage.

Es verbleibt Dein Sohn
Hendrik Lipperade, Kaufmann zu Lübeck
Im Jahr des Herrn 1474

Elise Wanmate legte das Schreiben ihres mit vierzehn Jahren endlich zum Kaufmann gereiften Sohnes mit einem Lächeln beiseite. Sie blickte aus dem offen stehenden Fenster hinaus in den kleinen Hof des Hauses in der Candelwrich Strete. Dort kümmerte sich Wendy um den kleinen Steven, der beim

Toben vom Baum gerutscht war und nun leise weinte. Von oben hörte sie Herman, ihren Gemahl, leise mit dem Sekretär sprechen, und von der Straße drangen die inzwischen so geliebten Geräusche der Stadt London herein – Stimmengewirr, Karrenrattern, Fluchen und Rufe – und Gelächter.

Ja, Hendrik hatte recht, sie hatte es gut hier im Hause Wanmate. Dankbar dachte sie an Hermans Vater Jonathan, der drei Jahre nach dem Konflikt zwischen Edward und der Hanse gestorben war und seinem Enkelkind Steven, benannt nach Hermans Bruder, sein ganzes Hab und Gut hinterlassen hatte. Vater und Sohn hatten sich zu Lebzeiten nicht mehr gesprochen. Doch die Geste hatte den Sohn versöhnt, mehr noch, bereuen lassen, dass er seinen Vater nicht zu einer Aussprache besucht hatte, bevor es zu spät war. So war es nun einmal im Leben – wenn man manche Dinge nicht rechtzeitig lernte, konnte man sie nicht nachholen.

Die beiden Jahre nach dem Hansetag zu Lübeck, auf dem Elise gewagt hatte zu sprechen, waren ereignisreich gewesen. Die Hanse hatte sämtliche englischen Häfen zunächst boykottiert und schließlich sogar einen Krieg gegen Edward IV. geführt. Im Jahr 1470 war die Saat des Königsmachers aufgegangen – es war ihm gelungen, mit einer Armee aus Frankreich König Heinrich VI. in London wieder auf den Thron zu setzen. Doch der Sieg hatte nicht lange gewährt, denn Edward war zurückgekehrt und Warwick in der Feldschlacht gefallen. Der neue alte König Edward IV. hatte seine Position zur Hanse überdacht. Der Boykott hatte, so sagte man, einen großen Beitrag dazu geleistet, denn England war ohne Handel isoliert und nur eingeschränkt versorgt gewesen.

Herman und Elise hatten mit dem Vater das Kontor in Lübeck wieder auf Vordermann gebracht und festgestellt, dass Northoff sich bei der Buchführung in Elises Abwesenheit selbst bereichert hatte. Diese Punkte wurden vor den Richter gebracht, doch es hatte nicht mehr gebraucht – ein Mann konnte nur einmal hängen. Und Elise war zufrieden bei dem Gedanken, dass es der Mord an Inger gewesen war, der ihn an den Galgen gebracht hatte.

»Mutter?«, schallte das Stimmchen des kleinen Steven vom Hof herein.

Elise erhob sich umständlich und bog den geplagten Rücken durch. Sie warf dem Schreibpult, an dem sie die Warenlisten des Schwiegervaters durchgegangen war, einen prüfenden Blick zu. Sie hatte an alles gedacht und konnte morgen die Abrechnung machen. Heute würde sie ein wenig mit Steven spielen. Wenn das zweite Kind da war, würde sie nur wenig Zeit für den Jungen haben. Elise hatte im Gefühl, dass es ein Mädchen würde. Sie würde es Hinrike nennen, nach dem Großvater. Darüber würde er sich freuen, da war sie ganz sicher.

Sina Beerwald

»Die Autorin hat die hohe Kunst ihres Handwerks bewiesen.«
Bayerisches Fernsehen

978-3-453-26542-4

978-3-453-47085-9

978-3-453-47100-9

978-3-453-47101-6

Leseproben unter: **www.heyne.de**

HEYNE